학교는 아이들의
실험장이다

학교는 아이들의
실험장이다

변춘란 옮김 바다출판사

톨스토이

목차

일러두기

• 이 책은 러시아 국립문학출판사(모스크바, 1928~1958)가 출간한 《톨스토이 전집》 중 8권의 교육 관련 글 전반부를 번역하였습니다.

• 이 책에 나오는 성경구절은 개역개정판 《성경전서》를 기본으로 하되 옮긴이가 원문 내용을 반영하여 번역하였습니다.

• 본문 하단에 있는 주는 저자의 것입니다. 옮긴이 주는 문장 뒤에 '옮긴이'로 표시하였 습니다.

• 본문 중 대괄호([ ]) 안의 내용은 독자의 이해를 돕기 위해 옮긴이가 추가한 것입니다.

• 인명, 지명을 비롯한 외래어는 국립국어원의 외래어표기법을 따랐으나 몇몇 경우 일 상적으로 널리 쓰이는 용례가 있으면 이를 참고하였습니다.

• 단행본과 정기간행물 등은 겹화살괄호(《 》)로 표기하였으며, 단편·시·논문·기사·장 절 등의 제목은 홑화살괄호(〈 〉)로 표기하였습니다.

1. 대중에게 전합니다

새로운 활동무대[1]에 나서려니, 나로서는 나 자신은 물론 여러 해 동안 내 마음속에서 다듬어져 스스로 진리라고 여기게 된 사상들이 두렵습니다. 나는 지레 이 사상들 가운데 많은 부분이 잘못된 것으로 판명되리라 확신합니다. 어떤 대상을 연구함에 있어 제아무리 노력을 해도, 부지중에 나는 어느 한 측면에서 대상을 바라보곤 합니다. 내 사상들이 대립적 견해를 북돋우기를 기대합니다. 기꺼이 그 모든 견해가 우리 잡지에 게재되도록 하겠습니다.

다만 그러한 견해들이 신경질적으로 발현되지는 않을지 우려됩니다. 인민교육과 같은 아주 중차대한 대상에 관한 논의

---

1 이 글은 1862년 1월 출간된 교육지 《야스나야 폴랴나》의 권두언이다. ─옮긴이

가 조롱이나 인신공격, 잡지상의 논쟁으로 비화되지나 않을지 걱정하는 것입니다. 조롱이나 인신공격이 나를 자극하지 못한 다거나, 내가 그것을 넘어설 자신이 있다고는 말씀드리지 못 합니다. 솔직히 말하면 오히려 나 자신이 우려스럽습니다. 사업 자체가 걱정되는 것처럼 말이지요. 자신의 사업에 대한 조용하고 묵묵한 작업 대신, 개인적 논쟁에 몰두하지나 않을까 두려운 것입니다.

그런 까닭에 훗날 나의 견해에 반대하실 모든 분들께 당부드립니다. 견해차가 이해 부족에 기인할 경우 나로 하여금 해명하고 입증할 수 있도록 해주시고, 내 견해에 근거가 없음을 증명하실 경우 내가 동의할 수 있게끔 견해를 피력해 주십시오.

톨스토이 백작

2.   인민교육에 대하여

인민교육은 항상 어디서나 내게 하나의 납득되지 않는 현상으로 비쳐져 왔다. 인민은 교육받기를 바라며, 개개인은 무의식적으로 교육을 갈망한다. 더 교육받은 계급, 즉 사회단체나 정부는 지식을 전달하고 교육이 부족한 계급을 교육시키고자 한다. 이처럼 양측의 요구가 일치하기 때문에 교육하는 계급이나 교육받는 계급 모두가 만족하리라 여겨진다. 하지만 현실은 이와 상반된다. 인민은 더 교육받은 계층의 대표로서 사회단체나 정부가 인민교육에 들이는 노력에 지속적으로 저항하고, 그리하여 이러한 노력들은 대부분 성과 없이 끝난다. 학교 체계는 물론, 학교 시설에 대한 인민의 관점조차 거의 알려지지 않은 인도·이집트·그리스와 로마 등 고대의 학교들은 차치하고, 루터 시대부터 우리 시대에 이르는 유럽 학교들의 이 같은 현상은 우리에게 충격을 준다.

　학교를 창시한 나라인 독일은 근 200년간의 투쟁에도 불구하고 아직까지 학교에 대한 인민의 저항을 물리치지 못했다. 프로이센 국왕들[2]이 공훈 상이군인을 교사로 임명케 한 것, 200년간 존속되고 있는 엄격한 법, 사범학교에서의 최신식 교사 양성, 독일인의 유순한 법감정에도 불구하고, 강제성을 띤 학교교육에 인민은 지금까지도 무겁게 짓눌려 있다. 그럼에도 독일 정부는 의무교육법을 폐지하는 용단을 내리지 못하고 있다. 독일은 오직 통계상에서나 인민교육에 자부심을 가질 수 있을 뿐, 인민은 예나 다름없이 대부분 학교교육에 넌더리를 내는 형편이다. 프랑스는 왕에서 총재정부[3]로, 다시 성직자들의 손으로 교육권이 이동했음에도 불구하고, 인민교육 사업에서 이뤄낸 게 거의 없고 심지어는 더 못하다는 게 공식보고서에 따라 판단하는 교육사가들의 언급이다. 신중한 프랑스의 위정자들은 인민의 반작용을 이겨낼 유일한 수단으로 지금까지도 강제적인 의무교육법 도입을 제안하는 실정이다. 그러한 법안의 도입이라는 발상 자체가 불가능한(그러나 많은 사람들이 이 점을 애석해한다), 자유로운 영국에서는 정부가 아니라

2　사실상 프리드리히 2세(1712~1786)를 가리킨다. 1756~1763년의 7년 전쟁 등 수많은 전쟁을 수행하여 많은 희생자가 발생했다. 이에 프리드리히 2세는 숱한 상이군인들을 지원하기 위해 그들에 대한 공립학교 교사 임명을 결정한 바 있다.—옮긴이

3　총재정부(總裁政府)는 프랑스 대혁명 시기 내 1795년부터 1799년까지 존속한 프랑스의 정부형태로, 행정부가 5인의 총재로 구성되었다.—옮긴이

사회가 갖가지 수단을 동원해 그 어디서보다 더 강하게 표현되는 학교에 대한 인민의 반작용과 지금까지 싸우고 있다. 영국의 학교들은 일부는 정부에 의해, 일부는 사적인 단체들에 의해 설립된다. 영국에서 이들 종교·자선·교육 단체들의 활동과 대규모 확산은 교육에 나선 일부의 인민이 부닥치는 저항을 뚜렷이 증명한다. 신생국인 북아메리카 합중국 또한 이러한 난관을 비켜가지 못해 반강제적인 교육을 택했다.

우리 조국의 교육 현실은 어떠한가. 인민 대부분이 아직도 학교라는 발상에 대해 격분하는데, 최고 지식을 갖춘 사람들은 학교교육을 강제하는 독일식 법안 도입을 꿈꾼다. 학교교육은 심지어 상류층에게도 관직을 위한 미끼이거나 관직에서 얻어낼 이득이라는 조건 아래 존재한다. 여태껏 어디서나 아이들을 거의 완력으로 학교에 다니게 하고, 부모들에게는 엄격한 법적 조치나 계책, 즉 이득을 제공함으로써 자식들을 학교에 보내도록 한다. 인민은 곳곳에서 스스로 배워나가며, 교육을 혜택으로 여기는 데도 말이다.

대체 어찌된 노릇인가? 교육 욕구는 누구에게나 있다. 인민은 교육을 좋아하고 갈구한다. 그것은 숨쉴 공기를 좋아하고 찾는 것과 같은 이치다. 정부와 사회는 인민을 교육하려는 염원으로 안달인데, 정부와 사회단체의 각종 강압, 계책, 집요함에도 불구하고 인민은 권고되는 교육에 끊임없이 불만을 표출하며 그저 완력에 한 걸음씩 물러설 뿐이다.

무릇 여느 충돌의 경우와 마찬가지로 이 경우에도 반작용 또는 작용 자체 중에 어떤 것이 더 합법적인가라는 문제를 해결해야만 한다. 반작용을 좌절시켜야 하는가, 작용을 변화시켜야 하는가?

지금까지 역사상 이런 문제가 정부와 교육계에 유리하게 결정된 경우를 얼마나 많이 봐왔던가. 반발은 위법으로 간주되었고, 그러한 반발에서 인류 특유의 악의 단초를 찾기도 했다. 그리하여 사회는 작용 방식 자체, 다시 말해 사회에 이미 갖춰진 교육의 내용과 형식에서 물러나 보지도 않고, 인민의 반발을 잠재우기 위한 완력과 책략을 사용해왔다. 인민은 지금까지 마지못해, 서서히 이러한 작용에 체념해온 셈이다. 교육을 일정한 형태로 다뤄온 교육계는 어떤 교육이 어떤 역사적 시대에 어떤 국민에게 혜택이 되었는지를 알만한 모종의 토대를 지니고 있음에 틀림없다.

그 토대는 과연 무엇인가? 우리 시대의 학교는 무엇을 어떻게 가르쳐야 할지에 관한 어떤 토대를 갖추고 있는가? 인류는 어느 세기에나 이런 질문에 다소간 만족할만한 답변을 항상 시도해왔다. 우리 시대에 이런 답변은 그 어느 때보다 더 절실하다. 베이징을 벗어나보지 않은 중국의 고관대작들은 공자의 격언을 암기하게 했는데, 회초리를 써서 이러한 격언들을 자식들의 머릿속에 집어넣을 수 있었다. 이런 방법이 중세까지는 통할 수 있었다. 그러나 오늘날 자기 지식이 확실하다는 신앙의 힘을 어디서 획득한다는 말인가? 인민을 강압적으로 교육할 권리를 부여할 법한 신앙의 힘 말이다. 어떤 것이든 루터 이

전 또는 이후 중세의 학교나 중세의 모든 교과서를 사례로 삼아 살펴보라. 무엇이 진리이고 무엇이 거짓인지에 대한 확고부동한 지식과 신앙의 위력이 어떠한지 그 사람들 속에서 보이는가. 그들은 그리스어가 유일하고 필수적인 교육의 조건임을 쉽사리 알아낼 수 있었다. 아리스토텔레스의 학문이 그리스어로 되어 있었고, 그가 말한 명제의 진리성을 수세기 동안 누구도 의심하지 않았기 때문이다. 수도사들은 과연 확고부동한 토대 위에 선 성경 학습을 요구하지 않았겠는가. 루터는 신께서 직접 히브리어로 사람들에게 진리를 펼쳐보였음을 똑똑히 알게 되자, 히브리어의 필수적 학습을 요구했다. 잘 된 일이다. 인류의 비판적 판단력이 채 각성되지 못했을 때, 학교가 교조적이었던 것은 이해할 법하다. 신과 아리스토텔레스가 펼친 진리, 베르길리우스와 키케로의 시적인 미의 세계를 속속들이 암기하는 것이 당시 학생들에게는 자연스러운 일이었다.

그 후 몇 세기 동안 누구도 그 이상의 참된 진리나 미려한 아름다움을 펼쳐 보이지 못했다. 그런데 우리 시대 학교는 어떤 상태에 있는가? 학교는 여전히 교조적인 원칙 그대로이며, 지금은 영혼의 불멸에 관한 진리를 담은 암기과목과 동시에 인간과 개구리가 공히 갖는 신경이 예전에는 영혼이라 불렸던 것임을 학생에게 납득시키려고 애쓰고 있다. 또한 학생은 별다른 해명도 없이 여호수아 이야기[4]를 전달받은 뒤에 태양

---

4 〈하박국〉3장 11절의 해와 달이 멈춘 사건을 일컫는다. —옮긴이

이 지구 주위를 돌지 않았음을 알게 된다. 베르길리우스 작품의 아름다움에 대한 설명을 듣고 난 후, 학생은 5상팀(프랑스와 스위스, 벨기에의 화폐 단위로, 1상팀은 1프랑의 100분의 1)에 팔리는 알렉상드르 뒤마 작품에서 훨씬 위대한 아름다움을 발견하기도 한다. 교사의 유일한 믿음은 진리는 없고 존재하는 모든 것은 합리적이며, 진보는 선이고 낙후는 악이라는 데 있다. 또한 진보에 대한 전반적인 믿음의 핵심은 아무도 모르는 시대이기도 하다.

중세의 교조적인 학교와 우리 시대의 학교를 비교해 보라. 중세에는 의심의 여지없는 진리가 존재했으나, 우리 시대에는 진리가 무엇인지 아무도 모른다. 그럼에도 학생으로 하여금 강제로 학교를 다니게 하고, 부모에게는 자식을 학교에 보내도록 강요한다. 게다가 중세 학교에서는 무엇을 선후차先後次로 하여 어떻게 가르칠 것인지 쉽사리 알 수 있었다. 당시에는 교육 방법이 단 하나였고, 모든 학문은 성경과 아우구스티누스, 아리스토텔레스의 저서에 집중되어 있었다. 그런데 현 상황은 어떤가? 지금은 사방에서 건의되는 교육 방법이 수없이 다양하고, 갓 형성된 다수의 학문과 그 분과가 존재하는 시대다. 그 모든 방법론 중 하나를 선택하고, 일정한 학문 분야를 선택하고, 무엇보다 어려운 과제, 즉 이러한 학문들을 가르치는 데 합리적이고 공정함직한 일관성을 선별하는 일은 어떠한가? 문제는 그 이상이다. 현재 그러한 토대의 발견은 중세의 학교와 비교할 때 더욱 까다로운 일이다. 당시 교육은 어떤 특정 조건에서 살아가고자 하는 특정 계급에 국한되어 있었기 때문이기도 하다. 모든 인민이 다들 스스로의 교육권을 천명하는 우리 시대에, 여러 갈래의 계급 전체에 무엇이 필요한가의 문제는 더욱 까다로운 동시에 더더욱 긴요한 과제다.

이러한 토대는 어떤 것인가? 누구든 교육자에게 질문해 보라. 어째서 그가 특정 방법으로, 이것 말고 저것을 나중이 아니라 우선하여 가르치는지 말이다. 그가 질문자의 진의를 파악한다면 이렇게 답변할 것이다. 그는 신이 펼쳐 보이신 진리를 알고 있으며, 그것을 젊은 세대에 전달할 뿐 아니라, 진리임에 틀림없는 원리로 젊은 세대를 양육하는 과제를 자신의 의무로 여기기 때문이라고 말이다. 그러나 그는 비종교적인 교과목에 대해서는 답변을 못할 것이다. 다른 어떤 이는 자신의 교육 기반을 피히테, 칸트, 헤겔이 진술한 이성의 영원한 법칙이라고 설명할 것이다. 또 다른 어떤 사람은 학생에 대한 강제권은 언제나 그랬던 것에 근거한다고 여긴다. 모든 학교가 강제적이었으며, 그럼에도 이러한 학교들의 결과가 현재 교육이라는 것이다. 또 어떤 교육자는, 결국은 이런 기반들을 한데 결합하여 학교는 당연히 지금과 같은 형태로 있어야 한다고 말할 것이다. 학교가 그와 같은 형태를 갖추는 데는 학교에 대한 종교와 철학, 경험이 동원되었으며, 역사적인 것이 이성적이기 때문이라는 주장이다. 실제로 있음직한 여타의 논거 모두를 포괄하는 이런 논거들은 **종교, 철학, 경험, 역사** 이 네 부문으로 나눌 수 있는 것 같다.

그 누구도 합법칙과 진리 면에서 의심할 수 없는 신적인 계시, 즉 종교에 기초한 교육의 경우 논쟁의 여지없이 인민에게 주입될 수 있으며, 이 경우만은 강압이 합법적이다. 지금껏 그런 방식으로 일하는 사람들이 아프리카와 중국에서 활동하는 선교사들이다. 전 세계의 학교는 가톨릭, 개신교, 유대교, 이슬람교 등의 종교 수업과 관련하여 여태 그런 방식으로 활동한다. 그러나 종교교육이 교육의 작은 일부에 불과한 학교가 젊은 세대에게 특정 방식의 배움을 강제할 어떤 토대를 갖고 있는가의 문제는 종교적 견지에서 볼 때 여전히 해결되지 않고 있다.

그 답변은 철학에서 찾을 수 있을지도 모른다. 과연 철학은 종교만큼이나 확실한 토대를 갖고 있는가? 그 토대는 어떤 것인가? 누구에 의해 언제 어떤 방식으로 이런 토대들이 표현되었나? 우리는 이에 대해 알지 못한다. 모든 철학자들은 선과 악의 법칙을 탐구한다. 그들은 법칙들을 찾아내고 교육학을 언급(모두들 교육학을 언급하지 않을 수는 없었다)할 때마다, 그러한 법칙으로 전 인류를 교육하라고 밀어붙인다. 그러나 이러한 이론들 각각은 여타의 이론들과 더불어 불완전한 이론으로, 인류의 선과 악에 대한 의식의 새로운 고리 형성에 기여할 뿐이다. 각각의 사상가들은 오직 자기 시대가 무엇을 의식했는지를 표현한다. 그러므로 그런 의식의 의미에서 젊은 세대를 교육하는 것은 완전히 쓸데없는 것이다. 그런 의식은 현실을 살아가는 세대에 이미 내재해 있기 때문이다.

모든 교육철학 이론은 덕성을 갖춘 사람의 양성을 그 목적과 과제로 삼는다. 그런데 덕행이라는 개념은 한결같거나 무한히 발전하는 것이어서, 각종 이론에도 불구하고 덕행의 감퇴나 성장은 교육에 좌우되는 게 아니다. 덕성 있는 중국인, 그리스인, 로마인이나 우리 시대의 프랑스인은 하나같이 덕성을 갖췄거나 하나같이 덕성과는 거리가 멀다. 교육학의 철학적 이론들은 이러저런 시대에 갖춰져서 의문 없는 것으로 인정되는 일정한 윤리학 이론에 맞춰 최상의 인간을 훈육하는 것과 관련된 문제를 해결한다.

플라톤은 자신의 윤리학이 진리임을 의심하지 않는다. 그는 그 윤리학에 기초해서 자신의 훈육론을, 그 위에 다시 국가론을 조직한다. 슐라이어마허는 윤리학이 아직 완결되지 않은 학문이라고 말한다. 그러므로 훈육과 교육은 생활에서 부닥치는 여러 조건에 개입하는 능력과 동시에 눈앞에 제기되는 개선할 사안을 힘껏 처리하는 능력을 갖춘 사람의 양성을 목표로 해야 한다고 주장한다. 슐라이어마허의 말에 따르면, 교육은 대체로 준비된 구성원을 국가, 교회, 사회생활, 지식영역에 넘겨주려는 목적을 지닌다. 아직 미완결 학문이긴 해도 오직 윤리학만이 교양있는 사람이라면 이러한 네 가지 기초생활 요소의 어떤 구성원이 되어야 할 것인가에 답변을 제공한다. 플라톤처럼 모든 교육철학자들은 교육의 과제와 목표를 윤리학에서 찾는다. 누구는 윤리학을 특정한 것으로, 또 다른 이들은 윤리학을 영원히 다듬어지는 인류의 의식으로 평가한다.

그러나 인민에게 무엇을 어떻게 가르쳐야 하는가라는 문제에 대해서는 어떤 이론도 긍정적인 답변을 제공하지 못한다. 누구는 이래라 또 누구는 저래라 하고, 앞으로 나아갈수록 그들의 명제는 더 모순적이다. 다양한 동시에 서로 대립되는 이론들이다. 신학적 경향은 스콜라적인 경향과, 스콜라적인 경향은 고전적 경향, 고전적 경향은 현실적인 경향과 경쟁한다. 그리고 현재 이 모든 경향들은 어떤 것도 서로를 압도하지 못한 채 공존하며, 그 누구도 무엇이 거짓이고 무엇이 진실인지를 알지 못한다. 루소, 페스탈로치, 프뢰벨 등 어떤 것에도 토대를 두지 않은 수천의 다양하고 기이한 이론들이 등장했다. 기존 학교들 역시 현실적, 고전적, 신학적 시설들로 나란히 존재한다. 모두들 기존의 것에 만족하지 못하면서도, 무엇이 새로이 필요하고 가능한지도 알지 못한다.

교육철학사의 발자취를 추적해보면, 거기서 우리는 교육의 준거점이 아니라 거꾸로 모든 교육자들이 무의식적으로 기초로 삼는 하나의 공통된 사고를 찾을 수 있을 것이다. 그러한 사고는 교육자들 사이의 빈번한 이견에도 불구하고 교육의 준거점 부재를 납득케 한다. 그들 모두는 플라톤에서 칸트에 이르기까지 한 가지 방향, 즉 학교를 위압하는 역사적 족쇄에서 자유로워지는 방향을 추구하고, 인간에게 무엇이 필요한지를 추측하고자 한다. 또한 이들은 다소간 확실하게 추측된 요구를 바탕으로 저희의 새로운 학교를 짓는다. 루터는 성경을 성직자들의 주석을 따르는 방식이 아니라 원본으로 가르치게 했다. 베이컨은 자연을 아리스토텔레스의 저서가 아니라 자연 자체를 보고 연구하게 한다. 루소는 인생을 자신이 이해한 대로 인생 그 자체에 입각해 가르치고자 했다. 그가 가르치고자 한 것은 과거의 경험에서 비롯한 인생이 아니었다. 교육철학의 진일보는 학교가 젊은 세대에게 구세대가 학문으로 여겨 온 것을 가르친다는 사고에서 벗어나, 젊은 세대가 필요로 하는 바를 가르친다는 사고로 향하게 하는 데 있다. 이처럼 하나의 보편적인 사고와 동시에 자체 모순적인 사고가 교육학 역사 전반에서 감지된다. 그것은 모두가 학교의 더 큰 자유를 요구하기 때문에 보편적이며, 각자 자기 이론에 근거한 법칙을 내세움으로써 자유를 제약하기 때문에 모순된다.

과거의 학교와 지금의 학교가 지닌 경험이라면 어떤가? 이 경험이라는 것이 기존의 강압적인 교육 방식의 정당성을 어떻게 입증하겠는가? 우리로서는 보다 더 합법적인 방식이 있는지 여부는 알 도리가 없다. 여태껏 학교들이 자유로운 적이 없었기 때문이다. 사실 고등교육 단계(대학, 대중 강연)에서, 교육이 더욱더 자유로워지려 하는 것을 알고 있다. 그러나 이는 추측에 불과할 뿐이다. 초급 교육은 언제나 강제적인 것으로 남을지도 모르지만, 그런 학교들이 훌륭하다고 경험에 의해 입증되기라도 했는가?

이러한 학교들의 실상을 보자. 독일의 교육 통계표를 운운할 것 없이 현실의 학교와 인민에 대한 학교의 영향에 대해 살펴보자. 내게 비쳐진 현실은 이렇다. 아버지는 자신의 뜻에 반하여 딸이나 아들을 학교에 보낸다. 그는 아들이 자신의 일을 거들지 못하게 하는 기관을 저주하며 아들이 학교 수업에서 벗어날schulfrei (이런 표현만으로도 인민이 학교를 어떻게 보는지가 입증된다) 때까지 날짜를 헤아리기도 한다. 아들은 자신이 유일하게 아는 권력인 아버지가 정부권력에 수긍하지 않는다는 확신을 갖고 학교에 간다. 아들은 학교에 입학함으로써 정부권력에 복종하는데도 말이다. 이 학교에 다녔던 선배들이 전해주는 정보 또한 아이의 입학 의욕을 돋구는 것도 아니다. 아이에게 학교는 저희들을 괴롭히는 시설이다. 다시 말해, 그 시설에서 아이들은 즐거움과 어린 나이에 맞게 자유롭게 움직이려는 욕구를 박탈당한다. 거기서는 복종과 정숙이 주요 조건이며, 잠깐 볼일을 보기 위해서조차 특별한 허락을 필요로 한다. 또한 공식적인 자리에서는 자를 이용한 체벌이 폐지되었음에도, 모든 과오에 대해 자나 몽둥이 또는 아이에게 가장 가혹한 훈련 자세를 계속하여 취하게 하는 방식으로 처벌한다. 아이에게 학교는 아무도 이해하지 못하는 것을 자기에게 가르치는 시설로 여겨진다. 학교는 대개 아이로 하여금 친근한 지역 사투리가 아닌 낯선 언어로 말하게 한다. 교사는 대개 스스로의 양심과 교사 스스로가 암기했던 것의 암기를 원치 않는 부모들의 양심 때문에 학생들을 자신의 천적으로 본다. 거꾸로 학생들은 교사를 오직 사적인 양심 때문에 그들에게 너무나 어려운 것을 배우게 만드는 원수로 바라본다. 그러한 기관에 학생들은 매일 6시간씩 6년 정도 머물러야 한다.

  결과가 어떠해야 하는지, 역시 보고서가 아닌 실제 사실대로, 즉 현황대로 살펴보자. 독일에서는 학교를 다닌 인민의 10분의 9가 학교를 통해서 읽고 쓰는 기계적인 능력을 얻는다. 그와 동시에 그들은 체험한 학문 방법에 대한 강한 혐오 때문에 나중에는 아예 책을 거들떠보지도 않는다. 나와 의견이 다른 이들은 인민이 읽는다는 책을 지적해 주시라. 바덴의 헤벨[5], 역법, 인민신문들이 읽히곤 하지만, 이는 아주 드문 예외다. 민간 교육이 존재하지 않는다는 확고한 증거는 민속 문학이 부재한 것이다. 따라서 골자는 열 번째 세대도 첫 세대처럼 강제로 학교에 보내야 한다는 것이다. 게다가 그러한 학교는 교육에 대한 혐오를 낳으며, 부자연스런 위치에 놓인 학생들이 6년간 그러한 위치에서 비롯하는 위선과 기만에 익숙해지게 한다. 또한 읽고 쓰는 능력이라 불리는 개념의 혼란과 모순 상태에도 길들여진다. 초중등학생들과 이들의 학교에 대한 견해와 도덕적 발전 관련 정보를 얻기 위한 프랑스와 독일, 스위스 여행에서, 나는 여러 초등학교와 그리고 학교 밖의 과거의 학생들에게 다음과 같은 질문을 던졌다. 프로이센과 바이에른의 주요 도시는 어디인가? 야곱에게는 몇 명의 아들이 있었

---

5 요한 페터 헤벨(1760~1826)은 남부 독일 사투리로 농민의 삶에 관한 작품을 쓴 독일 작가다. ─옮긴이

나? 요셉의 이야기는? 이에 학교에서는 가끔 책에서 암기하여 장황하게 답했으나, 학교 과정을 졸업한 이들은 답변을 하지 못했다. 나는 암기한 것 말고는 거의 답을 얻을 수 없었다. 수학에서 나는 일반적 규칙을 찾지 못했고, 답변이 이따금 훌륭했지만 때로는 너무 형편없었다. 그다음 나는 학생들이 지난주 일요일에 무엇을 했는지 작문을 하도록 했다. 소녀들과 소년들이 쓴 내용은 예외 없이 한결같았다. 일요일에 그들은 기회가 있을 때마다 하느님께 기도를 드렸고, 놀이는 하지 않았다. 이는 학교의 도덕적 영향의 예시인 셈이다. 성인 여성과 남성에게 학교 졸업 후에는 어째서 더 이상 배우지 않고 어떤 것도 읽으려고 하지 않는지 질문했다. 모두들 이미 입학식에 참여하여 학교의 격리 과정을 감당해낸 결과 일정한 교육 수준, 즉 읽고 쓰기 능력 증명서를 받았노라고 했다.

학교에서 지속적으로 행해지는 지적 능력의 왜곡을 가리켜 독일인들은 '우둔하게 하다verdummen'라는 적절한 명칭을 고안한 바 있다. 이처럼 사람을 아둔하게 만드는 학교의 영향 이외에 더 해로운 다른 영향도 있다. 아이가 날마다 긴 수업이 이어지는 학교생활로 아둔해져서 제 나이의 가장 소중한 시기에 대자연이 정해놓은 필수적인 발전 조건에서 이탈한다는 것이다. 집안 환경, 거칠게 대하는 부모, 들일, 농촌의 놀이 같은 것이 학교교육의 주요 장애요인이라는 의견을 흔히 듣거나 읽곤 한다. 아마도 이런 것들은 교육자들이 염두에 둔 학교교육에는 확실히 방해가 될 것이다. 그러나 이러한 모든 조건이 갖가지 교육의 주요 토대임을 납득해야할 때가 되었다. 그러한 조건들은 학교의 적이나 장애물이 아닐 뿐만 아니라 우선적인 주요 참가자다. 아이는 글자의 차이를 이루는 선의 차이도, 숫자도, 자기 생각을 표현하는 능력도 결코 습득하지 못할 수 있다. 그런 집안 여건이 아니었다면 말이다. 어째서 이런 거친 가정생활 속에서 아이는 그토록 어려운 사물들을 터득할 수 있었는가? 그리고 어째서 문득 똑같은 가정생활이 읽기나 쓰기 같은 손쉬운 것을 아이에게 가르치는 데 취약한 조건이 되고, 심지어 이러한 교육에 해로운 것이 되는가?

이에 대한 최상의 증거는 한 번도 따로 배워본 적 없는 농부 소년과 다섯 살 때부터 가정교사에게 교육을 받은 귀족 소년을 비교해보는 것이다. 지력과 지식의 우위는 언제나 농부 소년 쪽에 있다. 그뿐 아니라 기필코 알아내고자 하는 욕구, 학교가 답할 과제로 떠안은 문제들이 오로지 이러한 집안 여건으로 인해 생겨난다. 각종 가르침은 당연히 생활 속에서 제기된 문제에 대한 답변이 되어야만 한다. 그런데 학교는 문제를 제기하지 않을 뿐만 아니라, 생활이 제기하는 문제들에 대한 답변도 하지 않는다. 학교는 계속해서 수세기 전 인류에 의해 설정된 동일한 질문에만 답변한다. 그것은 아이의 나이에 걸맞은 질문이 아니며, 그 질문에 아이는 아직 아무 상관이 없다. 세계는 어떻게 창조되었는가? 첫 인간은 누구인가? 2000년 전 무슨 일이 있었나? 어느 땅이 아시아인가? 지구는 어떤 형태를 갖추고 있나? 어떻게 하면 수백과 수천을 곱할 수 있나? 사후 세계는 어떤가? 이런 식의 질문이 주어지는 것이다. 아이는 생활 속에서 떠오르는 문제에 대해서 답변을 얻지 못한다. 더 나아가 경찰 같은 학교 구조로 인해 아이는 입도 벙긋한 권리가 없다. 따라서 소변을 보러 가겠다는 말조차 못해서, 그러한 뜻은 정숙한 분위기를 깨뜨리거나 교사를 방해하지 않도록 몸짓으로 드러내야만 한다.

학교가 그렇게 조직되는 이유는 위에서 나서서 세운 관립학교가 대개는 인민의 교육을 목표로 삼지 않고, 자기식대로 인민을 교육하려 하기 때문이다. 그 핵심은 가급적 많은 학교가 생기게 하는 데 있다. 교사들이 없다고? 그렇다면 교사들을 양성하자. 그래도 교사는 부족하다! 교사 한 사람이 500명의 아이들을 가르칠 수 있도록 교육을 기계화하여mécaniser l'instruction, 랭커스터식 교육, 즉 상급생에 의한 하급생 교육법 pupilteachers을 도입하라.

그러므로 상부에 의해 강압적으로 설립된 학교는 가축을 돌보는 목부가 아니라 목부를 돌보는 가축이다. 학교는 학생들의 배움의 편의를 도모하는 게 아니라 교사들이 가르치기 편하도록 꾸려진다. 교사에게는 아이들을 위한 필수적 학습 조건인 아이들의 사투리, 움직임, 즐거움이 불편하다. 감옥시설처럼 지어진 학교들에서는 질문, 대화, 움직임이 금지되어 있다. 어떤 대상에 성공적으로 작용하기 위해서는 그 대상(교육에서 이러한 대상은 자유로운 아이)을 연구할 필요가 있음을 확인하는 대신, 학교에서는 재량껏 내키는 대로 가르치려 하고, 실패할 경우 수업 방식이 아닌 아이의 본성 자체를 변화시키고자 한다. 이러한 인식에서 교육을 기계화하자는 식의 체계가 예나 지금(페스탈로치)이나 흘러나온다. 교사와 학생이 어떤 누구든 교수법은 늘 같은 것이 되게 만들려는 교육학의 영원한 지향이 바로 그것이다. 동일한 아이를 집과 길거리에서 또는 학교에서 살펴보자. 어디선가는 활기차고 호기심 많은 모습으로 눈가와 입가에 미소를 띠고 모든 것에서 기쁨처럼 교훈을 찾고, 자기 생각을 제 언어로 또박또박 힘차게 표현하는 존재를 보게 된다. 또 다른 어디선가는 피로와 공포, 갑갑한 표정으로 낯선 언어와 낯선 말들을 같은 입으로 되풀이하는 지치고 위축된 존재, 즉 달팽이처럼 그 영혼이 조그만 집에 숨겨진 존재를 만나게 된다. 그 두 가지 상태를 들여다보는 것만으로 충분히 아이의 발전을 위해 어떤 상태가 더 이로울지를 결정할 수 있다.

내가 학교스러운 정신 상태라고 부르는 기이한 심리적 상태는, 불행히도 우리 모두가 잘 아는 바 상상·창조·판단과 같은 고도의 능력이 반쯤은 동물적인 능력의 뒷전으로 물러선 것이다. 반쯤 동물적인 능력은 상상과는 무관하게 소리를 내거나 1, 2, 3, 4, 5라고 연이어 숫자를 세고 주어진 말들을 수용할 뿐, 상상력이 거기에 어떤 이미지를 들이미는 것을 허용하지 않는다. 달리 말해, 그것은 오로지 학교스러운 상태와 합치되는 것들, 즉 공포, 긴장, 기억, 주의력을 발달시키기 위해 자기 내부의 온갖 고도의 능력들을 억압하는 능력이다. 모든 학생들은 이러한 반쯤 동물적인 상태의 쳇바퀴 속에 빠져들 때까지 학교생활에 섞여들지 못하는 처지에 놓인다. 이러한 상태에 도달하자마자 아이는 곧 독립성과 자립성을 상실한다. 나아가 아이에게서 위선, 목적 없는 거짓, 막다른 지경과 같은 다양한 질환 증세가 출현하면 이제 아이는 더 이상 학교 안의 이질 존재가 되기를 그치고 쳇바퀴에 빠져든다. 드디어 교사가 아이들에게 만족하기 시작한다. 그때가 되면 늘 되풀이되는 우연찮은 현상이 나타난다. 즉 가장 어리석은 아이가 우등생, 가장 똑똑한 아이가 열등생이 되는 것이다. 이는 따져보고 해명을 시도해봄직할 정도로 상당히 의미심장한 사실로 여겨진다. 내가 보기에는, 그런 사실 하나만해도 강압적인 학교 설립의 기만성에 대한 분명한 증거가 된다. 더욱이 아이들이 집이나 일터, 길거리에서 얻는 무의식적인 배움에서 멀어지게 하는 부정적인 해악 외에도, 이런 학교는 육체적으로도, 다시 말해 첫 성장기 마음과 떼려야 뗄 수 없는 신체에도 해롭다. 이런 해악은 학교에서 행해지는 훈육의 단조로움과 관련하여 특히 중대하다. 설령 그 훈육이 훌륭했다손 치더라도 말이다.

농사꾼에게는 농삿일과 들판에서의 생활, 손윗 사람들의 대화 여건을 대체할 수 있는 것은 아무것도 없다. 그는 오롯이 거기에 둘러싸여 있는 것이다. 수공업자들과 도시의 주민들도 대체로 마찬가지다. 우연이 아닌 합목적적으로 농사꾼은 농업의 여건에, 도시민은 도시적 여건에 둘러싸여 있다. 이러한 조건들은 고도로 교훈적이며, 오직 그 조건 속에서 이런저런 것들이 조성될 수 있다. 그런데도 학교는 이러한 여건과의 거리 두기를 교육의 선행조건으로 내건다. 학교로서는 그것만으로는 부족하다. 최상의 시기에 있는 아이들을 하루 6시간씩 실생활에서 분리시키고도 모자라서 학교는 세 살짜리 아이들을 어머니의 영향에서 떼어놓고자 한다. 여러 시설들, 즉 유아돌봄이집Kleinkinderbewahranstalt, 유아학교infantschools, 고아원salles d'asile이 고안되었던 바, 이에 대해서는 차후에 더 자세하게 이야기할 것이다. 이제는 유모를 대신할 증기기관 발명만 남은 셈이다.

다들 학교가 불완전하다는 데 동의한다. (나는 내 나름대로 학교가 해롭다고 확신한다.) 또한 모두 숱한 개선이 필요하다는 데 동의한다. 그와 같은 개선이 학생들을 위한 대규모 편의에 기초해야 한다는 데도 다들 동의한다. 이러한 편의 문제는 대체로 학령 아동의 욕구, 특히 각 계층의 요구를 연구한 뒤에나 파악할 수 있다는 데에도 모두가 동의한다. 그와 같은 어렵고도 복잡한 연구를 위해 무슨 일이 이뤄지고 있는가? 수세기 동안 과거에 있었던 학교를 견본 삼아 세워진 타 학교를 다시 본보기로 하여 개별 학교가 설립되어 왔다. 각각의 학교에는 필수조건으로 아이들이 말하거나 묻고, 이러저런 교과목을 선택하는 걸 금지하는 규율이 세워져 있다. 한마디로 학생들의 요구에 대한 결론을 도출할 기회를 교사에게서 박탈하는 온갖 조치들이 취해진 것이다. 강압적인 학교 구조는 각종 진보의 가능성을 빼앗는다. 아이들이 물을 생각조차 하지 않는 질문에 답하느라 보낸 세월이며, 요즘 세대가 그들에게 심어진 고릿적 교육 형식에서 얼마나 멀어졌는가를 생각해보라. 어떻게 학교가 여태 지탱되는지 도통 이해되지 않을 것이다. 학교는 교육의 수단인 동시에 끊임없이 참신한 결론을 제시함으로써 젊은 세대의 실험장이 되어야 마땅하다. 실험이 학교의 토대가 될 때 비로소, 개별 학교가 이른바 교육학 실험실이 될 때 비로소 학교는 보편적 진보로부터 뒤처지지 않을 것이다. 그때야 비로소 실험이 교육학의 든든한 토대를 놓는 힘으로 작용할 것이다.

그러나 부모와 학생 모두에 교육을 강제할 권리의 기초가 과연 무엇인가 하는 우리의 속절없는 질문에 역사는 아마도 이런 답변을 들려줄 것이다. 기존의 학교들은 역사적 경로로 다듬어져 온 바, 그처럼 역사적 경로로 전진해 나가서 사회와 시대의 요구에 맞춰 탈바꿈해야 한다. 이것이 역사의 답변일 것이다. 우리가 보다 오래 산다면, 그만큼 더 훌륭한 학교의 모습을 볼 수 있는 셈이다. 그런데 이에 대한 나의 답변은 이렇다. 첫째, 논거가 유독 철학적인 경우는 그 논거가 유독 역사적인 경우만큼이나 일면적이고 거짓되기 마련이다. 인류의 의식은 역사의 중요한 요소를 이룬다. 따라서 인류가 자신들이 세운 학교가 지리멸렬한 상태에 처해 있음을 자각한다면, 그러한 인식은 학교 조직이 기초해야 하는 주요 역사적 사실이 될 것이다. 둘째, 우리가 보다 오래 살게 되더라도 학교의 여건이 나아지기는커녕 사회가 도달한 교양 수준에 비해 더

《야스나야 폴랴나ЯСНАЯ ПОЛЯНА》 첫해인 1862년 1월 목차

형편없이 되어갈 것이다. 학교는 국가의 유기적인 부분으로, 그것은 별개로 고찰되거나 평가될 수 없다. 왜냐하면 학교의 진가는 학교가 국가의 나머지 부분들과 얼마간 상응하느냐의 문제이기 때문이다. 학교는 오직 인민이 살아가는 기본 법칙들을 의식하고 있을 때 훌륭해진다. 초원지대인 러시아 농촌에 최적화된 학교는 거기에 속한 학생들의 요구를 만족시키는 바, 파리지앵에게는 너무나 형편없는 학교가 될 것이다. 그리고 17세기에는 최상의 학교가 우리 시대에는 아주 시원찮은 학교가 될 수 있다. 거꾸로 중세 어느 시기 가장 형편없던 학교가 우리 시대 최상의 학교보다 더 나아진 경우도 있다. 그

런 학교는 자기시대에 더 잘 부합했고, 설령 앞서가지는 못했어도 일반교양과는 나란히 나아갔기 때문이다. 그런데 우리의 학교는 거기에 못 미치는 형편이다.

아주 일반적인 규정을 받아들여 학교의 임무가 인민에 의해 창조되고 다듬어진 것의 전달과 삶이 인간에게 제기하는 문제들에 대한 답을 마련하는 데 있다고 치자. 중세 학교에서는 전승물 역시 더 제한적이었고, 삶에서 나타나는 문제들 역시 더 손쉽게 해결되어 이러한 학교의 임무 또한 더 잘 완수되었음은 의심의 여지가 없다. 그리스와 로마의 전승을 불충분하거나 잘못 작성된 사료에 근거하여 전달하고, 종교 교리와 문법, 당시 알졌던 바대로 일부의 수학만을 전달하는 편이 훨씬 손쉽다. 우리가 그때부터 활용해 오던 가운데 고대 여러 민족의 전승을 그대로 밀어낸 전승물이나, 일상적인 삶의 현상에 대한 답변으로써 우리 시대에 필수적인 자연과학 지식을 전달하는 일에 비한다면 말이다. 게다가 전달 수단까지 한결같았으므로 학교는 뒤처질 수밖에 없었다. 학교가 나아진 게 아니라 시원찮게 된 것이다. 학교를 과거 모습대로 붙들어 둔 채 교육 운동에서 뒤처지지 않으려다 보니 다음과 같은 일이 일관되게 진행되어야 했다. 학교교육을 강제하는 법률을 만들었을 뿐만 아니라 기계, 교통로, 서적 인쇄 같은 여타의 방식을 통해 교육이 앞으로 나아가는 것까지 금지한 것이다.

역사상 알려진 대로라면, 이런 측면에서 중국인들은 엄격하고 논리적이었다. 서적 인쇄를 제한하거나 대체로 교양의 발전을 구속한 여타 민족들의 시도는 그저 임시 조치였거나 그다지 일관되지도 못했다. 그런 이유로 현재는 중국만이 훌륭한 학교, 일반교양 수준에 충분히 부합하는 학교에 자긍심을 가질 수 있다.

만일 학교가 역사적 경로를 거쳐 개선된다는 말을 듣게 된다면, 우리는 학교의 개선 문제는 상대적으로 파악해야 한다고 답할 것이다. 학교를 둘러싸고 오히려 해마다 그리고 매시간 강압은 더욱더 심해진다. 다시 말해, 학교가 일반교양의 수준에 비해 점점 더 뒤처지는 것이다. 왜냐하면 학교의 전진 운동이 서적 인쇄술 발명 이래 교양의 변동추이에서 괴리되어 있었기 때문이다.

셋째로 학교는 현존하고 있으므로 좋은 것이라는 역사적인 논거에 대해서는 역시 역사적인 논거로 답해보겠다. 1년 전 나는 마르세유에 갔다가 이 도시의 노동 인민을 위한 교육시설을 두루 방문한 적이 있었다. 인구 대비 학생 비율이 매우 커 사소한 예외 빼고는 아이들 모두가 3, 4, 6년 동안 학교에 다닌다. 학교의 프로그램은 교리문답, 신성역사와 보편 역사, 산술의 사칙연산, 프랑스어 정자법, 회계를 외우다시피 학습하는 걸 핵심으로 삼는다. 어떻게 부기가 수업 과목이 되었는지 나는 도무지 납득이 되지 않았다. 그러나 어떤 교사도 해명을 해주지 못했다. 이 과정을 끝낸 학생들이 장부를 어떻게 다루는지 눈여겨본 다음 내린 나의 유일한 해명은 이런 것이었다. 이들은 산술의 가감승 삼칙조차 모르면서 숫자 연산을 속

속들이 암기했고, 그런즉 장부 관리 역시 외우다시피 익혀야
한다. (독일과 영국에서 가르치는 장부 관리와 부기는 사칙연산
을 아는 학생에게라면 4시간 가량 설명이 요구되는 학문임은 설명
할 나위가 없을 듯하다.) 그곳의 학교에 다니는 소년 누구도 더
하기, 빼기의 아주 간단한 과제를 해결하지 못했다. 동시에 그
들은 솜씨 있고 재빠르게 수천을 곱해가며 추상적인 수 연산
은 해냈다. 학생들은 프랑스 역사 관련 질문에 외우다시피 잘
대답하였으나, 질문이 엇갈린 사이 나는 앙리 4세가 율리우스
카이사르에게 살해당했다는 답을 얻기도 했다. 지리학과 신성
역사에서도 마찬가지 현상이 있었다. 정자법과 읽기에서도 마
찬가지였다. 여성의 절반 이상은 학교에서 배운 책 말고는 읽
지를 못한다. 6년간 학교에 다녔다는 것이 말을 실수 없이 쓰
는 데는 소용이 없다.

앞서 내가 거론한 사실들이 터무니없어서 많은 이들이 의
심을 품을 것임을 안다. 하지만 나는 프랑스, 스위스, 독일의
학교에서 목격한 무지몽매에 대해 몇 권의 책을 쓸 수도 있겠
다. 아무튼 이런 문제에 마음이 움직이는 이라면, 공개적인 시
험 보고서들을 보지 말고 나처럼 학교 안팎에서 지속적으로
교사와 학생들을 방문해서 대화하는 방식으로 학교를 연구할
수 있을 것이다. 마르세유에서 나는 성인을 위한 세속 학교와
수도원 학교를 방문하기도 했다. 25만 명 가운데 1000명이 채
안 되는 주민과, 남자는 고작 200명이 학교에 다닌다. 여기서
가르치는 과목 역시 1년 남짓한 기간에 도달하는 기계적인 읽

기, 산술 지식 없는 부기, 종교적 설교 등이다. 세속학교 참관 후 나는 교회에서의 일일 설교를 살펴보기도 했다. 또한 나는 고아원에도 가보았는데, 거기서는 네 살짜리 아이들이 호루라기 소리에 맞춰 병사처럼 걸상 주위에서 동작을 취하는가 하면, 구령에 맞춰 양팔을 들어 올렸다가 모으기도 하고, 이상하게 떨리는 목소리로 하느님과 성인들에 대한 찬가를 부르기도 했다. 나는 마르세유의 교육시설이 지나치게 형편없다고 확신하게 되었다. 만일 어떤 누군가 거리, 작업장, 카페, 집안에서 지내는 사람들의 모습을 보지 못한 채 이런 교육 시설을 기적처럼 목격한다면, 그런 방식으로 훈육되는 인민에 대해 어떤 견해를 취하게 될까? 그는 아마도 그 사람들이 무지하고 거칠며 위선적이고 편견으로 가득차서 거의 야만적이라고 생각할지도 모른다. 그러나 그들과 접촉해보고 평범한 누군가와 말을 나눠보기만 하면, 그는 프랑스 사람들이 그 스스로의 자기 표상에 근접하는, 즉 이해가 빠르고 영리하며, 어울려 살 줄 알고, 자유분방하며 실제로 개화되어 있음을 확신하게 된다. 서른 살 가량의 도시의 어떤 일꾼을 살펴보라. 그는 이미 학교 때와 같은 실수를 저지르지 않고, 때론 아주 정확한 편지를 쓰고 있을 것이다. 그는 정치에 대한 개념, 나아가 현대사와 지리학에 대한 개념도 갖추었고, 몇 가지 소설 속 이야기도 알고 있으며, 자연과학 지식도 얼마쯤 갖추고 있다. 그는 빈번히 그림을 그리거나 수학 공식을 자신의 작업에 적용해보기도 한다. 대체 어디서 그는 이와 같은 지식을 획득했을까?

마르세유에서 나는 뜻하지 않게 그 해답을 찾을 수 있었다. 학교를 방문한 후 온갖 거리며 술집, 음악 카페, 박물관, 작업장, 선착장, 책방들을 돌아다녀 보았다. 일전에 내게 앙리 4세가 율리우스 카이사르에게 죽임을 당했다고 대답한 바로 그 소년은 사총사며 몬테크리스토 이야기를 훤히 꿰뚫고 있었다. 마르세유에서 나는 삽화가 그려진 5~10상팀짜리 저렴한 책자를 28권이나 찾아냈다. 25만 명의 주민에, 그 책자들이 3만 부까지 판매된다고 하니, 만일 10명이 한 부를 읽고 귀로 듣는다 치면, 모두가 그 책자들을 읽는 셈이다. 그 외에도 박물관, 공중도서관, 극장 따위가 있다. 2개의 대형 음악 카페는 50상팀을 내면 누구나 입장권을 받을 수 있고, 매일 2만 5000명가량이 드나든다. 거기다 그만한 인원을 수용할 수 있는 곳곳의 소형 카페들은 코미디나 연극을 보여주고, 시낭송회를 열기도 한다. 그러면 아주 낮게 잡아도 날마다 입말로 배우는 이들이 주민의 20퍼센트다. 고대 그리스인과 로마인이 원형극장에서 배움을 얻었듯이 말이다.

이러한 교육이 좋은가 아니면 나쁜가? 이런 건 별개의 문제다. 그런데 이러한 무의식적인 교육은 강압적인 교육보다 몇배나 강력하다. 이러한 무의식적인 학교야말로 강압적인 학교를 파고들어 그 내용을 거의 무화無化시킨다. 끝내는 거의 내용없는 독단적 형식만 남는다. 내가 거의라고 말하는 이유는 알파벳을 조합하고 낱말을 맞추는 기계적 숙달, 즉 5~6년간의 배움으로 획득한 유일한 지식을 제외하기 때문이다. 게다가 기계적인 읽고 쓰기 기술은 학교 밖에서도 종종 훨씬 짧은 기간에 얻을 수 있다는 점에 유의해야 한다. 또한 학교를 벗어나면 거의 이어지지 않는 데다가 실생활에 적용할 기회가 거의 없기 때문에 그러한 능력은 어느새 사라지고 만다. 초등학교 의무교육 법률이 있는 곳이라면 쓰기, 읽기, 셈하기를 다음 세대에게 가르칠 필요가 전혀 없는 셈이다. 왜냐하면 어머니와 아버지가 아마도 집에서 그 일을 해낼 수 있고, 학교에서보다 훨씬 손쉽게 이뤄질 것이기 때문이다.

마르세유에서 내가 본 것들은 다른 어느 나라에나 역시 존재한다. 세상 어디서나 인민교육의 중요 부분은 학교가 아닌 실생활에서 획득되곤 한다. 런던이나 파리 같은 대개의 대도시에서처럼 삶에서 유익한 정보를 얻는 데서 사는 사람들은 교양이 있고, 여느 농촌에서처럼 생활 속에서 그런 정보를 얻지 못하는 곳에 사는 사람들은 양쪽 다 똑같은 학교가 있음에도 불구하고 교양이 부족하다. 흡사 도시에서 획득한 지식은 지속되고, 농촌에서 획득한 지식은 사라져버리는 형국이다. 그런데 도시, 농촌 할 것 없이 인민교육의 방향과 정신은 완전히 제각각이며 대개는 인민학교에 불어넣고자 하는 정신과 상반된다. 교육이 학교와는 상관없이 저만의 길을 가는 것이다.

역사적 논거에 맞선 역사적 논거는, 교육사를 고찰할 때마다 학교가 각 민족의 발전에 비례해 발전한다는 확신이 들지 않는다는 데 있다. 또한 학교는 내실이 무너져 각 민족의 발전에 비례하여 어떤 공허한 형식적 절차가 되어간다는 확신이 든다. 어떤 민족이 일반교양을 발전시켜 나갈수록, 교육이 더욱더 학교에서 실생활로 옮겨져서 학교는 함량 미달이 되곤 했다. 무역과 교통로의 발달, 개인의 자유 진작과 개인의 정부 업무 참여 같은 여타의 모든 교육 수단이나 모임, 박물관, 공개 강연 등은 말할 것도 없다. 이전의 학교와 지금의 학교 여건의 차이를 이해하는 데는 서적 인쇄와 그 발전상을 살펴보는 것으로 충분하다. 생활 속의 무의식적인 교육과 의식적인 학교교육은 서로를 보충하며 항상 병행되어 왔다. 그런데 서적 인쇄가 없었다면, 생활이 학교와 비교하여 어떤 보잘것없는 교육 방책이나마 제공할 수 있었겠는가. 학문은 교육 수단을 소유한 소수의 선택받은 자들의 것이다. 현재 생활 속 교육이 차지하는 비중이 얼마나 되는지를 살펴보라. 지금은 책을 가지지 않은 사람이 없고, 책이 아주 보잘것없는 가격에 팔리고 있으며, 도서관이 누구에게나 열려있다. 또한 어떤 소년은 노트 말고도 삽화가 그려진 싸구려 소설책을 숨겨서 학교에 가지고 다닌다. 글쓰기 입문서 두 권이 3코페이카[러시아 화폐 단위로 100분의 1루블]에 팔리고, 초원의 농부는 자주 글쓰기 입문서를 구입하여 그가 예전에 수년간 교회 집사에게 배운 학문, 즉 읽는 법을 길 가는 병사에게 알려달라고 청하여 익히곤 한다. 김나지움 학생이 학교를 그만두고 저 혼자서 책을 보고 공부해서 대학 시험에 합격하기도 한다. 젊은이들은 대학을 그만두고 교수의 수기를 보며 공부하는 대신, 직접 원자료를 찾아서 작업한다. 실로 온갖 실속 있는 배움은 학교가 아니라 오로지 실생활에서 얻어지고 있다.

내 생각에는 가장 중요한 마지막 논거는 결국 다음과 같다. 200년간 학교가 존재한 독일에서 학교에 관한 역사적인 옹호는 예삿일이다. 그런데 우리 러시아는 여태 존재하지 않는 인민학교를 무엇에 기초해 옹호할 수 있는가? 우리는 러시아의 학교가 유럽의 학교처럼 되어야 한다고 할 만한 어떤 역사적 권리를 지니고 있는가? 우리는 인민교육사 역시 갖고 있지 못하다. 일단 보편적인 인민교육사를 파고들어 보면, 독일식 본보기로 사범학교를 개설하거나 독일식 발음교수법, 영국식 유아학교, 프랑스식 중학교 또는 전문학교를 재편하는 것은 불가능하고, 또 그런 방식으로는 유럽을 따라잡기가 불가능하다는 확신이 들 것이다. 그뿐만 아니라 인민교육에 관한 한 우리 러시아인들이 각별히 유복한 조건에서 지내고 있음도 확신하게 된다. 우리 학교는 중세 유럽에서와 같이 공민적 조직의 조건에서 벗어나지 말아야 하고, 특정 정부나 종교적 목적에 복무하지 않아야 한다. 또한 학교에 대한 여론의 감시가 부재하거나 고도의 생활 속 교육이 부재한 암흑 속에서 학교가 조성되지 않아야 한다. 유럽의 학교들이 상당 기간에 걸쳐 지나온 악순환을 새로운 노력을 들여 고통스레 지나가거나 거기서 빠져나와야 하는 것도 아니다. 여기서 악순환은 학교가 무의식적인 교육을 움직여야 했고, 무의식적인 교육이 학교를 움직였음을 핵심으로 한다. 유럽의 여러 민족은 이런 어려움을 이겨냈으나, 투쟁 속에서 많은 것을 상실했다.

우리는 이제 우리가 누리게 될 그 노력에 감사할 것이고, 바로 그런 이유로 우리는 이 무대에서 새로운 노력을 기울여야 할 사명이 있음을 잊지 않을 것이다. 인류가 경험한 것과 우리의 활동이 아직 시작되지 않았음에 기초해, 우리는 이 작업에 더 의식적인 노력을 기할 수 있고, 그럼으로써 이를 완수할 의무를 지닌다. 유럽 여러 학교의 기법을 차용하려면 우리는 거기서 무엇이 이성의 영원한 법칙에 기초하고, 무엇이 역사적 조건의 결과인지를 구별해야만 한다. 학교가 인민에 맞서 사용하는 폭력을 정당화하는 규준이나 보편적 이성의 법칙은 존재하지 않는다. 그러므로 학교의 강압성이라는 면에서 유럽 학교에 대한 각종 모방은 자국 인민에게 전진이 아니라 후퇴의 발걸음이자 스스로의 사명에 대한 배신이다. 어째서 프랑스에는 수학, 기하학, 도화 같은 정밀과학이 우세한 가운데 규율 잡힌 학교가 자리를 잡았고, 독일에는 시가詩歌와 분석이 우세한 점잖은 훈육 학교가 형성되었는지는 이해할 법하다. 또한 영국에는 어째서 엄격하고 윤리적이며 동시에 실용적인 방향을 띤 프롤레타리아 자선학교를 설립하는 무수한 단체가 발전했는지도 알만하다. 그러나 러시아에는 어떤 학교가 조성되어야 하는지, 우리는 알지 못하고 영영 알지 못하게 될 수도 있다. 만약 학교가 자유롭고 시대에 맞게 다듬어져 가도록 놔두지 않는다면 말이다. 다시 말해서 이러한 길은 학교가 발전해야 할 역사적 시대에 걸맞고, 자체의 역사와 더 나아가 보편 역사에 걸맞아야 한다. 만약 유럽의 인민교육이 확실히 잘못된 길을 간다고 판단되면, 우리는 자국의 인민교육을 위해 아무것도 거기서 차용하지 않을 것이다. 그럼으로써 우리 각자가 훌륭하다고 여기는 것 모두를 힘껏 인민교육에 도입하는 것 이상의 일을 해낼 것이다.

요컨대 교육을 제대로 받지 못한 인민은 교육받기를 바라고, 교육을 더 잘 받은 계급은 인민을 교육할 뜻을 지니고 있다. 하지만 인민은 강압이 있을 때만 교육에 복종한다. 철학, 경험, 역사 속에서 교육하는 계급에 강압권을 부여할 만한 토대를 찾아보았지만, 우리는 아무것도 찾아내지 못했다. 오히려 우리는 인류의 사고가 교육사업에서 인민이 강압에서 해방되는 쪽을 한결같이 지향해왔음을 확신하게 되었다. 교육학의 규준, 즉 무엇을 어떻게 가르쳐야 하는가의 지식을 찾으려 했지만, 너무나 모순되는 견해와 주장 외에는 아무것도 발견하지 못했다. 우리는 오히려 인류가 앞으로 나아갈수록, 이러한 규준을 세우기가 더더욱 불가능하다는 사실을 알게 되었다. 또한 교육사에서 이러한 규준을 탐색하다가 우리는 이런 확신을 품게 되었다. 즉 역사적으로 형성된 학교들이 우리 러시아인들에게 본보기가 될 수는 없다. 이런 학교들은 한걸음씩 나아가면서도 점점 더 일반교양의 수준에서 뒤처지고, 그런 탓에 학교의 강압적 성격은 더욱 비합법적인 것이 되어가고 있다. 결국 유럽에서는 교육 자체가 새는 물처럼 다른 길을 택해 학교를 에돌아 생활 속 교육수단으로 넘쳐흐른 것이다.

지금 이 순간 우리 러시아인들은 무엇을 해야 하는가? 영국, 프랑스, 독일 혹은 미국의 교육에 대한 견해와 그들의 방법 가운데 어떤 것을 토대로 삼자고 모두가 공모라도 할 것인가? 그게 아니면 철학과 심리학을 파고들어서라도 인간 영혼의 발전과 젊은 세대를 우리의 개념을 따르는 최상의 인재로 양성하기 위해 무엇이 필요한지 밝혀내야 하는가? 그도 아니면 역사의 경험, 즉 역사 속에서 조성된 형식에 대한 모방의 의미가 아닌 인류가 고통스레 마련한 법칙의 터득이라는 의미에서 그 경험을 살려야 하는가? 우리는 다음 세대들에게 필요한 것이 무엇인지를 모르고 알 수도 없지만, 그들의 요구를 연구하는 일을 자신의 의무로 느끼며 그러한 연구를 하려 한다고 까놓고 말해야 하는가? 우리는 우리의 교육을 받아들이지 않는 인민을 무지몽매하다고 비난할 생각이 없다. 만약 인민을 자기식대로 교육하려는 생각이 든다면, 우리는 스스로의 무지와 오만을 탓할 것이다. 우리는 자국의 교육에 대한 인민의 저항을 더 이상 교육학에 적대적인 요인으로 바라보지 않고, 그러한 저항 속에서 우리 활동의 지침이어야 하는 인민의 의지 표현을 보게 될 것이다. 교육학 역사와 각종 교육사에서 공히 아주 분명하게 언급되는 법칙을 우리는 자각하고 있다. 무엇이 좋고 무엇이 나쁜지를 교육자가 깨닫게 하려면, 피교육자는 자신의 불만을 표현할 권한을 지녀야 한다. 또는 피교육자가 본능적으로 자신을 만족시키지 못하는 교육은 적어도 회피할 수 있어야 한다. 교육학의 규준은 자유, 오직 이것 하나다.

우리는 자체의 교육 활동에서 이러한 후자의 길을 택했다.

우리의 활동 토대는 인민교육의 골간이 무엇인지 알지 못할 뿐만 아니라 알 수도 없다는 신념이다. 다시 말해 어떤 교육이나 훈육의 학문, 즉 교육학은 존재하지 않을 뿐만 아니라 아직 교육학의 초석도 놓이지 않았고, 교육학의 정의와 철학적 의미에서의 그 목적 설정 역시 불가능하며 쓸모없고 해롭다는 것이다.

우리는 교육과 훈육이 어떤 것이 되어야 마땅한지 모르며, 교육철학 전반을 인정하지 않는다. 왜냐하면 인간이 무엇을 알아야 하는지 인간 스스로는 알 수 없다고 보기 때문이다. 우리에게는 교육과 훈육이 어떤 이들이 다른 이들에게 어떻게 작용하는지를 보여주는 역사적 사실들로 여겨진다. 우리의 견해에 따르면, 교육학의 과제는 일군의 사람들이 다른 사람들에게 작용하는 법칙을 찾아내는 것이다. 우리는 인간의 완성을 위해 무엇이 필요한가 하는 지식이 우리 세대에 속한다고 보지 않으며, 그러한 지식을 지닐 권리도 인정하지 않는다. 그뿐 아니라 설령 그런 지식이 인류에게 있다손 치더라도, 인류가 그 지식을 젊은 세대에게 전달할 수 없거나 불가능하다고 확신한다. 선악의 의식은 인간의 의지와 무관하게 전 인류의 내부에 자리 잡은 채 무의식적으로 역사와 더불어 발전한다. 젊은 세대에게 교육을 통해 우리의 의식을 접목하기가 불가능한 것은 우리의 선악 의식을 그들에게서 제거하거나 역사의 진일보로 앙양될 고도의 의식을 그들에게서 제거하기가 불가능한 것과 마찬가지다. 선악의 법칙에 대한 우리의 가상적인 지식과 이에 기반한 젊은 세대에 대한 작용 대부분은, 우리 세대에 의해 성립된 게 아니라 젊은 세대에 의해 성립되는 새로운 의식의 발전을 저해한다. 다시 말해, 그러한 가상적인 지식은 교육의 보조물이 아니라 장애물이다.

우리는 교육이 역사이며, 그런즉 궁극적인 목적을 갖지 않는다고 확신한다. 훈육까지도 포괄하는 가장 넓은 의미의 교육은 우리의 신념에 따르면, 평등의 요구와 교육의 전진 운동이라는 불변의 법칙을 토대로 삼는 인간의 활동이다. 어머니가 자기 아이에게 말을 가르치는 이유는 오직 서로를 이해하기 위해서다. 어머니는 본능적으로 사물에 대한 아이의 눈높이, 즉 아이의 언어 수준으로 내려서고자 애쓴다. 그러나 교육의 전진운동은 어머니가 아이 눈높이로 내려서는 것을 용인하지 않고, 아이가 어머니의 지식의 높이로 올라서게 만든다. 그와 같은 관계는 작가와 독자 사이, 학교와 교사 사이, 정부및 단체들과 인민 사이에도 존재한다. 교육자의 활동은 피교육자의 것과 동일한 목적을 지닌다. 교육학의 과제는 하나의 공통 목적을 향한 양측의 지향이 합치하는 조건을 연구하고, 이러한 합치를 방해하는 조건을 지적하는 것이다. 그 결과 교육학은 한편으로는 교육의 궁극적 목적이나 젊은 세대의 교육 방향과 같은 여타의 질문이 더는 제기되지 않을 것이기에 더욱 접근하기 쉬워질 것이다. 그러나 다른 한편으로 교육학은 한량없이 어려운 학문이 될 것이다. 우리는 교육자와 피교육자가 지향하는 바의 합치를 촉진하는 조건을 모조리 연구해야 한다. 또한 양측의 지향을 합시키시키 위해 없어서는 안 되며 교육학 전반의 규준 역할을 하는 오직 그 하나의 자유란 과연 무엇인가를 규정해야 한다. 그리고 우리는 무수한 사실들에서 출발하여 교육학의 문제 해결로 한걸음씩 나아가야 한다.

이러한 논거를 납득할만한 사람이 많지 않으리라는 것을 안다. 교육의 유일한 방법은 경험이고 그 유일한 규준은 자유라는 게 우리의 기본적인 신념이다. 이것이 누군가에게는 상투적인 저속함, 또 어떤 누군가에게는 애매한 추상성으로, 제 3의 누군가에게는 공상이거나 불가능으로 비쳐질 것이다. 우리는 구태여 교육학 이론가들의 평온을 깨트리려 하거나, 온 세상에 대립하는 신념을 피력하려는 게 아니다. 설령 이 글에서의 견해 피력 이상으로 나아가지 못한다 해도 말이다. 하지만 우리는 이토록 거친 신념의 합법성과 적용 가능성을 한걸음씩 연이은 사실로 입증할만한 가능성을 느끼고 있으며, 오직 이러한 목적에 우리의 출판물《야스나야 폴랴나》를 헌정한다.

3.   학교와 민간서적 기록의 의미에 대하여

《우리 시대》 제1호에서 다음과 같은 내용을 읽었다. "**인민학교 및 인민교육 시스템** 전반에 대한 작업이 현재 최고 국가기관의 심의 단계에 있다."

앞의 글에서 우리 시설의 토대를 해명하고자 하였다. 우리는 인민학교와 교육 시스템이 오직 인민의 필요에 견고히 기반을 두게 되리라 확신한다. 인민교육 시스템은 인민의 교육에 대한 관점과 인민의 요구사항 연구, 이전에 자유롭게 발생하여 민간에 존재한 여러 학교들에 연구에 기초할 때 비로소 온갖 **시스템**에 의해 빚어지곤 했던 불상사를 초래하지 않을 것이다. 인민학교들은 정식인가를 받지 못했음에도 불구하고 인구수와 제법 크게 비례하여 여러 지역에 존재한다. 최근에는 의무부역농[6] 마을마다 나날이 인민학교가 생기고 있으며,

학교는 지역의 인구수와 눈에 띄게 비례한다.

인민학교는 여태 법률상 상시 감독관 관할 아래 있다. 감독관 대부분이 감독관 직무와 교원을 겸하고 있어서 소관 학교에 대한 감독은 진행되나마나 하는 형편이다. 상당수가 허위로 존재하는 인민학교와 사립학교에 대한 상시 감독관, 김나지움의 교장, 인민계몽부의 허위적인 감찰은 현재 도처에서 실질적인 인민학교가 등장하는 상황임에 비춰볼 때 불편을 초래하고 있다. 아직까지 이들 학교는 실제적으로 국유농민[7]이 사는 곳에서는 기관 관리자와 구역단위 책임자 관할이고, 의무부역농민이 사는 곳에서는 농지조정관 관할이다. 따라서 그러한 관리들만이라도 관심을 쏟는다면 이들 학교에 실질적인 영향을 줄 수 있다. 이들 학교 대부분은 각자 알아서들 한다. 법률상 농민단체들이 교사를 교체하거나 임명할 권리를 갖지 못하기 때문이다. 명목상 교사의 교체 임명권은 인민계몽부에 속한다.

얼마 전 지방관구장들은 민간에 교육을 확대하고 학교와 학생 수를 파악하라는 주교관구감독국의 지시를 전달받았다. 그런 목적에서 내무부 회람이 공포된 것이다.

이 두 가지 대책은 인민교육과 교육운동에 대한 **정확한** 정

---

6 19세기 농노제 철폐로 신분상 구속에서 벗어났지만 농사짓는 땅에 대한 대가를 치르지 못해 지주에게 소작료와 부역 등의 의무를 지던 농민.—옮긴이

7 지주의 땅에서 경작하는 농민들과 달리 이들 국유농노는 국유지에서 농사를 지으며 국가기관에 조세를 납부했다.—옮긴이

보 수집에 거의 영향을 미치지 못했고, 사실상 예상할 수 있는 것과는 전혀 다르게 민간에 반영되었다. 교구 사제나 성직자들은 아이들을 가르칠만한 여유나 겨를이 없다. 인민은 무상교육에 대해 못 미더운 태도를 보인다. 읍 지역에 학교가 설립되지 못하는 이유는 첫째, 읍사무소가 대부분 마을에서 멀리 떨어져 있어서 부모들이 겨울(유일한 배움의 계절)에 옷도 잘 챙겨 입히지 못한 아이들을 4베르스타[과거 러시아에서 쓰던 길이(거리) 단위로, 1베르스타는 1.067킬로미터] 이상 떨어진 곳에 보내려하지 않기 때문이다. 둘째, 인민들이 종종 합당한 이유가 있어서 읍 서기들을 존중하지 않기 때문이다. 읍 서기들은 응당 훌륭한 도덕성을 갖춰야할 터이지만, 여태껏 주로 비공식적으로 필경사 직에서 쫓겨난 사람들로 꾸려지는 것이다.

치안분소가 있는 툴라 현에는 1861년 여름만 해도 인민학교가 하나도 없었는데, 현재는 300명 정도가 공부하는 20개 학교가 개설되어 있다. 20개 학교 중 두 곳은 서기, 세 곳은 사제와 부제, 나머지 열다섯 곳은 교사들이 이끌고 있다. 이들 교사는 특별히 수업을 담당하는 민간인으로 신학교 학생, 대학생, 병사, 퇴직한 하급 사제들이다. 이처럼 다소 힘찬 학교의 발전은 최근 어디서나 눈에 띄는 현상이며, 예를 든 경우와 마찬가지로 어디서나 이런 발전이 아주 자유롭게 이뤄지고 있다.

무엇이 이런 학교들의 출현을 자극한 원인으로 작용한 것인가? 학교는 어떻게 개설되어 행정체계를 갖추는가? (상시감독관들의 허위적인 감찰은 위에서 언급했듯, 학교에 아무런 영향도 미치지 못한다. 그저 학교 개설의 보고 여부가 그들 손에 달려있을 뿐이다.) 학교를 지속시키기 위한 물질적 수단은 어디서 어떻게 마련하는가? 어떤 교과목을 학교에 도입하고, 어떤 방법을 사용하는가? 인민은 어떤 수단을 동원해서 학교에 대한 만족과 불만을 표현하는가? 농민공동체는 자체적으로 학교를 감독할 수 있는가? 교육에 대한 인민의 관점은 어떠하며, 인민은 학교에 무슨 요구를 하는가? 어떤 책들이 민간에 퍼져 있으며, 어떤 책들이 더 민간에서 사랑받으며 읽히고 있는가? 이런 질문들에 대한 답을 하지 않고서는 어떤 인민교육 시스템도 완비할 수 없을 것으로 보인다. 이런 질문들에 대한 답변은 현실을 연구함으로써만 가능하다. 현실은 너무나 변덕스러워서 수적으로 어지간한 사실들을 가지고 산출한 일반법칙에 들어맞지 않는다. 따라서 우리는 이런 질문을 해명하는 대량의 사실 수집을 특정한 교육 시스템을 갖춤에 있어서 필수적이고 중요한 조건으로 간주한다.

이를 위해 우리는 본 잡지 이번 호에 학교와 서적에 대한 약간의 기록을 게재한다. 다음 이어질 여러 호에는 인민교육 연대기 자료 같은 다소 흥미로운 자료들, 즉 민간서적과 학교에 대한 기록을 게재하기를 희망한다. 그 기록에서 우리는 자료의 문학적 가치나 방향, 관점에 대해서는 논하지 않고, 오직 사실의 진실성과 흥미 여부로 자료를 평가할 것이다. 이러한 목적에서 모든 교사들과 서적 상인 등 대체로 인민교육을 직접적으로 상대하는 사람들이 우리가 제기한 질문들에 다소나마 상응하는 사실들을 두루 알려주기를 요청한다. 우리는 어떤 형식을 띠든 모든 보고문을 아주 소중하게 다룰 것이다. 우리가 보기에 인민교육 사업에 있어서 한결 유용하고 의미 있는 정보는 다음과 같다. 어떤 책들이 어느 읍의 어느 농촌에 있으며, 어떤 이유로 어떤 농민이 학교에서 책을 빌려갔는지, 어떤 사람이 아들을 학교에 보냈는지, 어디서 누가 몇 시간 그리고 어떻게 읽기와 쓰기를 가르치는지, 학교가 어디에 자리를 잡고 얼마를 내는지에 관한 것이다. 이는 어떤 종교, 어느 해, 어느 달에 어느 쪽 성별이 얼마나 어느 어느 현에서 배우고 있는지를 도표로 아는 것보다 훨씬 나을 것이다.

다음 호에서 우리는 위에서 언급한 우리 지역 20개 학교의 발생사와 민간에서 널리 읽히는 서적에 대한 연구물을 제시할 수 있기를 희망한다.

4. 11~12월의 야스나야 폴랴나 학교

학교의 성격 개관. 기계적 읽기와 점진적 읽기, 문법과 쓰기.

현재 우리 학교에 신입생은 없다. 초급반에서는 읽기와 쓰기를 공부하며, 산수의 세 가지 기초 연산법칙의 과제를 해결하고, 신성역사 이야기를 나눈다. 학과목은 시간표상 다음과 같이 나뉜다.

1) 기계적인 읽기와 점진적인 읽기, 2) 쓰기, 3) 습자, 4) 문법, 5) 신성역사, 6) 러시아 역사, 7) 그림 그리기, 8) 작도, 9) 노래, 10) 수학, 11) 자연과학 일화 토의, 12) 신의 율법.

교수 내용을 말하기에 앞서 야스나야 폴랴나 학교는 어떤 곳인지, 학교의 성장은 어떤 단계에 있는지 간략하게 설명하고자 한다.

모든 생명체가 그렇듯 학교는 날마다, 해마다 시시각각 탈바꿈하지만 일시적인 위기와 고난, 병적 상태, 잘못된 분위기에 휩쓸리기도 한다. 올해 여름 야스나야 폴랴나 학교가 그러한 병적인 위기를 거쳤다. 그 이유는 여러 가지다. 첫째, 언제나 여름이면 그렇듯 우수한 학생들이 모두 학교에 등교하지 않았고, 우리는 그저 들판의 작업장이나 방목지에서 가끔씩 만날 뿐이었다. 둘째, 새로운 교사들이 학교에 부임했고, 새로운 영향이 학교에 반영되기 시작했다. 셋째, 여름 내내 매일 여름방학을 틈탄 새로운 방문자, 즉 교사들이 왕래했다. 학교의 정상적 진행과정에는 방문자들만큼 해로운 것도 없다. 교사가 수업을 방문자들에게 맞추려 하기 때문이다.

교사는 네 사람이다. 두 사람의 선임 교사는 이미 2년 동안 학교에서 가르치고 있어서 학생들과 자기 업무, 학교의 자유와 외적인 무질서에 익숙하다. 학교를 졸업한지 얼마 되지 않은 두 신임 교사는 외적인 정확함과 시간표, 종치기, 프로그램 같은 것을 좋아하지만, 선임들처럼 학교생활이 몸에 배지는 않았다. 선임 교사에게는 설령 밉상이라도 그게 제 눈앞에서 성장해온 사랑스러운 아이의 면모여서 조리에 맞고 당연하게 여겨지는 것이 신임교사의 눈에는 때로 교정해야 하는 결함으로 비친다.

학교는 2층짜리 석조건물에 자리하고 있다. 방 두 개는 교실이고, 하나는 집무용, 또 다른 둘은 교사용이다. 현관 계단 위 처마 밑에는 노끈에 매달아 추를 늘어뜨린 종이 달려 있다.

현관 아래층에는 벽장과 체조 기구가 있고, 위층 현관에는 작업대가 있다. 계단과 현관에는 눈과 진흙이 잔뜩 묻어있다. 그곳에 시간표가 걸려 있다.

수업 규칙은 다음과 같다. 8시 경이면 학교에 거주하는 교사, 즉 외적 질서의 애호가이자 학교 행정 담당자가 거의 항상 제 곁에서 밤잠을 자는 소년들 중 한 아이를 종을 치라고 보낸다.

보통 농촌에서는 일어나면서 등불을 켠다. 벌써 한참 전에 창문마다 불빛이 켜진 모습이 학교에서도 보인다. 종소리가 나고 30분이 지나면 빗속 또는 가을의 비스듬한 햇살이 비추는 안개 속에서 언덕마다 (농촌은 골짜기를 사이에 두고 학교와 떨어져 있다) 가뭇가뭇한 형상이 둘씩, 셋씩 혹은 외따로 나타난다. 떼를 지어 다니는 심리는 학생들 사이에서 벌써 오래 전에 사라졌다. 이제 아이는 기다리거나 "거기, 애들아! 학교루!"[8] 하고 고함을 지를 필요도 없다.

아이는 이미 학교가 중성 명사라는 걸 알고 또 다른 많은 뭔가를 알고 있다. 이상하게도 그 결과 더 이상 무리를 지어 있을 필요가 없어진다. 아이에게 때가 왔고, 아이는 나아간다. 내 눈에는 아이들 각자가 하루가 다르게 자립성을 갖춰가고 있으며, 성격도 또렷해지는 것 같다. 나는 길에서 아이들이 뛰

---

8 아이는 러시아어 중성명사 학교uchilishche를 여성명사처럼 격변화시켜 말하고 있다.―옮긴이

놀기만 하는 모습을 거의 본 적이 없다. 아주 어린아이거나 다른 학교에서 학업을 시작했다가 다시 이곳에 입학한 아이들 말고는 말이다. 아무도 책과 공책을 들고 다니지 않는다. 집에서 할 숙제는 아예 내주지 않는다.

아이들은 손에 아무것도 들고 다니지 않고, 머리에 넣고 다닐 것도 없다. 아이에게는 어제의 어떤 수업이나 일을 오늘 기억해야할 책임도 없다. 눈앞의 수업에 대한 생각이 아이를 괴롭히는 것도 아니다. 아이는 오직 자신만을, 즉 감응이 뛰어난 천성과 학교에 가면 오늘도 어제처럼 즐거울 것이라는 확신만을 지니고 다닌다. 아이는 학교 수업이 시작될 때까지는 수업에 대해 생각하지 않는다. 지각했다고 꾸지람하는 일도 없지만, 아이들은 지각하지 않는다. 상급생 아이들이 뭔가 집안일로 아버지에게 붙들리는 일은 간혹 벌어진다. 그럴 경우 아이는 헐떡이며 성큼성큼 학교로 내달린다.

교사가 오기 전에 아이들이 모여든다. 어떤 아이들은 현관 계단에서 서로 떠밀거나 반들반들한 살얼음 위에서 양다리 미끄럼을 타기도 한다. 누군가는 벌써 교실에 들어가 있다. 그러다 추운 날이면 아이들은 교사가 오기를 기다리며, 책을 읽고 글자를 쓰거나 여기저기 돌아다니기도 한다. 여자아이들은 사내아이들과 좀처럼 섞이지 않는다. 사내아이들이 여자아이들과 뭔가를 하고 싶을 때는 여자아이 중 누군가가 아니라 항상 전부를 향해서 말한다. "거기, 너희들, 미끄럼 타기 하지 않을래?" 그도 아니면 "저거 봐, 여자애들은 얼어붙은 모

양이야!"라고 하거나 "자, 애들아 한꺼번에 나 잡아봐라!" 하
는 식이다. 다방면에 대단한 능력을 갖춘 열 살쯤 되는 머슴
네 딸아이가 모여선 여자아이들 사이에서 어느새 앞으로 나
선다. 학동들은 오직 이 여자아이 하나만은 여느 사내아이와
동등하게 대한다. 너그러움과 자제, 분별의 미묘한 뉘앙스로
말이다.

　시간표상 1학년 초급반에서는 기계적인 읽기, 2학년에서
는 점진적인 읽기, 3학년에서는 수학 공부를 한다고 해보자.
교사가 교실로 들어와도 아이들은 교실바닥에 누워있거나
"더 뛰어올라!"라고 말하기도 하고 "얘들아, 숨 막혀!" 아니
면 "그만! 이 머리 좀 놔!"하고 외치며 빽빽 울기도 한다. "표
트르 미하일로비치!"하고 아래쪽에서 한 무리의 목소리가 막
들어오는 교사를 향해 소리를 지른다. "저 애들한테 그만 좀
하라고 해라!" "안녕하세요, 표트르 미하일로비치!" 또 다른
아이들이 소리를 지르며 소동을 이어간다. 교사가 책자를 꺼
내들고, 책장 쪽으로 따라온 아이들에게 나눠준다. 교실 바닥
의 한 무리가, 또 그 위에서는 드러누운 채로 책을 달라고 한
다. 그 무리가 점점 줄어든다. 대다수 아이들이 책을 받아들
자마자, 남은 아이들도 책장 쪽으로 달려와서 소리를 지른다.
"저도요, 저도요! 어제 썼던 책으로 주세요! 저는 **콜초프** 책
주세요!" 혹여나 싸움질에 바싹 열이 오른 어떤 두 녀석이 남
아서 바닥을 구르고 있으면, 책을 들고 앉은 아이들이 두 녀
석을 향해 고함을 지른다. "너희들 거기 뒤엉켜서 뭐하는 거

야? 아무 말도 안 들린단 말야. 그만들 해!" 싸움에 열중해 있
던 녀석들이 그 말에 털고 일어나 할딱이며 책을 집어 든다.
처음에는 책을 들고 가만히 앉아 있더니 흥분을 가라앉히지
못하고 다리를 휘젓는다. 마침내 전투 정신이 사그라지고 독
서의 기운이 교실을 가득 채운다. 이제 그 아이는 미티카 녀
석의 관자놀이를 잡아채던 열성으로 **콜초프** 책(콜초프의 저작
을 우리는 그렇게 부른다)을 읽고 있다. 녀석은 이빨을 악물다
시피하고 작은 눈망울을 초롱초롱 빛내며 책 말고는 주변에
아무것도 의식하지 못한 채 책을 읽는다. 이제는 녀석을 책에
서 떼놓는 데도 아까 싸움에서 떼어놓을 때만큼 노력이 필요
할 것이다.

아이들은 내키는 대로 걸상, 탁자, 창문턱, 교실 바닥, 안락
의자 등 아무데나 앉는다. 여자아이들은 항상 저희끼리 붙어
앉는다. 한 동네 친구들, 특히 어린아이들은 (녀석들 사이의 동
무애가 각별하다) 항상 같이 다닌다. 어느 한 녀석이 저 구석에
앉기로 작정하면, 모든 녀석들이 밀치며 걸상 밑으로 자맥질
해서 그곳으로 기어들어간다. 나란히 붙어 앉아서 사방을 둘
러보는 얼굴에는 그 자리에 눌러앉아 남은 평생을 행복하게
살 것만 같은 만족스런 표정이 어른거린다. 어쩌다가 교실에
들어온 커다란 안락의자는 보다 더 자립적인 인격들, 즉 머슴
네 딸아이 등에게는 선망의 대상이다. 누군가 안락의자에 앉
기로 작정하면, 표정만 보고도 다른 아이가 그 의도를 알아채
서는 덤벼들어 서로 뒤엉킨다. 그러면 한 녀석이 다른 녀석을

밀쳐내고, 짓밟은 녀석 역시 머리가 등짝 훨씬 아래로 기울며 쓰러진다. 그러다가도 녀석은 금세 자기 일에 몰두한 여느 아이들처럼 책을 읽는다. 수업 시간에 속닥이거나 꼬집거나, 몰래 웃어대거나 손에다 콧바람을 불거나, 교사에게 서로에 대한 불평을 늘어놓는 아이를 본 적이 없다. 교회지기나 군내학교에서 배우다 온 학생이 그런 불평을 할라치면, 아이들은 "어째서 너 자신은 꼬집지 않냐?"고 말한다.

한 교실에서 초급학년 두 반이 나뉘고, 상급학년 한 반은 다른 교실을 사용한다. 선생님이 첫 시간에 들어오면, 모두 칠판 근처의 선생님을 둘러싸거나 걸상에 눕거나, 선생님 또는 책 읽는 아이 곁의 책상 위에 걸터앉는다. 만약 쓰기 시간이라면 아이들은 쥐죽은 듯 앉아 있지만, 서로의 공책을 들여다보려고 계속해서 일어서기도 하고, 자기 공책을 선생님께 보여주기도 한다. 시간표상 점심 때까지 4교시로 정해져 있지만 때로는 2~3교시로, 때로는 생판 다른 과목을 진행하기도 한다. 교사는 산수로 수업을 시작해서 기하학으로 넘어가거나, 신성역사로 시작해서 문법으로 마무리하기도 한다. 때로는 교사와 학생들이 너무나 몰두하는 바람에 한 시간 수업이 세 시간이나 이어지기도 한다. 학생들이 나서서 "안돼요, 아직은!"하고 외치거나, 지겨워하는 학생들에게 "지겹다고? 그럼 저학년으로 가버려"라고 경멸스러운 듯 외치는 일이 벌어지기도 한다. 신의 율법 수업만이 정기적으로 진행된다. 율법 담당 교사가 2베르스타 떨어진 곳에 거주하기 때문에, 일주일에 두 차

학생들에 대한 메모가 들어 있는
〈11~12월의 야스나야 폴랴나 학교〉 원고 가운데 한 페이지

례 진행되는 것이다. 율법 수업과 그리기 수업에는 모든 학생들이 다 함께 모인다.

수업을 앞두고 있을 때면 활기와 소동, 고함과 외적인 무질서가 최고조에 달하곤 한다. 저 교실에서 이 교실로 걸상을 끌어오기도 하고, 서로 싸움질을 하는 녀석이 있는가 하면, 빵을 가지러 집으로 달려가는 녀석(머슴네 아이)도 있고, 아예 페치카에서 빵을 굽는 녀석도 있다. 다른 아이에게서 뭔가를 빼앗는 녀석이 있는가 하면, 체조를 하는 녀석도 있다. 아침마다 소동이 벌어질 때처럼 아이들 스스로 가라앉아 자연스러운 질서를 찾도록 내버려두는 편이 억지로 아이들을 떼어 앉히는 것보다 훨씬 쉽다. 학교가 이런 분위기에 있을 때면 아이들을 멈추기란 물리적으로 불가능하다. 교사가 크게 고함을 지르는 일이 있는데, 그러면 아이들은 더 크게 고함을 지른다. 교사의 고함소리는 아이들을 더욱 흥분시킬 뿐이다. 아이들을 그냥 내버려두거나, 가능하다면 아이들의 이목을 다른 쪽으로 돌리는 것도 하나의 방법이다. 그러면 이 조그만 바다는 점점 드물게 요동치다가 가라앉는다. 게다가 대개의 경우말도 필요 없다. 모든 아이들이 좋아하는 그림 그리기 수업은 정오에 진행되고는 한다. 이미 아이들은 배가 고프고, 세 시간쯤을 앉아서 버틴 무렵이다. 그런데 또 다시 걸상과 탁자를 저 교실에서 이 교실로 옮겨야 하니 끔찍한 소동이 벌어진다. 그럼에도 불구하고 교사가 수업 자세를 갖추자마자 학생들도 준비가 끝난다. 행여 수업 시작을 늦추는 학생은 저 스스로 애를 먹는다.

이쯤에서 단서를 달아둬야겠다. 나는 야스나야 폴랴나 학교에 대한 기록을 제시함으로써 무엇이 학교에 필요하며 좋은지에 대한 모범을 제시하려는 게 아니다. 오직 학교에 대한 현실적인 기록만을 제시할 생각이다. 그러한 기록이 효력을 발휘하리라는 판단에서다. 만일 내가 후속편에서 학교 발전사를 명시적으로 제시할 수 있다면, 독자들은 어째서 학교의 성격이 그와 같이 형성되었는지, 어째서 내가 그런 질서가 좋다고 생각하는지, 어째서 비록 내가 바라는 바라고는 해도 그러한 질서 변경이 내게는 아예 불가능한 일인지를 이해하게 될 것이다. 학교는 교사와 학생들이 기초를 놓은 시작 무렵부터 자유롭게 발전해왔다. 무엇보다 우선하는 교사의 영향에도 불구하고, 학생은 언제나 등교하지 않거나 심지어는 학교에 다니더라도 교사의 말을 듣지 않을 권리를 지녔다. 교사는 학생을 곁에 오지 못하게 할 권리와 대다수 학동을 비롯하여 초등생으로 구성되는 집단에 영향력을 발휘할 기회를 가지고 있다. 학생들이 더 멀리 전진할수록, 교수 내용은 더욱 세분화되고 질서는 더더욱 필수적이다. 그 결과 학교가 강압 없이 정상적으로 발전하는 상황에서, 더욱더 교양을 갖추게 될수록 학생들은 질서에 더 잘 대처하고 저들 스스로 질서의 필요성을 더욱 절감한다. 또한 이런 측면에서 학생들에 대한 교사의 영향은 더욱 강해진다. 야스나야 폴랴나 학교에서 이런 규칙은 학교의 초석이 놓인 날 이래로 지속적으로 확인되었다. 애초에는 학급도 과목도, 휴식시간과 수업시간도 구분할 수 없었다. 모든 게 저절로 하나로 합쳐졌기 때문에 배분하려는 온갖 시도는 헛수고에 불과했다. 지금은 1학년에 시간표대로 하자고 요구하는 학동들이 있다. 이런 아이들은 수업에 방해받는 일이 생기면 불만을 품기도 하고, 달려드는 어린아이들을 계속해서 직접 쫓아버리기도 한다.

내 견해로는 이러한 외적인 무질서는 교사에게, 그게 아무리 이상하고 난감하게 보인다고 해도, 유익하며 무엇으로도 대체할 수 없다. 이러한 구조의 이점에 대해 자주 언급하는데,

허구적인 불편에 대해서라면 다음과 같이 말하겠다. 첫째, 이러한 무질서 또는 자유로운 질서가 무섭게 여겨지는 이유는 자신이 훈육받으면서 전혀 다른 것에 익숙해지기 때문이다. 둘째, 많은 유사한 경우처럼 이런 경우 폭력의 사용은 조급성과 인간 본성에 대한 존중 부족과 그 결과이다. 무질서는 더욱 커지고, 더욱더 빈번해지며 한도가 없는 것 같고, 무력 사용 말고는 무질서를 중지시킬 다른 수단이 없는 것처럼 보인다. 그저 약간 기다릴 줄 알아야 한다. 그러면 무질서(또는 활기)는 우리가 고안하는 무엇보다 훨씬 더 자연스럽게 질서로 탈바꿈할 수 있다. 초등생들은 비록 어리지만, 우리와 다름없는 요구를 갖고 똑같은 방법으로 사고하는 사람이다. 그들 모두 공부하고 싶어서 학교에 다니는 것이며, 따라서 배우기 위해서는 일정한 조건들에 복종해야 한다는 결론에 아주 쉽사리 도달할 것이다. 그들도 사람일 뿐만 아니라 하나의 사고로 연결된 사람들의 집단이다. "셋이 내 이름으로 모인 곳에는 나도 그들 중에 있느니라."[마태복음, 18:20] 아이들은 자기 본성에서 흘러나오는 천성의 법칙에 맞춰 격분하거나 불평하고, 어른의 때 이른 개입에 복종하더라도 종소리, 시간표와 규칙의 합법성은 믿지 않는다.

　나는 이런 광경을 여러 번 본 적이 있다. 아이들이 맞붙어 싸우고, 교사가 달려들어 아이들을 갈라놓는다. 그러면 따로 떨어진 앙숙은 서로 눈을 흘긴다. 심지어는 무서운 선생님이 있더라도 끝내 이전보다 더 아프게 상대를 떠밀지 않고는 배기지 못한다. 날마다 이런 모습을 목격한다. 키류쉬카가 이를 악물고 타라스카에게 달려들어 녀석의 관자놀이를 붙잡고 땅바닥에 넘어트린다. 언뜻 죽기로 작정하고 상대를 불구로 만들 것만 같다. 하지만 채 몇 분 지나지 않았는데, 타라스카가 키류쉬카 밑에서 키득거린다. 한 녀석이 연이어 더 손쉽게 다른 녀석에게 앙갚음을 한다. 그리고 채 5분도 안 지나서 두 녀석은 동무가 되어 나란히 앉는다. 얼마 전에 두 학급 사이의 어느 구석에서 두 소년이 맞붙었다. 한 아이는 제2학급의 아홉 살짜리 비범한 수학자이다. 다른 아이는 머리를 바싹 깎은 머슴집 아들 키스카인데, 조그맣고 까만 눈을 가진 녀석은 영리하면서도 복수심이 강하다. 키스카가 수학자의 관자놀이께 긴 머리칼을 그러쥐고 머리를 벽 쪽으로 밀어붙였다. 수학자는 헛되이 키스카의 바싹 깎인 머리칼을 움켜쥐려고 애를 썼다. 키스카의 까만 두 눈이 득의양양해졌고, 수학자가 눈물을 간신히 참으며 말했다. "어, 어! 뭐야? 뭐냐고?" 녀석이 보기에는 돌아가는 꼴이 심상찮아서 용기를 내보는 것이다. 그런 상황이 꽤나 오래 이어졌고, 나는 어떻게 할지 용단을 내리지 못하고 있었다. "싸운다, 싸운다!" 아이들이 외치면서 구석으로 몰려들었다. 조무래기들은 웃어댔지만, 큰 아이들은 떼놓으려고 하지는 않았지만 진중하게 서로를 살피고 있었다. 이러한 눈길과 침묵이 줄곧 키스카를 향해 있었다. 녀석은 자신이 뭔가 못된 짓을 한다는 걸 알아채고, 죄를 진 듯 미소를 지어보이며 수학자의 머리칼을 천천히 놓아주었다. 수학자가 빠져나오며 키스카를 밀치는 바람에 녀석이 벽에 뒤통수를 찧었고, 수학자는 이에 만족해서 물러섰다. 그러자 조그만 키스카가 울면서 적수를 향해 달려들어 온힘을 다해 털외투를 입은 상대에게 부딪쳤지만, 아프게 하지는 못했다. 수학자는 앙갚음을 할 태세였고 바로 그 순간 찬동하지 않는 몇몇 목소리가 터져 나왔다. "저 봐라, 어린놈하고 달라붙어서는!" 구경꾼들이 소리쳤다. "도망쳐, 키스카!" 사건은 마치 언제 그랬냐는 듯 그것으로 끝났다. 추측컨대, 양쪽 다 아프기 때문에 싸우는 건 언짢은 일이라는 두 녀석의 어렴풋한 의식을 제외하면 말이다.

이쯤에서 나는 어떤 무리를 지배하는 공정성에 대한 감각을 알아차린 것만 같다. 하지만 몇 번씩이나 그런 일이 해결되어도 어떤 법칙이 기초에 있는지 알아낼 도리는 없다. 아무튼 양쪽 다 만족시키며 해결이 되기는 한다. 이런 일에 비해 같은 경우의 훈육 기법은 하나같이 얼마나 독단적이고 불공정한가. 훈육자는 이렇게 말하곤 한다. "너희 둘 다 잘못을 저질렀으니, 무릎 꿇고 앉아 있어!" 잘못은 어느 한 녀석이 저지르기 때문에 훈육자가 그릇된 것이다. 그러면 그 한 녀석은 무릎 꿇고 앉아서 다 못 쏟아낸 자신의 앙심을 곱씹으며 득의양양해진다. 무고한 아이는 이중의 처벌을 받는 셈이다. 또 훈육자가 이렇게 말할 수도 있다. "너는 이런저런 잘못을 저지른 거니까 처벌받는 거야." 그러면 처벌받은 아이는 자신이 그 적법성을 인정 못하는 포학한 힘이 자신과 싸운 아이 편이라는 생각에 상대를 더욱 증오한다. 그도 아닌 경우 훈육자는 이렇게 말한다. "저 아이를 용서해라, 하느님의 명령이니까. 너는 저 아이보다 나은 사람이 되는 거야." 더 나은 사람이 되라고 말하지만, 그 말을 들은 아이는 더 강해지고 싶을 뿐이다. 다른 아이보다 **나아지는 것을** 이해하지 못하고 이해할 수도 없다. 또 다른 경우는 이렇다. "너희 둘 다 잘못한 거야. 얘들아, 서로 용서를 빌고 뽀뽀해줘." 이런 방법은 최악이다. 그것은 부당함과 억지 뽀뽀 때문이기도 하고, 일단 진정시킨 나쁜 감정이 거기서 다시 불거지기 때문이기도 하다.

싸운 아이들을 가만히 놔둬보라. 그저 제 자식이 가엾다는 이유로, 제 아들을 구타한 녀석의 머리끄덩이를 잡아당겼어도 언제나 옳은 아버지나 어머니가 아니라면 더더욱 그렇다. 그대로 두고 저간의 사정이 어떻게 해명되고 처리되는지를 살펴보라. 무의식적인 삶의 관계가 다 그렇듯이 모든 일은 단순하고 자연스러운 동시에 복잡하고 다양하게 처리된다. 하지만 이러한 무질서 또는 자유로운 질서를 체험하지 못한 교사들은, 교사의 개입이 없으면 이러한 무질서가 치고받다가 부러지는 등의 육체적으로 해로운 결과를 낳을 수 있다고 생각할지 모른다. 야스나야 폴랴나 학교에는 지난 봄 이래로 타박상흔적이 남은 경우는 두 건 뿐이다. 한 소년이 현관 계단에서 떠밀려서 한쪽 다리가 부러졌고(상처는 2주 만에 아물었다), 또한 소년은 불이 붙은 고무줄에 뺨을 데었는데, 2주쯤 부스럼이 생기곤 했다. 일주일에 한 번 이하지만, 누군가 꼭 우는 일이 생긴다. 아픈 것 때문이 아니라 분하거나 부끄러워서 그러는 것이다. 우리는 여름 내내 온전히 저희 뜻대로 놔둔 30~40명의 학생들 중에서 이 두 가지 경우를 제외하고 구타, 멍, 혹이 생긴 경우를 떠올릴 수 없다.

나는 학교가 어느 한 가족의 소관 사항인 훈육의 문제에 개입해서는 안 된다는 신념을 갖고 있다. 또한 학교는 포상하거나 처벌을 해서도 안 되며, 그러한 권리를 갖고 있지도 않다. 최상의 경찰과 학교 행정은 학생들이 배우고 다들 원하는 방식대로 서로 간에 관계를 맺을 수 있는 충분한 자유를 제공하는 것이다. 나는 이를 확신하고 있지만, 그럼에도 불구하고 훈육적인 학교의 낡은 관습이 우리 내부에도 아주 강하다. 야스나야 폴랴나 학교 역시 이런 규칙을 위반하는 경우가 드물지 않다. 지난 반 년 동안, 바로 11월에 두 차례의 처벌이 있었다.

부임한지 얼마 되지 않은 교사였다. 그리기 수업 시간에 교사는 자신의 말을 듣지 않고 소리를 질러대며 아무 이유도 없이 옆의 학생들을 마구 때리는 소년을 발견했다. 교사는 어떤 말로도 아이를 진정시킬 수가 없어서 아이를 자리에서 끌어내고 그림판을 빼앗아버렸다. 그것이 처벌이었다. 소년은 수업시간 내내 눈물을 쏟아냈다. 그 아이는 야스나야 폴랴나 학교를 시작할 때, 내가 받아들이지 않은 소년이었다. 그 아이를 어찌해 볼 도리가 없는 백치로 판단했기 때문이었다. 소년의 주요 특징은 우둔함과 온순함이었다. 동무들은 한사코 그 애를 놀이에 끼워주지 않고 비웃고 조롱하며, 저희가 놀랐다는 듯 떠들어대곤 했다. "페드카 녀석, 정말 신기한 놈이에요! 때려보라지. 쪼그만 놈들한테도 얻어맞는 녀석이라고요. 그래도 그 녀석은 몸을 털고 딴 데로 가버려요." "영 소갈머리 없는 놈이에요." 어떤 소년이 그 아이에 대해 내게 들려준 말이다. 그런 아이가 광포한 상태에 내몰렸는데, 교사는 그걸로 아이를 처벌한 것이다. 그렇다면 잘못을 저지른 사람은 분명 처벌 받은 그 아이는 아니다.

그와는 다른 경우도 있다. 여름날 건물을 개축하던 무렵, 물리실에서 라이덴병 축전지가 종적을 감춘 일이 있었다. 몇 차례 연필도 사라졌고, 책들은 목수나 도장공의 작업이 끝났을 때 종적을 감췄다. 우리는 아이들에게 질문을 던졌다. 영특한 학생들이자 학교 역사상 첫 학생들이며 우리의 오랜 친구들이 얼굴이 빨개지고 움찔거리며 겁을 내기 시작했다. 여느 예심판사 같으면 누구라도 아이들의 당황한 태도를 보고 잘못을 저지른 명백한 증거라고 생각할만한 정도였다. 하지만 나는 아이들을 잘 알고 있었기 때문에, 나 자신에 대해서 만큼이나 아이들의 무죄를 보증할 수 있었다. 나는 혐의가 씌워졌다는 생각 하나만으로 아이들이 심각하게 모욕당한 상태임을 알아차렸다. 재능 있고 부드러운 심성을 가진 소년 표도르는 완전히 창백해져서 와들와들 떨면서 울기도 했다. 아이들은 그것이 누구의 소행인지 알게 되면 알려주기로 약속했지만, 그게 누구의 짓인지 찾으려 들지는 않았다.

며칠 후 도둑이 누구인지 밝혀졌다. 멀리 떨어진 농촌에서 다니는 머슴집 아이였다. 또한 이 아이는 같은 마을에서 함께 등교하는 농민의 자식을 끌어들였다. 두 아이는 훔친 물건을 상자에 숨겨놓았다. 사태가 밝혀진 순간 아이들 사이에서는 안도와 기쁨, 동시에 도둑에 대한 경멸과 유감 같은 야릇한 감정이 분출되었다. 벌칙은 아이들이 정하게 했다. 그러자 도둑을 매질하자며 꼭 저희들이 하겠다는 축이 있었고, **도둑**이라고 쓴 딱지를 꿰매어 달고 다니게 하자는 축도 있었다. 이런 벌칙은 부끄럽게도 이전에 우리가 사용한 적이 있는데, 1년 전에 **거짓말쟁이**라고 적힌 딱지를 달고 다닌 바로 그 녀석이 도둑 딱지를 가장 완강하게 요구했다. 우리는 딱지를 달기로 뜻을 모았다. 그리고 어떤 소녀가 딱지를 바느질해 달아 놓자 학생들이 다 처벌받은 녀석들을 심술궂게 쳐다보며 조롱하기도 했다. 아이들은 더 강한 벌칙을 요구했다. "저 녀석들 마을을 돌아다니게 하고, 축제일까지 딱지를 붙여둬요." 처벌받은 아이들이 울음을 터트렸다. 동무의 꾐에 넘어간 농민의 아들은 재능 있는 이야기꾼이자 익살꾼이었는데, 희멀겋고 뚱뚱한 이 땅딸보는 꼬마답게 온힘을 다해 질펀하게 울었다. 주범인 마른 체형의 영리한 얼굴에 매부리코인 녀석은 창백해져서 입술이 덜덜 떨렸지만, 눈으로는 기뻐하는 동무들을 거칠고 앙칼지게 쳐다보고 있었다. 이따금씩 울음으로 아이의 얼굴이 부자연스럽게 비틀리기도 했다. 찢어진 차양이 달린 모자가 아이의 뒤통수에 얹혀있었고, 머리는 마구 헝클어진데다 옷은 백묵이 묻어 엉망이었다. 이런 모습 전부가 나를 비롯하여 아이들을 놀라게 했다. 마치 이런 모습을 처음 보는 심정이었다. 유쾌하지만은 않은 모두의 관심이 아이에게 쏠려있었다. 아이는 이런 시선을 언짢아했다. 녀석은 주위를 둘러보지도 않고 고개를 푹 숙인 채 무슨 특별한 죄라도 지은 것 같은 걸음걸이로 집으로 향했다. 그러자 아이들이 그 뒤로 우르르 몰려나가 뭔가 억지스럽고 기이하고 혹독하게 녀석을 놀려댔다. 아이들이 자신의 의지와 상관없이 어떤 사악한 기운에 이끌린 것 같았다. 나는 무언가 잘못되었다는 생각이 들었다. 하지만 일은 그대로 진행되어, 도둑이 된 아이는 하루 종일 딱지를 달고 다녔다. 이 시기부터 그 아이는 잘 배우려들지 않았고, 아이들이 노는 데나 동무들과의 이야기 자리에 보이지 않는 것 같았다.

한번은 내가 수업시간에 들어갔는데, 학생들이 일제히 끔찍하다는 투로 그 소년이 또 다시 도둑질을 했다고 알려줬다. 교무실에서 20코페이카의 동전을 훔친 소년이 그 돈을 계단 밑에 숨기려던 순간 걸린 것이다. 우리는 다시 소년에게 딱지를 붙여줬고, 또다시 예의 꼴불견 장면이 연출되었다. 나는 훈육자들이 흔히 그렇듯이 그 소년을 훈계하기 시작했다. 그런데 그곳에 있던 나이든 수다쟁이 소년도 훈계를 시작했다. 아마도 그 소년은 머슴살이하는 제 아버지에게 들은 말을 되풀이하는 것 같았다. "한 번 도둑질하면 또 그런 짓을 한다." 수다쟁이 아이가 조리 있고 의젓하게 말했다. "그게 버릇이 되면

66

나쁜 결과만 생기거든." 나는 난감해지기 시작했다. 도둑질한 아이에게 나는 거의 악감정마저 느꼈다. 벌 받은 아이의 얼굴로 시선을 돌렸다. 더욱 창백해져서 고통스럽고 모질어진 아이의 얼굴은 왠지 족쇄를 찬 죄수를 떠오르게 했다. 갑자기 수치스럽고 추잡한 기분이 엄습해서, 나는 아이에게 그 어리석은 딱지를 떼어버리고 원하는 곳으로 가라고 말했다.

문득 내게는 그 불행한 소년을 괴롭힐 권리가 없음을 머리가 아니라 온몸으로 깨달았다. 나나 머슴집 아들이 바라는 대로 그 아이를 바꿔놓을 수는 없다는 사실을 납득한 것이다. 나는 우리로서는 알 도리가 없는 영혼의 비밀이 있음을 확신했다. 거기에 영향을 미칠 수 있는 것은 생활이지 교훈이나 처벌이 아니다. 이 무슨 낭패란 말인가? 소년은 책을 훔쳤다. 길고 복잡한 감정과 사고, 잘못된 추론의 온전한 과정을 거쳐 남의 책을 훔치고는 무슨 목적에선지 그 책을 제 상자에다 감췄다. 그런데 나는 '도둑'이라는 종잇장을 그 아이에게 붙인 것이다. 그 말은 전혀 다른 의미다. 왜 그랬는가? 수치심을 줘서 처벌하라는 말들을 한다. 아이에게 수치심을 줘서 처벌한다고? 어째서? 수치라는 게 뭔가? 수치스러움이 도벽을 없애는 건 확실한가? 그것은 도벽을 더 강화시킬 수도 있다. 그 아이의 얼굴에 나타난 표정은 수치심이 아니었을지도 모른다. 내가 짐작하는 한 그것은 수치스러움이 아니라, 그 아이의 영혼 속에 늘 잠들어 있어서 굳이 불러낼 필요가 없는 전혀 다른 무엇이었다. 현실적이라고 일컫는 세계, 즉 파머스턴들과 카옌[9]의 세상에서는 합리적인 것이 아닌 현실적인 것이 합리적이다. 그런 세상에서는 처벌받는 사람들이 직접 자신을 처벌할 권리와 의무를 고안해도 무방할 것이다. 우리 아이들, 즉 소박하고 독립적인 이들의 세계는 처벌의 합법성에 대한 범죄적인 믿음과 자기기만에서 벗어나 깨끗해야 한다. 다시 말해, 우리가 복수의 감정을 처벌이라 일컫는 순간 그것이 공정한 것이 되고 마는 자기기만과 믿음으로부터 벗어나야 한다.

다시 하루의 수업 순서에 대한 기록을 이어가보자. 오후 2시경이면 허기진 아이들이 집으로 달려간다. 허기진 상태에도 불구하고 아이들은 누가 어떤 점수를 받았는지 알아보려고 잠시 머문다. 현재 누구에게도 특전을 주지 않는 점수에 아이들은 놀랍도록 집중한다. "나는 플러스 5점인데, 올구쉬카는 웬 0점, 대단해!" "난 4점이야!" 아이들이 왁자지껄하다. 점수는 아이들에게 그들의 노동에 대한 평가 역할을 하고, 점수에 대한 불만은 평가가 정확하게 주어지지 않은 경우에만 발생한다. 아이가 노력한 걸 교사가 살펴보고도 그 노력보다 낮게 점수를 줄 경우에는 야단이 난다. 그 아이는 교사를 가만 놔두지 않고 서럽게 울어댄다. 행여 정정이 되지 않는다면 말이다. 나쁜 점수라도 응당하게 받은 거라면 저항하는 경우는 없다.

---

9 파머스턴은 19세기 자국의 이익 확대를 중점으로 한 고립 외교정책을 폈던 영국의 정치가를 일컫는다. 카옌은 남아메리카의 프랑스령 기아나의 주도로 범죄자 유형소를 가리킨다.─옮긴이

아무튼 점수 주기는 우리의 낡은 질서로부터 남은 것이며, 자체로 내리막을 향하고 있다.

흩어졌다가 점심 후 첫 번째 수업에는 아침의 모습과 마찬가지로 다시 모여든다. 대개는 이때 신성역사 또는 러시아사 수업이 진행되는데, 전 학년이 다 함께 모인다. 이 수업은 보통 어스름이 깔릴 무렵 시작된다. 교사는 교실 한가운데 서거나 앉는다. 그러면 아이들이 교사 주변으로 원형극장처럼 자리를 잡는다. 걸상에 앉은 녀석, 책상에 앉은 녀석들, 창문턱에 앉은 녀석들도 있다.

저녁의 모든 수업, 특히 이 첫 수업은 아침과는 완전히 다른 특별한 성격, 즉 평온과 공상 그리고 시적 정취를 띤다. 어스름이 깔릴 때 학교로 오면 창문에 불빛도 보이지 않고 반쯤 괴괴한데, 계단에 새로 묻혀온 눈과 약한 웅성임, 문 너머에서 움직이는 소리, 어떤 꼬맹이가 난간을 붙잡고 두 계단씩 층계를 오르는 소리뿐이다. 이 소리들은 학생들이 학교에 있음을 입증한다. 교실로 들어오라는 요청이다. 성에가 낀 창문 너머로는 거의 어둠이 내렸다. 상급생들과 우등생들은 교사 바로 곁에 서로 바투 앉은 채 머리통을 치켜들고 교사의 입을 곧장 쳐다본다. 자립적인 머슴집 딸아이는 근심스러운 얼굴로 늘 높다란 책상 위에 앉는다. 한마디 한마디를 다 삼켜버릴 것만 같은 표정이다. 좀 못하는 조무래기 녀석들은 약간 떨어져 앉아 있다. 이 녀석들은 진중한 모습으로 화라도 난 듯 상급생들처럼 자세를 취해 수업을 듣는다. 그런 집중에도 불구하고, 우리는 이 녀석들이 설령 많은 것을 기억한다 해도 아무 말도 들려주지 못한다는 걸 알고 있다. 옆 녀석의 어깨에 기댄 녀석이 있는가 하면, 아예 책상 위에 서 있는 녀석도 있다. 이따금 몰려 있는 아이들의 한가운데로 비집고 들어가 어느 누군가의 등 뒤에서 그 등짝에다 손톱으로 여러 형상을 그리는 데 몰두하는 녀석도 있다. 이따금 당신을 살피는 녀석도 있을 것이다.

그러다 새로운 이야기가 시작되면, 모든 아이들이 숨을 죽이고 이야기를 듣는다. 또한 이야기가 반복될 때면 여기저기서 자부심 섞인 목소리가 튀어나온다. 교사에게 넌지시 말해주지 않고는 견디지 못하는 것이다. 게다가 아이들은 자신들이 좋아하는 옛날이야기라면 교사에게 자기들 말로 반복해달라고 요청하고, 교사의 말을 가로채는 짓은 용납하지 않는다. "야 너, 왜 안달이야? 조용히 해!" 불쑥 나선 녀석에게 누군가 소리를 지른다. 선생님이 하는 이야기의 특질과 예술성을 차단하는 게 안타까운 것이다. 저번 이야기는 예수의 생애였다. 아이들은 매번 그 모든 이야기를 해달라고 요청한다. 행여나 들려준 게 전부가 아니면, 아이들은 자신들이 좋아하는 결말인 베드로의 부인과 구세주의 고난 이야기를 스스로 덧붙인다. 모두 쥐죽은 듯, 바스락거리지도 않는 듯 보인다. 혹여 잠든 것은 아닌지? 어스름 속에서 다가서서 어떤 조무래기의 얼굴을 들여다보라. 녀석은 선생님을 뚫어져라 보면서 집중하느라 이마에 주름살까지 짓고 앉아서, 제 어깨를 짓누르는 동무의 손을 열 번쯤은 쳐내곤 한다. 누가 녀석의 목을 간질였다고 해도, 녀석은 웃지도 않고 파리를 쫓듯이 고개를 숙일 뿐이다. 다시금 녀석은 비밀스럽고 시적인 이야기에 흠뻑 빠져든다. 어떻게 교회의 장막이 저절로 찢어지고[10], 대지가 컴컴해졌는지 아이에게는 끔찍하면서도 훌륭하다.

그런데 교사가 그쯤에서 이야기를 끝낸다. 아이들 모두 자리에서 일어나 교사에게 몰려들며 서로 더 크게 소리를 지른다. 그동안 참았던 이야기를 다시 들려주려 애쓰는 것이다. 고함소리가 사나워지고, 교사는 아이들 모두를 가까스로 살펴볼 수 있다. 말하는 걸 금지당한 아이들은 자기들이 잘 안다는 확신에 차 있어도, 그것으로는 마음을 가라앉히지 못한다. 그런 아이들은 다른 교사에게 접근한다. 다른 교사가 없으면 동무, 제삼자, 심지어 난방 담당자에게 접근한다. 이 구석 저 구석으로 다니며 둘이 되던 셋이 되던 각자에게 자기 말을 들어보라고 한다. 이따금 혼자 이야기를 하는 경우도 있다. 아이들은 힘이 맞먹는 녀석들끼리 짝을 지어서 서로를 부추기거나 기다리다가 고쳐가면서 들은 이야기를 다시 나눈다. "너, 나랑 해보자." 한 녀석이 다른 녀석에게 말을 건네지만, 제안을 받은 녀석은 제안한 녀석이 제 맞수가 아니라는 것을 알고 다른 녀석 찾아보라고 한다. 일단 하고 싶던 말을 토로하면 마음

---

10 그리스도가 십자가형에 처해졌을 때, 솔로몬 사원 지성소 입구의 장막이 저절로 찢어졌다는 복음서의 전설.—옮긴이

이 가라앉는다. 그 즉시 아이들은 촛불을 꺼내오고 이제 녀석들에게는 전혀 다른 분위기가 감돌기 시작한다.

저녁 시간에는 대체로 다른 수업에서도 소동과 고함이 덜하고, 더 순순하게 굴며 교사에 대한 신뢰도 커진다. 특히 수학과 분석 시간에 대한 거부감이 확연한 반면 노래와 읽기, 특히 단편 이야기 시간에는 아이들이 적극성을 보인다. "수학에, 쓰기가 다 뭐야. 이야기하는 게 최고지. 땅에 대해서든, 아니면 역사라도 말이야. 그러면 우리는 잘 듣고 있을 텐데." 아이들은 그렇게 말한다. 8시 경이 되면 아이들의 눈은 게슴츠레해지고, 이따금씩 하품을 해대기 시작하고, 촛불은 더 어둡게 타는데도 거의 갈지 않는다. 나이든 녀석들은 버텨내지만, 더 어린 아이들과 뒤처지는 아이들은 책상에 팔꿈치를 괴고 선생님의 유쾌한 말소리 아래서 잠이 든다.

이런 식의 여러 수업은 흥미롭기도 하지만 너무 많아서 (때론 하루 7시간 이상) 아이들은 결국 지치곤 한다. 간혹 이럴 때 또는 축제일을 앞두고 집집마다 페치카에서 준비한 음식의 김이 폴폴 뿜어져 나올 무렵이면, 갑자기 아무 말도 하지 않고 점심시간 후 둘째 또는 셋째 수업시간에 두세 명이 교실로 뛰어들어 서둘러 모자를 챙긴다. "너희들 뭐하니?" "집에 가요." "수업은 어쩌고? 노래 시간인데!" 아이들은 요지부동이다. "집에 갑니다." 그렇게 말한 아이는 모자 속으로 눈길을 피한다. "누가 말했니?" "얘들아, 가자!" "대체 이게 어쩐 일이야?" 수업 준비를 하던 교사가 당황해서 묻는다. "가만 있어!" 하지만 달아올라 걱정스런 얼굴의 다른 소년이 교실로 달려든다. "여기 서서 뭐해?" 녀석은 화가 난 듯 다른 소년을 공격한다. 가만히 버티고 선 다른 녀석은 우물쭈물하며 모자의 보풀을 매만진다. "얘들아, 이놈 여기 있네. 아마 대장간 옆일 거야." "갈래?" "가자." 두 아이가 저만치 달려가더니 문 뒤에서 소리친다. "이반 이바느이치! 안녕히 계세요!" 집에 가기로 결심한 이 아이들이 누군지, 어떻게 그런 결정을 내렸는지는 아무도 모른다. 누가 그런 결정을 했는지는 아무도 찾아내지 못한다. 그 녀석들은 의논한 것도 아니고, 모의한 것도 아니다. 녀석들은 문득 집에 가고 싶어졌을 뿐이었다. "저 녀석들 집에 가요!" 조그만 발이 계단을 따라 쿵쿵대는 소리가 났다. 누군가는 고양이처럼 계단을 미끄러진다. 녀석들은 껑충껑충 뛰다가 눈밭에 풀썩 뛰어들고, 비좁은 길을 돌아치고 소리를 지르며 집으로 달려갔다. 일주일에 한두 번 정도는 그런 일이 되풀이된다.

이에 동의하지 않는 교사에게는 굴욕스럽고 불쾌한 일이다. 하지만 그런 교사는 그와 같은 한 가지 경우 때문에 하루 5시간이나 6시간, 때로 7시간의 수업이 각 학급에 얼마간 더 큰 의미를 갖는다는 데 동의하지 않는다. 그 수업들은 학생들이 자유롭게 그리고 자진해서 유지하고 있는데도 말이다. 그런 경우가 반복되기는 하지만, 학교에서의 가르침이 비록 불충분하고 일면적이라고 해도 아주 조악하거나 해롭지 않음은 확신할 수 있다. 1년 동안 그런 일이 단 한 번도 없게끔 한다거나, 그런 일이 반 이상의 수업에서 되풀이되는 것 중 어느 것이 나은가? 만약 문제 설정이 그렇다면, 우리는 후자를 선택할 것이다. 나는 적어도 야스나야 폴랴나 학교에서 한 달에 몇 차례 반복되는 이런 일을 기쁘게 받아들였다. 언제든 원하면 학교에서 벗어나는 행동이 자주 반복된다고 해도 교사의 영향은 아주 막강하다. 최근에는 수업과 시간표, 채점 규율이 학생들 눈에 띄지 않게 그들의 자유를 옥죄는 건 아닌가 걱정이 들 정도였다. 아이들이 우리가 배치한 질서의 교활한 그물망에 아예 복종하며, 선택과 저항의 가능성을 잃어버릴 만큼 말이다. 아이들이 주어진 자유에도 불구하고 계속해서 기꺼이 학교에 다닌다지만, 이것이 야스나야 폴랴나 학교의 특수한 자질은 아니라고 생각한다. 나는 아이들의 유사한 행동이 대다수 학교에서 되풀이되어도 좋으리라 생각한다. 배우고자 하는 아이들의 욕구는 너무나 강력해서 그 욕구를 충족시키기 위해 아이들은 많은 어려운 조건에 굴복하고 숱한 결함을 용서한다. 앞서와 같은 탈주의 가능성은 유용하고 필수적이다. 이는 아주 심각하고 거친 실수와 월권 행위에 빠지지 않도록 교사가 보험을 들어놓는 것에 다름 아니다.

저녁에는 노래, 점진적인 읽기, 토의, 물리실험과 작문 수업이 진행되곤 한다. 아이들이 좋아하는 과목은 읽기와 실험이다. 읽기 시간에 나이든 아이들은 큰 탁자에 별 모양으로 머리를 마주하고 다리는 제가끔 떨어트려 둘러앉았다. 한 아이가 읽으면, 모두들 서로에게 이야기를 해준다. 어린아이들은 책을 앞에 놓고 두 명씩 앉는다. 그 책 내용이 이해할만 하면 아이들은 우리처럼 책을 읽으며 불빛 쪽으로 다가앉아 차분하게 팔꿈치를 괴는데, 그게 녀석들에게 만족을 주는 모양이다. 몇 녀석은 두 가지 만족을 합치려고, 불을 때는 페치카 맞은편에 앉는다. 몸을 따뜻하게 해서 글을 읽는 것이다. 실험 수업에는 아이들 모두가 아닌, 나이든 아이와 우등생들, 2학년 중에서 분별력이 뛰어난 아이들만 받아들인다. 우리 학교의 특성상 이 수업은 저녁 무렵의 아주 환상적인 분위기, 동화 읽기가 불러일으킬 것 같은 분위기에 딱 어울린다. 그 시간이면 동화적인 일이 현실에서 벌어진다. 모든 실험이 아이들에 의해 인격화되는 것이다. 봉랍에 의해 밀려나는 노간주나무 구슬, 서로 빗나가는 자석 바늘, 아래쪽 자석이 이끄는 대로 종잇장 위를 이리저리 움직이는 쇳밥 같은 것이 아이들에게는 살아 있는 존재로 상상되는 것이다. 영리한 녀석들은 이러한 현상에 대한 설명을 알아듣고 여기에 몰두해서 바늘, 구슬, 쇳밥을 보며 탄성을 지른다. "저거 봐! 어디로! 어디로? 계속 해봐! 우와! 굴러라!"

수업은 보통 8시나 9시에 끝난다. 나이든 소년들의 목공작업이 더 길게 지체되지 않는다면 말이다. 모두가 떼로 고함을 지르며 함께 마당지기한테 뛰어갔다가 따로 무리를 지어 서로 목청을 높이며 농촌 마을 사방팔방으로 흩어진다. 이따금 아이들은 대문 밖에 있는 큰 썰매를 보면, 언덕에서 썰매를 타고 마을 쪽으로 내려갈 궁리를 한다. 아이들이 썰매 끌채를 잡아매고 한가운데로 뛰어들어 눈가루가 날리는 사이로 카랑카랑 소리를 지르며 시야에서 사라진다. 그 길 어딘가에는 썰매에서 떨어진 녀석들이 검은 얼룩처럼 남겨지곤 한다. 학교에서의 자유에도 불구하고, 학교 밖에서는 학생들과 교사 사이에 새로운 관계가 설정된다. 더 큰 자유와 더 넉넉한 소탈함, 더 큰 신뢰, 즉 학교가 마땅히 지향해야 할 이상으로 여겨지는 모종의 관계가 형성되는 것이다.

얼마 전에 1반 수업에서 우리는 고골의 〈비이〉[11]를 읽었다. 마지막 장면이 강한 인상을 남겼고, 아이들의 상상력을 자극했다. 몇 명의 아이는 마녀를 상상하는 표정이었고, 모두들 마지막 밤을 떠올렸다.

마당은 춥지 않았다. 하늘에는 달도 없고 먹구름이 낀 겨울밤이었다. 네거리에서 우리는 멈춰 섰다. 3년째 배우는 상급생들이 더 데려다 달라며 내 주변을 서성였다. 하지만 조무래기들은 멀뚱거리며 언덕 밑으로 미끄럼을 타기도 했다. 하급생들은 새로 온 교사에게 배우기 시작해서 그 애들과 나 사이에는 상급생들과 같은 신뢰가 존재하지 않았다. "그럼 우리 저 금렵구역(거주지에서 200걸음 정도 떨어진 작은 숲)으로 가요." 그 중에 어떤 녀석이 말했다. 페드카 녀석은 누구보다 요

---

11 고골의 《미르고로드》 선집에 포함된 작품으로, 우크라이나의 민간전승 일부가 차용되어 괴기스런 면을 지닌 공상적 이야기이다. 사건이 전개될수록 괴기한 환상성은 더욱 강화된다. 이 작품을 모티브로 삼은 러시아 영화(2014년)는 한국에서 〈사탄의 사자−망자의 저주〉라는 제목으로 개봉되었다.─옮긴이

구가 많았다. 상냥하고 감수성이 뛰어나 시적이고 씩씩한 열 살쯤 되는 녀석이었다. 어떤 위험이든 그것은 녀석이 만족을 얻는 가장 중요한 조건인 것처럼 보였다. 여름날에는 이 녀석이 다른 둘과 함께 폭이 50사젠[2.13미터에 해당하는 러시아의 길이 단위]쯤 되는 연못 한가운데서 헤엄쳐 솟구치는 모습을 마음을 졸이며 쳐다보기도 했다. 이따금 녀석은 여름날의 태양이 이글이글 반사되는 데서 사라져버리기도 했다. 그곳의 깊은 곳을 헤엄치다가 배영을 하며 물줄기를 내뿜고, 가느다란 목소리로 연못가의 동무들을 부르기도 한다. 자신이 얼마나 멋있는지 보라는 것이다. 지금 녀석은 숲속에 늑대들이 산다는 사실을 알고서 금렵구역으로 가고자 한다. 녀석의 속셈을 알아차리고 우리는 넷이서 숲속으로 갔다. 몸과 마음 모두 튼실해서 열두 살짜리 청년과도 같은 바빌로라는 별명의 숌카가 앞장서 걸으며 계속 소리를 지르거나 누군가와 자지러지는 목소리로 아웅거리기도 했다. 프론카는 병약하고 유순하며 굉장히 재기가 있는 소년인데, 집이 가난하다. 그 애가 병약한 이유는 무엇보다 영양 부족에서 비롯하는 것 같다. 녀석은 나와 나란히 걸었다. 페드카는 숌카와 나 사이에서 걸었는데, 아주 부드러운 목소리로 줄기차게 말을 걸곤 했다. 여름에 여기서 말을 지키던 이야기를 하거나, 무서운 게 아무것도 없다는 식의 말을 했다. 때로는 "뭐가 불쑥 튀어나오면 어떡하죠?"라고 묻고는 이에 대해 무슨 말이든 하라고 반드시 내게 요구하곤 했다. 우리는 숲 한복판으로 들어가지는 않았다. 그건 너무 무시무시한 일인 데다 숲 근처가 어두워지고 있었다. 오솔길이 겨우 보이고, 마을의 등불은 종적을 감췄다. 숌카가 우뚝 멈춰서더니 귀를 기울였다. "얘들아, 가만 쉿! 이게 뭐지?" 녀석이 갑자기 말했다. 우리는 입을 다물었지만, 아무 소리도 들리지 않았다. 그런데도 공포는 더욱 더해졌다. "이제 우린 어떻게 하죠? 뭐가 불쑥 튀어나오면요. 우리 뒤쪽일지도 모르고"라고 물은 건 페드카였다. 우리는 카프카스의 도적떼에 대한 이야기를 나눴다. 아이들은 내가 예전에 들려준 카프카스의 역사를 떠올렸다. 나는 다시금 아브렉인, 카자크인과 하지 무라트[12]에 대한 이야기를 들려줬다. 숌카는 커다란 장화 발을 척척 떼어놓고 건장한 등짝을 가만가만 흔들며 앞장서 걸었다. 프론카가 내 곁에서 걷고자 기회를 엿보았지만, 페드카가 녀석을 길옆으로 밀쳐냈다. 궁한 처지라 언제나 잘 따르는 편인 프론카도 가장 흥미로운 대목에서만은 무릎까지 눈밭에 빠지면서도 곁에서 내달렸다.

아이들은 농부의 자식들에 대해 아는 게 별로 없는 사람이 누군지를 잘 알아내곤 했다. 녀석들은 어떤 애정 표현에도 익숙하지 못해서 다정한 말이나 뽀뽀, 손길 따위를 참아내지 못한다. 한번은 이런 일을 목격한 적이 있다. 어느 농민 초등학교에서 한 귀부인이 소년을 얼러주고자 했다. "꼬마야, 뽀뽀

---

12 노련하게 말을 다루던 카프카스의 무사로 샤밀 이맘의 2인자였다. 러시아 정부에 투항했으나 그 후 산악지역으로 탈주하려다가 사망했다. 하지 무라트의 이야기는 톨스토이의 말년 동명의 소설의 소재가 되었다. —옮긴이

한번 해주마!" 귀부인에게 뽀뽀를 받은 소년이 얼마나 창피하고 분했던지 대체 왜 그런 짓을 자신에게 했는지 납득을 못했다. 다섯 살쯤 되는 소년은 이미 이런 식의 어르기는 넘어선 상태다. 아직 '조무래기'이기는 해도 말이다.

그래서인지 페드카의 행동에 나는 너무나 놀랐다. 내 옆에서 걷던 그 녀석이 이야기가 가장 무섭게 전개되던 대목에서 갑자기 소매로 살짝 나를 건드린 것이다. 그러더니 한 손으로 나의 두 손가락을 잡더니 아예 놓아주지를 않았다. 내가 입을 다물자 페드카는 내게 더 이야기해 달라고 졸랐다. 하도 간절하고 열띤 목소리여서 녀석의 요구를 들어주지 않을 수 없었다. "야, 넌 내 다리 밑으로 기어들어가!" 한번은 녀석이 앞으로 내닫는 프론카를 향해 화가 난 듯 말했다. 녀석은 냉혹하다 싶을 정도로 이야기에 몰두해 있었다. 녀석은 너무 섬뜩하고 좋아서 내 손가락을 계속 붙잡고 있었다. 그 누구도 감히 녀석의 만족을 깨뜨릴 수는 없었다. "더, 더 해 주세요! 정말 훌륭해요!"

우리는 숲을 통과해 반대쪽 끝자락에서 마을로 접근하기 시작했다. 등불이 보이기 시작하자 다들 입을 열었다. "또 가요. 한 번 더 통과해요." 우리는 눈길이 잘 다져지지 않아 무른 곳에서 넘어지기도 하면서 말없이 걸었다. 하얀 어둠이 마치 그네라도 타듯 흔들리고 있었다. 먹구름이 마치 우리를 향해 뭔가를 확 쏟아낼 것만 같은 태세로 낮게 걸려있었다. **하얀 이 세상은** 끝이 없었다. 뽀득뽀득 눈길을 걷는 것은 우리뿐이

었다. 바람이 헐벗은 사시나무 우듬지를 살랑였다. 숲을 벗어
난 곳은 고요했다. 나는 포위된 **아브렉인이** 노래를 부르기 시
작하더니 제 몸에 단검을 찔렀다는 데서 이야기를 끝마쳤다.
모두가 입을 다물었다. "포위당했을 때, 그 아저씨는 왜 노래
를 부르기 시작한 거죠?" 마침내 숌카가 물었다. "벌써 들려
줬잖아. 죽음을 맞이할 준비를 했다고." 페드카가 어이없다는
투로 대답했다. "내 생각에 그 아저씨는 기도를 노래한 거야!"
프론카가 덧붙였다. 모두 같은 생각이었다.

페드카가 갑자기 자리에 우뚝 섰다. "그런데 선생님 숙모는
어떻게 찔려죽은 거죠? 전에 말씀하셨잖아요." 녀석이 물었
다. 아직 공포가 부족한 모양이었다. "이야기해줘요! 이야기
해줘요!" 나는 다시 한 번 이 무시무시한 톨스토이 백작부인
살해[13] 이야기를 녀석들에게 들려주었다. 녀석들은 말없이 주
변에 서서 내 얼굴을 바라보았다. "이야, 딱 걸려들었다." 숌
카가 말했다. "그 사람 정말 밤중에 걷기가 무서웠겠다. 아줌
마가 찔린 채 널브러져 있으니까. 나라면 도망쳤을 텐데!" 그
러면서 페드카 녀석은 계속 나의 손가락 두 개를 제 손안에
넣고 있었다. 우리는 마을의 가장 변두리에 있는 탈곡장 뒤편
숲에 머물러 있기도 했다. 숌카가 눈밭에서 나뭇가지를 주워
들고 그걸로 서릿발이 낀 보리수 나무줄기를 툭툭 쳤다. 삭정

---

13 당시 톨스토이 가문에서 아메리카인이라는 별칭으로 불리던 백작의 부인은
1861년 농노 요리사에게 살해당했다.—옮긴이

이에서 서리가 모자 위로 우르르 쏟아졌다. 그 소리가 외롭게 숲속에 울려 퍼졌다. "레프 니콜라예비치!" 페드카였다. (나는 녀석이 또 다시 백작부인에 대해 물으려니 했다.) "노래는 무얼 위해서 배우는 거예요? 그런 생각을 자주해요. 정말로, 왜 노래를 부르는 거예요?"

이 녀석이 살해의 공포에서 어떻게 이 문제로 건너뛰었는지는 아무도 모른다. 그런데 아이의 목소리, 아이가 답변을 얻기 위해 동원한 진중한 자세, 다른 두 녀석의 침묵으로 미루어 앞선 이야기와 이 문제의 생생하고 합당한 연관이 느껴졌다. 범죄 가능성에 관한 나의 설명에 녀석이 못 배웠기 때문(아이들에게 그런 말을 한 적이 있다)이라고 답한 일에 그 연관이 있는 건가. 아니면 살인자의 마음속으로 이동했다가 자신이 좋아하는 일(이 아이는 놀라운 목소리와 상당한 음악적 재능을 지녔다)을 떠올리며 스스로를 확인하려 했던 건가. 그도 아니면 녀석이 지금은 진솔한 대화의 시간이라 느꼈고, 녀석의 머릿속에서 해결을 요하는 질문이 떠올랐다는 데 연관이 있는지도 모른다.

아무튼 녀석의 질문에 우리 중 누구도 놀라지 않았다. "그림은 어째서 그리는 거지? 잘 그려야 하는 이유는 뭘까?" 나는 예술이 무엇을 위한 것인지 아이에게 설명할 방법을 명확하게 알지 못했다. "어째서 그림을 그리는 거지?" 아이가 생각에 잠겨서 되풀이했다. 아이의 물음은 예술의 목적과 관련된 문제였다. 나는 설명하려들지 않았고, 설명할 수도 없었다.

그러자 숌카가 말했다. "어째서 그림을 그리는 거지? 몽땅 그리는 거야. 그걸로 온갖 물건을 만들 수 있잖아!" 이번에는 페드카가 답했다. "아니야, 그건 작도할 때나 그렇지. 어째서 온갖 모양들을 그리는 거냐고?" 건전한 천성을 지닌 숌카는 난처해지는 법이 없었다. "작대기는 어째서 있는 거야? 보리수는 어째서?" 숌카가 계속 보리수를 툭툭 치며 말했다. "그래, 보리수는 어째서 있는 거냐?" 내가 말했다. "기다란 다리를 만들 수 있어요." 숌카가 대답했다. "그럼, 여름에 어째서 보리수가 베어지지 않은 채 있는 거지." "공연히." 페드카가 집요하게 따지고 들었다. "아냐, 실제로 어떻게 보리수는 자라는 거야?"

그리고 우리는 이런 이야기로 넘어갔다. 쓸모가 다는 아니다. 아름다움이라는 것이 있다. 예술은 아름다움이다. 우리는 서로를 이해했다.

페드카는 어째서 보리수가 자라는지, 노래를 부르는지 완전히 이해했다. 프론카도 우리와 뜻을 같이했지만 윤리적인 아름다움, 즉 선을 더 잘 이해했다. 숌카는 커다란 자기 머리를 써서 겨우 이해했지만, 쓸모가 제외된 아름다움은 인정하지 않았다. 녀석은 의심스러워했다. 큰 머리를 가진 사람에게서 흔히 벌어지는 일이다. 그런 사람들은 예술이 힘이라는 것은 느끼지만, 자기 마음속에 그런 힘에 대한 욕구가 있음은 느끼지 못한다. 그런 사람들처럼 녀석은 머리로 예술에 다가가기를 바랐고, 자기 내부에 그 불을 지피려 했다. "내일은 이쬐

찬송가[14]를 불러요. 제 성부는 기억하고 있어요." 녀석은 정확한 청각을 지녔지만, 녀석이 부르는 노래에는 멋과 운치가 없다. 페드카는 이파리를 단 보리수가 자체로 훌륭하고 여름에는 그 모습을 감상하는 것도 괜찮고, 그 이상은 필요치 않다는 걸 아주 잘 이해한다. 프론카는 보리수도 살아 있는 것이므로 베어내는 건 안타깝다고 생각한다. "사실 이건 자작나무 액즙을 마실 때처럼 피와 같은 거야." 숌카는 말을 하지는 않았지만 보리수가 썩어문드러지면 득이 거의 없다고 생각하는 모양이었다. 우리가 그때 무슨 이야기를 했는지를 되풀이하는 게 이상하다. 아무튼 내 기억으로, 우리는 쓸모와 조형적, 윤리적 아름다움에 대해 온갖 이야기를 나눴던 것 같다.

우리는 마을로 다가갔다. 페드카는 아직도 내 손을 놓지 않았다. 지금은 감사의 마음에서 그러는 것 같다. 이날 밤 우리는 이게 얼마 만인가 싶을 정도로 친밀해졌다. 마을의 넓은 길을 함께 걷다가 프론카가 입을 열었다. "저기 봐, 마자노프네 집에는 여태 등불이 켜져 있어." 그 녀석이 말을 덧붙였다. "오늘 수업에 가고 있었는데, 가브류하가 술집에서 나와서 말을 달리고 있었어. 술에 취해서, 아주 만취해서 말이야. 근데 말이 온통 땀투성이고, 그 아저씨가 말을 달달 볶아대는 거야. 항상 불쌍해. 정말! 대체 말은 왜 때리는 거야." 그러자 숌카

14 교회슬라브어 도입부인 '이졔 헤루비므이'라는 제목의 오전 예배 기도문을 말한다.─옮긴이

가 말했다. "얼마 전에 아버지가 툴라에서 말을 몰고 가고 있었어. 근데 말이 아버지를 눈구덩이로 끌고 갔대. 취해서 잠든 사이에 말이야." 프론카가 다시 말했다. "가브류하가 말의 눈가까지 채찍질을 하는 거야. 말이 너무 불쌍했어. 대체 왜 그렇게 말을 때렸을까? 눈물을 흘리는데도 계속 채찍질했어." 숌카가 자리에 우뚝 멈춰 섰다. 녀석이 기우뚱한 제 집 검은 오막살이 창문을 쳐다보며 말했다. "우리 집 사람들은 다들 자는구나. 더 가지 않을래요?" "이제, 그만." "그럼 안녕히 가세요, 레프 니콜라예비치." 문득 녀석이 소리를 질렀다. 마치 우리와 겨우 헤어지는 듯하더니, 잽싸게 집으로 내달아 문고리를 들어 올리더니 사라졌다.

"그럼 선생님은 우리를 하나씩 차례로 바래다주실 거예요?" 페드카가 말했다. 우리는 앞으로 걸음을 옮겼다. 프론카네 집에는 등불이 켜져 있었다. 우리는 창문 너머로 들여다보았다. 키가 크고 고왔지만 피곤에 찌든, 검은 눈썹과 눈동자의 어머니로 보이는 여인이 식탁 건너편에 앉아서 감자를 깎고 있었다. 방 가운데는 요람이 걸려있고, 프론카의 동생인 2학년짜리 수학자가 식탁 곁에 앉아서 감자를 소금에 찍어 먹었다. 오막살이는 까맣고 조그만 데다가 지저분했다. "이런 뒈질 놈 같으니! 어디 있었어?" 프론카가 창문을 쳐다보며 온순하게 병색이 도는 미소를 지었다. 아이가 혼자가 아니라는 걸 눈치 채고, 곧바로 어머니는 짐짓 꾸민 안 좋은 표정을 지어보였다.

이제 페드카 녀석만 남았다. 오늘밤 따라 무척 온화해진 목소리로 녀석이 말했다. "우리 집에는 재봉사들이 있어요. 그래서 불빛이 보이는 거예요." 녀석이 조용하고 부드럽게 덧붙였다. "안녕히, 레프 니콜라예비치!" 그러더니 잠겨있는 문을 고리로 두들겼다. "문 열어줘요!" 녀석의 가는 목소리가 겨울 날 농촌의 정적 너머로 울려 퍼졌다. 한참 동안 문을 열어주는 이가 없었다. 나는 창문을 들여다보았다. 오두막집은 널찍했다. 페치카 쪽 장의자에 얹힌 발들이 보였다. 아버지가 재봉사들과 카드놀이를 하고 있었다. 동전 몇 개가 탁자 위에 놓여 있었다. 계모인 아낙이 등잔걸이 곁에 앉아서 탐난다는 듯 돈을 힐끔거렸다. 재봉사인 지독한 주정뱅이 젊은 사내가 탁자 위에 반쯤 타원형으로 구부려진 카드를 쥐더니, 의기양양하게 상대방을 쳐다보았다. 옷깃을 풀어헤친 페드카의 아버지는 긴장에 애가 타 얼굴을 잔뜩 찌푸리고 카드를 짓구기더니 우물쭈물하며 노동자다운 손을 위로 쳐들었다. "문 열어주세요!" 아낙이 일어서서 문을 열러 나갔다. "안녕히 가세요!" 페드카가 한 번 더 반복했다. "우리 계속 이렇게 다녀요."

나는 정직하고 선량한 자유주의자들, 자선단체 회원들에 대해 알고 있다. 그들은 자기 재산의 100분의 1을 가난한 사람들에게 기부하고 있거나 기부할 태세이며 학교를 설립해 오고 있기도 하다. 그들이 이 글을 읽는다면 이렇게 말할 것이다. "이게 뭡니까!" 그들은 고개를 내저을 것이다. "그 아이들을 공들여 발전시킬 필요가 있습니까?" "그 아이들로 하여금 자신이 처한 환경을 적대시하게 만드는 감각과 개념을 심어주는 이유가 대체 뭐요? 그들을 자신들의 일상에서 끄집어내는 이유가 뭐냐는 말이오?" "국가 꼴이 아주 훌륭하게 되겠소이다. 다들 사상가나 예술가가 되려 하고, 아무도 노동은 하려 들지 않는다면 말이오!" 나는 지금 이런 본심을 고갯짓으로 드러내는 사람들을 언급하는 것이 아니다. 저런 말을 하는 자들은 자신들이 노동을 좋아하지 않는다고 대놓고 말한다. 그런 까닭에 다른 활동을 할 능력이 없는 사람이 아니라 남을 위해 일할 노예가 있어야 한다고 말한다.

농민 아이들을 그들이 처한 환경 등에서 벗어나게 하는 일이 좋은지 나쁜지, 당연지사인지 과연 누가 알겠는가? 그리고 누가 그 아이들을 저 환경에서 벗어나게 할 수 있는가? 이런 것은 일종의 역학적인 문제와도 같다. 밀가루에 설탕을, 혹은 맥주에 고추를 첨가하는 건 좋은가 나쁜가? 페드카는 해어진 카프탄을 입는 것 따위는 아무런 부담이 없지만, 윤리적인 문제나 의심은 녀석을 괴롭힌다. 그런데 당신은 그 아이에게 3루블과 교리문답서를 들려주고서 저로서는 못 견뎌 하는 노동과 순종만이 인간에게 이롭다는 너절한 이야기를 들려주려는가. 저 아이는 3루블 따위가 필요한 게 아니다. 그 돈이 궁하면 아이는 그 돈을 찾아내서 장만한다. 그리고 노동은 당신이 관여하지 않아도 숨쉬기처럼 배울 것이다. 아이는 당신의 삶과 노동에 혹사당하지 않은 열 세대에 걸친 일족의 삶이 당신에게 가져다준 것을 필요로 한다. 당신은 찾아보고 생각하고 번민할 여가를 지녔다. 그 와중에 당신이 애써 얻은 것을 아이에게 줘보라. 아이에게는 그것만 있으면 된다. 그런데 당신은 무슨 이집트 신관처럼 아이 눈에 보이지 않도록 비밀 망토 속에 숨어서 역사가 당신에게 준 재능을 땅에 묻고 있는 것이다. 두려워하지 말라. 인간적인 것은 그 무엇도 인간에게 해롭지 않다. 의심스러운가? 감각에 몸을 맡겨보라, 감각은 당신을 속이지 않을 것이다. 아이의 본성을 믿으라. 아이는 역사가 아이에게 전달하라고 당신에게 명한 것, 곧 번민을 통해 당신에게서 산출된 것만을 취한다는 사실을 믿게 될 것이다.

학교는 무상으로 운영되며, 이곳 역사상 첫 학생들은 야스나야 폴랴나 농촌 출신이다. 이 중 많은 학생들이 학교를 떠났다. 부모들이 학습 내용을 탐탁지 않아 하기 때문이다. 읽고 쓰는 법을 익히고 난 뒤 다수의 학생들은 학교를 그만두고, 기차역사(우리 지역의 주요 기업)에 고용되었다. 처음에는 이웃의 부유하지 않은 농촌 지역에서 학생들을 이곳으로 보냈지만, 통학과 음식 배급(아주 저렴해서 한 달에 은전 2루블을 거둠)의 불편으로 인해 곧 도로 데려갔다. 멀리 떨어진 농촌에서 보다 부유한 농부들이 무상이라는 점과 야스나야 폴랴나 학교가 잘 가르친다는, 민간에 나도는 소문에 혹해서 자식들을 우리 학교에 보냈다. 하지만, 올 겨울 마을마다 학교가 개교하자 도로 데려가서 마을의 유상 학교에 보냈다. 야스나야 폴랴나 학교에는 이 지역 농부들의 자식들만 남아있다. 이 아이들은 겨울에만 학교를 다니고 여름, 즉 4월부터 10월 중순까지는 들판에서 일을 한다. 이 아이들 말고도 문지기, 집사, 병사, 머슴, 주막집 주인, 교회지기, 부유한 농부의 자식들도 있다. 이들은 30~50베르스타 거리를 탈것을 이용해서 다닌다.

학생은 전원이 40명가량이지만, 드물게 30명 남짓일 때도 있다. 여아는 6~10퍼센트, 그러니까 3~5명가량이다. 7~13살의 남아들이 가장 흔하고 통상적인 나이에 속한다. 게다가 매년 서너 명의 성인들이 학교에 다니는데 이들은 한 달, 이따금 겨우내 다니다가 아예 그만둔다. 혼자서 학교에 다니는 성인들에게는 학교의 질서가 아주 난감하다. 그들은 자존감과 나이의 격차로 인해 학교의 활기찬 분위기에 끼어들지 못하고, 어린학생을 낮춰보는 태도에서 벗어나지 못해 외톨이가 된다. 학교의 활기찬 분위기가 그들에게는 방해가 될 뿐이다. 그들은 대개 이미 뭔가를 알고 있음에도 더 배우려고 학교에 다닌다. 게다가 그들은 학습이 이전에 들은 적이 있거나 체험한 바를 책으로 달달 외는 것이라는 확신을 갖고 있다. 성인이 학교에 가려면 일단 내면의 공포와 홀로되는 심정을 극복해야 하고 가족의 으름장과 벗들의 비웃음을 견뎌야 한다. "저 봐라, 저 빙충맞은 놈하고는. 뭔 놈의 공부를!" 게다가 학교에서 보낸 하루하루가 작업을 하지 못하고, 잃어버린 하루라는 느낌을 지속적으로 갖는다. 작업이 그들의 유일한 밑천이기 때문이다. 따라서 그런 사람은 학교에 있는 내내 조급하게 열성을 부리며 안달복달하게 마련이다. 이것이 무엇보다 더 학습에 해로운데도 말이다.

앞서 언급한 기간에는 성인이 세 명 있었지만, 지금은 그중한 명만 배우고 있다. 학교에 다니는 성인은 불난 곳에 있는 것과 마찬가지다. 성인의 경우, 일단 쓰기를 마치면 한 손에서 펜을 내려놓기가 무섭게 다른 손에 책을 잡고 일어서서 읽기시작한다. 그에게서 책을 치우면, 석판을 잡는다. 그러다 석판마저 치우면 그는 어찌할 바를 모른다. 어떤 일꾼 한 사람은이번 가을에 배우면서 학교 난방을 담당했다. 그는 2주 안에읽고 쓰는 법을 익혔지만, 그것은 학습이 아니라 과음과도 같은 어떤 질환이었다. 장작을 한아름 들고 학생들 사이를 통과해 가서는 어떤 소년의 머리 위로 몸을 숙여 장작을 쟁이면서도 "마아~ 말해~"하다가 제자리로 돌아갔다. 어쩌다 그 일을 미처 끝내지 못하면, 질투심과 거의 악에 차서 어린학생들을 쳐다보곤 했다. 그가 일에서 자유로울 때면 그냥 가만히 놔둬야 했다. 그는 책을 뚫어져라 보며 "바~바, 리~리" 하고 되뇌었다. 이런 상태에 있을 때면, 그는 다른 뭔가를 이해할 능력을 상실하곤 했다. 노래나 그리기 또는 역사 이야기를 듣거나 실험 수업이 있을 때면, 성인들은 어떤 잔인한 필연성에 정복당한 것처럼 보였다. 마치 먹이를 빼앗긴 굶주린 짐승처럼다시 글자 입문서에 착 달라붙을 순간만을 기다리는 것이다.나는 자신의 원칙을 충실히 지키고자 했다. 아이들이 원하지않을 때는 자모 입문서를 익히라고 강요하지 않았고, 성인들에게도 그들이 입문서를 익히고자 할 때 역학이나 작도를 배우게 하지는 않았다. 각자가 자신에게 필요한 것을 취하면 되는 것이다.

대체로 이전에 **암기식 공부를 한 적이 있는 성인들은** 야스나야 폴랴나 학교에서 여태 제자리를 찾지 못했다. 그들의 학습 진행은 여의치 않다. 학교를 대하는 그들의 태도에는 어떤 부자연스럽고 병적인 지점이 있다. 내가 참관한 적이 있는 일요학교 역시 성인들과 관련해서 동일한 현상을 보였다. 그런 까닭에 성공적이고 자유로운 성인교육에 대한 각종 정보는 우리에게 아주 귀한 참조물이 될 것이다.

학교를 대하는 인민의 관점은 학교가 존재하기 시작한 후 많은 변화를 거쳤다. 지난날의 견해에 대해서는 야스나야 폴랴나 학교의 역사를 언급할 때 말하게 될 것이다. 지금 민간에는 야스나야 폴랴나 학교에서는 모든 이들에게 모든 학문을 가르친다는 말이 나돈다. 아주 노련한 교사들이 있는데, 천둥에 번개를 덧붙인 격이라 **큰일**이라는 거다. 그런데도 아이들이 훌륭하게 알아먹는 통에 읽고 쓰는 법을 알게 되었다는 식이다. 어떤 부유한 주택 관리인들은 자식을 온전한 학문으로 끌어올려 나누기마저(나누기는 초등학교 지혜의 최고 개념이다) 공부하게 한다는 허세로 아이를 학교에 보내기도 한다. 여타의 아버지들은 학문이라는 게 아주 유익하다고 생각하고, 대부분은 시대정신에 예속되어 무의식적으로 자식들을 학교에 맡긴다.

대다수를 차지하는 이런 소년들 가운데 우리에게 가장 기쁜 현상은 **그런 식으로** 학교에 맡겨졌지만 정말로 학습을 즐기게 된 아이들이다. 아버지들이 이제는 자식들이 바라는 바에 따라주고 자식들에게서 뭔가 훌륭한 일이 일어나고 있음을 무의식적으로 느끼고 있다. 이런 아버지들은 자식을 학교에서 도로 데려갈 결심을 굳히지 못한다. 한번은 어느 아버지가 아들이 책을 읽는 데 양초 하나를 다 썼노라며 아들과 책에 대한 칭찬을 늘어놓았다. 그 책은 복음서였다. 어떤 학생은 이런 이야기를 들려주었다. "한번은 아버지가 동화 읽는 걸 듣다가 껄껄 웃는 거예요. 어쩐지 신성한 분위기였어요. 한밤중까지 그 자리에 앉아서 가만히 들으시며 등불을 밝혀줬어요."

나는 신임 교사와 함께 한 학생의 집에 방문한 적이 있었다. 그때 나는 그 교사에게 자랑하려고 학생을 시켜 대수 문제를 풀도록 했다. 아이의 어머니는 [부엌일을 하느라] 페치카 근처를 분주히 움직였고, 우리는 그 어머니에 대해서는 잊고 있었다. 그런데 어머니는 아들이 근심스럽지만 과감하게 방정식을 다시 세워서 세 부분으로 나눠진 2ab-c=d 등을 말하는 걸 듣고 있었다. 계속해서 손으로 입을 막은 채 겨우 참고 있다가 어머니가 결국 웃음을 터트리고 말았는데, 무엇이 그렇게 웃겼는지는 설명을 못했다. 한번은 군인인 어떤 아버지가 학교로 아들을 찾아왔다가 그리기 수업 중인 아들을 만났다. 그는 아들의 그림 솜씨를 보고 놀라 아들에게 '당신'이라고 말하기 시작했고, 멀리서 선물로 가져온 야전용 통들을 교실에서 아들에게 건네지 못하고 망설였다.

내가 보기에 [민간의] 일반적인 견해는 이렇다. (마치 양갓집 자제들 가르치듯) 숱한 것을 죄다 쓸데없이 가르치지만, 읽고 쓰기는 금방 익히니 아이들을 학교에 맡겨도 된다. 악의적인 소문들도 나돌지만, 현재 사람들 사이에서는 그다지 무게를 갖지 못한다. 얼마 전 자랑스러운 소년 두 명이 학교에서 글쓰기를 가르치지 않는 것 같다는 이유로 학교를 중퇴했다. 어떤 군인은 아들을 보낼 생각이라며 우리 학교의 우등생에게 시험을 치게 했다. 그는 아이가 [성경의] 〈시편〉을 더듬더듬 읽는 걸 발견하고, 수업은 **엉망인데** 명성만 **그럴싸하다**고 결론지었다. 야스나야 폴랴나의 일부 농민은 전에 나돌던 소문이 실현되지나 않을까 해서 아직도 두려워한다. 모름지기 가르치는 데는 용처가 있으니 어느 날 문득 마차가 굴러와서 학생들을 모스크바로 실어 가리라 여기는 것이다. 학교에 체벌이 없어서 아이들이 예의범절이 없다는 불만은 거의 사라졌다. 부모가 아들을 보러 학교에 왔다가 눈앞에서 뜀박질과 소동, 싸움이 벌어지는 데 당혹스러워하는 모습이 자주 목격되곤 했다. 부모는 장난질이 해롭다는 확신 속에서도 학교에서 잘 가르친다고 믿지만, 이것이 어떻게 연결되는지는 이해하지 못한다.

아직도 체조수업이 가끔씩 소문을 낳고, 체조 때문에 **배 어딘가가 찢어진다는** 식의 견해가 사라지지 않는다. 사순절 후 첫 육식을 하거나 야채가 무르익는 가을이 되면 체조는 최대의 해악으로 비친다. 할머니들은 단지에 야채를 채워 넣으며,

모든 게 다 어리광과 맵시부리기 탓이라고 갖다 붙인다. 비록 소수이기는 해도 일부 부모들에게는 학교에서의 평등정신조차 불만의 대상이다. 11월에 어느 부유한 관리인의 딸 둘이 학교에 왔다. 예쁜 외투에 머리쓰개를 쓴 이 소녀들은 처음에는 외따로이 떨어져 지내더니 바로 익숙해져서 차 마시기와 담배로 이 닦는 일은 잊고 아주 훌륭하게 공부하기 시작했다. 그런데 아버지가 크림식 털외투 앞섶을 풀어헤치고 학교에 들어섰다가 딸들이 지저분한 촌뜨기 아이들 속에 있는 걸 발견했다. 그 아이들이 딸들의 머리쓰개에 팔꿈치를 기대고 선생님 말씀을 듣고 있는 것 아닌가. 이에 분개해서 그 아버지는 딸들을 학교에서 데려가 버렸다. 그는 불만의 원인을 털어놓지는 않았다. 마지막으로, 학교에서 중퇴한 학생들이 있다. 부모들이 누군가의 환심을 사기 위해 자식을 학교에 맡겼다가 더 이상 그런 환심이 필요 없게 되자 아이들을 도로 데려간 것이다.

아무튼 12과목에, 3학급 학생 총 40명에 4명의 교사가 있고, 하루 5~7개 정도의 수업이 있다. 교사들은 자신이 담당한 수업 일지를 작성하는데, 일요일마다 그 내용을 서로에게 알려준다. 그리고 거기에 부합되게 다음 주 교수계획을 잡는다. 그러한 계획들은 매주 실행되지 못하고, 학생들의 요구에 맞춰 변화된다.

기계적인 읽기. 읽기는 언어교육의 일환이다. 언어교육의 과제는 우리의 견해에 따르면, 표준문어로 쓰인 책 내용을 이해하도록 학생들을 지도하는 데 있다. 문어 지식이 반드시 필요한 까닭은 훌륭한 책들이 문어로 되어 있기 때문이다.

학교의 시작 단계부터 읽기가 기계적인 부분과 점진적인 부분으로 세분된 건 아니었다. 그때 학생들은 이해할 수 있는 것만을 읽곤 했다. 다시 말해 손수 글쓰기, 분필로 벽에다 쓴 낱말과 구절, 그다음 후댜코프와 아파나셰프의 동화를 읽었다. 나는 아이들이 읽는 법을 익히려면 읽기를 좋아해야 하고, 읽기를 좋아하려면 읽은 내용이 잘 이해되고 재미있어야 한다고 생각했다. 아주 합리적이고 분명하게 여겨졌지만, 그 생각은 잘못된 것이었다. 첫째, 벽에 적힌 글 읽기에서 책 읽기로 이동하기 위해서는 어떤 책이든 학생 각자와 기계적인 읽기를 따로 진행해야만 했다. 이러한 노력은 학생이 소수이고 여러 교과목의 세분화가 없을 때나 가능한 일이었다. 나는 최초의 학생들을 벽에 적힌 글 읽기에서 책 읽기로 큰 어려움 없이 이동시킬 수 있었음에도, 새로운 학생들과는 그런 일을 진행할 수가 없었다. 하급생들은 동화를 읽고 이해할만한 힘을 갖고 있지 않았다. 낱말을 결합하는 동시에 의미를 이해하는 작업은 이 학생들에게 너무나 큰 과제였다. 또 다른 곤경은 점진적 읽기가 동화 읽기로 들어서자 중단되었다는 데 있다. 《민간의 읽을거리》, 《병사의 읽을거리》[15], 푸시킨, 고골, 카람

---

15 당시 페테르부르크에서 격월간으로 발행되던 잡지들의 명칭이다. ─옮긴이

진 등 어떤 책을 취하든, 상급생들은 하급생들이 동화를 읽을 때와 마찬가지로 푸시킨의 작품을 읽을 때 책 읽기와 읽은 내용을 이해하는 작업을 병행시키지 못했다. 교사가 읽을 때는 학생들이 다소간 이해를 했다.

처음에 우리는 난관이 학생들의 불충분한 읽기 메커니즘에 있다고 생각해서 교사가 학생들과 번갈아 읽는 방식의 기계적인 읽기, 즉 읽기 과정상의 편의를 위한 읽기를 고안했다. 하지만 일이 제대로 진척되지 않았다. 《로빈슨 크루소》를 읽을 때 동일한 취약성이 드러난 것이다. 학교가 이행기를 거치던 여름, 우리는 이런 어려움을 가장 단순하고 널리 통용되는 수단을 동원해 이겨내기로 했다. 어째서인지는 의식하지 못했지만, 우리는 방문자들 앞에서 잘못된 수치감에 빠져들었다. (우리 학교 학생들은 교회지기에게서 동일한 시간 배운 학생들보다 훨씬 책을 못 읽었다.) 우리는 동일한 책을 소리 내어 읽는 방법을 도입하자는 신임 교사의 제안에 동의했다. 올해는 학생들이 반드시 글을 술술 읽도록 해야 한다는 잘못된 생각에 시간표에 기계적인 읽기와 점진적인 읽기를 넣었다. 우리는 아이들에게 하루 2시간씩 동일한 책들로 읽기 공부를 시켰는데, 우리에게는 참 편한 방법이었다.

하지만 학생들의 자유 보장 규칙으로부터 한 번의 이탈은 연이은 거짓과 실수를 초래했다. 푸시킨과 예르쇼프의 동화 책들을 사들였다. 학동들을 걸상에 앉히고, 한 아이가 큰소리로 책을 읽으면 다른 아이들은 그걸 따라가는 방식이었다. 실제로 모두들 따라가고 있는지 확인하려고 교사는 번갈아가며 이 아이 저 아이에게 질문을 한다. 첫 시간은 그 방법이 썩 잘 먹혀든 것 같아 보였다. 학동들이 학교에 와서는 걸상에 점잖게 앉고 한 아이가 책을 읽으면 모두가 따라간다. 낭독하는 아이가 "물고기 마나님, 불싸앙히 여기소서"라고 발음하면, 다른 아이들이나 교사가 "부울쌍히 여기소서"라고 고쳐준다. 모두가 따라간다. "이바노프가 읽어 보려무나!" 이바노프가 잠시 머뭇거리다가 읽는다. 다들 열중해 있다. 교사의 말이 아이들 귀에 전달되고 각각의 낱말을 정확하게 발음하며 꽤 술술 읽어나간다. 외견상 훌륭해 보이지만, 조금 유심히 살펴보라. 책을 읽는 아이는 벌써 같은 곳을 서른 번 아니면 마흔 번쯤 읽고 있다. (인쇄된 종이는 일주일 치가 채 되지 않고, 매번 새 책을 구입하는 일은 너무 비싸게 치인다. 그리고 농민 자제들이 이해할만한 책은 후댜코프와 아파나셰프의 동화 두 종류 뿐이다. 게다가 한 학급이 일단 실컷 읽고 몇 아이가 줄줄 암기하게 된 책은 학생들 모두에게 익숙할 뿐만 아니라 그 식구들조차 지겨워한다.)

책을 낭독하는 아이는 교실의 정적 속에 홀로 울리는 자신의 목소리를 들으며 주눅이 들어, 기호를 파악하고 강세를 지키는 데 온 힘을 쏟는다. 이처럼 아이는 의미를 이해하려 들지 않은 채 글 읽는 습관을 들인다. 아이가 다른 요구 사항에 짓눌려 있기 때문이다. 듣는 아이들 역시 똑같은 입장이다. 그들은 언제나 지금 위치에 처하기를 희망하다가 질문을 당하는 순간 글줄을 따라 가만가만 손가락을 꼼지락거리거나 따분해하며 부차적인 심심풀이로 관심을 돌리곤 한다. 그렇게 통독한 글의 의미는 부차적 심심풀이마냥 아이의 의지에 반하여 이따금 이해되기도 하고 이해되지 않기도 한다. 주요 병폐는 이렇듯 학교에서 줄곧 이어지는 학생들과 교사 간의 계책과 술수 싸움에 있다. 술수 싸움은 예의 읽기 방식을 사용할 때 전개되며, 그 전까지 우리 학교에는 그와 같은 술수 싸움이 없었다. 낱말의 정확한 발음을 핵심으로 삼는 읽기의 유일한 이점이 우리 학생들에게는 아무런 의미도 갖지 못했다. 학생들은 벽에 적힌 글과 자신들 스스로가 발음하는 구절을 읽기 시작하면, 모두가 '코고 кого'라고 쓰고 '카보 каво'라고 말한다는 것을 안다. 구두점에 따라 소리내기를 정지하고 변경하는 지점을 가르치는 일은 쓸모가 없어 보인다. 누구든 말하는 내용을 이해하는 다섯 살쯤 되면 구두점을 목소리를 통해 올바르게 사용하기 때문이다. 따라서 악보처럼 구두점을 보며 노래하는 법을 가르치기보다 자신이 책을 보며 말하는 것[읽는 것]을 이해(조만간 아이기 도달해야 하는 지점)하도록 가르치는 게 훨씬 낫다. 언뜻, 교사에게 얼마나 편한 방식인가!

교사는 언제나 저도 모르게 자신에게 가장 편한 교수법을 선택하려 한다. 어떤 교수법이 교사에게 더 편할수록, 학생들에게는 더 불편하다. 오로지 학생들이 만족하는 교수 방식이 옳다.

교수법에서의 이 세 가지 법칙은 야스나야 폴랴나 학교의 기계적인 읽기에 가장 피부로 느낄 수 있게 반영되었다.

특히 이전의 학생들이 농번기 작업을 마치고 학교로 돌아오자 살아난 학교의 활기찬 분위기 덕에 기계적인 읽기의 위상은 저절로 하락했다. 학생들은 갑갑해하며 장난을 치고 수업을 기피하기도 했다. 핵심은 이렇다. 단편들의 기계적인 읽기는 기대한 바의 성과가 없었다. 5주 동안 읽기에서 단 한 걸음의 진척도 없었으며 오히려 많은 아이들이 뒤처졌음을 입증했다. 최고로 수학을 잘하는 1반의 R은 머릿속으로 제곱근을 추출해내는 아이인데도, 그 기간에 읽는 법을 잊어버려서 그 아이에게 소리마디를 짚어가며 책을 읽혀야 했다.

우리는 책으로 읽히기는 그만뒀고, 또 다른 기계적인 읽기 방법을 고안하느라 고심을 거듭했다. 아직은 그럴싸한 기계적인 읽기의 때가 오지 않았다든가, 현재로서는 기계적인 읽기가 별로 필요 없다든가, 욕구가 생기면 학생들 스스로 최상의 방법을 찾아내리라는 단순한 생각이 얼마 전에야 머리에 떠올랐다. 이렇게 탐색하는 동안 다음과 같은 일이 이뤄졌다. 그저 명칭으로만 점진적 읽기와 기계적 읽기로 나뉜 읽기 수업 때면 가장 뒤처진 낭독자들은 책(때로는 동화, 때로는 복음서, 때로는 민요집, 《민간의 읽을거리》 시리즈)을 들고 읽기 과정의 편의를 위해 둘이서 함께 읽곤 했다. 그런데 낭독하는 책이 이해할만한 동화인 경우, 이해를 한 아이들은 교사더러 자신들의 낭독을 들어 달라고 요구한다. 그것이 비록 기계적인 읽기 과목이기는 해도 말이다. 이따금 대개 뒤처진 학생들이 지시가 없었을 뿐만 아니라 교사가 금지했는데도 불구하고 몇 번이나 같은 책을 들고 그 책을 암기해서 낭독한다. 때로 이런 불량학생들은 교사나 상급생에게 가서 자기들과 함께 책을 다 읽어보자는 부탁을 한다.

2학년 가운데 책을 제법 읽는 학생들은 동아리로 책 읽는 방식을 좋아하지 않으며, 읽기 과정의 편의를 위한 읽기에는 참여하려들지 않는다. 또한 아이들이 줄줄 암기하는 경우, 그것은 산문으로 된 동화가 아닌 운문들이다. 상급생들 사이에서는 지난달 내가 충격을 받은 어떤 특징을 갖춘 현상이 되풀이되고 있다. 이들의 점진적 읽기 수업에는 어떤 책 하나가 주어지는데, 다들 번갈아 가며 그 책을 읽은 후 다 함께 읽은 내용을 말한다. 그 수업에 이번 가을부터 Ch라는 굉장히 재능 있는 학생이 합류했다. 그 학생은 2년간 교회지기에게서 배운 적이 있어서 읽기 과목에서 모두를 능가하고, 우리 교사들이 읽는 것처럼 책을 읽는다. 그런 까닭에 점진적 읽기 수업 때 학생들은 Ch가 읽을 때면 다소나마 내용을 이해하고, 동시에 저마다 나서서 읽으려고 한다. 하지만 뒤처진 낭독자가 읽기 시작하자마자 다들 불만을 표출하고, 특히 이야기가 흥미로울 때면 웃거나 화를 내서 뒤처진 낭독자는 창피해 한다. 그리곤 끝없는 논쟁이 벌어진다. 지난달에는 한 아이가 무슨 일이 있어도 일주일 후에는 Ch처럼 읽어보겠노라고 선언했다. 다른 아이들도 덩달아 같은 약속을 했고, 느닷없이 기계적인 읽기가 학생들이 좋아하는 과목이 되었다. 드디어 학생들은 이해되지 않는 책에서 눈을 떼지 않고 30분이고 1시간이고 앉아 있기 시작했다. 심지어는 책을 집에 가지고 가기도 한다. 그리하여 실제로 3주 만에 기대 밖의 성과를 낼 수 있었다.

흔히 글을 읽고 쓸 줄 아는 사람들에게서 일어나는 것과는 정반대의 일이 이들에게 벌어졌다. 누군가 읽는 법을 배운다고 해도 읽고 아무것도 이해하지 못하는 경우가 잦다. 그런데 우리 학생들은 자신들이 읽고 이해할 수 있는 무언가가 있으며, 스스로에게는 이를 이해할 기량이 부족함을 납득하게 되었다. 아이들 스스로 술술 읽기에 도달하기 시작했다. 이제 우리 학교에서는 기계적인 읽기는 완전히 중단되고, 앞서 기술한 대로 수업이 진행되고 있다. 다시 말해, 학생 각자에게 편한 방식을 모두 동원하도록 맡기는 것이다. 그리고 아이들 각자가 나도 잘 아는 방식을 사용하는 점은 주목할 만하다. 그것은 1) 교사와 함께 읽기, 2) 읽기 과정의 편의를 위한 읽기, 3) 외우다시피 암기해서 읽기, 4) 협력하여 읽기, 5) 읽은 것을 이해하며 읽기 같은 방식들이다.

첫 번째는 세상의 모든 자료들을 사용하는 것인데, 이는 학교답다기보다 가족적인 방식이다. 먼저 학생이 다가와서 잠시 함께 읽어 달라고 부탁한다. 그러면 교사가 학생의 소리마디와 낱말을 하나하나 짚어가며 책을 읽는다. 합리적이고 대체 불가능한 가장 좋은 방법으로, 이는 우선 학생 스스로가 필요로 해서 교사가 뜻하지 않게 알게 된 방법이다. 교수법을 기계화하거나 다수 학생을 상대하는 교사의 업무를 짐짓 완화하는 듯한 온갖 방식에도 불구하고, 이러한 방식이 읽기와 술술 읽기를 배우는 데 최적이다.

두 번째는 학생들이 애호하는 읽기 훈련 기법인데, 술술 읽기를 배운 모두가 이 기법을 거쳐 간다. 이러한 기법은, 학생에게 책이 주어지면 학생 스스로 어떻게든 재량껏 문자를 조합하여 이해하는 걸 골자로 한다. 학생이 일단 함께 읽어 보자고 삼촌이나 누구한테 부탁할 필요를 느끼지 못할 만큼 문자를 조합하는 법을 익히면 그 학생은 자신을 믿고, 고골의 페트루쉬카[16]한테서 지독히 조롱당한 읽기 과정에 열정을 품게 되고, 그 열정에 힘입어 앞으로 나아간다. 그런 방식의 읽기가 학생의 머릿속에 어떤 방식으로 자리 잡는지는 아무도 모른다. 하지만 학생은 그런 방식으로 문자의 윤곽이며 조합 과정, 낱말의 발음, 해득에 익숙해진다. 나는 학생이 읽은 내용을 반드시 이해하게 하려는 집요함이 우리를 후퇴시켰음을 여러 차례 경험을 통해 파악하게 되었다. 물론 그런 방식이 갖는 결함이 뚜렷해 보이기는 해도, 그런 방식으로 책을 제법 읽게 된 자습 학생도 많다.

세 번째 읽기 훈련 방식은 책을 따라가며 발음에서 역시 기도문이나 시, 각종 인쇄물을 외우다시피 익히는 걸 골자로 한다.

네 번째는 야스나야 폴랴나 학교에서 아주 유해한 결과를

---

16 페트루쉬카는 고골의 《죽은 혼》의 주인공 치치코프의 머슴이다. 그는 무엇을 읽느냐가 아니라 여러 문자가 낱말로 조합되어 가는 읽기 과정 그 자체를 좋아한 인물이다. ―옮긴이

빚은 바, 한 권의 책으로 읽기가 그 핵심이다. 그 방식은 우리 학교에서 자생적으로 생겨났다. 애초에 책이 부족했던 까닭에 두 명의 학생이 한 권의 책을 놓고 자리에 앉았다. 그 후 학생들 스스로 이런 방식을 좋아하게 되었다. "읽어봅시다!"라고 말하는 순간, 서로 맞수인 동무들끼리 둘씩, 이따금 셋씩 나뉘어 한 권의 책을 두고 앉는다. 그리고 한 학생이 읽으면 다른 학생들은 따라가며 고쳐주기도 한다. 그런데 이 학생들을 재배치하려 하면 아주 곤란한 상황에 처하게 된다. 누가 누구와 맞먹고 지내는지 학생들 스스로는 잘 알고 있다. 타라스카는 반드시 둔카와 같은 자리를 요구한다. "자, 여기 와서 같이 읽자. 넌 네 짝 찾아가." 일부의 학생들은 그러한 더불어 읽기를 아예 좋아하지 않는다. 그 학생들에게는 그런 읽기가 필요 없기 때문이다. 그런 함께 읽기는 발음상에서 보다 정확성을 기할 수 있고, 낭독하는 걸 따라가는 학생이 보다 잘 이해할 여지가 있다는 이점이 있다. 하지만 그런 방식이 가져오는 이득은 이런 방식 또는 다른 모든 방식이 학교 전체에 확산되는 순간 손실로 바뀐다.

마지막으로, 학생들이 가장 좋아하는 **다섯 번째는** 점진적인 읽기다. 다시 말해, 흥미와 이해를 북돋우며 점차 더 복잡한 책을 읽는 것이다. 위에서 언급한 것처럼 이 모든 방식들이 학교에서 자연스레 적용되었고, 한 달 동안 꽤 큰 진척이 있었다.

교사의 일은 오직 학생이 공부의 부담을 덜 수 있는, 잘 알려지거나 알려지지 않은 모든 방식 가운데서 선택지를 제안하는 것이다. 사실상 잘 알려진 방법을 채택하여 비록 동일한 책을 읽혀도, 가르치기가 쉬워지고 교사에게 적절해서 진중하고 올바른 모양새가 갖춰진다. 우리 학교의 체계대로 하려면, 가르치기가 어렵게 보일 뿐만 아니라 많은 이들에게 불가능한 것으로 여겨진다. 개별 학생에게 필요한 것이 무엇인지 어떻게 추측하고, 각자의 요구가 정당한지 어떻게 결정한다는 말인가? 공동의 규칙으로 수렴되지 않는 이 다종다양한 무리 속에서 어떻게 낭패를 보지 않을 것인가?

이에 대해 답변해 보겠다. 난관은 우리가 학교에 대한 낡은 관점에서 벗어나지 못하기 때문에 생긴다. 다시 말해, 지금 어떤 중위가 지휘하고 내일이면 다른 중위가 지휘하는 규율 잡힌 병사들의 중대처럼 학교를 바라보는 관점을 벗어나는 것 말이다. 학교의 자유라는 측면에 아주 익숙해진 교사에게는 학생 각자가 독특한 요구를 표명하는 독특한 개성으로 여겨진다. 그러한 요구를 만족시킬 수 있는 것은 오로지 선택의 자유뿐이다. 어떤 사람들에게 그토록 기이하고 불가능해 보이는 자유와 외적인 무질서가 없었다면, 우리는 앞의 다섯 가지 읽기 방식을 공격하지 않았을 뿐만 아니라, 학생들의 요구에 맞게 그 방식을 사용하거나 조절할 수 없었을 것이다. 그리하여 최근 읽기 수업에서 우리가 이뤄낸 빛나는 성과에 도달하지 못했을 수도 있다. 우리 학교 방문자들이 당혹해하는 모습을 우리는 얼마나 많이 목격했던가. 그들은 2시간 동안 우리에게는 없는 교수법을 조사하러 와서 그 2시간에 걸쳐 자기들의 방법을 알려주곤 했다. 그런 방문자들의 충고는 몇 차례나 들어야 했던가. 그들 눈앞의 학교에서 적용되던 바로 그 방식을 도입하라는 것이었다. 그들이 그걸 알아차라지 못한 이유는 다만 그 방식이 모두에게 널리 퍼진 전제적 규칙의 형태가 아니어서였다.

점진적인 읽기. 이미 언급한 것처럼 기계적인 읽기와 점진적인 읽기 수업이 사실상 하나로 합쳐졌다고 하더라도, 학교에서 이 두 과목은 그 목적상 여전히 나뉘어 있다. 우리가 보기에 그 첫 번째 목적은 익숙한 기호들을 가지고 낱말을 술술 조합하는 기술 습득이며, 두 번째 목적은 표준문어 지식 획득이다. 표준문어를 습득시키는 과정에서 아주 단순하게 보이지만 실제로는 아주 어려운 방법이 자연스레 제시되곤 했다. 칠판에 적힌 문구를 학생들 스스로 읽고 난 후 후댜코프와 아파나셰프의 동화를 내주고, 그다음으로 언어가 더 어렵고 복잡한 어떤 책, 보다 더 어려운 책으로 나아가 카람진과 푸시킨의 언어 그리고 법전까지도 읽게 할 필요가 있어 보였다. 그러나 이러한 예상은 우리 모두의 예상이 대체로 그렇듯이 실현되지 못했다.

스스로 칠판에 적은 자기 언어에서 동화의 언어로 학생들을 이동시킬 수는 있었지만, 동화의 언어에서 고급 단계로 나아가기 위한 이런 이행적인 '무엇인가'가 서적 형태로는 없었다. 우리는 《로빈슨 크루소》를 시도해 보았지만 뜻대로 되지 않았다. 일부 학생은 내용을 이해해 이야기할 수 없다는 게 분해서 울기도 했다. 결국은 학생들에게 나의 말로 풀어서 이야기해 주었다. 그러자 아이들은 그 속뜻을 이해할 가능성이 있음을 믿기 시작했고, 그 의미를 알아내기도 했다. 그렇게 한 달 동안 《로빈슨 크루소》를 통독했지만, 아이들은 지루해했고 끝 무렵에는 거의 질색을 했다. 아이들에게 그런 노동은 너무 과도한 것이었다.

아이들은 기억에 더 많이 의존했다. 그날 저녁에 읽은 내용을 바로 이야기할 때도 아이들의 기억에는 어떤 단편들만 남아 있었다. 전체 내용을 이해한 학생은 아무도 없었다. 불행하게도 그나마 기억해낸 것도 아이들로서는 이해할 수 없었던 몇 개의 낱말들이었고, 반문맹자들이 그렇듯이 되는 대로 그 낱말을 사용하기 시작했다. 하지만 그 사태를 어찌 해결할 도리가 없었다. 자기 검증과 양심의 가책을 없애고자, 아이들이 좋아하지 않을 것을 알면서도 〈나움 아저씨〉, 〈나탈리야 아주머니〉 같은 민간의 다양한 모작들을 읽도록 했다. 그리고 나의 예상은 맞아떨어졌다. 이 책들은 학생들에게 매우 따분한 것이었다. 행여나 학생들이 내용 말하기를 요구받았다면 어땠을까.

《로빈슨 크루소》를 읽힌 후, 나는 푸시킨의 〈장의사〉[17]를 읽게 해보았다. 하지만 도움이 없으면 아이들은 《로빈슨 크루

---

17 푸시킨의 중편 연작 《벨킨의 이야기》 중 한 작품이다. —옮긴이

소》보다 더 이야기를 하지 못했다. 아이들에게 〈장의사〉는 더 따분하게 여겨진 것이다. 독자에게 말 걸기, 등장인물들에 대한 저자의 진중한 태도, 농담 섞인 특징 묘사, 불충분한 말하기 같은 기법들이 학생들의 요구와 너무 동떨어져 있어서 나는 푸시킨 작품 읽히기를 마침내 그만두었다. 푸시킨의 중편들은 전에 나의 예상으로는 정확하게 구성되고 단순해서 민간에서 이해할만해 보였다. 나는 고골의 〈성탄 전야〉[18]를 시도해 보았다. 내가 직접 낭독했을 때 특히 성인들은 그 책을 좋아했지만, 그들만 읽도록 내버려두자 이들은 아무것도 이해하지 못하고 지겨워했다. 심지어 내가 낭독했을 때도 이들은 후속편 읽기를 요구하지 않았다. 다채로운 색채, 환상성과 구조상의 변덕스러움이 그들의 요구를 거스르는 것이었다.

또 그네디치가 번역한 《일리아스》를 읽혀보았는데, 이 책의 읽기는 어떤 이상한 당혹감을 낳았을 뿐이었다. 학생들은 이 책이 프랑스어로 쓰였다고 생각했고, 그 내용을 내가 말로 풀어 설명해줄 때까지 아무것도 이해하지 못했다. 하지만 그 경우에도 서사시 《일리아스》의 플롯도식 자체는 이해하지 못했다. 회의론자인 숌카는 상식적이고 논리적인 편인데, 등 뒤에서 화살이 빗발치는 와중에 올림포스 산을 날아서 내려간 포이보스 아폴론 그림을 보고 충격을 받았다. 녀석은 그 그림을 어떻게 이해해야 할지 몰랐던 것 같다. "어떻게 이 아저씨

---

18   고골의 《지칸카 근교의 야회》 연작 중 환상적인 단편이다. —옮긴이

는 산에서 날아서 내려오고도 다치지 않은 거죠?" 녀석은 계속해서 내게 질문을 던졌다. "그 아저씨는 그쪽 사람들에게는 신이니까 그렇지." 나는 이렇게 대답했다. "신이라니요? 신이 정말 그렇게 많아요? 그러니까, 가짜배기 신이죠. 그런 산을 날아서 내려가는 게 어디 쉬워요? 그 아저씨는 다칠 수밖에 없어요." 녀석은 두 팔을 으쓱거리며 내게 논리를 댔다.

나는 조르주 상드의 〈진짜 얼간이 이야기〉와 《민간의 읽을 거리》, 《병사의 읽을거리》를 아이들에게 읽도록 해보았지만 허사였다. 우리가 찾을 수 있는 것과 우리에게 발송되는 것을 죄다 적용해 보았지만, 지금은 거의 절망적으로, 그저 적용해 볼 뿐이다. 학교에 있으니 우체국에서 배달되는 사이비 민간 서적을 개봉해 보기도 한다. "아재, 뭐 좀 읽을거리를 줘요!" 아이들이 팔을 내밀며 소리를 지른다. "그리고 좀 더 잘 이해 되는 걸로요!" 책을 열고 읽어 본다. "대성인 알렉시이의 생애 는 우리에게 열렬한 신앙, 신심, 지칠 줄 모르는 활동, 자기 조국에 대한 뜨거운 사랑의 사례입니다. 이 성인은 조국에 중대 한 봉사를 한 것입니다." 아니면 이런 내용이다. "러시아에 재 능 있는 독학자들이 빈번하게 나타나는 현상은 이미 오래전 부터 관찰되고 있습니다. 하지만 그러한 현상을 모두가 동일 하게 설명하지는 않습니다." 또는 이런 것도 있다. "체코가 독 일제국에서 독립을 이룬지 300년이 지났습니다." "카라차로 보 마을은 산맥의 분지를 따라 펼쳐져서 러시아의 여러 주 가 운데서도 아주 곡창지대에 위치해 있습니다." "널찍하게 뻗은 여행길이 자리하고 있습니다." 이도 아니면, 농부를 대하는 어떤 저자의 온정적인 태도를 반쯤 채운 교정 인쇄지 낱장에 자연과학의 통속적 설명이 들어있기도 했다. 그런 책자를 아이들 누군가에게 건네주면, 아이의 눈망울이 게슴츠레해져서 하품을 시작한다. "아니요, 이해가 되지 않아요. 레프 니콜라예비치." 그런 말과 함께 책을 돌려준다. 그렇다면 누구를 위해, 그리고 누가 이런 민간 서적을 집필하는가? 우리로서는 알 도리가 없는 비밀이다. 우리가 통독한 이런 종류의 책들 가운데, 학교는 물론 가정에서도 큰 성과를 거둔 졸로토프[19]의 《이야기꾼 할아버지》를 제외하면 남아 있는 게 없다.

어떤 부류의 책은 서툰 문어로 집필되어 대중 독자를 만나지 못한 탓에 민간에 기증된 졸작들이었다. 또 다른 부류는 크릴로프 우화류의 민간 언어인 듯한데, 러시아어가 아닌 새로이 고안된 언어로 집필된 더 심한 졸작들이다. 세 번째 부류는 외국 책의 개작으로 민간에서 읽히는 게 목적이지만 민간용 서적은 아닌 것들이다. 민간에서 널리 이해될 법하고 그들의 구미에 맞는 유일한 책들은 민간용 서적이 아니라 민간에서 낸 서적들이다. 즉 동화집, 속담집, 민요, 전설, 시, 수수께끼 선집, 최근에 나온 보도보조프의 선집 같은 것이 그렇다. 하지만 이와 같은 책도 예외 없이 각종 책이 얼마나 지속적이고 새로운 열의로 읽히는지를 점검하지 않고서는 어떤 책도

---

19 바실리 졸로토프는 주로 초등교육 분야에 종사했던 교육자였다. — 옮긴이

믿을 수가 없다. 심지어 《러시아 인민의 이야기》, 영웅담, 민요집, 스네기료프의 속담집, 연대기 같은 책들도 예외는 아니며, 고대문학의 기념작들 또한 예외가 아니다.

이러한 책들의 독서에는 성인들보다 아이들이 더 열성적이다. 아이들은 이런 책들을 몇 번씩 거듭해서 읽고 암송할 정도로 익혀서 만족스러워하며 집으로 가져가기도 한다. 또한 놀이를 하거나 이야기를 나눌 때면, 이 아이들은 고대의 영웅담이나 민요에서 따온 별명을 서로에게 붙여주곤 한다. 성인들은 그처럼 자연스럽지 않아서인지, 문자언어로 으스대는 취향을 갖게 되었기 때문인지, 아니면 표준문어 지식의 필요를 무의식적으로 느끼기 때문인지, 그런 류의 책에 관심이 적다. 오히려 낱말과 이미지 그리고 사고가 절반쯤 이해되지 않는 책들을 즐겨 찾는다.

학생들이 그러한 종류의 책을 아무리 즐겨 읽더라도, 설령 실수의 여지가 있더라도 우리가 설정한 목표는 그런 책으로는 달성되지 않는다. 그런 책들과 표준문어 간에는 심한 간극이 존재하기 때문이다. 우리는 계속 새로운 시도를 하고 새로운 가설을 만들어 왔다. 그럼에도 아직 이러한 잘못된 순환에서 벗어날 어떤 수단을 알아내지는 못했지만, 우리의 오류가 무엇인지 찾아내고자 애쓰는 과정에 있다. 이러한 과업을 중시하는 모든 이들에게 어떤 제언이나 경험, 문제 해결 방안이 있다면 알려주기를 부탁드린다. 우리가 풀지 못한 난제는 다음과 같다. 인민교육에 있어서는 양질의 책을 읽을 기회와 열의가 필수적인데, 양질의 책들은 인민이 이해하지 못하는 언어로 집필되어 있다. 또한 이해하는 법을 터득하기 위해서는 많이 읽어야 한다. 게다가 열의를 가지고 읽으려면 이해가 필수적이다. 어떤 점이 잘못되었는가, 이런 상태에서 어떻게 벗어날 수 있는가?

단지 우리의 지식 부족으로 인정을 못 받은 [읽기 수준을 높이기 위한] 어떤 이행적 서적이 있을 수 있다. 민간에서 읽히는 책들의 연구와 이런 책에 대한 인민의 관점은 민간에서 사람들이 표준문어 이해에 도달하는 과정을 이해하는 길을 열어줄지도 모른다.

우리 잡지에 그와 같은 연구에 할애하는 별도의 지면을 두고 있으므로, 이러한 과업의 중요성을 인정하는 사람이면 누구든 그런 주제와 관련한 기고문을 보내주기를 당부한다.

어쩌면 그 원인은 인민으로부터 우리의 단절과 상위계급이 행하는 강압적인 교육에 있는지도 모른다. 문제 해결을 돕는 것은 시간뿐일 수도 있다. 시간이 지나면서 그저 독본이 아닌, 지금 출판되는 책들로 이뤄진 일련의 [읽기 수준의] 이행을 돕는 서적이 탄생할 테고, 그런 자료가 저절로 점진적인 읽기 과정에 유기적으로 편입될 것이다. 어쩌면 인민이 자국의 표준문어를 이해하지 못해서 이해하려 들지 않는 것일 수도 있다. 왜냐하면 인민에게는 이해할만한 게 아무것도 없는데, 우리 문학 전부가 그들에게는 맞지 않기 때문일 수 있다. 그래서 민간에서 스스로 저희를 위한 서적을 만들어내는 것인지도 모른다. 결국 가장 가능성 있어 보이는 마지막 추정은 외견상의 결함이 사태의 본질이 아니라는 데 있다. 오히려 언어교육의 목표가 표준문어 지식을 갖추는 수준으로 학생들을 끌어올리는 것이라고 미리 못 박아 놓은 데 결함이 있는지도 모른다. 핵심은 이러한 목표 달성을 향한 조급증이다. 어쩌면 우리가 꿈꾸는 점진적인 읽기는 저절로 나타나고, 때가 되면 학생들 각자가 자연스레 표준문어 지식을 터득하게 될지도 모른다. 우리는 성경의 〈시편〉이며 소설들 그리고 재판문서들까지 무턱대고 연거푸 읽는 사람들, 그런 방식으로 문어 지식에 도달한 사람들을 끊임없이 봐오지 않았던가.

이렇게 추정해봐도 어째서 출간되는 책이 죄다 저리도 쓸모가 없고 인민의 입맛에 맞지 않는지, 이것만은 도무지 이해가 되지 않는다. 그러한 시간을 기다리는 동안 학교는 무엇을 해야 할 것인가? 내심 표준문어 지식이 유익하다는 결정을 내리기는 했어도, 우리는 프랑스어를 가르치듯 인민이 자신의 의지에 반하여 억지 설명, 주입과 반복을 통해 표준문어를 습득하도록 하는 가정만은 허용할 수가 없기 때문이다. 우리는 최근 두 달 동안 몇 차례나 그런 방식을 시도해보았음을 시인할 수밖에 없다. 그때마다 우리는 학생들이 질색하는 모습을 목도했고, 학생들의 그런 반응은 우리가 채택한 방식이 잘못된 것임을 보여주었다. 이런 경험을 통해 나는 낱말과 언어 행위의 의미 설명은 재능 있는 교사에게도 불가능하다는 사실을 직시하게 되었다. 재능 없는 교사들이 그토록 즐겨하는 "군집은 어떤 작은 산헤드린이다" 등과 같은 설명에 대해서는 말할 것도 없다. 예를 들어 '인상'과 같은 낱말을 설명할 때 설명이 행해지는 곳에다 그만큼이나 불분명한 또 다른 낱말을 넣거나, 그 낱말만큼이나 연계가 모호한 일련의 말을 짜맞추는 것이다.

　대개의 경우 이해되지 않는 것은 말 자체가 아니다. 학생에게는 어떤 말이 표현하는 개념이 아예 없다. 어떤 개념이 갖춰지면 대개는 말도 갖춰진다. 게다가 사유에 대한 말의 관계와 새로운 개념들의 형성은 영혼이 작동하는 아주 복잡하고 비밀스러우며 말랑말랑한 과정이어서, 어떤 것이든 거기에 개입하면 그 전개 과정을 방해하는 거칠고 꼴사나운 위력으로 전락한다. 쉽게 말하는 것이 이해라지만, 쉽게 말한다고 누구나 이해하는 건 아니다. 똑같은 책을 읽어도 어느 정도나 한꺼번에 다양한 사실들을 이해할 수 있겠는가? 어떤 학생이 가령한 구절 속의 두세 낱말을 이해하지 못한다고 해도 거기에 들어있는 사고의 미묘한 음영 또는 그 직전 것과의 관계는 이해할 수 있다.

　예를 들어 교사인 당신은 이해라는 한 측면에 중점을 두지만, 정작 학생에게는 당신이 설명하고자 하는 건 전혀 필요하지 않을 수도 있다. 때로는 학생이 이해를 했는데도, 다만 당신의 말을 이해했음을 입증하지 못하는 경우가 있다. 학생은 그 순간 자신에게 아주 유익하고 중요한, 전혀 다른 어떤 것을 어렴풋이 알아차려서 받아들인다. 그런데도 당신은 학생에게 달라붙어서 설명을 요구하고, 학생은 자신이 들은 말의 인상을 말로 설명해야 한다. 그러면 학생은 침묵하거나 생뚱맞은 소리, 거짓말, 속임수를 동원해 교사가 필요로 하는 답을 찾으려 애쓰며, 교사가 바라는 바에 맞추려하거나 존재하지도 않는 어려움을 생각해내어 그것을 해결하려고 안간힘을 쓴다. 그사이 책읽기가 가져온 전반적인 인상, 즉 의미를 추측하는 데 도움을 주는 시적인 감흥은 위축되어 자취를 감춘다. 우리는 고골의 〈비이〉의 각 문장을 자신들의 말로 반복해가며 읽었다. 3페이지까지는 잘 진행되었다. 거기서 그다음 구절들이 이어졌다. "서로 간에 대대로 이어지는 어떤 적대감을 품은 일반 신학생들, 기숙 신학생 부류의 배운 사람들은 생계유지 수단이 굉장히 변변치 못한 데다 대단히 게걸스럽기까지 했다. 심지어는 그들 각자가 점심으로 할루슈키를 얼마나 먹어치우는가를 계산하기란 아예 불가능한 일인지도 모를 정도였다. 그런 탓에 재력가들의 자발적인 기부금으로는 충족될 수가 없었다."

교사: 여러분 다 읽었어요?(학생들 거의 대부분이 아주 우수한 아이들이었다.)

우등생: 신학교에도 가련한 식충이가 있어요. 점심으로 할루슈키를 마구 먹어치웠어요.

교사: 또 무슨 일이 있었죠?

학생: (잘 둘러대는 편에다 기억력이 좋은 이 녀석은 머리에

떠오르는 족족 말한다.) 불가능한 일이에요. 자발적인 사람들이 기부를 하다니요.

교사: (불만스레) 생각을 잘 해봐야 해요. 그게 아니란다. 무엇이 불가능한 일이죠?

(침묵.)

교사: 한 번 더 읽어봐요.

모두들 다시 읽었다. 예의 기억력 좋은 녀석이 기억한 몇 마디를 덧붙였다. **"신학교 학생, 재산가들의 생계유지는 충족될 수가 없었어요."** 어느 누구도 알아듣지 못했다. 아이들은 아예 엉뚱한 소리를 해대기 시작했다. 교사가 거기에 끼어들었다.

교사: 무엇이 불가능한 거죠?

교사는 계산하는 것이 불가능하다고 아이들이 말해주기를 바랐다.

학생: 기숙 신학교 학생은 불가능한 일이에요.

다른 학생: 너무 가난하고, 불가능해요.

거듭해서 읽었다. 모두들 바늘이라도 찾는 것처럼 교사가 필요로 하는 말을 이리저리 찾았다. **계산하다**라는 말만 빼고 모든 말들이 다 나오고 결국에는 낙담하게 되었다. 그 교사가 바로 나였다. 나는 물러서지 않고 학생들이 그 구절들을 송두리째 와해시키는 데로 이끌고 말았다. 아이들은 처음 반복하여 읽을 때보다 훨씬 더 이해가 처지는 상태였다. 이해고 뭐고 할 게 아무것도 없었다. 어설프게 연관되어 길게 늘어지고 독자에게 별 의미 없는 구절들이지만, 그 본질은 즉시 이해가 되었다. 저자는 가난하고 게걸스런 사람들이 할루슈키를 마구 먹어치웠다는 것 이상을 말하려는 의도가 없다. 내가 그토록 애를 쓴 건 오직 꼴불견의 형식 때문이었다. 그걸 달성하려다 오후 수업을 죄다 망쳐놓고, 막 터트린 다면적인 이해의 꽃송이 상당수를 따서 짓뭉개버린 셈이다. 한번은 **도구**라는 낱말의 해석을 놓고 그토록 멋쩍고 꼴사납게 버둥댄 적이 있다. 그것 역시 허사였다. 아무튼 그날 그림 수업 시간에 Ch가 공책에다 **로마쉬카의 그림**이라고 적으라는 선생님의 요구에 맞서는 일이 생겼다. 그 학생의 주장인즉, 우리가 공책에다 직접 그림을 그렸고 그 모양은 로마쉬카가 생각해냈다. 그러니까 로마쉬카의 그림이 아니라 로마쉬카의 고안이라고 써야 한다는 것이었다. 어떻게 두 개념의 차이가 아이의 머릿속에 생겨났는지 내게는 그저 수수께끼 같은 노릇이다. 그것은 비록 드물기는 해도 학생들의 글짓기 속에 형동사나 도입부가 나타나는 방식과 마찬가지다. 그런 비밀은 파고들려고 하지 않는 편이 낫다.

아무튼 언어 행위는 화법의 일반적 의미의 연장선에서 새로운 개념과 낱말들을 습득하도록 학생에게 기회를 제공해야 한다. 일단 학생이 이해가 가능한 어절 속에서 뜻을 모르는 낱말을 듣거나 읽는다면, 다음번 다른 어절 속에서는 학생에게 어렴풋하게나마 새로운 개념이 떠오르기 시작한다. 그리하여 학생이 결국에는 우연히 그 낱말을 사용할 필요성을 느끼고 한 번 사용하면 그 낱말과 개념은 학생의 자산이 되는 것이다. 물론 거기에는 수천 가지의 다른 방법이 있다. 학생에게 의식적으로 새로운 개념과 낱말의 형태를 알려주는 것은 내 신념에 따르면, 아기에게 균형의 법칙대로 걷는 법을 가르치는 것만큼이나 불가능하고 헛된 일이다.

그러한 각종 시도는 학생을 전진시키는 게 아니라 예상한 목적에서 멀어지게 한다. 다시 말해, 그것은 꽃송이가 터지는 걸 도우려는 마음에서 꽃잎을 잡고 꽃송이를 펼치다가 꽃을 송이째 짓뭉개는 인간의 거친 손과도 같다.

쓰기, 문법, 습자. 글쓰기는 다음과 같은 방법으로 진행되었다. 학생들은 어떤 것이 어떤 알파벳인지 맞추는 동시에 모양을 그려보고, 또 낱말로 결합하거나 써보고, 읽은 것을 이해하고 다시 써보는 방식으로 공부했다. 학생들은 벽 주위에 둘러서서 분필로 여러 개의 칸을 구획하고, 한 학생이 머리에 떠오르는 말을 불러주면 다른 학생들은 그것을 받아썼다. 학생들이 많은 경우에는 몇 개의 그룹으로 나누기도 했다. 그다음 순서대로 다른 학생들이 불러주면 서로의 말을 다시 읽어보곤 했다. 또한 일단 인쇄체로 써보고 우선 잘못된 결합과 낱말의 부분, 그다음에는 o - a, ҍ - e 등의 실수를 수정했다. 이 수업은 저절로 모양새를 갖춰 나갔다. 알파벳 쓰는 법을 익힌 학생은 그걸 써보려는 열망에 휩싸이기 십상이다. 처음에는 학교와 학생들이 사는 농가의 문과 바깥벽에 알파벳과 낱말이 잔뜩 낙서되어 있곤 한다. 게다가 어떤 토막말 전부(오늘 마르푸트카가 올구쉬카와 싸웠다는 식)를 쓸 수 있다는 건 학생에게 더 큰 만족감을 주는 일이다. 이런 수업을 조직하고자 할 때는 교사가 아이들에게 다함께 일을 꾸리는 방법을 가르쳐주면 그만이다. 그것은 어른이 아이들에게 특정한 어린이용 놀이를 가르쳐주는 것과 마찬가지다. 실제로 이 수업은 2년째 별 변화 없이 진행되고 있으며, 매번 재미난 놀이를 하듯 즐겁고 생기가 넘친다.

여기에는 또한 읽기, 발음, 쓰기, 문법이 있다. 이렇게 글쓰기를 할 때면, 언어 공부의 초반에 있을 법한 난관에 봉착한다. 다시 말해, 아이들이 인쇄된 어떤 낱말이 아니라 **자기가 쓰는** 입말 형태가 흔들림 없는 것이라고 믿는 상황이 벌어진다. 보스토콥의 문법책대로만 언어를 가르치지 않는 교사라면, 그는 이러한 첫 번째 난관에 부딪쳤을 것이다. 가령, '**나를** меня' 같은 말에 학생이 주목하기를 원한다고 해보자. 교사는 학생의 토막말을 낚아챈다. 학생이 이렇게 말한다. "미쉬카가 현관 계단에서 **나를** 떠밀었어요." 교사가 받아서 말한다. "누구를 떠밀었다고?" '**나를**'이라는 말을 기대하며 학생에게 한마디 반복하게 한다. 학생들은 '**우리를** нас'이라고 대답한다.

"아니지. 아까 어떻게 말했니?" 교사가 질문한다. "미쉬카 때문에 우리가 현관 계단에서 자빠졌어요." 또는 "그 애가 우리를 밀쳐서 프라스쿠트카가 날아가고, 그 바람에 저도요." 아이는 이런 식으로 대답한다. 거기서 교사는 단수 목적격과 그어미를 찾아내려는 것인데도 말이다.

하지만 학생은 자신이 말한 부분에 뭔가 다른 게 있다는 사실을 알아차리지 못한다. 만일 교사가 책을 펴들거나 학생의토막말을 반복해주면, 학생은 살아 있는 말이 아닌 전혀 다른어떤 말이 있음을 식별하게 될 것이다. 학생이 받아쓰기용 말을 할 때, 그의 각각의 말은 다른 학생들에 의해 황급히 포착되어 글로 적힌다. "아까 어떻게 말했니? 어떻게?" 이제 말한학생으로서는 문자 하나 변경시킬 여지가 없다. 이 와중에 끊임없이 말싸움이 벌어진다. 한 학생이 이렇게 썼는데, 또 어떤학생이 쓴 것은 다르기 때문이다. 그러면 곧 받아쓰기용 말을한 학생은 어떻게 말해야 하는지 궁리하기 시작하고, 언어 행위에는 두 가지 측면, 즉 형식과 내용이 있다는 사실을 이해하기 시작한다. 일단 학생은 오로지 내용만을 생각하며 어떤 문구를 말한다. 그 문구는 마치 한 낱말처럼 빠르게 학생의 입에서 튀어나온다. "어떻게?" "뭐라고?" 다른 학생들이 따져 묻기 시작한다. 학생은 몇 차례나 그 문구를 되뇌면서, 언어 행위의 형식과 구성요소를 파악하고 그것을 말 속에 담아낸다.

초급반인 3반에서는 흘림체든 인쇄체든 능력껏 쓰기를 진행한다. 우리는 흘림체로 쓰기를 강권하지 않는다. 더 나아가 우리가 혹시 학생들에게 무언가를 금지시키는 일이 있다면, 팔을 망가트리고 읽기가 불명확해지는 흘림체 쓰기를 허용하지 않는다는 것이다. 흘려 쓴 문자는 학생들의 쓰기에서 저절로 나타나기 마련이다. 어떤 아이는 상급생에게서 한두 개의 흘림 문자를 배운다. 그리고 더러는 따라 쓰기도 한다. 학생들은 실제로 дяденька(아저씨)라고 쓴 경우처럼 [흘림체를 섞어서] 어떤 낱말을 쓰다가, 일주일도 지나지 않아 다들 그렇듯 흘림체로 쓴다. 지난여름 습자 수업에서는 기계적인 읽기에서와 똑같은 일이 벌어졌다. 학생들의 글씨는 아주 엉망이었고, 신임 교사는 쓰기 교본을 가지고 수업을 이끌었다. (이것 역시 교사에게는 아주 점잖고 평온한 연습 과정이다.) 학생들이 따분해하기 시작해서 우리는 습자 수업을 그만둬야할 지경이었는데, 달리 학생들의 필체를 교정할 방법을 마땅히 찾을 수가 없었다.

상급반에서는 스스로 그 방법을 찾아냈다. 신성역사 필사를 끝내자 상급생들은 자기 공책을 집에 가지고 다니겠다고 했다. 공책들은 온통 더럽혀진데다 여기저기 찢겨지고 글씨는 괴발개발이었다. 꼼꼼하고 수학에 뛰어난 R이 학습용 종이를 요청해서 거기다 자신이 쓰고픈 이야기를 고쳐 쓰기 시작했다. 모두들 그 방식을 좋아했다. "저도 종이를 주세요. 그리고 저도 공책을 주세요!" 그리하여 손글씨 쓰기가 유행했고, 고학년에서는 지금까지 이어지고 있다. 학생들은 공책을 마련해서 제 앞에 쓰기 교본 입문서를 놔두고 각각의 알파벳을 베껴

쓰며 서로에게 자랑하기도 한다. 그렇게 2주가 지나니 커다란 성과가 있었다. 우리는 거의 모두가 어릴 적 식탁에 앉을 때면, 반드시 빵과 같이 음식을 먹어야 한다는 소리를 들어야만 했다. 어쩐 일인지 그때는 싫더니 이제는 빵과 함께 음식을 먹으려 한다. 우리는 거의 모두가 손가락을 쭉 펴서 펜을 쥐라는 소리를 들어야 했지만, 손가락이 짧았기 때문에 손가락을 구부린 채 펜을 쥐곤 했다. 하지만 지금 우리는 손가락을 쭉 펴서 펜을 잡는다. 필요하면 자연히 이뤄낼 일을 그토록 우리를 괴롭힐 이유가 무엇이었나? 모든 면에서 그러한 앎의 열망과 요구가 똑같이 발현되지는 않는 것인가?

2반 학생들은 신성역사 가운데 구전되는 이야기에서 작문한 것을 석판에 쓰고 나서 학습용 종이에 고쳐 쓴다. 3반, 즉 막둥이 반에서는 떠오르는 생각을 적는다. 거기다 막둥이 녀석들은 저녁마다 다함께 만든 토막말을 한 사람씩 써보는 연습을 한다. 한 아이가 그 토막말을 글로 쓰면, 다른 아이들은 글 쓰는 아이의 실수를 지적하며 서로 속닥속닥 이야기를 나눈다. 녀석들은 글을 쓴 아이가 ь[장모음 야트]를 잘못 썼다거나 적절치 않은 곳에 전치사를 옮겨놓았음을 드러내려고 글쓰기가 끝나기만을 기다리는 것이다. 때로는 허튼소리를 늘어놓기도 한다. 정확하게 글을 쓰고 다른 아이들의 실수를 고쳐주는 일은 녀석들에게 커다란 만족감을 준다. 맏이들은 마주치는 글자 하나하나를 붙잡고 실수를 수정하는 훈련을 하며 온힘을 다해 똑바로 쓰려고 애를 쓴다. 하지만 이 학생들은 문법과 언어 분석 수업을 견뎌내지를 못한다. 우리가 분석 수업에 많은 공을 들였음에도 불구하고, 학생들은 아주 소규모의 수업만 허용하고 수업시간에 잠을 자거나 수업을 슬슬 빠진다.

우리는 문법 교육을 위해 다양한 시도를 해왔으나, 그중 어떤 시도도 이 교육을 흥미로운 것으로 만들려는 목적에 도달하지 못했음을 자인할 수밖에 없다. 2반과 1반에서는 여름에 새로 부임한 교사가 문장 성분에 대한 설명을 시작했다. 아이들은 처음에 몇 명이기는 해도 제스처 놀이와 수수께끼 놀이를 할 때처럼 그 수업에 흥미를 가졌다. 종종 수업이 끝날 때면, 아이들은 수수께끼 생각이 떠올라 이런저런 것을 서로 맞춰보며 놀고는 했다. 어디에 풀이말이 있을까? 또는 다리를 늘어뜨리고 숟가락 위에 앉아있는 것은 무엇일까? 아무튼 올바른 글자에 추가되는 것은 아무것도 없었고, 뭔가 추가되는 경우에도 잘못된 경우가 더 많았다. 그것은 모음 a 대신에 o를 적는 경우와 마찬가지다. a라고 발음하고 o로 적는다고 말해주면, 아이는 [а라고 적어야 할 자리에도] робота(올바른 표기 – работа 작업), молина(малина 산딸기)라고 쓴다. 두 개의 술어 즉, 풀이말은 쉼표로 나뉜다고 말해주면, 아이는 [그와는 다른 경우에도 쉼표를 넣어] хочу, сказать(хочу сказать 말하고 싶어요) 등의 방식으로 쓴다.

아이에게 각각의 문장에서 무엇이 보어절이고, 무엇이 풀이말인지를 파악하도록 요구하는 것은 불가능하다. 설령 아이가 그걸 분별하게 되더라도, 그것을 찾으려다 보면 나머지 문장을 바르게 쓰는 데 필수적인 감각을 모조리 잃어버릴 것이다. 통사론적 분석을 할 때면 교사가 부단히 꾀를 부리고 학생들이 뭔가를 썩 잘 감지한다는 식으로 그들을 속일 수밖에 없는 경우에 대해서는 구태여 말할 필요도 없다. 한번은 이런 문장에 맞닥뜨린 적이 있었다. На земле не было гор(그 땅에는 산이 없었다). 한 아이는 주어가 земля(땅)라고 했고, 어떤 아이는 주어가 горы(산)라고 했다. 우리는 이것은 무인칭문이라 말했지만, 학생들이 다만 예의상 침묵하고 있음을 잘 알 수 있었다. 하지만 아이들은 우리의 대답이 자신들의 대답보다 훨씬 더 어리석음을 아주 잘 이해하고 있었다. 우리도 내심 동의하는 바였다.

통사론적인 분석의 난점을 확인한 우리는 품사, 격格변화, 동사 활용 등의 어원적 분석을 시도해보았다. 또한 미정형의 여격과 부사에 관한 수수께끼를 서로서로 내보기도 했다. 학생들은 여전히 따분해하거나 우리에게서 받은 영향이 남용될 뿐 응용은 되지 않는 결과를 빚었다. 상급반 학생들은 여격과 전치격에 항상 ѣ를 사용하곤 하는데도, 하급생들이 저지르는 같은 잘못을 고쳐줄 때, 상급생들은 아무런 대답도 해주지 못한다. 어째서 ѣ가 따르는 여격 등에서 규칙을 떠올리려면 갖가지 격을 사용한 수수께끼를 풀어야 하는지 따위를 말이다. 품사에 대해 아직 들어본 적이 없는 막둥이 학생들은 себѣ – ѣ라고 자주 큰소리로 말하면서도 그 이유는 모른다. 아마도 알아맞히기를 즐기는 모양이다.

최근 나는 2반 학생들을 대상으로 직접 고안한 내용을 적용시켜 보았다. 여타의 발명가들처럼 나는 그것에 심취했고, 실전에서 그 취약성을 확인하기 전까지는 너무나 편리하고 합리적인 것으로 여겨졌다. 문장의 품사를 거론하지 않은 채 나는 아이들에게 무언가를 쓰라고 했다. 가끔씩은 주제, 즉 주어를 부여하면서 질문을 던져서 문장을 확장시켜 나가게 했다. 규정어, 새로운 술어, 주어, 상황어, 목적어를 삽입하는 방식을 사용했다. "늑대들이 달려갑니다." 언제지요? 어디서지요? 어떻게 달리죠? 어떤 늑대가 달리나요? 또 누가 달리나요? 달리고 나서 또 무엇을 하나요? 이러저런 부분을 요구하는 질문에 대해 답하는 데 익숙해지면서 아이들은 문장의 부분과 품사의 차이를 터득하는 것 같아 보였다. 아이들은 그 차이를 터득은 했지만, 갑갑해 하면서 왜 그런 것인지 내심 자문하고 있었다. 아이들이 왜 그러는지를 자문해야 했지만, 나는 마땅한 답을 찾지는 못했다.

아이든 누구든 투쟁이 없으면 한사코 메커니즘의 문란이나 손상에 대한 생생한 말을 들려주려 하지 않는다. 그런 생생한 말 속에는 일정한 자기 보존 심리가 들어있기 때문이다. 그러한 말이 펼쳐지려면, 그것은 자립적으로 그리고 생활의 온갖 조건들에 상응하여 펼쳐지는 방향으로 가게 마련이다. 누군가 그러한 말을 포착하여 작업대에 올려놓고 매끈하게 다듬어서 제 뜻대로 거기에 필요한 장식을 달고자 한다면, 생생한 사유와 내용을 지닌 그 말은 위축되어 정체를 감출 것이고, 그의 손에는 그 외피만 덩그러니 남는다. 그는 외피만 가지고 자신이 구성하고자 했던 말에 아무런 득실도 주지 못한 채 술책을 부릴 수 있다.

지금까지 2반에서는 통사론적, 문법적 분석과 확장된 문장 속의 연습을 이어오고 있지만, 영 신통치가 않아서 곧 저절로 사라질 것으로 보인다. 그리고 비록 문법 연습은 아니지만 언어 연습으로 다음과 같은 수업을 진행한다.

1) 우리는 주어진 낱말을 가지고 문장을 구성하도록 유도한다. 예를 들어 '니콜라이, 장작, 배우다'라는 낱말을 제시하면, 아이들이 그걸 가지고 작문한다. "만약에 니콜라이가 장작을 베러 가지 않았다면, 배우러 왔을지도 모른다." "니콜라이는 장작을 잘 베므로, 그에게 배워야 한다."

2) 우리는 일정한 규모로 시를 짓는다. 이런 연습은 상급생들이 가장 관심을 보인다. 그 시들은 다음과 같은 형태이다.

노인이 창가에 앉아 있네.
찢어진 털외투 입고,
거리에서는 어떤 사내가
불그레한 달걀껍질을 벗기네.

3) 하급반에서 큰 성과를 거둔 연습은 이런 것이다. 일단 어떤 낱말이 주어진다. 처음은 명사, 그다음은 형용사, 부사, 전

치사 순이다. 한 아이가 문밖으로 나간다. 남아있는 아이들은 각자 제시된 낱말이 담긴 문구를 작성해야 한다. 그러면 밖으로 나갔던 아이가 알아맞히는 방식이다.

일정한 낱말들을 활용해 문구를 쓰고, 시 짓기와 낱말 알아맞히기 같은 연습들은 하나의 공통된 목적을 지닌다. 즉 어떤 낱말이 흔들림 없는 자체 규칙과 변화, 어미 그리고 어미들 사이에 연관을 갖는 것임을 학생으로 하여금 납득하게 하는 것이다. 이러한 확신은 오랫동안 학생들이 갖추지 못하지만, 문법을 배우기 전에 긴히 필요한 것이다. 낱말 연습은 아이들이 즐겨하지만, 문법 연습은 죄다 따분함을 낳는다. 무엇보다 이상하고 재미있는 것은 문법만큼 쉬운 건 아무것도 없는데도 불구하고 문법이 따분해진다는 사실이다. 예를 들어 당신이 책으로 문법을 가르치지 않고 규정어에서 시작한다면, 여섯 살짜리 소년도 30분 후면 격변화는 물론 동사변화도 시키고 성과 수, 시제, 주어와 술어도 알아내기 시작할 것이다. 그러면 당신은 학생이 이런 문법적 사실들을 당신만큼이나 정확하게 알고 있다고 느낄지도 모른다. 우리 지역에서는 중성이 사용되지 않는다. 그래서 ружьё(총), сено(건초), масло(기름), окно(창문) 등은 모두 여성이고, 형용사도 большая(큰)와 дурная(나쁜) 등이 붙는다. 거기에는 문법이 아무런 도움도 되지 못한다. 상급생들은 3년째 격변화와 성의 어미 사용 규칙을 배우지만, 여전히 в этой сене много щавельнику(이건초 속에는 싱아가 많다)라고 쓴다. 잘못 쓰는 걸 고쳐주는 만큼 그리고 읽기의 도움을 받는 만큼 학생들은 잘못된 습관에서 멀어진다.

아이들이 이러한 지식을 나만큼은 알고 있는데, 내가 아이들에게 무얼 가르칠 수 있을까. большой(큰)의 복수 여성 생격生格이 무엇인지 학생들에게 물어봐야 하나? 술어는 어디에 있고, 보어는 어디에 있는지를 물어야 하나? распахнулся(활짝 열렸다)는 어떤 낱말에서 유래한 것인가를? 아이로서는 학술용어가 어려울 뿐이다. 아이는 형용사라면 어떤 격과 성이든 항상 실수 없이 사용한다. 그런즉 아이는 격변화를 아는 셈이다. 말을 할 때도 술어 없는 말은 하지 않고, 보어를 술어와 혼동하지도 않는다. распахнуться(활짝 열리다)라는 동사를 보고 아이는 пах(샅)라는 낱말과 친족임을 느끼며, 낱말의 형성 법칙을 누구보다 잘 안다. 왜냐하면 그 누구도 아이들만큼 자주 새로운 낱말을 생각해내지 못하기 때문이다.

아이의 능력을 넘어서는 학술용어와 철학적 규정어는 어디에 쓸모가 있는가? 시험에 요구되는 것 말고 문법이 필요한 유일한 이유는 사고의 올바른 표현을 위해 문법을 적용시키는 데서 찾을 수 있을 것이다. 그러나 나의 개인적인 경험에서 그러한 적용 사례를 찾을 수는 없었다. 그리고 문법은 몰라도 정확하게 글을 쓰는 사람들, 부정확하게 글을 쓰는 어문학 박사 학위 후보자들의 삶의 사례에서도 문법이 적용된 경우는 찾지 못하고 있다. 또한 야스나야 폴랴나 초등학생들이 문법지식을 활용하게 되리라는 약간의 암시조차도 받지 못하고 있다. 내 생각에는 문법은 지적으로 무익한 체조 연습처럼 자연스레 진행되며 언어, 즉 쓰고 읽고 이해하는 능력 또한 자연스레 진척되고 있다. 기하학과 수학은 우선 지적인 체조에 불과해 보이지만, 기하학의 개별 규정과 개개의 수학적 정의는 더 나아가는 무수한 추론과 응용으로 이어진다는 데 그 차이가 있다. 비록 문법에서 언어에 응용되는 요소를 인정하는 사람들에 동의한다고 하더라도 문법 속에는 그러한 추론과 응용의 아주 협소한 경계가 있을 뿐이다. 이러저러한 방법으로 학생이 언어를 구사하는 즉시, 문법에서의 응용은 효력을 다하고 생명을 다하거나 시대에 뒤처진 것처럼 사라지고 만다.

문법이 언어의 법칙이라는 의미에서 사고의 정확한 표현을 위해 반드시 필요하다는 신화에서 우리 자신이 아직은 온전히 벗어날 수가 없다. 심지어 학생들에게는 문법이 필요하고, 학생들은 무의식적으로 문법의 법칙을 갖추고 있는 것으로 보인다. 하지만 우리가 아는 문법은 학생들에게 필요한 바의 그것이 아니며, 그럴 경우 문법 교육은 어떤 커다란 역사적인 착오라는 확신이 든다. 아이가 격변화 'себѣ'에서 'ѣ'를 써야 한다[20]는 사실을 알아차리는 이유는 아이가 몇 번을 들었던지 그 낱말이 여격이기 때문이거나, 아이가 어디엔가 써진 걸

20　이는 톨스토이가 학생들을 가르치던 1860년대의 맞춤법에 따른 것이다. ─옮긴이

보고 맹목적으로 흉내를 내기 때문도 아니다. 아이는 그런 실례들을 여격의 형태로가 아니라 뭔가 다르게 일반화하는 것이다.

우리 학교에는 다른 학교에서 온 학생이 있다. 그 아이는 문법을 아주 잘 알고 있는데도, 재귀상에서의 부정법을 3인칭과 구분하지 못한다. 또 다른 학생 페드카는 미정형이라는 개념은 알지 못하지만 실수하지 않고 будет, 즉 довольно(그만 됐어)라는 [의미를 품게 될] 낱말을 추가하는 방법으로 문제를 설명한다. Я не хочу учиться(난 공부하기 싫어). 그 아이가 의심하며 이렇게 말한다. Ты не хочешь учиться?(너 공부하기 싫다고?) Ну, так будет учиться(그럼, 공부는 그만 됐어). 이곳에는 연음부호 ь(먀흐키 즈낙)이 있다. 다음과 같은 말은 어떤가. Сёмка дурно учится!(숌카는 공부를 잘하지 못해!) 그 아이가 말한다. Дурно учится?(공부를 잘하지 못한다고?) Так будет учится(그래 공부는 됐어). 아이는 뭔가 잘되지 않는다고 여기며 여기서는 연음부호를 사용하지 않는다.

우리 야스나야 폴랴나 학교에서는 읽고 쓰기 교육에서와 마찬가지로 언어 교육계에 알려진 온갖 방법들이 무익한 것만은 아님을 인정한다. 그러한 방법을 우리는 학생들이 서슴없이 받아들이는 만큼, 우리가 아는 만큼 사용하고 있다. 동시에 우리는 그 방법들 중 어느 하나도 특별한 것으로 다루지 않고 새로운 방법을 찾아내려는 시도를 이어간다. 우리는 야스나야 폴야나 학교에서 이틀간의 실험을 참아내지 못한 페레블레쓰키 씨의 방법에는 거의 동의하지 않는다. 마찬가지로 언어를 공부하는 유일한 방법이 쓰기라는 아주 흔한 견해에도 동의하지 않는다. 그런데도 쓰기는 야스나야 폴랴나 학교에서 언어를 공부하는 주요 방식이다. 우리는 새로운 방법을 찾고 있으며 찾아내기를 희망한다.

글짓기. 1반과 2반에서 작문 선택은 학생들에게 맡겨진다. 1반과 2반 학생들이 즐기는 작문 주제는 구약의 이야기다. 학생들은 교사의 이야기를 들은 후, 그 내용을 두 달에 걸쳐 글로 적는다. 첫 학급은 얼마 전부터 신약의 이야기를 글로 써보기 시작했지만 구약만큼 성공적이지는 못하다. 심지어 학생들의 맞춤법 실수는 더 많고, 이해도 영 시원치 않았다. 첫 학급에서는 주제를 제시하고 작문을 하도록 해보았다. 자연스레 우리가 떠올린 첫 주제는 곡식, 농가, 나무 등과 같은 단순한 대상을 기술하는 거였다. 하지만 너무나 놀랍게도 이러한 요구로 인해 학생들은 거의 눈물을 흘릴 지경이었다. 곡식에 대한 기술을 성장, 생산, 이용에 대한 기술로 구분한 교사의 도움에도 불구하고, 학생들은 그런 종류의 주제에 대한 글쓰기를 완강히 거부했다. 게다가 쓴 글조차도 맞춤법, 언어, 의미면에서 이해되지 않는 볼썽사나운 잘못을 저질렀다. 다음번에는 어떤 것이든 사건을 기술하는 과제를 줬더니, 모두가 마치 선물이라도 받은 것처럼 좋아했다.

여느 학교에서 곧잘 활용하는 돼지, 단지, 탁상 등 이른바 단순한 대상의 기술은 회상에서 취한 온전한 이야기와는 비교할 수 없을 정도로 어려운 것이었다. 여기서도 다른 교과목에서처럼 동일한 잘못이 되풀이되었다. 교사에게는 아주 단순하고 일반적인 것이 쉽게 여겨지는데, 학생들은 복잡하고 살아 있는 것이 쉽게 여겨진다. 자연과학 교과서는 일반법칙에서, 언어 교과서는 규정과 역사, 즉 시기 분류에서, 심지어 기하학조차 공간과 수학적인 점의 개념 정의에서 시작한다. 거의 모든 교사가 동일한 사유에 의거해서 첫 작문으로 탁상 또는 의자를 정의하는 과제를 제시하면서도, 탁상 또는 의자가 무엇인지 정의하려면 철학변증법적인 발전의 높은 단계에 서 있어야 한다는 사실을 납득하려 들지 않는다. 교사는 의자에 대해서 글을 쓰다 말고 울어버린 그 학생이 사랑의 감정 또는 양심, 요셉과 형제들의 만남 또는 동무들과의 주먹질에 대해 뛰어나게 표현한다는 사실에 대해서는 알려고 들지 않는다. 글짓기의 대상으로는 자연히 사건의 기술, 인물들에 대한 관계의 기술 그리고 들은 이야기의 전달이 선택되곤 했다.

글짓기는 학생들이 좋아하는 수업이다. 학교 밖에서 어쩌다 상급생들이 종이와 연필을 손에 넣으면, 학생들은 **성모님**에 대해 쓰는 게 아니라 자기 머리에서 나오는 동화를 쓰곤 한다. 애초에 나를 당황스럽게 만든 건 꼴사납고 균형이 없는 글짓기 구성이었다. 그래서 당장 필요하다고 여겨지는 점을 일깨워 주었지만, 학생들은 나의 말을 거꾸로 이해했다. 진행 상황은 형편이 없었다. 마치 다들 실수가 없도록 해야 한다는 것 같은 여타의 요구는 인정하지 않는 것 같았다. 이제는 저절로 때가 왔다. 작문이 억지스럽거나 잦은 반복과 하나의 대상에서 다른 대상으로의 비약이 나타나면 불만의 소리가 자주 들려온다.

학생들이 요구하는 핵심이 무엇인지를 규정하기는 어렵지만, 학생들의 요구야말로 합법적인 것이다. "매끄럽지가 않아!" 동무가 글짓기한 내용을 듣고 몇몇 학생들이 큰소리로 말한다. 몇몇은 동무가 낭독한 글짓기가 훌륭하면, 그다음 자신의 글을 읽는 걸 싫어한다. 몇 명의 아이는 선생님 손에서 공책을 빼앗기도 한다. 하지만 불만이 아이들이 원하는 대로 일단락되지는 않아서 아이들은 스스로 자신의 글을 읽는다. 아이들은 원하는 대로 되지 않은 것에 불만을 품고 스스로 자신의 글을 읽는다. 개인적인 성격이 아주 격렬하게 표출되기 시작했고, 누구의 작문을 우리가 읽었는지 아이들에게 알아맞히도록 하는 시도를 했을 정도였다. 첫 학급에서는 척척 알아맞힌다.

지면 사정상 언어 교육과 다른 교과목에 대한 기술 그리고 교사들의 일지의 발췌문은 차후 발간되는 **잡지** 지면으로 미룬다. 그리고 첫 학급 학생 두 명의 모범적 글짓기 사례를 맞춤법과 아이들 스스로 배치한 구두점까지 변경 없이 인용한다. 신성역사를 소재로 하여 쓴 아이들의 글짓기는 **다음호** 책자에 실을 수 있기를 바란다.

다음은 (불량 학생이지만 독창적이고 활달한 소년) B의 톨라

시와 공부에 대한 작문이다. 공부에 대한 작문은 아이들 사이에서 대단한 인기를 얻었다. B는 11살이고 야스나야 폴랴나 학교에서 세 번째 겨울동안 공부하고 있고 그 전에도 배운 적이 있다.

"툴라에 대하여. 일요일에 나는 차를 타고 툴라에 갔다. 거기 도착했을 때 블라디미르 알렉산드로비치가 우리에게 바스카 쥐다노프와 함께 일요학교를 가라고 말한다. 우리는 출발했고, 걷고 걸어서, 가까스로 찾아냈고, 접근해서 모든 선생님이 있는 걸 본다. 그리고 거기서 나는 우리에게 식물학을 가르쳤던 그 선생님을 보았다. 그때 내가 한 말은 여러 선생님 안녕하세요! 그분들 말은 안녕. 그다음 나는 교실에 들어갔고, 책상 옆에 서 있다가 너무 갑갑해졌고, 나는 불쑥 툴라로 나갔다. 여기저기 다니고 다녔고, 한 아낙네가 칼라치 빵을 장사하고 있는 걸 본다. 나는 호주머니에서 돈을 잡으려했고, 꺼냈을 때 빵을 사기 시작했고, 사서 떠났다. 또 나는 망루 위에 사람이 다니는 걸 보았고, [그 사람은] 살펴만 보고 어딘지는 말하지 않는다. 나는 툴라에 대해 끝마쳤다."

"내가 어떻게 공부했나에 대한 글짓기. 일곱 살이었을 때, 나는 구루므이의 여자 축산업 노동자에게 맡겨졌다. 거기서 나는 공부를 잘했다. 그 후 갑갑함이 내게 왔고, 나는 울기 시작했다. 아줌마는 몽둥이를 잡아 나를 때리다. 나는 더 크게 소리 지른다. 그리고 며칠 후에 나는 집에 갔고 모든 걸 이야기했다. 그리고 거기서 갑작스레 나는 둔카네 어머니에게 맡겨졌다. 나는 거기서 공부를 잘했고 거기선 나를 한 번도 때리지 않았고, 그리고 나는 거기서 글자를 다 익혔다. 그다음 나는 포카 데미도비치에게 맡겨졌다. 그 사람은 나를 너무 심하게 때렸다. 어느 날 내가 그 사람에게서 줄행랑을 치자, 그 사람은 나를 잡아오라고 시켰다. 내가 붙잡혔을 때 그 사람에게 끌려갔다. 그 사람은 나를 붙잡아 장의자 위에 널브러트리고 양손에 회초리 한 묶음을 들고서 나를 때리기 시작했다. 나는 목청껏 소리를 지른다. 그 사람이 나를 매질할 때, 글을 읽게 만들었다. 자기는 듣고 말한다고. 어이쿠? 너 이 개자식, 저 봐 잘도 덜떨어지게 읽는다! 이런 돼지 같은 놈."

다음은 페드카의 작문 두 편이다. 하나는 곡식이 어떻게 자라는지에 대한 주제로 썼다. 또 하나는 아이들이 직접 선택한 툴라 여행에 대한 것이다. (페드카는 세 번째 겨울 기간 배우고 있으며, 열 살이다.)

"곡식에 대하여. 곡식은 땅에서 자라나온다. 처음에 이것은 초록색으로 곡식이 된다. 곡식이 자라면, 거기서 이삭들이 자라고 그것들을 아낙네들이 수확할 것이다. 또 곡식은 풀 같기도 해서, 가축들이 그것을 아주 잘 먹는다."

이렇게 끝내버렸다. 그 녀석은 별로라고 느껴서 속이 상했다. 툴라에 대해서는 다음과 같이 썼다. 수정은 없다.

"툴라에 대하여. 아직 내가 작았을 때, 나는 다섯 살쯤이었다. 나는 사람들이 어떤 툴라에 다녀왔다고 들었고 나는 툴라가 뭔지 알지 못했다. 그래서 아버지한테 물어보았다. 아버지! 툴라가 뭔데 아버지가 차타고 다닙니까, 그곳은 좋은 곳이에요? 아버지가 말한다. 좋은 곳이지. 그래서 내가 말한다. 아버지! 나를 데리고 가요, 나도 툴라를 구경할래요. 아버지가 그러지 뭐 하고 말한다, 일요일이 오면 내가 널 데리고 가마. 나는 기뻤고 장의자 위를 달리며 껑충껑충 뛰었다. 이런 날들 후에 일요일이 왔다. 내가 아침 무렵 막 일어났는데 아버지는 벌써 마당에서 말을 매고 있었고, 나는 서둘러 신발을 신고 옷을 입기 시작했다. 나는 옷을 입자마자 마당으로 나갔고, 아버지는 벌써 말을 매어놨고 있었다. 나는 썰매에 탔고 출발했다. 우리는 달리고 달려서 14베르스타를 달려갔다. 나는 높은 교회를 보았고 소리를 질렀다. 아버지! 저기 저 교회 정말 높아요. 아버지가 말한다. 좀 더 낮고 아름다운 교회도 있단다. 나는 조르기 시작했고 아버지 저기 올라가 보자, 그리고 나는 하느님께 기도한다. 아버지가 나섰다. 우리가 도착했을 때, 갑자기 종을 쳤고, 나는 덜컥 겁이 났고, 대체 이게 뭔지, 워낭 치는 놀이를 하는 건지 아버지께 물어보았다. 아버지가 말한다. 아니, 이건 오전 예배를 시작하는 거다. 그 후에 우리는 하느님께 기도하려고 교회 안으로 들어갔다. 기도를 마쳤을 때 우리는 장보러 갔다. 나는 가고 가다가 혼자서 휘청거리고, 계속 여기저기를 쳐다본다. 이제 우리는 시장에 도착했고, 나는 보았고 칼라치 빵을 팔고 있다. 나는 돈을 내지 않고 갖고 싶었다. 근데 아버지가 나에게 말한다. 그러면 안 돼, 그러면 사람들이 모자를 벗길 거야. 나는 뭣 때문에 벗기냐고 묻는데, 아버지가 말한다. 돈을 내지 않고 가지면 안 돼. 나는 그럼 일 그리브나만 줘요, 나는 내 칼라치 빵을 살 거야 말한다. 아버지는 내게 주었고, 나는 칼라치 빵 세 개를 사서 먹었고 말한다. 아버지, 어떤 칼라치 빵이 좋아요. 우리가 다 구입했을 때, 우리는 말들이 있는 곳으로 가서 물을 먹였고, 말들에게 건초를 주었다. 말들이 먹었을 때 우리는 말을 매고 집으로 향했고, 나는 오막살이로 들어가서 옷을 벗었고 모두에게 내가 툴라에서 어떻게 있었는지, 그리고 어떻게 아버지와 나는 교회에 가서 하느님께 기도를 드렸는지 이야기하기 시작했다. 그다음 나는 잠들었고 꿈속에서 아버지가 다시 툴라에 가는 모습을 본다. 그 순간 나는 잠에서 깨어났고 그리고 다들 자고 있는 걸 본다. 나는 불쑥 잠들었다."

5.   11~12월의 야스냐야 폴랴나 학교

신성역사·러시아사·지리

신성역사. 학교 설립 때부터 현재까지 신성역사와 러시아사 과목의 수업은 이렇게 진행되고 있다. 우선 아이들이 교사 주위에 모인다. 교사는 성경 단 하나를, 러시아사의 경우에는 포고딘의 《노르만의 시기》와 보도보조프의 선집을 지침으로 해서 이야기를 들려주고 난 다음 질문을 한다. 그러면 모든 아이들이 갑자기 말하기 시작한다. 너무 많은 목소리가 한꺼번에 터져 나오면 교사는 진행을 중단하고 한 명만 말하도록 한다. 어떤 아이가 머뭇거리면, 교사는 다시 다른 아이들을 지명한다. 그러다 교사가 아무것도 이해하지 못한 아이들이 있다는 것을 알게 되면, 교사는 우수한 학생 하나를 택해 이해하지 못한 학생들을 위해 되풀이해서 말하도록 한다. 이런 방법은 고안된 게 아니라 자연스레 형성된 것이며 5명 또는 30명 학생과 수업할 때 한결같이 성공적으로 반복된다. 교사는 모든 학생들을 지켜보며 학생들이 이미 한 말을 반복하며 고함을 지르지 않게 하고, 고함이 격앙으로 치닫지 않게 하여, 즐거운 활기와 경쟁의 흐름을 필요한 정도로 조절한다.

교사들이 빈번하게 방문하고 교체되는 여름철에는 이러한 질서가 변화되었고, 역사 교육은 더욱더 고전을 면치 못했다. 신임 교사에게는 한꺼번에 터트리는 학생들의 고함소리가 이해되지 않는 것이다. 교사의 생각에 큰소리로 말하는 아이들은 한 가지를 말하는 것이 아니다. 그에게는 아이들이 고함을 위한 고함을 지르는 것으로 보인다. 우선은 무더운 데다가 그의 등과 입가까지 기어오르는 학생들 무리 속에서 갑갑해했다. (잘 이해하려면 아이들은 말하는 사람 가까이 있어야 하고, 그의 세세한 표정 변화와 동작까지도 봐야 한다. 나는 이야기를 들려주는 사람이 정확한 동작 또는 정확한 어조를 취할 수 있었던 대목이 가장 잘 기억된다는 사실을 알아차린 게 한두 번이 아니다.)

신임 교사는 걸상에 앉기와 한 사람씩 대답하는 방식을 도입했다. 호명된 아이는 창피함에 시달리며 침묵하고, 교사는 주변을 힐긋대며 자신의 운명에 복종하는 아이에게 친절한 모습으로 온화한 미소를 지으며 이렇게 말하곤 했다. "그럼, 다음은? 좋아요, 아주 좋아요." 그런 말들은 우리가 익히 잘 아는 훈장질의 기법이었다.

나는 경험을 통해 그런 식의 개별 질문과 거기서 엿보이는 교사의 우월한 태도보다 더 아이의 발전에 해로운 건 없음을 확신하게 되었고, 내게는 그러한 광경보다 더 격분할만한 것은 아무것도 없다. 다 큰 어른이 아무런 권리도 없으면서 조그만 아이를 괴롭힌다. 교사는 학생의 얼굴이 붉어지고 땀을 흘리며 그 앞에 서서 괴로워하는 걸 안다. 교사 역시 갑갑하고 힘들지만, 그에게는 한 가지만 말하도록 학생을 길들여야 한다는 규칙이 있는 것이다.

하지만 무엇을 위해 한 가지만 말하도록 길들이는지는 아무도 알지 못한다. 행여나 어느 고관대작 앞에서 우화를 읽게 하기 위함인가? 아마도 이런 과정을 거치지 않고서는 학생의 지식의 정도를 규정할 수 없다고 말할지도 모른다. 나의 답변은 이렇다. 제삼자가 학생의 지식을 단시간에 규정하는 것은 사실상 불가능하며, 교사는 학생의 대답이나 시험이 없어도 늘 이러한 지식의 정도를 감지한다. 이러한 개별 질문 방식은 해묵은 미신의 흔적으로 보인다. 옛적에 교사는 모든 걸 외우게끔 가르치는 방식을 썼던 까닭에 낱말 하나하나까지 죄다 반복하게 하는 방법 말고는 학생의 지식을 규정할 수 없었다. 그 뒤에야 낱말의 암기식 반복이 지식이 아니라는 사실을 파악하게 되었고, 학생들이 자신의 말로 반복하게끔 하기 시작했다. 그러나 한 사람씩 지명하는 방식과 교사가 원할 때만 대답하라는 요구는 변화되지 않았다. 언제든 어떤 조건이든 성경의 〈시편〉과 우화의 유명한 낱말들을 반복하라는 요구는 외워서 알고 있는 이에게나 할 수 있음은 물론, 학생이 언어 행위의 내용을 포착하고 그것을 자기 방식대로 전달할 수 있으려면 학생은 그에 걸맞은 편안한 분위기에 놓여야 한다는 것도 완전히 간과되었다.

초등학교와 김나지움에서뿐만 아니라 대학에서도 질문 방식의 시험은 낱말 하나하나 또는 문장을 일일이 암기하는 데 불과한 것이었다. 학교 시절 (나는 1845년에 대학을 자퇴했다[21]) 나는 시험을 앞두고 낱말 하나하나가 아니라 문장을 일일이 외우는 방식을 썼지만, 5점 만점을 받은 것은 강의 노트들을 달달 외워서 익힌 과목의 교수들에게서 뿐이었다.

야스나야 폴랴나 학교의 교육에 숱한 해를 끼친 방문자들은 어떤 측면에서는 내게 커다란 이익을 가져왔다. 그들이 내게 최종적으로 수업에서의 답변과 시험은 중세 학교의 미신의 흔적이며, 현행 제도 아래서 그런 방식의 적용은 단연코 불가능하며 해롭기만 하다는 확신을 갖게 만들었기 때문이다. 종종 치기어린 자기애에 빠져들어서 나는 존경하는 방문자들에게 단시간이지만 학생들의 지식을 보여주고자 했다. 방문자는 학생들이 알지 못하는 것인데도 알고 있다(나는 모종의 요술을 부려 방문자를 놀라게 했다)고 확신하거나, 학생들이 훤히 아는 것인데도 모른다고 생각하는 결과가 빚어졌다. 그러한 이해 부족의 혼란상이 그 당시 나와 방문자, 즉 영리하고 재능 있는 업무 전문가 사이에서 완전히 자유로운 관계임에도 불

---

21 이는 톨스토이가 잘못 기억한 것이다. 그는 1844년에 카잔대학에 입학해서 전과했다가 1847년 봄에 대학을 자퇴했다. — 옮긴이

구하고 발생했다. 그렇다면 교장들에 대한 감사 등과 같은 일이 있을 때는 과연 무슨 일이 벌어지겠는가? 수업 진행에서의 그런 혼란이나 시험에 의해 학생들에게서 빚어지는 개념의 혼선에 대해서는 굳이 언급하지 않더라도 말이다.

현재 나는 다음과 같은 확신을 하고 있다. 제삼자와 마찬가지로 교사에게도 학생의 모든 지식을 요약하는 일은 불가능하다. 그것은 어떤 학문 분야의 지식이든 나와 독자 여러분의 지식의 요지를 말하는 게 불가능한 것과 마찬가지다. 혹 마흔 살의 교양 있는 사람을 지리 시험장에 들여보냈다고 치자. 그것은 열 살 먹은 사람을 그 시험장에 데려간 것만큼이나 어리석고 이상한 일이다. 두 사람 공히 외우는 방식 말고는 답변하지 못할 것이고, 단시간에 실질적인 그들의 지식을 알아내는 것은 불가능하다. 이런저런 사람의 지식을 알아내려면 그들과 몇 달은 함께 살아야 한다.

시험을 (내가 말하는 시험은 질문 형태의 온갖 답변 요구를 의미한다) 도입하고 있는 곳에서는 특수한 노력과 특수한 능력을 요구하는 쓸모없는 과목이 새로이 출현하여, 이 과목은 **시험 또는 수업의 예습**이라 칭해진다. 김나지움 학생이면 누구나 역사, 수학 그리고 주로는 **시험시간에 답변하는 기술**을 배운다. 이런 기술을 유용한 교과목이라고 볼 수는 없다. 교사인 나는 나 자신의 지식 수준을 평가하는 만큼이나 정확하게 나의 학생들의 지식 수준을 평가한다. 비록 학생은 물론 나도 내게 수업내용을 보고하지는 않지만 말이다. 그런데 제삼자가 학생들의 지식 수준을 평가하고자 한다면, 우리와 함께 지내며 우리의 지식의 결과와 생활에 적용되는 모습을 살펴보면 된다. 다른 수단은 없다. 시험을 치게 하는 온갖 시도는 속임수와 거짓이며 가르치는 데 걸림돌이 될 뿐이다. 교육이라는 과업에서 독립적인 단 하나의 재판관은 교사이며, 교사를 통제할 수 있는 자는 오로지 당사자인 학생들 뿐이다.

앞선 역사수업에서 학생들이 다 함께 대답한 것은 자신들의 지식을 확인시키고자 해서가 아니다. 그것은 얻어진 인상을 말을 통해 견고히 하려는 학생들 내부의 열망 때문이다. 지난여름에는 신임 교사도 나도 아이들의 그런 열망을 이해하지 못했다. 우리는 이를 학생들의 지식 점검으로 보았고, 그래서 한 명씩 점검하는 것이 보다 편리하다고 여겼다. 나는 그때까지 어째서 영 분위기가 따분하고 신통치 않았는지 숙고해보지 못했다. 하지만 학생들의 자유라는 원칙에 대한 믿음이 나를 구해주었다. 대부분이 따분해하는 와중에 매우 용감한 셋만이 줄곧 대답을 하고, 특히나 소심한 셋은 줄곧 입을 다물고 있다가 울기도 하고 0점을 받기도 했다. 여름 내내 나는 신성역사 수업을 소홀히 살폈고, 질서 애호가인 교사는 완전한 자유를 얻어 학생들을 걸상에 착석시켜 한 사람씩 호명하여 괴롭히면서 아이들의 **갑갑한 태도**에 대해 격분하기도 했다. 역사 수업 시간에 아이들을 걸상에서 내려오게 하라고 내가 몇 차례 조언했지만, 교사는 나의 조언을 정답고 용인할 만한 독창성쯤으로 (미리 알고 있는 바지만, 이런 조언은 대부분의 교사 독자들에 의해서도 그렇게 받아들여질 것이다) 받아들였다. 그리고 선임 교사가 나설 때까지, 이전의 질서가 계속 유지되었다. 그저 교사의 일지에 다음과 같은 지적이 있었다. "사빈에게서는 어떤 말도 얻어낼 수가 없다. 그리쉰은 아무 이야기도 하지 않았다. 단 한마디도 하지 않는 페드카의 고집은 나를 놀라게 한다. 사빈은 이전보다 더 신통치가 않다."

사빈은 반들거리는 눈동자에 긴 속눈썹을 가진 발그레하고 토실토실한 녀석으로, 머슴네이거나 상인네 아들이다. 조그만 가죽 외투에 장화(아버지 것은 아니다)를 신고 알렉산드리아 면직물 셔츠에 헐렁한 멜빵바지를 입곤 한다. 호감을 주는 잘 생긴 이 녀석의 됨됨이는 특히나 산수 시간에 판단력과 유쾌한 활기가 으뜸이어서 나를 놀라게 했다. 읽기나 쓰기 공부 역시 모자란 편은 아니었다. 그런데 질문만 하면 녀석은 앙증맞은 고수머리를 옆구리에 박아 넣었고, 눈물이 긴 속눈썹을 타고 비어져 나오곤 한다. 이럴 때면 녀석은 모든 이들 앞에서 사라져 버리고 싶은 듯, 눈에 띌 정도로 견딜 수 없이 괴로워한다. 애써 암기하게 하면 녀석은 이야기를 할 테지만, 스스로는 말을 결합시키지 못하거나 그러려 들지 않는다. 예전의 교사(전에 아이는 성직자 신분의 어떤 인물에게 배운 적이 있었다)가 자아낸 공포인지, 자신에 대한 불신인지, 자기애인지, 녀석의 의견대로 자신보다 처지는 아이들 사이에서의 어색함인지, 귀티인지 분함인지는 몰라도, 그중 한 가지 면에서 녀석은 다른 녀석들보다 뒤처져서 교사에게 얼뜨기로 비쳐졌다. 이 자

그만 영혼은 교사가 무심코 뱉은 어떤 졸렬한 말로 모욕당한 것인가. 아니면 열거한 모든 것이 다 해당되는지는 신만이 아실 터였다. 이러한 수줍음이 그 자체로는 좋지 못한 특징이라고 해도 그것은 아이의 어린 마음속의 최상의 것들과 불가분하게 연관되어 있을 것이다. 정신적으로 또는 육체적으로 매질을 해서 그런 습관을 털어내게 할 수는 있겠지만, 그런 습관과 더불어 귀중한 자질까지도 털어버릴 위험을 내포한다. 아이에게서 그런 귀한 자질이 사라지면, 교사는 아이를 앞으로 나가게 하는 데 곤란을 겪게 된다.

결국 신임 교사는 나의 충고를 받아들여 더 이상 아이들에게 걸상에 앉도록 강요하지 않고, 어디든 원하는 대로 움직이게 하고 심지어는 교사 등에 올라타도 놔뒀다. 동일한 수업인데도 모두가 비할 바 없이 훌륭하게 이야기하게 되었고, 교사의 일지에는 "갑갑한 사빈이 몇 마디 말을 했다"는 기록도 있었다.

학교에는 교사의 지도 방침에 거의 얽매이지 않는 확연치 않은 무엇인가가 존재한다. 교육학에는 전혀 알려지지 않은 그 무엇인 동시에 학업의 본질과 성공 여부를 판가름하는 것으로, 그것은 학교의 기개다. 학교의 기개는 일정한 법칙과 교사의 부정적인 영향에 종속되기도 한다. 교사는 이러한 기개를 없애지 않기 위하여 몇 가지 일을 피해야만 한다. 학교의 기개는 학교의 질서와 강제를 거스르는 관계, 학생들의 사고방식에 대한 교사의 간섭을 거스르는 관계, 학생 수에 직접 관계되고, 수업 지속 시간 등과 역관계에 놓여 있다. 이러한 학교의 기개는 학생과 학생 사이에 빠르게 전달되고, 심지어 교사에게도 전달되며 목소리, 눈빛, 동작, 경쟁의 긴장도에서도 선명하게 표현되는 어떤 것이다. 이는 아주 잘 감지되는 필수적이고 아주 귀중한 어떤 것이며, 그런 까닭에 모든 교사의 목적이 되어 마땅한 어떤 것이다. 입안의 침처럼 음식물 소화에 없어서는 안 되는 것이지만, 음식이 없으면 불쾌하고 지나친 것이다. 이러한 긴장된 활기의 기개, 즉 교실 밖에서는 따분하고 불쾌한 이런 기개는 지적인 양식 섭취에 필수적인 조건이다. 이런 분위기는 꾸며내거나 인위적으로 준비시키는 것이 불가능하며, 저절로 발현되는 것이기에 그럴 필요도 없다.

학교를 시작할 때 나는 잘못을 저질렀다. 어떤 소년이 이해가 서툰데다 도통 이해하려 들지도 않았다. 그 아이는 통상적인 학교스러운 상태의 막다른 궁지에 처한 거였다. 나는 이렇게 말했다. "껑충 뛰어 보려무나, 뛰어 보거라!" 소년은 껑충껑충 뛰었고, 다른 아이들은 물론 소년 자신도 웃음을 터트렸다. 그리고 뜀뛰기 이후 그 학생은 달라졌다. "뛰어봐!"라고 한 대로 뜀뛰기를 몇 차례 되풀이하고 나니, 학생은 더욱더 처량해져서 울기 시작했다. 아이는 자신의 마음 상태가 있을 법한 평소의 상태가 아니라는 사실을 알지만, 자신의 마음을 조절할 수가 없었고, 아무에게도 그걸 허용할 생각이 없다. 아이든 누구든 자극된 상태에서만 감득한다. 그러므로 학교의 쾌활한 기운을 걸림돌이나 장애물로 바라보는 것은 우리가 너무나 자주 저지르는 거칠기 그지없는 잘못이다.

하지만 대규모 학급에서의 활기가 지나쳐 교사가 학급을 지도하는 걸 방해하고, 교사의 말이 들리지 않고 듣지도 않는다면, 어떻게 아이들에게 호통을 치거나 이런 기운을 억누르지 않을 수 있겠는가? 만일 이와 같은 활기가 교훈의 대상이 된다면, 그 이상 바랄 게 없을 것이다. 이러한 활기가 다른 대상으로 이동했다면, 이는 그러한 활기를 통솔하지 못한 교사의 잘못이다. 교사들 각자가 무의식적으로 수행하는 교사로서의 과제는 계속해서 이러한 활기에 자양분을 제공하는 동시에 점차 그 고삐를 늦춰야 한다는 데 있다. 교사인 당신이 어느 학생에게 질문을 하는데, 다른 학생이 이야기하고자 할 때가 있다. 그 학생은 당신 쪽으로 몸을 기울이고 눈을 동그랗게 뜨고 당신을 쳐다보며 겨우 하고픈 말을 억누르는 한편, 말하는 학생을 애타게 주시하며 단 하나의 실수도 용납하지 않는다. 그 학생에게 질문을 하라. 학생은 열정적으로 이야기할 것이며 학생이 말하는 내용은 그의 기억에 각인될 터이지만, 그러한 긴장 속에 계속 그 아이를 방치하여 30분쯤 이야기할 기회를 주지 않는다면, 아이는 짝꿍을 꼬집게 될 것이다.

또 다른 예를 들어보자. 정적이 감도는 시골 학교 또는 독일의 학교 교실에서 계속 공부하도록 하고는 교사가 밖으로 나간다고 치자. 30분 후에 교실 문 곁에서 들어보라. 학급은 활기에 차있지만 활기의 원천은 다른 것, 즉 장난질이다. 우리네 학교 교실에서 자주 경험하는 광경이다. 하지만 한참 소리를 지르는데 수업 중간에 나갔다가 교실 문에 다가가 보라. 소년들이 서로 고쳐주고 확인하느라 이야기를 주고받는 소리를 들을 수 있을 것이다. 종종 교사가 없다고 장난질을 시작하는 대신에 교사가 없어야 조용해지기도 한다.

학생들을 각자의 걸상에 앉히는 것과 한 명씩 질문하기 같은 규칙을 시행할 때는 어렵지는 않지만 꼭 알아야 하고, 모른다면 첫 시도가 실패할 수 있는 자체의 방식들이 있다. 그저 소란을 기쁨으로 삼아 마지막 언급된 말을 자꾸만 반복하는 고함꾼이 없도록 살펴야 한다. 이러한 소란의 매력이 아이들의 주요 목적이나 과업이 되지 않도록 해야 한다. 학생 혼자서 전부 다 이야기할 수 있는지, 의미는 잘 습득했는지, 일부 학생에게 확인해봐야 한다. 만약에 학생들이 너무 많다면, 몇 개의 분단으로 나눠서 분단마다 서로에게 이야기를 들려주도록 해야 한다.

때로는 새로 온 학생이 한 달쯤 입을 열지 않을 수도 있지만 걱정할 필요는 없다. 학생이 우화 등의 이야기나 다른 과목 공부를 하는지 살펴보면 된다. 보통 새로 온 학생은 처음에 현상의 물질적인 측면만을 파악하며, 앉거나 누워있는 모습, 교사의 입술이 가만히 움직이는 모양, 갑자기 모두가 큰소리로 떠드는 모습을 관찰하는 일에 몰두한다. 그 학생은 다른 학생들처럼 정숙하게 자리에 앉아서, 다른 학생들처럼 아무것도 기억하지는 못해도 짝꿍의 말을 반복하며 고함을 지르기도 한다. 그 아이를 교사와 동무들이 멈춰 세우면, 아이는 무언가 다른 게 요구된다는 사실을 알아차린다. 어느 정도 시간이 지나면, 아이는 스스로 무언가 이야기를 하기 시작한다. 그 아이에게서 이해의 꽃송이가 어떻게 그리고 언제 터지는지를 알기는 어렵다.

얼마 전 나는 한 달쯤 침묵을 지키던 어느 기죽은 소녀에게서 그러한 이해의 개화를 포착할 수 있었다. U라는 아이가 이야기를 들려주었고, 나는 곁다리 구경꾼으로 지켜보고 있었다. 그러다 아이들 모두가 이야기하고자 나설 때, 나는 마르푸트카가 걸상에서 내려서는 걸 발견했다. 아이는 이야기꾼들이 듣는 사람의 자세에서 이야기하는 사람의 자세로 바꿀 때 취하는 몸짓을 하면서 가까이 접근했다. 다들 와글와글 고함을 질러대는 순간 나는 그 아이의 행동을 살폈다. 아이는 눈에 띌까말까 입술을 움찔거렸고, 두 눈은 생각과 활기로 가득차 있었다. 그러다 나와 시선이 마주치자 아이가 눈을 내리깔았다. 잠시 후 다시 쳐다보니 아이가 뭔가 혼잣말을 중얼거렸다. 내가 나서서 아이에게 이야기를 들려달라고 하자 아이는 정말로 어쩔 줄 몰라 했다. 그런데 이틀 후 그 아이는 이야기 전체를 아주 훌륭하게 들려주었다.

우리 학교에서는 학생들이 그러한 이야기 상황에서 무엇을 기억하는지를 꼼꼼히 점검한다. 다음은 학생들 머리에서 나온 기록으로 맞춤법상의 오류만을 수정한 이야기들이다. 열 살짜리 학생 M의 공책에서 발췌한 내용을 소개한다.

"하느님이 아브라함에게 아들 이삭을 번제물로 바치라고 명하셨다. 아브라함은 하인 두 명을 데려갔고, 이삭은 장작과 불을 지녔고 아브라함은 칼을 지니고 갔다. 그들이 모리아산 부근에 도착했을 때, 아브라함은 거기에 하인들을 세워두고 자신은 이삭과 함께 산으로 갔다. 이삭이 말한다. '아버지! 모든 게 다 있는데, 번제물은 어디 있죠?' 아브라함이 말한다. '하느님께서 내게 너를 바치라고 명하셨다.' 이제 아브라함이 장작불을 지피고 아들을 내놓을 참이었다. 이삭이 말한다. '아버지! 나를 결박하세요, 안 그러면 몸부림을 쳐서 아버지를 죽일지도 몰라요.' 아브라함은 그를 붙들어 결박했다. 막 팔을 쳐드는데, 천사가 하늘에서 내려와 그의 팔을 붙잡고 말한다. '아브라함, 어린 아들에게 손을 대지 말거라, 하느님께서 너의 믿음을 아신다.' 그다음 천사가 그에게 말한다. '수풀로 가 보라, 거기 숫양이 걸려있으니 아들 대신에 그놈을 바치도록 해라.' 그리고 아브라함은 하느님께 번제물을 가져갔다. 그다음 아브라함은 아들을 결혼시키게 되었다. 그들에게는 일꾼 엘리에셀이 있었다. 아브라함이 일꾼을 불러말한다. '내게 맹세해라. 너는 우리 도시에서 신부를 찾아오지 말고, 내가 보내는 곳으로 가보도록 해라.' 아브라함은 그를 메소포타미아 땅의 나호르에게 보냈다. 엘리에셀은 낙타들을 이끌고 길을 떠났다. 우물에 도착하자 그가 말하기 시작했다. '주여! 먼저 와서 제게 마실 물을 주고 낙타들에게도 물을 먹이는 신부를 제게 주소서. 이삭 나리의 신부 말입니다.'

엘리에셀이 이 말을 막 마치자 처녀 하나가 온다. 엘리에셀은 그녀에게 물을 마시게 해달라고 청하기 시작했다. 그녀가 마실 물을 그에게 주었고 말한다. '보아하니 낙타들도 물을 마시고 싶은가 봅니다.' 엘리에셀이 말한다. '그럼, 물을 먹여줘요.' 그녀가 낙타들한테도 물을 먹였고, 그때 엘리에셀이 목걸이를 그녀에게 주며 말한다. '댁에서 묵어가면 안 될까요?' 그녀가 말한다. '좋아요.' 그들이 집에 갔을 때, 그녀의 가족들은 저녁을 먹고 있다가 엘리에셀이 자리에 앉아서 저녁을 먹게 했다. 엘리에셀이 말한다. '한마디 하고서 먹겠습니다.' 엘리에셀이 그들에게 말했다. 그들이 말한다. '우리는 찬성이지만, 그 애는?' 그녀에게 물어보았는데, 그녀도 찬성한다. 그다음 아버지와 어머니는 리브가를 축복했고, 엘리에셀은 그녀와 함께 낙타에 타서 길을 떠났고, 이삭은 들판을 걷고 있었다. 리브가는 이삭을 만나자 수건으로 얼굴을 가렸다. 이삭이 그녀에게 다가와서 그녀의 손을 잡았고 자기 집으로 데려갔고, 그들은 결혼식도 올렸다."

다음은 소년 I. F가 야곱에 대해 쓴 것을 공책에서 발췌한 것이다.

"리브가는 19년 동안 임신을 하지 못했는데, 나중에 에서와 야곱 쌍둥이를 낳았다. 에서는 사냥에 열심이었고, 야곱은 어머니를 도왔다. 한번은 에서가 짐승을 잡으러 갔다가 한 마리도 잡지 못하고 화가 나서 돌아왔다. 한편 야곱은 렌틸콩 스프를 퍼먹는다. 에서가 와서 말한다. '나도 이 스프 좀 줘.' 야곱이 말한다. '그럼 대를 이을 권리를 내게 넘겨.' 에서가 말한다. '가져.' '맹세해!' 에서가 맹세했다. 그다음 야곱이 에서에게 스프를 내줬다. 이삭이 눈이 멀게 되자 말한다. '에서야! 가서 아무 들짐승이라도 잡아 오거라.' 에서는 갔고, 리브가가 이 말을 듣고 야곱에게 말한다. '가서 염소새끼 두 마리를 잡아라.' 야곱은 나가서 염소새끼 두 마리를 잡아서 어머니에게 가져왔다. 그녀는 구웠고 가죽으로는 야곱을 감쌌는데, 야곱이 음식을 아버지에게 가져가서 말한다. '아버지 좋아하시는 요리를 가져왔어요.' 이삭이 말했다. '이리 가까이 와 보라.' 야곱이 다가갔다. 이삭이 몸을 더듬기 시작했고 말한다. '목소리는 야곱인데, 몸은 에서구나.' 그다음 야곱을 축복했다. 야곱이 막 문을 나서는데, 에서가 문에 대고 말한다. '여기요. 아버지. 좋아하시는 요리에요.' 이삭이 말한다. '에서가 여기 왔었다.' '아니요, 아버지. 그건 야곱이 속인 거예요.' 그리고 문 안으로 들어가서 울기 시작했고 말한다. '그럼 아버지가 죽으면, 그때 보복하겠어요.' 리브가가 야곱에게 말한다. '가서 아버지께 축복을 청해라. 그리고 라반 삼촌에게 가거라.' 이삭은 야곱을 축복했고 그는 라반 삼촌에게로 향했다. 거기서 야곱에게 밤이 닥쳐왔다. 그는 들판에서 밤을 보내게 되었고, 돌을 발견하고는 머리에다 놓고 잠들었다. 갑자기 꿈속에서 땅에서 하늘까지 사다리가 서 있는 것 같아 보였다. 그것을 따라 천사들이 위 아래로 오갔고, 위쪽에 하느님이 직접 서서 말한다. '야곱아! 네가 누워있는 땅을 너와 너의 후손들에게 내준다.' 야곱이 일어나서 말한다. '정말 두렵습니다. 여기가 하느님의 집인가 하는데, 여기서 돌아가면 여기에 교회를 짓겠습니다.' 그다음 등잔을 켰고, 그리고 앞으로 나아갔다. 목부들이 가축을 지키는 모습이 보인다. 야곱은 그들에게 라반 삼촌이 어디에 사시는지 물어보기 시작했다. 목부들이 말한다. '저기 그 사람 딸이 물을 먹이러 암양을 몰고 오네.' 야곱이 그녀에게 다가갔고, 그녀는 우물의 돌을 밀어서 치우지 못할 것이다. 야곱이 돌을 치워서 암양에게 물을 먹였고 말한다. '그대는 누구 딸인가?' 그녀가 대답한다. '라반이오.' '나는 네 사촌 오빠다.' 그들은 뽀뽀를 하고 집으로 갔다. 라반 삼촌이 그를 맞아들이며 말한다. '야곱아, 우리 집에서 살아라, 품삯은 내줄 테니까.' 야곱이 말한다. '저는 품삯을 받으려고 살지는 않아요, 막내딸 라헬을 제게 내주세요.' 라반은 말한다. '우리 집에서 7년을 살도록 해라, 그럼 너에게 딸 라헬을 내주마.' 야곱은 7년을 살았고, 라반 삼촌은 라헬 대신에 레아를 야곱에게 내줬다. 야곱이 말한다. '라반 삼촌, 무슨 이유로 저를 속인 거죠?' 라반이 말한다. '우리 집에서 다시 7년을 살도록 해라, 그럼 막내딸 라헬을 너에게 내줄 것이다. 우리에게는 막내딸을 먼저 내줄 권리가 없어서야.' 야곱은 삼촌네 집에서 7년을 더 살았고, 그때서야 라반은 라헬을 그에게 내줬다."

다음은 여덟 살짜리 소년 T. F가 쓴 요셉에 대한 이야기를 공책에서 발췌한 것이다.

"야곱에게는 열두 명의 아들이 있었다. 그는 누구보다 요셉을 아꼈고, 그 아이에게 색동옷을 지어주기도 했다. 요셉은 두 가지 꿈을 꿨고 형제들에게 이야기해 준다. '들판에서 호밀을 베어 호밀짚 열두 단을 거둔 거 같았어. 내 호밀 짚단이 일어서고 열한 개의 짚단이 내 짚단에게 경배를 하는 거야.' 그러자 형제들이 말한다. '과연 우리가 너를 경배하게 될까?' 또 다른 꿈을 꿨다. '하늘에 열한 개의 별과 태양과 달이 내 별을 경배하는 거 같아.' 그러자 어머니와 아버지가 말한다. '과연 우리가 너를 경배하게 될까?' 형제들은 가축을 지키러 먼 길을 갔고, 그 뒤에 아버지가 형제들에게 먹을 것을 가져가라고 요셉을 보낸다. 형제들이 그를 보았고 말한다. '저기 우리 현몽가가 오네.' '우리 저 녀석을 바닥없는 우물에다 가둬버리자.' 르우벤이 혼자서 생각한다. '이 녀석들이 어디로 뜨면, 내가 저 녀석을 끌어내주지.' 그때 상인들이 다가온다. 르우벤이 말한다. '저 녀석을 이집트 상인들한테 팔아치우자.' 요셉은 팔려갔고, 상인들은 궁전의 신하 보디발에게 팔아넘겼다. 보디발은 그를 사랑했고, 아내도 그를 사랑했다. 보디발이 어딘가로 떠났을 때, 그의 아내가 요셉에게 말한다. '요셉! 둘이서 내 남편을 죽이고, 난 너와 결혼할게.' 요셉이 말한다. '만일 또 다시 그런 소리를 하면, 네 남편한테 말할 테야.' 그녀는 그의 옷을 잡고 고함을 지르기 시작했다. 하인들이 이 소리를 듣고 왔다. 그다음 보디발이 도착했다. 아내는 요셉이 남편을 죽이고 그녀에게 장가들려 했던 것처럼 말했다. 보디발은 그를 감옥에 가두라고 명령했다. 요셉이 얼마나 착한 사람이었는지, 그는 거기서 복역을 하면서 감옥을 감시하라는 명령을 받았다. 어느 날 요셉이 감옥을 따라 걸어갔고 두 사람이 슬픔에 차서 앉아있는 걸 본다. 요셉이 그들에게 다가가서 말한다. '당신들은 무엇이 슬펐던 거요?' 그들도 말한다. '하룻밤에 두 가지 꿈을 꿨는데, 우리한테 풀이해줄 사람이 없어요.' 요셉이 말한다. '어떤 거요?' 술 시중꾼이 이야기하기 시작했다. '내가 물열매 세 개를 따서 액즙을 짜고 황제께 내놓았던 것 같소.' 요셉이 말한다. '자넨 3일 후에 다시 제자리로 가겠네.' 빵 배급인이 이야기하기 시작했다. '나는 바구니에 빵 열두 개를 가지고 있었는데, 새들이 날아와서 빵을 쪼아 먹은 것 같소.' 요셉이 말했다. '자네는 3일 후에 목매달릴 거고, 새들이 날아와서 자네 몸뚱이를 쪼아 먹을 거야.' 그렇게 실현되었다. 어느 날 황제 파라오가 하룻밤에 두 가지 꿈을 꿔서 신하인 모든 현자들을 소집했고 아무도 풀이를 하지 못했다. 술 시중꾼이 기억을 해냈고 말한다. '점찍어 둔 사람이 있습니다.' 황제는 그 사람을 데려오라고 마차를 보냈다. 그가 도착했을 때, 황제가 이야기하기 시작했다. '내가 강변에 서 있는데 살찐 젖소 일곱 마리가 나온 것 같았고, 또 일곱 마리는 홀쭉한데 그놈들이 살찐 놈들에게 덤벼들어서 먹었는데도 살이 찌지는 않았네.' 그리고 다른 꿈도 꿨다. '한 줄기에 이삭 일곱 개는 알찬 것이고 또 일곱은 속이 빈 거야. 속이 빈 놈들이 알찬 놈들에게 덤벼들어서 먹었는데도 알차게 되지는 않았네.' 요셉이 말한다. '그건 이런 징조입니다. 7년 동안 풍작이 있다가, 또 7년은 흉년이 들겠습니다.' 황제는 요셉의 어깨에 걸칠 황금사슬과 오른손에서 가락지를 내주었고, 곳간을 지으라고 명령했다."

위에 언급된 것은 노래와 수학, 그림 그리기를 제외하고 신성역사와 러시아사는 물론 자연사, 지리, 부분적으로는 물리학, 화학, 동물학에 이르기까지 대체로 모든 과목의 교육을 아우른다. 이 기간 행해진 신성역사 수업에 대해서는 다음과 같은 이야기를 해야만 한다.

첫째로 어째서 애초에 구약성경이 선택되었는가? 신성역사 지식은 학생은 물론 부모에 의해서도 요구되는 것이었음은 더 말할 나위도 없다. 지난 3년 동안 내가 해본 갖가지 구술 전달 시도 가운데 성경만큼 아이들의 이해력과 사고방식에 들어맞는 것은 없었다. 동일한 상황이 내가 우연히 가본 다른 여러 학교에서도 반복되었다. 처음에 나는 신약성경을 적용했고, 러시아사와 지리도 적용해 보았다. 또한 오늘날 많은 사랑을 받는 **자연현상의 해명 방식도** 동원했으나, 모든 게 금방 망각되고 마지못해 듣는 것이었다. 구약성경은 즉시 기억되어 학급 내에서나 집에서도 열정적으로 환호하는 이야깃거리가 되었다. 신성역사는 아이들이 이야기를 들은 지 두 달 후에도 거의 빠짐없이 공책에 적었을 정도로 잘 기억되었다.

인류의 유년기에 출현한 책은 언제나 누구에게든 유년 시절의 최고의 책이 될 것 같다. 이러한 성경을 대체하는 책은 불가능해 보인다. 현재 존타그[22] 등이 신성역사를 다루듯이 성경을 변화시키거나 축약하는 작업은 바람직하지 못한 것 같다. 성경 속의 모든 것, 말씀 하나하나가 계시처럼 공정하고, 예술처럼 공정하다. 천지창조 편을 성경과 축약된 신성역사로 읽어보라. 신성역사 속의 개작은 전혀 이해되지 않을 것이다. 신성역사를 따르자면 외워서 익히는 수밖에 다른 도리가 없다. 반면 성경을 통해서라면 아이에게는 살아 있는 장대한 장면이 떠오르고, 그 장면은 언제나 잊히지 않을 것이다. 신성역사에서의 축약은 전혀 이해하기 힘들고, 그저 성경의 특징과 아름다움을 무너트릴 뿐이다.

어째서, 예를 들어 온갖 신성역사 책에는 무無의 상태에서 하느님의 성령이 심연 위를 떠돌고, 하느님이 천지를 창조하시고 피조물을 둘러보시니 그것이 좋아 보이더라, 그때서야 아무 날 아침과 저녁이 생긴다는 내용이 빠졌는가? 어째서 하느님이 코에 불멸의 영혼을 불어넣고, 아담의 갈비뼈를 꺼내어 그 자리를 살로 채웠다는 내용 등이 빠졌는가? 이 모든 것

---

22 안나 페트로브나 존타그(1785~1864)는 동화작가이자 《어린이를 위한 신성역사》(1837)의 저자다. ―옮긴이

이 어느 정도로 필연적이고 진리인가를 이해하기 위해서 천진한 아이들은 성경을 읽어야만 한다. 성경이 외설적인 책이라느니, 성경을 양가의 처자 손에 들려줘서는 안 된다느니 하는 농지거리는 얼마나 흔히 듣는 말인가. 어쩌면 타락한 양가의 처자에게 성경을 내줘서는 안 될지도 모르겠지만, 농민의 자식에게 성경을 읽어주면서 나는 한마디도 변경시키거나 빠트리지 않았다. 아무도 남몰래 서로 키득거리지 않았고, 모두들 가슴을 조이며 내심으로 경건하게 성경 강독을 들었다. 롯과 그의 딸들 이야기,[23] 유다의 아들 이야기[24]는 웃음이 아닌 공포를 자아낸다.

특히 아이에게는 모든 게 얼마나 쏙쏙 이해되고 선명하며, 그와 동시에 얼마나 엄격하고 진중한가! 만약 성경이 없었다면 어떤 교육이 가능했을지 나로서는 상상할 수가 없다. 유년 시절에 성경 속 이야기들을 알았다가 나중에 부분부분 잊어버렸을 것이다. 이런 이야기들이 어디에 필요할까? 그런 이야기들을 전혀 몰랐다고 해도 마찬가지 아니었을까?

아이들을 가르치기 시작하여 다른 아이들과 비교해 자기 발전의 갖가지 요소들을 점검해보기 전까지는 그렇게 보인다. 성경 없이도 혹은 성경보다 앞서서 아이들이 쓰고 읽고 셈하는 법을 익히도록 할 수 있고, 아이들에게 역사, 지리, 자연현

---

23 〈창세기〉 19장 참조. ─옮긴이
24 야곱의 아들 유다와 세 명의 아들을 말한다. 〈창세기〉 38장 참조. ─옮긴이

상에 대한 개념을 제공할 수 있을 것처럼 보인다. 하지만 그런 일은 어디서도 행해지지 않는다. 어디서나 아이는 무엇보다 먼저 성경과 성경에서 나온 이야기들과 그 발췌문을 접하는 터다. 배우는 자의 가르치는 자에 대한 최초의 태도는 이 성경에 기초한다. 그러한 일반적 현상은 우연이 아니다. 학생들에 대한 나의 전적으로 자유로운 태도는 야스나야 폴랴나 학교를 시작할 때 이런 현상을 해명하는 데 도움이 되었다.

학교에 입학한 사람이라면 아이든 성인이든(열 살이든 서른 살이든 일흔 살이든, 나는 사람 사이에 아무런 구별도 짓지 않는다) 그만의 삶에서 얻어내 즐겨 사용하는 사물에 대한 견해를 가지고 온다. 나이가 어떻든지 뭔가를 배워나가려면 공부를 사랑해야 한다. 또한 공부를 사랑하려면, 그는 사물에 대한 자신의 관점의 기만성과 불충분함을 자각해야 하고, 공부가 그에게 펼쳐 보이는 새로운 세계관을 직감적으로 예감해야만 한다. 어떤 사람이든 아이든 그의 공부의 장래가 그저 글을 쓰고 읽거나 셈하는 기술로만 여겨졌다면, 그는 배울 힘을 갖지 못한 것일 수도 있다. 어떤 교사더라도 그가 학생들에게 있는 것 이상의 세계관을 장악하지 못하면 가르칠 수 없을 것이다. 학생이 전적으로 교사를 믿고 따를 수 있으려면, 공부가 안내하는 사유와 지식, 시심의 세계의 온갖 매력을 가리는 덮개의 한쪽을 열어줘야 한다. 자기 앞에서 광채를 내는 그러한 빛에 끊임없이 매료될 때 학생은 우리가 요구하는 대로 자신을 갈고닦는 노력을 해나간다.

우리가 그러한 장막의 끝자락을 들어 학생들 앞에 보여주려면 어떤 수단을 가져야 하는가? 앞서 말했듯, 학생들을 데려와야 하는 세계에 자신이 속해 있기 때문에, 나로서는 그런 일을 수행하기가 수월할 것이라고 많은 이들처럼 생각했다. 나는 읽고 쓰기를 가르쳤고, 자연현상을 설명했으며, 여러 입문서에서처럼 공부의 열매는 달콤하다는 이야기를 들려줬지만, 학생들은 내 말을 믿지 않았고 점점 나를 멀리했다. 나는 학생들에게 성경을 읽어주는 시도를 함으로써 그들을 완전히 사로잡았다. 장막의 끝자락이 들려 올라가자 아이들은 나를 잘 따랐다. 아이들은 책이며 공부며 나까지도 좋아했다. 내가 할 일은 아이들을 앞으로 나아가게 지도하는 것뿐이었다. 구약성경 읽기가 끝난 뒤 내가 신약성경 이야기를 들려주자 학생들은 점점 더 수업과 나를 좋아했다. 그 후 나는 일반 러시아사와 자연사 이야기를 들려주었다. 성경 읽기를 마친 후 아이들은 귀를 기울이며 모든 것을 믿고, 점점 더 스스로 나섰고, 사유와 지식과 시적 정취의 전망을 제 앞에 점점 더 펼쳐 보였다. 우연히 벌어진 일인지도 모른다. 다른 학교에서는 다른 수단을 써서 똑같은 결과를 내왔는지도 모른다. 아마도 그럴지 모르지만 이러한 우연은 온갖 학교와 가정에서 변함없이 되풀이되었다. 이런 현상의 이유가 너무도 명백해서 나는 그것을 우연으로 인식하는 데 동의할 수가 없다.

학생에게 새로운 세계를 열어주고, 지식 없이 지식을 사랑하게 하는 데는 성경만 한 책이 없다. 이런 언급은 성경을 계시로 보지 않는 사람들을 위한 것이기도 하다. 아니, 적어도 나는 성경이 집대성한 것처럼 인간 사유의 모든 측면을 그토록 압축된 시적 형식으로 통합한 작품을 알지 못한다. 자연현상의 온갖 문제들이 성경에 의해 해명되며, 사람들 서로간의 원초적 관계와 가족, 국가, 종교가 처음으로 이 책을 통해 의식되고 있다. 아이처럼 단순한 형식으로 보편화한 사유와 지혜가 매력을 발산해 학생의 두뇌를 처음으로 사로잡는다. 다윗이 쓴 〈시편〉이 갖는 서정성이 성인 학생들의 두뇌에만 작용하는 게 아니다. 더구나 각자가 이 책을 통해 모방할 수 없는 단순함과 힘을 갖춘 서사시의 온갖 매력을 처음으로 알게된다. 그 누가 요셉의 이야기와 그가 형제들과 만난 이야기를 두고 울지 않았겠는가. 결박당하고 머리털을 잘린 채 무너진 궁전의 폐허 아래서 적들을 처단하며 죽음을 맞이하는 삼손의 이야기를 그 누가 마음을 졸여가며 들려주지 않았겠는가. 그리고 수백 가지의 다른 감명이 남아 있는 바, 어머니의 젖을 먹듯 우리가 그것으로 양육되지 않았던가. 혹자는 성경의 훈육적인 의미를 부정하기도 하고, 성경이 시대에 뒤떨어졌다고 말한다. 어쩌다가 그들이 그만한 책, 즉 자연현상을 해명하는 동시에 성경의 설화들만큼 흡입력 있는 이야기들을 일반 역사로든 상상으로든 고안해낸다면, 우리는 성경의 명이 다했다는 말에 동의할 것이다.

교육학은 생활상의 많은 현상과 사회적이고 추상적인 문제들을 검증하는 역할을 한다. 유물론은 유물론 성경이 집필될 때에서야 승리자로 나설 권리를 가질 것이고, 사람들의 유년은 바로 그 성경으로 훈육될 것이다. 오언[25]의 시도는 모종의 가능성의 증거가 되지는 못한다. 모스크바의 온실 속 레몬 나무의 생장이 노천이 아니거나 태양이 없어도 나무가 자랄 수 있다는 사실의 증거가 아닌 것처럼 말이다.

어쩌면 일방적일지도 모르지만, 나의 경험에서 끌어낸 신념을 거듭해서 말한다. 성경이 없는 우리 사회를 상상할 수가 없다. 그것은 마치 호머 없는 고대 그리스 사회에서 아이와 인간의 성장을 상상할 수 없는 것과 마찬가지이다. 성경은 원초적인 어린 시절의 독서에 안성맞춤인 책이다. 성경은 형식 면에서나 내용 면에서 온갖 아이들을 위한 지침서와 독본의 본보기가 되어 마땅하다. 평민적인 성경 번역이 이뤄졌다면, 그야말로 최상의 민간 서적이었을 것이다. 오늘날 그런 번역이 나온다면 러시아 인민의 역사에 획기적인 사건이 될 것이다.

이제는 신성역사 교육 방법에 대해 언급해 보겠다. 나는 러시아어로 쓰인 신성역사의 온갖 축약본들을 이중범죄로 간주한다. 그것들은 성물을 거스르는 동시에 시적인 정취를 거스르고 있기 때문이다. 이러한 개작들은 신성역사 학습의 부담을 덜어줄 요량임에도 오히려 학습을 어렵게 만든다. 성경이

---

25 영국의 유토피아적 경향의 사회주의자 로버트 오언(1771~1858)을 일컫는다. 그는 자신의 저서를 통해 사회적인 협동양육의 필요성에 대해 언급한 것으로 알려져 있다.—옮긴이

무슨 흥밋거리처럼 집에서 한 손으로 머리를 괴고서 읽히곤 한다. 자잘한 일화들은 가리키는 대로 술술 암기하게 익힌다. 이러한 일화들은 따분하고 이해가 안 되는 것으로도 모자라, 성경의 시심을 파악하는 능력을 그르쳐 놓는다. 나는 엉성하고 이해할 수 없는 언어로 인해 성경의 내적 의미 체득에 얼마나 방해받았는지 여러 차례 지적한 바 있다. '오트록отрок, 푸치나пучина, 포프랄попрал' 같은 알 수 없는 낱말들이 사건들과 더불어 기억에 남고, 그 자체의 색다름으로 학생들의 주의를 분산시키며 설화에서 학생들이 지침으로 삼을 이정표라도 되는 듯한 역할을 한다.

학생은 말을 할 때 자꾸만 마음에 드는 말을 사용하려고만 들며, 내용만을 평범하게 체득하는 법이 없다. 내가 여러 차례 지적했듯, 다른 학교에서 온 학생들의 경우 성경에 그려진 설화들의 매력이 언제나 훨씬 덜하고 때로는 아예 느끼지 못한다. 이런 학생들은 심지어 하급생들과 또래들을 망쳐놓기도 했다. 그 학생들의 이야기 방식에 신성역사 축약본의 저속한 기법들이 스며든 것이다. 그러한 저속한 이야기들이 해로운 축약본 책자들을 통해 민간에 전해졌고, 학생들은 자주 세계와 아담의 창조, 아름다운 요셉에 대한 특이한 전설들을 집에서 듣고 와서 전하기도 했다. 그런 학생들은 참신한 학생들이 성경 수업을 들을 때 마음을 졸이며 한마디 한마디 붙들고 마침내 금방이라도 세상의 온갖 지혜가 모습을 드러내리라 여기며 맛보는 심정을 이미 느끼지 못한다.

나는 신성역사를 오로지 성경으로만 교육하고 있으며, 다른 온갖 교육 방법을 해로운 것으로 간주한다. 신약성경은 복음서에 있는 그대로 이야기되고, 차후 공책에다 써보는 방식을 택하고 있다. 신약성경의 경우 기억이 용이하지 않기 때문에, 더 빈번한 되풀이가 요구된다. 다음은 신약성경의 이야기 중의 본보기 사례다. I. M. 소년[26]이 최후의 만찬에 대해 쓴 것이다.

"한번은 예수 그리스도께서 제자들을 예루살렘으로 보내며 말했다. '누가 되든 물을 든 사람을 만나거든, 그 사람을 따라가서 물어보라. 주인 어르신, 부활절 준비를 할 살림방을 좀 가리켜주시오. 그 사람이 가리켜줄 테니, 그곳에서 준비하도록 하라.' 제자들은 길을 떠났고, 그리스도께서 말씀하신 것을 보았고, 준비를 했다. 저녁에 직접 그리스도께서 제자들과 그곳으로 출발했다. 만찬 때 예수 그리스도께서는 옷을 벗으셨고 수건을 허리에 두르셨다. 그다음 세숫대야를 들었고 거기다 물을 가득 따랐고 각각의 제자에게 다가가기 시작해서 발을 씻기셨다. 그리스도께서 베드로에게 다가갔고 그의 발을 씻기려 했을 때, 베드로가 물었다. '주여! 주님은 제 발을 절대로 씻기지 못합니다.' 예수 그리스도께서 말씀하셨다. '내

---

26 〈야스나야 폴랴나 학교 일지〉에 여러 번 언급된 적 있는 학생 이그나티 마카로프인 것으로 추정된다. 〈마태복음〉 26장과 〈마가복음〉 14장, 〈누가복음〉 22장 참조.—옮긴이

가 너의 발을 씻기지 않는다면, 너는 천국에서 나와 함께 하지 못할 것이다.' 그러자 베드로가 기겁해서 말한다. '주님, 제발만이 아니라 머리와 제 온몸을.' 그리스도께서 말씀하셨다. '깨끗한 자는 발만 씻으면 되느니라.' 그다음 예수 그리스도께서 옷을 입으시고 자리에 앉으셨고, 빵을 집어 들고, 그것을 축복하셨고 잘게 나눠서 제자에게 나눠주며 말했다. '다들 들고 마시라, 이것은 신약의 나의 피니라.' 제자들은 들었고 마셨다. 그다음 예수 그리스도가 말씀하셨다. '우리들 중 한 사람이 나를 배신할 것이다.' 제자들이 말하기 시작했다. '주여! 혹시 접니까?' 예수 그리스도가 말한다. '아니다.' 그다음 유다가 말한다. '주여! 혹시 접니까?' 예수 그리스도가 제자들에게 말했다. '너다.' 그 후에 예수 그리스도는 제자들에게 말했다. '저자가 나를 배신할 것이다. 나는 그에게 빵 조각을 주니라.' 그다음 예수 그리스도는 유다에게 빵을 줬다. 바로 그때 그에게 사탄이 깃들었고, 그는 난처해졌고 방에서 멀리 떠났다."

다음은 R. B. 소년[27]이 쓴 글이다.

"그다음 예수님은 하느님께 기도하려고 제자들과 겟세마니

---

27 〈야스나야 폴랴나 학교 일지〉에 여러 차례 언급된 바 있는 학생 로만 보그다노프로 추정된다. 〈마태복음〉 26장, 〈마가복음〉 14장, 〈누가복음〉 22장, 〈요한복음〉 18장 참조.—옮긴이

동산으로 갔고, 제자들에게 말했다. '너희들은 나를 기다리고 잠자지 말라.' 예수님이 왔을 때 제자들이 자고 있는 걸 보았고, 예수님은 제자들을 깨웠고 말씀하셨다. '너희는 단 한 시간도 나를 기다릴 수가 없었구나.' 그다음 다시 하느님께 기도하려고 갔다. 예수님은 하느님께 기도했고 말했다. '주님! 정녕 이 성배를 비켜갈 수 없겠습니까?' 그리고 그때부터 피땀이 나올 때까지 하느님께 기도했다. 천사가 하늘에서 날아내려왔고 예수님을 튼튼하게 했다. 그다음 예수님은 제자들에게 돌아갔고 그들에게 말했다. '너희가 잠자는구나. 인자가 적들의 손에 넘겨질 시간이 오고 있다.' 유다가 벌써 대제사장에게 말했다. '내가 입을 맞추는 자를 붙잡으시오.' 그다음 제자들은 예수님을 따라갔고, 수많은 사람들을 보았다. 유다가 예수에게도 다가갔고 예수님께 입을 맞추려 했다. 예수님이 말하신다. '네가 나를 입맞춤으로 배신하는 것인가?' 그리고 사람들에게 말한다. '당신들은 누구를 찾으시오?' 사람들이 예수님께 말했다. '나사렛 예수요.' 예수님이 말씀하셨다. '내가 바로 그 사람이오.' 이런 말 때문에 모두가 달려들었다."

역사. 지리. 구약성경을 끝마치자 나는 자연스럽게 역사와 지리 교육에 대해 생각하게 되었다. 이들 과목의 교육은 지금까지 소학교 어디서나 진행되며 나 자신이 그 과목들을 배웠기 때문이고, 구약시대 유대인의 역사로 인해 아이들이 자연스럽게 다음의 질문을 떠올릴 것으로 보였기 때문이기도 하다. 어디서, 언제 그리고 어떤 환경에서 아이들이 알게 된 사건들이 벌어졌는지 이집트, 파라온 아시리아의 차르란 무엇인가 등과 같은 질문 말이다.

나는 늘 모두가 하는 것처럼 고대부터 역사 수업을 시작했다. 몸젠과 던커의 저서를 동원하여 온갖 노력을 기울였지만, 역사 수업을 흥미롭게 만드는 성과를 얻지는 못했다. 학생들은 파라오 세소스트리스, 이집트의 피라미드, 페니키아인 등에 아무런 관심이 없었다. 나는 유대인들과 접촉하던 종족이 어떤 이들이었는지, 유대인이 어디에 살면서 유랑했는지 같은 문제들에 학생들이 응당 관심을 갖기를 희망했다. 하지만 학생들은 이런 지식의 필요성을 도통 느끼지 못했다. 어떤 차르 파라오들, 이집트인, 팔레스타인이 언제 어디에 살았는지는 학생들을 만족시키지 못했다. 학생들에게 유대인은 주인공이고, 다른 사람들은 불필요한 곁다리 인물인 것이다. 자료가 아예 없어서 나는 이집트인과 페니키아인을 아이들의 주인공으로 만들지는 못했다. 아직 누구도 그런 일을 해내지 못했고 앞으로도 해내지 못할 것으로 보인다. 역사적 자료는 물론 예술적인 자료들도 턱없이 부족한 실정이다.

내 생각에 이집트인의 역사는 유대인의 역사 이상은 아니어도 그만큼은 연구 조사가 된 것으로 보이지만, 이집트인들은 우리에게 성경을 남기지는 못했다. 피라미드가 어떻게 건설되었는지, 특권계급이 어떤 신분과 관계가 있었는지를 우리는 자세히 알지 못하지만, 그게 우리에게 무슨 소용이 되겠는가? 여기서 우리는 학생들을 말하는 것이다. 그런 역사 속에는 아브라함, 이삭, 야곱, 요셉, 삼손이 존재하지 않는다. 고대사 중 어떤 이야기는 아이들이 기억을 잘 했고 마음에 들어했다. 세미라미스 여왕 이야기 등이 그것이다. 그런 이야기가 우연히 기억에 남게 된 것은, 무언가를 설명한 것이 아니라 예술적이고 동화적이었기 때문이다. 하지만 그런 대목은 드문 편이고 나머지 부분은 지루하고 맹목적이었다. 이에 나는 보편사 교육을 그만둘 수밖에 없었다.

지리 수업에서도 역사 수업에서와 마찬가지의 불행한 일이 일어났다. 나는 그리스 역사, 영국 역사, 스위스 역사 중에서 이따금 손에 잡히는 대로 아무런 연관은 없어도 교훈적이거나 예술적인 동화를 들려주곤 한다.

보편 역사 교육을 그만둔 후, 나는 다들 어디서나 채택하고 있는 러시아사 교육을 시도해 보아야만 했다. 나는 비감하리만치 우리에게 잘 알려진 러시아 역사를 교육하기 시작했다. 러시아사는 예술적이지도 교훈적이지도 않은 상태로 이쉬모바부터 보도보조프에 이르기까지 아주 다양하게 개작되어 있다. 나는 러시아사 수업을 두 차례 시도했다. 처음은 성경을 전부 통독하기 전이었고, 두 번째는 성경을 통독한 후였다. 성경을 끝내기 전 학생들은 이고르와 올렉 같은 존재들을 한사코 기억하려 들지 않았다. 지금은 똑같은 일이 하급생들에게서 되풀이되고 있다. 성경에서 언급되는 설화에 파고들어 그것을 전달하는 법을 아직 익히지 못한 학생들은 다섯 번씩이나 들어도 류릭과 야로슬라프 같은 위인 이야기 가운데 아무 것도 기억하지 못한다. 상급생들의 경우 이제는 러시아 역사를 기억하여 글로 써보기도 하지만, 성경과는 비교할 바가 못되어 잦은 반복을 요구한다. 우리는 보도보조프의 저서와 포고딘의 《노르만족의 시기》를 가지고 학생들에게 이야기를 들려주곤 한다. 한 교사가 여기에 몰두해서는 나의 충고를 듣지 않고 공국분할 시기를 생략하지 않은 채 므스티슬라프니 브랴치슬라브니 볼례슬라프 같은 이들의 무질서와 난장판 속을 파고 들어갔다. 내가 수업 시간에 들어간 것은 학생들이 이야기할 차례가 되었을 때였다. 그로써 무슨 결과가 벌어졌는가를 기술하기는 어렵다. 모두들 한참동안 말이 없었다. 교사에게 호명당한 학생들은 누가 더 용감하고 더 기억에 남는지 이야기하기 시작했다. 아이들의 지력이 죄다 **기이한** 이름들을 기억하는 데로 쏠리는 바람에, 누가 무슨 일을 했는지는 학생들에게 부차적인 일이 되고 말았다.

한 녀석이 입을 열었다. "그 사람이요, 그 뭐더라, 바리카프였던가? …… 갔어요. 가만, 이름이 뭐였지?" "L. N. 무슬라프 아니니?" 소녀가 귀띔을 한다. "므스티슬라프." 내가 정정해 주었다. **"그리고 그 사람을 통째로 박살냈어요."** 한 녀석이 자랑스럽게 말한다. "잠깐만! 거기 강이 있었어." "그 아들이 군대를 모아서 **통째로** 깨부줬고 …… 가만, 이름이 뭐였더라?" "어떻게 그걸 모르냐." 기억력이 좋은 소녀가 장님처럼 말한다. "거 참 굉장한 애구나." 숌카가 말한다. "그 이름이, 미슬라프, 치슬라프, 제기랄 내가 알게 뭐야." "너 모르면 방해나 하지 마!" "너는 뭘 안다고, 정말 대단하구나!" "너 왜 밀치고 난리냐?" 기억력이 뛰어난 아이들이 또 나섰다.

이 아이들은 약간만 귀띔을 받았다면 올바르게 말을 했을 것이다. 하지만 이런 상황 자체가 너무나 괴상했고, 아이들을 보고 있기가 민망할 정도였다. 하나같이 전에는 곡식을 받아먹다가, 갑자기 모래알을 마주한 암탉 같았다. 아이들은 어찌할 바를 모르고 꼬꼬거리고 괜스레 허둥대며 서로를 쥐어뜯기라도 할 태세였다. 결국 담당 교사와 합의해서 더 이상은 그런 실수를 저지르지 않기로 했다. 우리는 공국분할기를 빼놓고 러시아 역사 교육을 이어갔다. 이하는 역사 교육을 받은 상급생들의 공책에서 발췌한 것이다. 다음은 V. P. 학생[28]이 쓴 것이다.

　　"우리의 선조들은 슬라브인이라고 불렸다. 그들에게는 차르도, 공후도 없었다. 그들은 씨족별로 갈라졌고, 서로를 공격하고 전쟁하러 나갔다. 어느 날 노르만족이 슬라브인을 공격해서 승리했고, 공물을 부과했다. 그러자 슬라브인들이 말한다. '우리는 왜들 이러고 사는 거요! 우리를 통치할 공후를

28　〈야스나야 폴랴나 학교 일지〉에 여러 번 언급된 바 있는 바실리 루먄체프인 것으로 추정된다. 포고딘의 《노르만족의 시기》 첫 부분을 다시 쓰기한 것이 인용되어 있다. ─옮긴이

선출합시다.' 그리하여 그들은 류릭을 시네우스, 트루보르 두 형제와 함께 선출했다. 류릭은 라도가에, 시네우스는 크리비치의 이즈보르스크에, 트루보르는 벨로오제르에 정착했다. 그 뒤에 형제들이 죽었다. 류릭이 형제의 자리에 올랐다.

그 뒤에 두 사람이 그리스로 향했고, 아스콜드와 디르인데, 키예프에 들러서 말한다. '여기는 누가 통치하고 있소?' 키예프 사람들이 말한다. '여기에는 키이, 쉐크 그리고 하리프 세 사람이 있었소. 지금 그들은 죽었소.' 아스콜드와 디르가 말한다. '그럼 우리가 당신들을 통치하게 해주시오.' 사람들이 승낙했고 그들에게 공물을 바치기 시작했다.

그 뒤에 류릭은 도시와 요새들을 건설하라고 명령했고, 보야르들을 곳곳에 파견하여 공물을 거둬서 가져오게 했다. 그 다음 류릭은 200척의 배를 이끌고 콘스탄티노플에 쳐들어갈 생각이었다. 류릭이 이 도시에 다가갔을 때, 그 시기에는 황제가 없었다. 그리스인들이 그에게 파견되어 왔다. 사람들은 계속 하느님께 기도했다. 그다음 대주교가 성모의 의복을 가져와서 물에 적셨고, 무서운 폭풍이 몰아쳐서 류릭의 배가 모조리 쓸려가 버렸다. 그래서 심지어 아주 소수만이 목숨을 구했다. 그 뒤 류릭은 집으로 돌아갔고 거기서 죽었다. 이제 남은 사람은 그의 외아들 이고르였다. 아직 이고르가 어려서 올렉이 그의 자리에 올랐다. 올렉은 키예프를 점령하고 싶었다. 그는 이고르를 데리고 드네프르 강을 따라 곧장 나아갔다. 도중에 그는 류비치 시와 스몰렌스크 시를 점령했다. 그들이 키예프에 접근했을 때, 올렉은 아스콜드와 디르에게 사절을 파견하여 그들을 만나러 상인들이 왔다고 말하게 했다. 그런데 자신은 군대 절반을 배에다 숨겨놓고 절반은 뒤에 남겨뒀다. 아스콜드와 디르가 소수의 친위병과 더불어 나오자, 올렉의 군대가 배 밑에서 뛰쳐나와서 그들에게 달려들었다. 거기서 올렉이 이고르를 들어 올리더니 말했다. '너희는 공후도 아니고, 공후의 일가도 아니다. 공후는 바로 여기 있다.' 거기서 올렉은 그들을 죽이라고 명하고 키예프를 점령했다. 올렉은 거기서 살게 되었고, 이 도시를 수도로 삼아서 러시아 모든 도시의 어머니라고 불렀다. 그즈음 그는 도시와 요새들을 건설하라고 명령했고, 보야르들을 곳곳에 파견하여 공물을 거둬서 가져오게 했다.

그 후 그는 이웃 종족들과 전쟁을 벌여서 그들을 많이 정복했다. 그는 온순한 사람들과는 전쟁을 원하지 않고, 용맹한 사람들과 전쟁을 하려 했다. 드디어 그는 그리스로 가게 되었고, 드네프르 강을 곧장 따라갔다. 그는 드네프르 강을 지나가서 흑해를 건너갔다. 그리스에 접근했을 때, 그의 군대가 해안으로 뛰어나가 모든 것을 태우고 약탈하기 시작했다. 올렉이 그리스인들에게 말한다. '우리에게 공물을 바치시오. 한 푼씩 내서 모든 배를 채우게 말이오.' 그들은 기뻐하며 그들에게 공물을 바치게 되었다. 거기서 올렉은 300푸드를 거둬들여 집으로 향했다."

다음은 V. M. 학생[29]이 쓴 내용이다.

"올렉이 죽었을 때, 류릭의 아들 이고르가 그의 자리에 올랐다. 이고르는 장가를 들고 싶었다. 어느 날 그는 친위대를 이끌고 산책하러 갔다가 드네프르 강을 건너가게 되었다. 문득 그는 배를 타고 오는 어떤 처자를 보게 되었다. 그 처자가 강가에 도착하자 이고르가 말한다. '나를 배에 태워다오.' 처자가 배에 태웠다. 그 후에 이고르는 그녀에게 장가들었다. 이고르는 무공을 세우고 싶었다. 그는 군대를 모아서 전쟁터로 향했고, 곧장 드네프르 강 오른쪽이 아니라 왼쪽으로 따라 갔다. 드네프르 강에서 흑해로, 흑해에서 카스피해로 갔다. 이고르는 카간에게 저들의 들판을 통과하게 해달라고 사절을 보냈다. 전쟁에서 돌아올 때면 노획물의 절반을 카간에게 내주겠다는 것이었다. 카간은 통과하게 해주었다. 이미 어느 도시에 가까이 접근했을 때 이고르는 사람들에게 강변으로 나오라 하고 모든 것을 태우고 베어죽이고 포로로 잡으라고 명령했다. 그들이 모든 것을 해결했을 때, 휴식하기 시작했다. 휴식을 끝내고 그들은 아주 기뻐하며 집으로 향했다. 그들은 카간의 도시로 접근했다. 이고르는 약속대로 카간에게 보냈다. 사람들은 이고르가 전쟁터에서 온다는 말을 듣고 이고르에게 복수를 명하라고 청원하기 시작했다. 이고르가 그들의 친족에게 피를 흘리게 했기 때문이었다. 카간이 명령하지 않았는데, 사람들은 말을 듣지 않고 전쟁을 벌이게 되었다. 장대한 전투가 벌어졌다. 러시아인들이 패했고, 그들이 차지한 모든 것을 빼앗겼다."

인용한 글을 통해 독자가 알 수 있듯이, 어디에도 생생한 관심이 없다. 보편 역사보다는 러시아사가 더 수월하게 진행된 이유는 오로지 학생들이 들은 내용을 파악하고 적어두는 데 익숙해졌기 때문이다. 또한 이게 어디에 소용이 있는가라는 질문이 들어설 자리가 적기 때문이기도 하다. 러시아 민족이 아이들의 영웅인 것은 유대인이 그랬던 것과 마찬가지다. 한쪽이 영웅인 것은 그쪽이 하느님의 사랑을 받은 민족이며, 그 이야기가 예술적이기 때문이다. 또 다른 한쪽은 비록 그러한 예술적 권리 지니지 못했어도 민족적 감정이 그들을 대변해준다. 하지만 이에 대한 교육은 건조하고 차가우며 지루하게 이어진다. 불행하게도, 역사 자체가 국민적 감정을 앙양시킬 동기를 거의 부여하지 못하는 것이다.

어제 나는 옆 교실에서 활기찬 소리가 들려와 그 원인을 알고자 담당 수업을 빠져나와 역사 수업하는 곳으로 가 보았다. 쿨리코보 전투[30]를 다루고 있었다. 다들 흥분 상태였다. "바로

---

30 쿨리코보 전투는 1380년 9월 8일 쿨리코보 들판에서 러시아군과 타타르군 사이에 벌어졌다. 드미트리 돈스코이가 러시아군을 이끌었고, 마마이가 타타르군의 수장이었다. —옮긴이

이런 것이 역사구나! 굉장해요! 레프 니콜라예비치, 들어봐요. 그가 어떻게 타타르인들을 겁줘서 쫓아냈는지 말예요! 내가 말해줄게요!" 여러 목소리가 소리를 지르기 시작했다. "아니, 내가 할 거야! 피가 강물처럼 흘렀어요!" 거의 모두가 이야기를 들려줄 태세였고 모두들 환호하고 있었다. 하지만 그게 어느 민족적 감정을 만족시킨다면, 전체 역사에서는 무엇이 남겨지는가? 612년, 812년 그리고 그게 전부다. 민족적 감정에 부응하려고 하면, 역사 전체를 관통하지 못한다. 아이들 특유의 예술적 관심을 만족시키고 발전시키기 위해 역사적 전승을 이용할 수 있음은 이해하지만, 그것이 역사는 아니다. 역사 교육을 위해서라면 반드시 사전에 아이들 내부의 역사적 관심을 발전시켜야 한다. 어떻게 이런 일을 해낼 것인가?

나는 역사 교육은 모름지기 시초가 아니라 끝부분, 즉 고대사가 아닌 최근세사最近世史에서 시작해야 한다는 말을 자주 듣곤 한다. 이런 생각은 본질상 아주 당연하다. 러시아 국가가 무엇인지, 일반적으로 국가라는 게 무엇인지 알지 못하는 아이에게 러시아 국가에 대해 어떻게 들려줘서 그 시초에 흥미를 느끼게 할 것인가? 아이들을 상대하는 사람이라면, 무릇 알아야 할 게 있다. 러시아의 어린이는 온 세상이 자신이 사는 러시아와 똑같은 곳이라고 굳게 믿는다. 그런 점에 있어서는 프랑스의 어린이나 독일의 어린이도 마찬가지다. 어째서 아이들은 다들 그리고 어른, 즉 아이처럼 순진한 사람들까지도, 독일 아이들이 독일어로 말하는 걸 항상 놀라워하는가? 역사적 관심은 대개 예술적 관심 후에 발현된다. 우리가 로마의 토대를 놓은 역사에 흥미를 갖는 이유는 번영기 로마제국이 어땠는지를 알기 때문이다. 이는 우리가 위대하다고 인정하는 어떤 사람의 유년 시절에 흥미를 갖는 것과도 같은 맥락이다. 그런 식의 강대함과 보잘것없는 도주자 무리의 대조가 우리의 관심의 본질을 이룬다. 그럴 때 우리는 상상 속에서 로마가 어디까지 발전했는지 몇몇 장면을 떠올리며 로마의 발전상을 추적한다. 우리에게 모스크바 차르시대의 토대가 흥미로운 이유는 러시아제국이 무엇인가를 알기 때문이다. 나의 관찰과 경험에 따르면, 역사적 관심의 첫 맹아는 현대사 인식의 결과거나 때로는 거기에 참여한 결과이며, 정치적 관심과 정치적 견해, 논쟁, 신문 읽기의 결과로 발현된다. 그러므로 역사 교육을 현재 시점부터 시작하려는 생각은 사고하는 교사라면 누구에게나 당연하게 비칠 것이다.

나는 벌써 여름에 이런 시도들을 해서 기록해뒀다. 여기서 그중 어떤 것을 거론해 보겠다. 일단 첫 번째 역사 수업이다. 나는 첫 수업 때 러시아가 다른 나라들과 어떤 차이가 있는지에 대한 해명을 염두에 두고 있었다. 러시아의 국경, 국가 기구의 특징을 설명하고 현재 누가 통치하고 있으며 황제가 언제 어떻게 제왕의 자리에 올랐는지를 이야기해보자는 것이었다.

교사: 우리는 어디, 어떤 땅에 살고 있죠?

어떤 학생: 야스나야 폴랴나에요.

다른 학생: 들판에요.

교사: 아니, 그거 말고. 어떤 땅에 야스나야 폴랴나도 있고 툴라 주도 있나요?

학생: 툴라 주는 여기서 17베르스타나 떨어져 있어요. 그 주가 어디에 있냐면, 아무튼 주가 있어요.

교사: 아니에요. 그건 주에 속한 도시고, 주는 다른 거예요. 그럼, 어떤 땅이겠어요?

학생: (전에 지리 수업을 들은 학생) 땅은 공처럼 둥글어요.

아이들이 잘 아는 어떤 독일인이 전에 어떤 땅에 살았는지, 계속 한쪽 방향으로 달려간다면 어디로 가게 될까라는 질문을 통해, 학생들은 자신들이 러시아에 살고 있다는 답변에 도달하게 되었다. 그런데 계속 앞으로 한 방향으로만 달려가면 어디로 가게 될까라는 질문에, 어디에도 당도하지 못할 것이라고 말한 아이들도 있었다. 또 어떤 아이들은 세상의 끝에 당도할 것이라고 말했다.

교사: (학생의 대답을 되풀이하며) 다른 땅에 도달할 거라고. 그럼 러시아 땅이 끝나면, 다른 땅들이 시작될까요?

학생: 독일인들이 오면요.

교사: 그렇다면 만약 툴라에서 구스타프 이바노비치와 칼 페도로비치를 만난다면, 독일인들이 왔기 때문에 다른 땅이 되

었다고 말할 건가요?

학생: 아니요. 그건 온통 독일인들이 왔을 때죠.

교사: 아니지, 러시아에는 온통 독일인들이 사는 땅이 있어요. 여기 이반 포미치도 거기서 왔잖아요. 그런데 땅은 아무튼 러시아잖아요. 어째서 그런 걸까요?

(침묵)

교사: 그것은 그 독일인들이 러시아인들과 같은 하나의 법률을 따르기 때문이에요.

학생: 하나의 법률이라니요? 독일인들은 우리 교회에 다니지 않고, 사순절 때 먹지 말라는 음식을 먹잖아요.

교사: 그런 법률이 아니에요. 우리네 차르의 말을 따른다는 뜻이에요.

학생(회의론자 숌카): 이상해요! 어째서 그 사람들은 다른 법률이 있는데, 우리의 차르 말을 따른다는 거예요?

교사는 법률이라는 게 뭔지 설명할 필요를 느끼고, 법률을 따른다는 것과 하나의 법률 아래 살아간다는 것이 무엇을 뜻하는지를 물어본다.

여학생: (자립적인 머슴네 딸) 법률을 받아들이는 것은 장가간다는 뜻이에요.

학생들이 과연 그런지 의심스럽다는 눈초리로 교사를 쳐다본다. 교사는 법률은 만일 누가 도둑질을 하거나 사람을 죽이면, 그 사람을 감옥에 가두고 처벌하는 데 쓰는 거라고 설명하기 시작한다.

회의론자 숌카: 그럼 독일인들에게는 이런 게 없어요?
교사: 법률은 우리에게 귀족들, 평민들, 상인들, 성직자층('성직자층'이라는 말에 아이들은 어안이 벙벙해졌다)이 있다는 걸 말하기도 해요.
회의론자 숌카: 그럼 거기에는 없어요?
교사: 다른 땅들 어디에는 있기도 하고, 어디에는 없기도 해요. 우리에게는 러시아식 차르가 있고, 독일 땅들에는 독일식 차르가 있죠.

이러한 답변에 다른 학생들은 물론 회의론자 숌카까지도 만족스러워 한다. 교사는 신분에 대한 설명으로 이동해야 할 필요가 있다고 여기고, 아이들이 어떤 신분들을 아는지 물어본다. 학동들은 귀족, 평민, 사제, 병사를 열거해 나간다. "또 뭐가 있어요?" 교사가 묻는다. "머슴들, 코쥬키,[31] 사모바르 제작인들." 교사는 이러한 신분 간의 차이에 대해 물어본다.

학생들: 농민은 땅을 일구고요, 머슴들은 주인나리를 위해

---

31 아스나야 폴랴나에서는 소상공인을 코쥬키라고 불렀다.

일을 해요. 상인들은 장사를 하고요, 병사들은 군대에서 복무해요. 사모바르 제작인은 사모바르를 만들고, 사제들은 성체예식을 집전하고, 귀족들은 아무것도 하지 않아요.

교사는 실제적인 신분상 차이를 설명하고 병사의 필요성까지 설명하려 공연히 애를 쓴다. 비록 싸울 상대가 없더라도 병사는 국가에 대한 공격을 막고자 있는 것이며, 귀족의 일은 사회적 복무라는 말도 곁들인다. 교사는 다른 국가들과 러시아의 차이를 지리적으로 설명하려고 애를 쓴다. 그는 모든 땅은 다양한 국가로 분할되어 있다고 말한다. 러시아인, 프랑스인, 독일인들이 모든 땅을 분할하고, 여기까지는 내 소유, 저기까지는 네 소유라고 했고, 다른 민족들처럼 러시아도 자국의 경계선을 갖는다고 말이다.

교사: 이제 경계선이라는 게 뭔지 알겠어요? 누가 경계선의 예를 한 번 들어봐요.
학생: (영리한 소년) 저기 투르킨 베르흐 너머에 경계선(툴라와 야스나야 폴랴나 사이의 길에 세워져서 툴라 군의 시작을 나타내는 돌기둥)이 있어요.

모든 학생들이 그러한 정의에 동의한다. 교사는 익숙한 지역에서 경계선을 보여줄 필요가 있다고 여겼다. 그는 평면의 방 두 개를 그려서 그 둘을 가르는 경계선을 제시하고 마을의 약도를 가져온다. 학생들은 스스로 몇 개의 경계선을 알아맞힌다. 교사는 야스나야 폴랴나 땅이 자체의 경계선을 갖는 것처럼 러시아도 그러한 경계선을 갖는다고 설명한다. 다시 말해, 그는 그렇게 설명한 것처럼 여긴다. 그는 모두가 그의 말을 이해했으리라는 기대를 품는다. 그러나 우리 지역에서 러시아 경계선까지 얼마나 떨어져 있는지, 어떻게 알 수 있는가를 묻자 학생들은 조금도 어려워하지 않고 그건 아주 쉽다며 그저 여기서 경계선까지 아르쉰 자로 재면 된다고 대답한다.

교사: 어느 쪽으로 재나요?
학생: 여기서부터 경계선까지 쭉 달려가서 얼마나 되는지 기록하는 거죠.

다시금 도면, 약도, 지도에 대한 설명으로 넘어간다. 축도에 대한 개념이 부재한 상태였다. 교사는 아이들에게 길거리가 배치된 농촌마을 약도를 그려보도록 한다. 칠판에 그리기 시작하지만, 축도가 너무 크게 잡혀서 마을 전체가 들어오지 못한다. 그것을 지우고 다시 소축척으로 칠판에 그리기 시작한다. 축도, 약도, 경계선들이 조금씩 납득된다. 교사는 한 번 들려준 말을 되풀이하고, 러시아란 무엇인지 어디가 그 끝자락인지를 물어본다.

학생: 우리가 살고 있고, 독일인과 타타르인이 살고 있는 땅이에요.

다른 학생: 러시아 차르가 통치하는 땅이에요.

교사: 그럼 그 끝 지점은 어디에 있어요?

소녀: 비기독교인 독일인이 갈 곳에 있어요.

교사: 독일인은 비기독교도가 아니에요. 독일인들 역시 그리스도를 믿어요. (종교와 신앙에 관한 설명)

학생: (열성적으로 기억해낸 걸 기뻐하는 듯) 러시아에는 법률들이 있어서 살인을 하는 사람은 감옥에 보내요. 그리고 성직자들, 병사들, 귀족들 같은 온갖 국민이 있어요.

숌카: 누가 병사들을 먹여 살리는 거예요?

교사: 차르예요. 그걸 위해서 모든 사람에게서 돈을 거두죠. 왜냐하면 병사들은 모두를 위해서 복무하기 때문이에요.

교사는 또 국고라는 게 뭔지를 설명하고, 경계선에 대해 언급한 내용을 간신히 아이들 말로 되풀이하게 한다. 수업은 두 시간 가량 지속된다. 교사는 아이들이 언급된 내용을 대체로 기억하리라 확신하고 그런 형태로 차후의 수업들을 이어나가지만, 나중에야 이런 방법이 잘못되었고 그가 행한 모든 것이 완전히 허튼짓이었음을 납득하게 되었다.

나는 저도 모르게 독일식 실물교수Anschauungsunterricht에서 기형성의 마지막 단계에 도달한 소크라테스 문답법의 흔한 오류에 빠져있었다. 나는 이런 수업에서 학생들에게 어떤 새로운 개념도 제공하지 못했다. 그저 내가 그런 일을 하고 있다고 상상하면서, 자신의 도덕적 영향력으로 아이들에게 내가 원하는 대답을 하게 했을 따름이었다. 라세야Paceя, 루스코이 Pуской 같은 말은 아이들에게 여전히 자국의 것, 우리의 것, 흐릿하고 불명확한 뭔가의 무의식적인 징표로 남았다. 법률 또한 끝내 이해되지 않은 말이었다. 내가 그런 식의 시도를 한 것은 6개월 전이었는데, 초기에는 극도로 만족스럽고 자랑스러웠다. 내가 수업한 내용을 들은 사람들은 굉장히 훌륭하고 흥미로운 방법이라고 했다. 그런데 학교에서 일할 수 없었던 3주 후, 나는 시작된 일을 계속하고자 했다. 그때야 나는 지난 일이 별것 아니었고 자기기만이었음을 확신하게 되었다.

경계선이 무엇인지, 러시아와 러시아인이 무엇인지 내게 말해줄 수 있는 학생은 한 명도 없었다. 법률이 무엇인지도 크라피벤스키 군의 경계선이 어떤 건지도 마찬가지였다. 배운 것은 모두 잊었고, 그것을 제멋대로 알고 있었다. 나의 실수가 분명했다. 다만 실수가 어리석은 교수 방법에서 비롯한 것인지, 그 구상 자체에 있는 것인지는 아직 판단하지 못했다. 어쩌면 아이들이 공통적으로 발달하는 어떤 시기까지는 신문이나 여행의 도움 없이 역사적, 지리적 관심을 아이에게 일깨워주기란 아예 불가능한 일인지도 모른다. 어쩌면 그런 일을 해낼 방법이 (나는 끊임없이 애쓰며 찾고 있다) 발견되는지도 모른다. 다만 그런 방법이 이른바 역사와 지리 교과서, 즉 책으로 하는 교육으로는 이뤄지지 않을 것임은 안다. 책으로 가르치기는 그러한 관심을 꺼트릴 뿐 자극하지는 못하기 때문이다.

나는 역사 교육을 현재부터 시작하는 다른 시도를 해보았다. 그 시도들은 아주 성공적이다. 나는 크림전쟁[32] 이야기를 들려주고, 니콜라이 황제의 통치시대와 1812년의 역사를 들려주었다. 그 이야기들은 거의 구연동화의 어조로 행해졌고, 대개는 역사적으로 부정확했으며 사건들을 한 인물 주변으로 집중시키는 방식이었다. 여기서 기대 이상의 대성공을 거둔 것은 나폴레옹과의 전쟁 이야기였다.

이 수업은 우리 생애의 기억할만한 시간으로 남았다. 나는 그 수업을 결코 잊을 수 없을 것이다. 이미 오래 전에 아이들에게 약속했다. 나는 끝 지점부터, 시작점부터는 다른 교사가 역사 이야기를 아이들에게 들려줘서 우리가 만나는 걸로 말이다. 내가 맡은 야간 학생들이 흩어지자 나는 러시아사 수업을 시작했다. 세바스토폴 이야기가 시작되었다. 학생들이 따분해했다. 좀 높지막한 걸상에 농민 딸 셋이 목도리를 두르고 여느 때처럼 나란히 앉아 있었다. 그중 한 아이가 까무룩 잠에 빠져들었다. 순간 미쉬카가 나를 툭 쳤다. "저기 봐요. 우리 뻐꾸기들이 있잖아요. 근데 하나가 잠들었어요." 정말로 뻐꾸기 같았다. "역사 이야기를 끝 지점부터 더 잘 들려주세요!" 누군

---

32 1853년부터 1856년까지 러시아와 맞선 영국, 터키, 프랑스 등의 연합국 사이에 벌어진 전쟁의 주요 전투지가 크림반도였다.—옮긴이

가 그렇게 말하자 모두들 몸을 반쯤 일으켰다.

나는 자리에 앉아서 이야기를 들려주기 시작했다. 여느 때처럼 2분 정도 소동과 신음, 밀치기가 계속되었다. 다들 책상 아래위며, 걸상 아래에 제각기 앉아있었다. 심지어 다른 아이의 어깨나 무르팍에 걸터앉은 녀석도 있다. 그리고 모두 조용해졌다. 이 이야기 내용은 '읽을거리'난에 게재를 희망하므로 여기서는 구태여 반복하지 않는다. 나는 알렉산드르 1세부터 시작해서 프랑스 혁명이며 나폴레옹의 잇따른 승리, 그에 의한 권력 장악 그리고 틸지트 조약으로 막을 내린 전쟁에 대해 들려주었다. 사건이 아군에 대한 내용에 이르자 아이들이 와글와글 나서는 소리가 사방에서 들려왔다. "어째서 나폴레옹이 우리까지 정복하는 거예요?" "알렉산드르가 그놈을 혼내줄 거예요!" 알렉산드르를 알고 있는 누군가가 말했지만, 나는 아이들의 기대를 저버릴 수밖에 없었다. 아직은 때가 무르익지 않았다. 나폴레옹에게 차르의 누이를 시집보내려 했고 다리 위에서 알렉산드르가 대등한 상대를 대하듯 그와 대화를 나눴다는 사실에 아이들은 몹시 기분이 상했다. "넌 좀 가만있어!" 페드카가 위협하는 동작을 취하며 말했다. "그냥 계속해요! 어서요!" 알렉산드르가 복종을 거부하고 전쟁을 선언한 대목에서는 모두들 공감을 표했다. 열두 민족을 거느린 나폴레옹이 우리 러시아에 쳐들어와서 독일인들과 폴란드의 폭동을 유도하는 대목에 이르자 모두들 흥분해서 어쩔 줄을 몰랐다.

우리의 벗인 독일인[33]이 교실에 있었다. "아니, 선생님 나라 사람들이 어떻게 우리를!"(최고의 이야기꾼인) 페드카가 독일인 교사에게 말했다. "입 좀 다물어!" 다른 학생들이 소리를 질렀다. 아군의 후퇴 이야기를 듣는 아이들은 괴로워했다. 사방에서 왜 그런지 이유를 물어대며 쿠투조프와 바르클라이를 나무랐다. "너네 쿠투조프가 나빴어." "넌 좀 가만있어." 다른 아이가 대꾸했다. "어째서 그 사람이 항복한 거죠?" 또 다른 아이가 물었다. 보로지노 전투에 대한 이야기에 이르렀다. 그 이야기 마지막에 아무튼 우리가 승리하지 못했다는 이야기를 해야만 했을 때, 나는 아이들이 가여웠다. 내가 아이들 모두에게 무서운 일격을 가한 것만 같았기 때문이었다. "아군이 승리하진 못했지만, 그놈들도 차지하지 못했어요!"

나폴레옹이 모스크바에 막 쳐들어와서 열쇠 헌납과 경의 표시를 기대하는 대목에서는 모두들 불굴의 의지로 불타올랐다. 모스크바 화재에 공감한 것은 물론이었다. 마침내 아군의 승리, 즉 적군의 후퇴 시기가 도래했다. "나폴레옹이 모스크바를 빠져나가자, 바로 쿠투조프가 나폴레옹을 쫓아갔어요. 일격을 가하려고 말이지." 내가 그랬더니 페드카가 고쳐 말했다. "그놈을 비틀어놨어요!" 내 맞은편에 앉은 페드카는 온통 빨개져 있었고, 잔뜩 흥분해서 가느다란 까만 손가락을 비틀

---

33 야스나야 폴랴나 학교의 독일인 교사 켈러를 일컫는다. 1861년 봄에 톨스토이가 독일에서 초빙해왔다. —옮긴이

'우우'하는 소리를 들은 독일인 교사가 저녁에 내게 말했다.

나는 그의 말에 전적으로 동의했다. 나의 이야기는 역사가 아니라, 민족 감정을 북돋우는 옛날이야기였기 때문이다. 물론 **역사교육으로서** 이러한 시도는 첫 번째 했던 것들보다 더 적절치 않은 것이었다.

지리 교육에서도 나는 같은 시도를 했다. 우선 나는 자연지리학[35]으로 수업을 시작했다. 첫 번째 수업이 기억난다. 수업을 시작하자마자 나는 빗나가고 말았다. 내가 전혀 예상치 못한 게 있었다. 열 살짜리 농민 자식들이 그걸 알아듣기를 내심 바란 것이다. 나는 밤과 낮은 설명할 수 있었지만, 겨울과 여름의 설명에서 혼선을 일으켰다. 나는 스스로의 무지가 수치스러워서 가만 되씹어보다가 교양 있는 여러 지인들에게 물어봤다. 학교를 갓 졸업한 사람들과 교사들 말고는 아무도 지구본 없이는 순조롭게 설명하지를 못했다. 이렇듯 백에 한 사람 정도가 알고 있는 지식임에도 아이들은 다들 그걸 배우고 있는 현실이다. 이런 지적은 독자들께서 직접 확인하시길 부탁드린다. 나는 관련 지식을 말끔히 섭렵한 뒤 다시금 설명에 나섰는데, 양초와 지구본을 써서 설명했고 내가 보기에는 썩 훌륭했던 것 같았다. 아이들은 큰 관심을 가지고 흥미롭게 내 말을 경청했다. (아이들은 저희 아버지들이 믿고 있지 않은 것의

---

35 1860년대의 톨스토이는 지리수업에서 지구과학 분야와 겹치는 자연지리학 physical geography을 가르쳤다. ─옮긴이

실상을 알게 되었다고 무척이나 흥미로워했다. 자신의 총명함을 자랑할 기회가 생기기 때문이다.)

겨울과 여름에 대한 나의 설명이 끝나갈 무렵, 개중 이해력이 뛰어난 회의론자 숌카가 내게 질문거리를 남겨놓았다. 어째서 지구가 움직이는데, 우리 농가는 늘 제자리에 서 있는가? 농가가 당연히 제자리에서 벗어나야 하지 않는가! 나는 설명을 하는 데 있어서 아주 영리한 학생보다 1000베르스타 정도를 앞질러 나간 셈이었다. 그렇다면 이해력이 처지는 아이들은 과연 무엇을 이해할 수 있었을 것인가?

나는 되돌아가서 지구가 원형이라는 증거를 이해하기 쉽게 해석하고 그림을 그리거나 증거를 인용하기도 했다. 세계일주, 갑판 앞 선박의 돛대 보여주기 등이 그것이다. 그리고 이제는 이해했으리라는 생각으로 스스로를 위로하면서 학생들에게 수업 내용을 적도록 했다. "구체로서의 지구—첫 번째 증거, 두 번째 증거" 그리고 세 번째 증거는 잊어버리고 나에게 묻기로 했다. 아이들에게 중요한 것은 증거들을 기억하는 것임에 틀림없어 보였다. 한 번도 열 번도 아니고, 백 번쯤 이와 관련된 설명으로 돌아가 보았지만 늘 성과가 없었다. 시험을 치면 학생들이 다 대답을 할 테고, 당장이라도 웬만한 대답을 할 것이다. 하지만 나는 아이들이 이해하지 못했음을 느낀다. 나 자신 역시 서른 살 이전에는 그 문제를 시원스레 이해하지 못했음을 상기하면서, 나는 학생들의 이런 몰이해를 용서했다. 지금 학생들이 지구는 둥글다 등의 말만을 믿고 아무것도 이해하지 못하는 것처럼 어린 시절의 나도 마찬가지였다. 훨씬 이해하기가 쉬웠던 게 있었다. 아주 어릴 적 유모가 세상 끝에는 하늘과 땅이 맞붙어 있고, 거기서는 아낙들이 땅끝 바다에서 빨래를 하고 하늘에다 홍두깨를 걸어놓는다는 생각을 불어넣곤 했다. 우리 학생들에게는 내가 이들에게 전달하고자 하는 바와 완전히 반대되는 개념들이 오래전에 뿌리를 내려 지금도 지속되고 있다. 아이들이 터득하기에 앞서 우선 이들이 습득한 설명 방식과 아직은 조금도 깨지지 않은 세계관을 오랫동안 무너트려야만 한다. 물리와 역학의 법칙이 첫 번째로 그러한 낡은 관점을 근본적으로 무너트릴 것이다. 그래도 나나 모든 이들과 마찬가지로 학생들 역시 물리에 앞서 자연지리를 배우기 시작한 상황이다.

지리 교육에서도 여타 다른 과목에서와 마찬가지로 가장 흔하고 거칠며 해로운 실수인 조급성이 발현되었다. 우리는 지구가 둥글며 태양 주위를 도는 것 같다는 걸 알고는 너무 기쁜 나머지 어서어서 이런 지식을 학생에게 전달하려 서두르는 듯하다. 정작 중요한 대목은 지구가 둥글다는 게 아니라 어떻게 이런 판단에 도달했는지를 아는 것이다. 아이들에게 자주 태양이 지구로부터 몇백만 베르스타 떨어져 있다는 이야기를 들려주지만, 아이는 도통 놀라워하지도 흥미로워하지도 않는다. 아이는 어떻게 그런 판단에 도달하게 되었는지를 아는 데 흥미를 느낀다. 그 과정을 이야기하고 싶은 이가 있다면, 시차視差에 관한 이야기를 들려주는 게 나을 것이다. 그런 이야기는 충분히 가능할 테니까 말이다. 나는 지구에 대한 언급이 지리 전반에 관련되기 때문에 지구가 원형임을 설명하는 데 공을 들였다. 교양인 1000명 가운데 교사와 학생을 제외하면, 한 명 정도가 어째서 겨울과 여름이 생기는지, 과들루프가 어디에 있는지 따위를 안다. 1000명 가운데 어느 한 아이도 유년 시절에는 지구가 둥글다는 설명을 알아듣지 못하고, 과들루프가 실제 존재한다고도 믿지 못한다. 그래도 모두에게 유년 시절부터 이러저러한 것을 가르치는 노력은 이어져 오고 있다.

자연지리를 가르친 후 나는 대륙에 대해 특성을 부여해가며 설명하기 시작했다. 별 성과는 없다. 질문을 받을 때면 아이들은 앞다투어 "아시아, 아프리카, 오스트레일리아!" 하고 소리를 지를 뿐이다. (조금 앞서 유럽에 영국과 프랑스가 있다고 말했는데도) 문득 "프랑스는 어느 대륙에 있어요?"라고 물으면, 누군가 프랑스는 아프리카에 있다고 소리 지른다. 지리 수업을 시작하려고만 하면, 아이들의 시든 눈빛과 목소리에는 "어쩌자는 거예요?" 하는 질문이 오롯이 담겨있다. "어쩌자는 거예요?"라는 이런 비통한 질문에는 답이 없다.

역사 수업에서 끝 지점부터 시작하자는 평범한 생각처럼 지리 수업에서도 학교 교실과 우리 마을부터 시작해보자는 평범한 생각이 떠올랐다. 독일에서 이런 시도를 하는 모습을 본 적이 있는 나는 흔한 방식의 지리교육에서의 실패로 절망했음에도 교실, 집, 마을의 모습을 서술하는 데 착수했다. 약도 그리기와 같은 게 연습이 이점이 없는 것은 아니지만, 우리 마을 너머에 어떤 세상이 있는지 아는 게 흥미로운 일은 아니었다. 왜냐하면 학생들 모두 그곳에는 텔랴틴키가 있다는 사실을 알고 있기 때문이다. 게다가 텔랴틴키 너머에 뭐가 있는지 또한 흥미롭지가 않았다. 거기에는 텔랴틴키와 같은 농촌 마을이 있을 게 틀림없기 때문이다. 자체의 들판이 딸린 텔랴틴키는 결코 흥미롭지가 않았다. 모스크바, 키예프 같은 지리적인 이정표를 학생들에게 제시해 보았지만, 이런 것들은 모두 그저 암기한 것 마냥 두서없이 아이들의 머릿속을 차지했다.

지도 그리기 시도가 아이들의 흥미를 끌었고, 실제로 기억에도 효과가 있었다. 하지만 또 질문이 남는다. 기억에 효과가 있다는 게 무슨 의미인가? 그리고 극지방과 적도에 있는 나라들에 관한 이야기를 들려주었다. 학생들은 흔쾌히 내 말을 경청하며 이야기에 나서기도 했지만, 이 이야기 중에서 지리학적 내용은 제외하고 다 기억했다. 핵심은 마을 약도 그리기는 약도 그리기였을 뿐 지리학이 아니라는 데 있다. 지도 그리기 역시 지도 그리기일 뿐, 지리학이 아닌 것과 마찬가지다. 짐승, 숲, 사자 그리고 도시에 대한 이야기들 역시 허구의 이야기일 뿐 지리학은 아니다. 지리학은 단지 암기식 공부였다. 그루베와 베르나르드스키[36]의 저서 같은 신작들 중 어떤 책도

---

36 그루베(1816~1884)는 독일의 교육학자이자 작가다. 그는 초급산수 교과서《leit-faden für das Rechnen in der Elementarschule》(1842)를 써서 어린이들에게 산수 기본법칙을 가르치는 독특한 방법을 도입하였다. 러시아의 여러 교육학자들이 그

흥미롭지가 않다. 모두가 망각한 책, 지리학과 유시한 책 한 권이 다른 어떤 책들보다 잘 읽혔다. 내 생각에 이 책은 아이들이 지리학을 공부할 수 있도록 예비 연습을 시키고, 지리학적인 관심을 북돋우기 위해 해야 할 내용이 들어있는 최상의 본보기이다. 1837년 러시아어로 번역된 파를레이[37]의 책이 그것이다. 이 책은 아이들이 읽고는 있지만, 교사를 위한 지침서로서의 실마리 역할이 더 크다. 이 책을 참조하여 교사는 각국 영토와 도시에 대해 아는 바를 들려줄 수 있다. 아이들이 답변은 하지만, 기술된 사건과 관련되는 지도 위의 어떤 명칭이나 장소는 잘 기억해내지 못한다. 아이들 기억에 남는 건 대부분 사건들뿐이다. 어떻든 이 수업은 담화의 범주에 속한다. 이 범주에 관해서는 나중에 적당한 자리에서 언급할 것이다. 그런데 최근 이 책에서 쓸데없는 명칭들의 암기를 위해 위장한 온갖 기법, 이 책을 대하는 우리의 갖은 조심성에도 불구하고, 아이들은 짧은 이야깃거리로 자신들을 꼬드긴다는 냄새를 맡고서 이 수업에 한사코 넌더리를 내기 시작했다.

결국 나는 역사와 관련해 따분한 러시아 역사를 굳이 알아야하는 것도 아닐 뿐만 아니라, 어떤 아이의 발달을 위해서든

의 방법을 현실에 적용시켰고, 톨스토이는 이런 방법에 대해 격한 반대를 표명한 바 있다. 베르나드스키는 1861년 재차 출간된 저서 《토지와 사람들 또는 ……》(긴 제목 표기 생략) 저자를 일컫는다. ─옮긴이

37 파를레이는 미국의 교육학자 굿리치(1793~1860)의 필명이다. 톨스토이가 언급하는 책은 《유럽, 아시아, 아프리카 그리고 아메리카에 대한 미국인 파를레이의 이야기》(1837)로 추정된다. ─옮긴이

키루스, 알렉산드로스 대왕, 카이사르, 루터 역시 필요치 않다는 확신에 도달했다. 이런 인물과 사건이 학생에게 흥미를 끄는 이유는 그 각각의 역사적 의미 때문이 아니라, 각각의 활동방식의 예술성, 즉 역사가가 다듬어놓은 결과물의 예술성과 관련된다. 그것도 대개는 역사가라기보다는 민간전승에 의해 다듬어진 것이다.

로물루스와 레무스의 역사가 흥미로운 이유는 두 형제가 세상에서 가장 강력한 국가의 기반을 다졌기 때문이 아니다. 그것은 암늑대가 두 형제를 먹여 키웠다는 등의 이야기가 재미나고 별스러우며 아름답기 때문이다. 그라쿠스 형제[38] 이야기 역시 흥미로운 이유는 그레고리오 7세와 굴욕당한 황제의 이야기[39]처럼 예술적인데다가 관심을 자아낼만한 자질을 지녔기 때문이다. 그런데 민족의 대이동 이야기는 따분하고 목적 없는 것이 될 터였다. 왜냐하면 그 내용이 인쇄술 발명 이야기와 마찬가지로 예술적이지 않기 때문이다. 그런데도 우리는 인쇄술의 발명은 역사상의 한 시기이며 구텐베르크는 위인이라는 생각을 학생들에게 불어넣으려고 얼마나 애를 쓰는가. 누군가 점화용 성냥이 어떻게 고안되었는지 그럴싸하게

---

38 기원전 2세기 로마의 호민관을 지낸 티베리우스와 가이우스 그라쿠스 형제를 일컫는다. 이들은 각각 토지개혁 등의 사회 개혁에 착수했으나 이에 적대적인 귀족들의 반대로 잇달아 실패하고 비극적인 죽음을 맞이한다.─옮긴이
39 교황 그레고리오 7세가 지상권을 위해 신성로마제국 황제 하인리히 4세를 굴복시킨 카노사의 굴욕 사건을 일컫는다.─옮긴이

설명한다면, 학생들은 성냥 발명가가 구텐베르크보다 위대하지 않다는 데 전혀 동의하지 않을 것이다.

간단히 말해서 아이, 즉 대체로 아직 본격적인 삶을 시작하지 않은 학생에게는 보편 인류사는 말할 것도 없고 역사적인 관심이랄 게 존재하지 않는다. 아이에게는 예술적인 관심만 존재할 뿐이다. 사료가 다양하게 마련되면 모든 역사의 시기들에 대한 예술적 서술이 가능하게 될 것이라는 말들을 하지만, 나로서는 그런 사례를 알지 못한다. 토마스 매콜리와 자크 티에리의 저서에는 타키투스나 크세노폰의 저서만큼이나 아이들의 손에 쥐어줄 게 별로 없다. 역사가 대중적이게 하려면, 예술적인 외형을 입힐 게 아니라 역사적인 현상을 때로는 전승, 때로는 삶 자체, 때로는 위대한 사상가나 예술가들이 만들어내는 것처럼 인격화할 필요가 있다. 아이들이 역사를 좋아하는 경우는 그 내용이 예술적일 때뿐이다. 아이들에게는 역사적 관심이 존재하지 않고 존재할 수도 없으며, 따라서 어린이용 역사 역시 존재하지 않고 존재할 수도 없다. 역사는 이따금 예술적 전개를 위한 자료 역할을 할 뿐이다. 아직 역사적 관심이 발달하지 않은 동안에는 역사도 존재할 수 없다. 아무튼 베르테와 카이다노프[40]의 저작만이 유일한 지침서 노릇을 한다. **메디아의 역사는 어둡고 환상적**이라는 오래된 일설도

---

40 니콜라이 베르테의 《쉬운 이야기로 풀어쓴 간략한 일반역사》(19세기 중엽)와 이반 카이다노프의 《간략한 세계사 입문》(1822) 또는 《간략한 러시아사 입문》(1834)으로 추정된다. ─옮긴이

있잖은가. 역사적 관심을 이해하지 못하는 아이들을 위해 역사에서 만들어낼 것은 더 이상 없다. 역사와 지리를 예술적이고 흥미로운 것으로 만들려는 상반되는 시도들, 즉 그루베의 전기적 개설서와 베르나드스키의 저작은 예술적인 요구는커녕 역사적인 요구도 충족시키지 못하며, 일관성은 물론 역사적인 관심도 충족시키지 못한다. 동시에 그 저작들은 온갖 상세함을 더해 어림없는 규모로 늘어나 있다.

지리학 역시 마찬가지 상황이다. 미트로파누쉬카에게 지리 공부를 시키라고 설득하는 상황에서 그의 어머니가 "뭐한다고 땅에 대해 모조리 공부를 해? 가야할 곳이 있으면, 마부가 어련히 데려가지 않겠느냐"라고 말하지 않는가.[41] 지리학에 대립하는 말을 이보다 더 강하게 한 사례는 결코 없었고, 세상의 학자들은 그같은 철석같은 논거를 뒤집을 대답을 내놓지 못한다. 나는 지금 퍽이나 진지하다. 내가 바르셀로나 도시와 강의 위치를 알아야 할 이유가 무어란 말인가? 지금껏 서른세 해를 사는 동안, 내게는 단 한 번도 이런 지식이 필요치 않았다. 추측건대, 바르셀로나와 그 주민들에 대한 그림 같은 기록이 나의 정신력의 발전을 촉진할 수는 없다. 숌카나 페드카가 마리인스키 운하와 물길을 알아서 무얼 한다는 말인가? 예상대로라면, 그 아이들은 결코 거기에 가게 되지도 않을 텐데

---

41 이는 폰비진의 희곡 《미성년》에서의 등장인물들의 대화에 빗댄 언급이다.—옮긴이

말이다. 행여 숌카가 거길 가야 하는 일이 생긴다면, 배웠든 배우지 않았든 아이는 실제 활동을 통해 그곳의 물길을 아주 잘 파악하게 될 것이다. 대마는 볼가강 하류로 보내고 타르는 상류로 보낸다거나, 두보브카 선착장이 무엇인지, 이러저러한 지하단층이 이러저런 곳으로 이어진다거나, 사모예드족은 순록을 타고 다닌다는 따위의 지식이 아이의 정신력 발전을 어떤 방식으로 촉진할 것인지 나로서는 상상하기 어렵다.

내게는 수학과 자연과학, 언어와 시 지식의 온전한 세계가 있다. 그것을 전달하기에도 시간이 충분치 않은데, 내 주변의 삶의 현상에서 비롯하는 무수한 질문이 있다. 그러한 물음에 학생은 답변을 요구하고, 나는 극지방의 빙하나 열대지역의 나라들, 오스트레일리아의 산맥과 아메리카의 강의 어떤 장면을 그려 보이기에 앞서 이러한 물음에 답변해야 한다. 역사와 지리 수업에서의 경험은 동일한 사실을 말하고 어디서나 우리의 생각을 뒷받침한다. 어디를 가나 지리와 역사 수업은 잘 진행되지 않는다. 시험을 치기 위해 산들이며 도시, 강, 차르들과 군주들을 암기하는 식이다. 오로지 통용되는 교과서는 아르세니예프, 오보도프스키, 카이다노프, 스마라그노프[42]와 베르테의 저서들인데, 여기저기서 이 교재들로 하는 교육에 푸념을 늘어놓으며 새로운 무언가를 찾지만, 찾아내지 못하고

---

42 아르세니예프의 《간략한 일반 지리학》(1823), 오보도프스키 《일반 지리학 교과서》(1850), 스마라그도프의 《고대, 중세, 현대사 견문 지침서》와 《초급 학생을 위한 간략한 일반역사 입문》(1845)으로 추정된다. —옮긴이

있다.

재미있는 건, 전 세계 학생들의 정신이 지리학의 요청과 일치하지 않음은 모두가 인정하는 바인데, 그 결과 아이들로 하여금 낱말을 기억하게 하려는 (시도프의 방법 같은) 수천의 기발한 방법이 고안되곤 한다는 사실이다. 그런데도 지리학이라는 게 아예 필요 없다거나 이런 낱말들을 알 필요가 없다는 아주 단순한 생각이 누구의 머리에도 떠오르지 않는 모양이다. 지질학, 동물학, 식물학, 민족지학을 지리학과 결합하려하든, 또 역사와 전기를 결합하든 이러한 온갖 시도들은 공허한 몽상에 불과하다. 결과적으로 그루베의 것과 같은 저질의 책자들, 다시 말해 어린이고 청소년이고 교사고 대중이고 그누구에게도 쓸모가 없는 책자들을 탄생시킨다. 실제로 겉모양만 새로운 역사 및 지리교육 지침서를 내는 편찬자들이 스스로가 무얼 원하는지 생각하고 직접 가르치는 데 이 책을 적용해본다면, 그들은 이미 착수한 일이 실현될 수 없음을 확신했을 것이다.

첫째, 자연과학이나 민족지학과 합쳐진 지리학은 방대하기그지없는 학문이 될 것이다. 그런 학문 연구는 인간의 한 생으로는 부족할 것이며, 하나의 지리학보다 더 어린이에게 합당치 않고 더 알맹이 없는 학문이 될 것이다. 둘째, 수천 년이 지나도 그러한 지침서 편찬을 위한 충분한 자료가 마련되지 않을는지도 모른다. 혹시 크라피벤스키 군에서 지리를 가르치게되면, 나는 부득이하게 북극지역의 식물상, 동물상, 지질 구조에 대한 상세한 지식, 바이에른 왕국의 주민과 무역에 대한 세부 사항들을 학생들에게 알려줘야 할 것이다. 왜냐하면 그러한 지식을 전할만한 자료가 내게 갖춰져 있을 것이기 때문이다. 또한 나는 벨레프스키나 예프레모프스키 군에 관해서도 거의 아무 이야기도 들려줄 수가 없을 것이다. 나로서는 그런 이야기를 위한 어떤 자료도 갖출 수 없을 것이기 때문이다.

한편 아이들과 상식은 나에게 가르치는 데 있어서 일정 정도의 조화와 정확성을 요구한다. 남은 건 한 가지, 오보돕스키의 지리학을 암기식으로 가르치거나 아예 가르치지 않는 방법이다. 역사를 위해서는 역사적 관심이 자극되어야 하듯, 지리 공부에도 지리적 관심이 자극되어야 한다. 지리적 관심은, 나의 관찰과 경험상 자연과학 지식이나 주로는 여행으로 자극되며, 백에 아흔아홉은 여행에 의한 것이다. 신문, 특히 일대기 독서 등 조국의 정치 생활에 대한 공명이 역사에 있어서 중요한 것처럼, 지리에 있어서는 대개 여행이 그 학문을 공부하는 첫걸음 역할을 한다. 오늘날에는 각자 이런저런 것에 대단히 쉽게 접근할 수 있게 되었고, 따라서 우리는 역사와 지리를 가르치는 데서의 해묵은 미신에서 탈피하는 걱정은 덜 수 있게 되었다. 이런 면에서 오늘날은 삶 자체가 아주 교훈적이다. 실제로 지리적 지식이나 역사적 지식이 우리의 생각처럼 일반적 발달에 필수적이라면, 삶이 이런 부족한 지점을 채울 것이다.

그리고 정녕 해묵은 미신으로부터 탈피한다고 치면, 야로슬라프가 살았고 오토가 살았으며, 에스트레마두라라는 지방이 있다든가 따위를 어린 시절에 전혀 배우지 않는다 해도 사람들이 성장할 것임을 너끈히 생각해 볼 수 있다. 더 이상 점성술을 가르치지 않고 수사학과 작시법도 가르치지 않으며 라틴어로 가르치기도 그만두는 상황이지만, 그렇다고 해서 인류가 우매해지지는 않는다. 새로운 학문이 탄생하고 자연과학이 널리 보급되기 시작하는 오늘날의 상황에서 낡은 학문, 즉 학문 전반이 아닌 새로운 학문의 탄생과 더불어 성립 근거를 상실해가는 경계면의 학문은 그 효력을 다하고 사라져야 한다.

인류가 어떻게 다양한 국가에서 삶을 영위해왔고, 형성되어 발전했는가의 관심을 북돋거나 그런 사실을 아는 것, 영원히 인류를 움직이는 법칙을 인식하도록 관심을 자극하는 것, 그리고 또 다른 측면에서 전 지구상에서 작동하는 자연현상의 법칙 해독과 인류의 지구상에서의 배치에 관한 관심을 불러일으키는 것은 전혀 다른 문제들이다. **어쩌면** 그러한 관심을 불러일으키는 데는 유용할 수 있지만, 세귀르, 티에리, 오보돕스키, 그루베 같은 이들이 저러한 목적을 달성하는 데로 이끌지는 못할 것이다. 그런 목적 달성을 위해 내가 아는 두 가지 요인은 예술적인 시심과 애국심이다. 이모저모를 다 발달시키는 데 쓰일 교과서가 아직은 없다. 아직은 없지만, 우리로서는 찾아봐야 할 것이다. 또한 젊은 세대에게 역사와 지리를 배우라고 강요하며 헛되이 시간과 힘을 낭비하거나 젊은 세대를 망가트리지 말아야 한다. 단지 우리 자신이 역사와 지리를 배웠다는 이유만으로 말이다. 나로서는 대학 이전에 역사와 지리를 필수적으로 가르쳐야 한다고 보지 않을뿐더러 오히려 그런 교육이 커다란 폐해를 낳을 수 있다고 여긴다. 그 이상은 알지 못한다.

6. 11~12월의 야스나야 폴랴나 학교
후속편

그림 그리기와 노래. 11월과 12월의 야스나야 폴랴나 학교에 대한 보고서에 이제는 다른 과목들과는 아예 차별적 성격을 갖는 예술 과목, 즉 그리기와 노래 수업이 등장한다.

무엇을 가르쳐야 하는지, 어째서 이러저러한 과목을 가르쳐야 하는지 모른다는 관점이 내게 없었다면, 나는 이런 자문을 해야 했을 것이다. '예술은 과연 일용할 양식을 걱정하며 평생을 살아야 하는 처지에 놓인 농민 자식들에게 쓸모가 있을 것인가? 예술이 그들에게 무슨 소용이 있을 것인가?' 이런 질문에 백에 아흔아홉은 부정적으로 대답할 것이고, 지금 역시 그렇게 답한다. 다른 답변이 있을 리 만무하다. 저런 질문이 설정되는 순간 상식은 이런 답을 요구한다. 그는 예술가가 될 수 없고 땅을 일궈야 한다. 만약 그가 예술적 열망을 갖게 된다면, 그는 자신이 감당해야 하고 그렇지 않다면 국가의 존립조차 생각하기 힘든 완강하고 모진 노동을 당해내지 못할 것이다. 여기서 그라 함은 인민의 자식을 의미한다. 사실상 이치에 닿지 않는 소리다. 하지만 그 부조리를 기쁘게 여겨 그 앞에 멈춰 서지 않고 그 원인을 찾고자 한다. 또 다른 더 큰 부조리가 존재하는 것이다. 이러한 인민의 자식, 인민의 후예 각자는 완전히 똑같은 권리를 갖는다. 그 역시 모진 노동의 질곡에 내몰린 처지도 아닌데다 삶의 온갖 안락에 둘러싸인 운 좋은 계층의 자손인 우리보다 예술을 향유할 더 큰 권리를 갖는다. 이것이 내가 말하고자 하는 바다.

예술을 즐길 권리를 그에게서 빼앗는 것, 그라는 존재 전체가 영혼의 힘을 다해 요구하는 최상의 향유 영역으로 그를 안내할 권리를 교사인 내게서 빼앗는 것은 더더욱 이치에 닿지 않는다. 어떻게 이런 두 가지 부조리를 화해시킬 수 있는가? 이 교육지 제1호에 실었다가 비난을 산 적이 있는 산책 기록에서와 같은 서정이 아니라 오직 논리가 관건이다. 어떤 화해도 불가능하고 오직 자기기만이 있을 수 있다. 흔히들 농민학교에서 설령 그리기가 필요하다 하더라도 일상에 적용할 수 있는 기술적 측면의 사생, 즉 쟁기, 기계, 축조물 그리기 따위의 작도를 위한 보조기술로 한정된 그리기만 허용할 수 있다고 말한다. 야스나야 폴랴나 학교의 담당 교사[43] 역시 그리기에 대한 이러한 평범한 견해를 같이 한다. 여기 제시하는 것은 그의 보고서다. 하지만 그러한 그리기 교육의 체험은 이러한 기술적 교과과정의 허위성과 불공정성을 우리에게 확신시켜 주었다. 사람, 동물, 풍경 모사가 제외된 오직 기술적 측면의 조심스러운 그리기를 넉 달 동안 한 후, 학생들에게서 기술적 대상 그리기에 대한 열의가 현저하게 식어버리는 것으로 끝났다. 아이들은 자기 안에서 예술로서의 그림 그리기에 대한 감각과 열망을 어느 정도 성장하자 비밀 공책을 꾸려 사람들이나 네 다리가 한곳에서 뻗어 나온 말들을 그리기도 했다.

음악 수업도 마찬가지였다. 인민학교의 통상적인 교과과정은 교회의 합창 수준을 넘는 노래 부르기를 허용하지 않는다. 그것은 그리기 수업과 마찬가지로 아이들에게 아주 따분하고 고통스러운 암기, 즉 일정한 소리를 내게 하는 것에 불과하다. 다시 말해, 여기서 아이들은 오르간의 파이프를 대신하는 목구멍으로 취급되거나 발랄라이카, 아코디언 등 자주 볼썽사나운 노래에서 만족을 찾는 미적 감각을 발달시키는 것이다. 그런 것들은 교육자조차 인정하지 않아서 그런 식의 연주를 하자고 학생들을 지도할 필요가 없다고 여긴다. 다음의 둘 중 어느 하나다. 예술이 대체로 해롭고 불필요하다는 판단은 언뜻 드는 생각처럼 그다지 이상하지는 않다. 또는 신분이나 직업에 상관없이 각자 예술에 대한 권리, 예술이 평범함을 용납하지 않는다는 점에 기초하여 전적으로 예술에 몰두할 권리를

---

43 그림 그리기 담당 교사는 독일인 켈러다. 뒤의 '그림 그리기' 수업의 기록은 그가 진행한 수업 보고서를 톨스토이가 문체적으로 다듬은 것이다. ─옮긴이

갖는다는 것이다.

여기에 부조리가 있는 게 아니다. 부조리는 인민의 아이들이 예술에 대한 권리를 갖느냐는 질문 설정 자체에 있다. 이런 질문은 인민의 아이들이 소고기를 먹을 권리를 갖느냐, 즉 스스로의 인간적 욕구를 충족시킬 권리를 갖느냐는 질문과 같다. 우리가 인민에게 권고하거나 금지시키는 소고기가 양질의 것인지의 문제가 아니다. 그처럼 나는 우리의 수중에 있는 일정한 지식을 인민에게 제안하면서, 그것이 인민에게 끼치는 악영향을 지적하곤 한다. 그러나 그럴 때도 인민이 이러한 지식을 받아들이지 않는다는 이유로 우둔하다거나, 인민이 우리처럼 그 지식을 받아들이고 활용할 수준까지 아직 성장하지 못했다고 결론 내리지 않는다. 거꾸로 그런 지식은 훌륭하지도 정상적이지도 않다는 것, 우리가 인민의 도움을 받아 사회와 인민, 우리 모두에게 타당한 새로운 지식을 마련해야 한다는 것이 내 판단이다. 나는 그러한 지식과 예술이 우리 사이에서 생명을 유지하고 우리에게는 해롭지 않아 보이지만, 민간에서는 명맥 유지조차 어렵고 도리어 해로워 보인다는 결론을 내릴 뿐이다. 이런 지식과 예술은 대체로 필요한 것이 아니며, 오로지 우리가 타락한 탓에 그 가운데서 살아가는 것이라는 이유에서 그렇다. 또한 공장이나 술집의 오염된 공기 속에서 다섯 시간을 별 탈 없이 지내는 자들은 밖에서 갓 들어온 사람을 죽일 법한 그 탁한 공기로 고통을 겪지는 않기 때문이기도 하다.

누가 우리 지식 계층의 지식과 예술이 허위라고 말하느냐는 질문이 있을 법하다. 어째서 인민이 받아들이지 않는다고 하여, 그 지식과 예술이 허위라고 결론짓느냐고 말이다. 모든 질문들은 아주 간단하게 풀린다. **우리는 수천에 불과하고, 그들은 수백만이기 때문이다.**

계속해서 잘 알려진 생리학적 사실과 비교해보자. 누군가 바깥의 신선한 공기 속에 있다가 담배 연기와 훈김이 가득 찬 나지막한 방으로 들어간다. 생체 기능이 활발해서 그의 신체는 호흡을 통해 깨끗한 공기에서 취한 다량의 산소를 받아들이고 있었다. 그러한 신체 습관이 몸에 배인 그가 오염된 방 안에서 숨쉬기 시작한다. 해로운 기체가 다량으로 핏속에 전해져 신체가 허약해져 간다(자주 기절하거나 가끔은 죽음을 맞이한다). 그럼에도 수백의 사람들이 예의 오염된 공기 속에서 계속해서 숨 쉬며 삶을 살아가는 것은 생체기능이 약화되었기 때문이다. 달리 말해, 그런 사람들은 더 허약하고 수명이 더 짧다.

이런 사람도 있고 저런 사람도 있을 법한데, 누구의 삶이 더 정상적이고 나은가를 누가 판단하느냐는 질문이 있을 수 있다. 오염된 공기 속에 있다가 공기가 신선한 바깥으로 나오는 사람이 종종 기절하듯, 반대되는 상황도 발생한다. 생리학자나 상식을 가진 사람이라면 대답하기가 간단하다. 이들은 신선한 공기와 오염된 감옥 중 어디에 사람들이 더 많이 사는지를 묻고 다수를 따를 것이다. 생리학자는 이러저런 사람의 생체기능의 정도를 관찰하여, 신선한 공기 속에서 사는 사람의 생체기능이 더 힘차고 영양을 더 충분히 섭취한다고 말할 것이다.

　동일한 관계가 이른바 교양 있는 사회의 예술과 인민예술의 요청 사이에 존재한다. 여기서 나는 회화, 조각, 음악, 시에 대해 언급하는 것이다. 이바노프의 화폭[44]은 민간에서 그 기예의 완성도로 놀라움을 자아낼 뿐, 아무런 시적 감정이나 종교적인 감정도 불러일으키지 않는다. 그런데 노브고로드의 요한과 단지 속의 악마를 그린 루복판화[45]는 바로 그 시적인 감정을 불러일으키고 있다. 〈밀로의 비너스〉는 나체와 외설의 몰염치, 즉 여성의 부끄러움에 대한 적법한 혐오감만 불러일으킬 것이다. 베토벤의 후기 사중주는 누구는 커다란 피리를 불고 다른 누구는 큰 바이올린을 연주한다는 것만으로 흥미롭고도 불쾌한 소음이 될 것이다. 우리 시문학의 최고 작품인 푸시킨의 서정시는 단어의 나열로 여겨지고, 그 시의 의미는 경멸할만한 허튼짓으로 보일 것이다. 하지만 독자 여러분이―교육기관과 아카데미, 예술학과의 위계질서를 통해서 해낼 수 있고 실천하는 일이기도 하다―인민의 아이를 그러한 세계로 데리고 간다고 해보자. 그러면 그 아이는 이바노프

44　러시아 화가 이바노프의 〈예수 그리스도의 출현〉을 염두에 둔 것이다.―옮긴이
45　기형적이지만 종교상의 시적인 감각이 힘찬 이 화폭에 독자들이 주목해주기를 바란다. 당대 러시아 회화와 이 화폭의 관계는 프라 안젤리코의 회화가 미켈란젤로 유파 후계자들의 회화와 맺는 관계와 같다.

의 그림은 물론 〈밀로의 비너스〉와 베토벤의 사중주, 푸시킨의 서정시까지도 진심으로 거듭 음미하게 될 것이다. 하지만 이러한 세계로 일단 들어간 이상, 그 아이는 폐 전부를 활용해 숨을 쉴 수는 없게 된다. 그러다 아이가 다시금 신선한 공기를 쐬게 될 경우, 그 공기는 병적이고 적대적으로 아이를 포위할 것이다.

호흡 문제에서 생리학과 상식이 답하듯, 예술의 문제에서는 예의 그 상식과 교육학(교육계획안을 작성하는 교육학이 아니라, 교육의 기본 방향과 법칙을 연구하고자 하는 교육학) 또한 똑같은 답을 할 것이다. 교양 있는 우리 계급의 예술 영역이 아닌 곳에서 사는 사람들이 더 충만한 삶을 영위하며, 예술에 대한 요청과 예술이 제공하는 만족감 역시 우리보다 민간에 더 충만하며 정당하다는 답변이 그것이다. 상식이 그렇게 말한다고 생각하는 것은 그 영역 밖에 사는 사람들이 수적으로만 막강한 게 아니라 행복한 다수임은 분명하기 때문이다. 어떤 교육가가 우리의 영역에 있는 사람과 그 영역 밖에 있는 사람의 정신적 기능을 관찰한다고 치자. 그는 오염된 방으로 사람을 데려오는 상황, 즉 우리의 예술을 젊은 세대에게 전달하는 상황을 관찰한다. 그리고 그는 참신한 사람이 인공적인 분위기로 안내될 때 나타내는 혐오와 졸도의 상황 및 정신적 기능의 제약성에 기초하여, 예술에 대한 인민의 요구가 이른바 교양 계급 가운데 타락한 소수의 요구보다 더 합법적이라고 결론내릴 것이다.

나는 자신이 더 잘 알고 있고 언젠가 열렬히 좋아한 적 있는 우리네 예술의 두 분야, 즉 음악과 시를 상대로 앞에서와 같이 관찰했다. 언급하기가 두렵지만, 나는 우리가 이 두 분야에서 해낸 일 모두가 거짓되고 배타적인 방향이어서, 의미도 미래도 없고 쓸데없다는 확신에 이르렀다. 그것은 우리가 민간에서 그 본보기를 찾아내곤 하는 예술적 요구와 예술작품들까지 비교해본 결과였다. 푸시킨의 〈나는 경이의 순간을 기억하오〉와 같은 서정적인 시, 베토벤의 마지막 교향곡과 같은 음악작품은 '열쇠 관리인 반카'에 대한 노래와 '어머니 볼가 강 하류로'의 선율만큼 무조건적이며 보편적으로 훌륭하지는 않다. 푸시킨과 베토벤이 우리 마음에 드는 이유는 이들의 작품에 절대적인 아름다움이 들어 있어서가 아니라 우리가 푸시킨이나 베토벤처럼 망가졌기 때문이며, 두 사람이 하나같이 우리의 추한 과민반응과 나약성을 치켜세우기 때문이다. 우리는 미를 이해하려면 일정한 사전 준비가 필요하다는 저속하고 진부한 역설을 얼마나 일상적으로 듣는가. 누가 이런 말을 무슨 이유로 했으며, 무엇으로 이런 말이 증명되었다는 말인가? 이런 말은 방향의 허위성, 즉 우리 예술이 어느 한 계급에 배타적으로 귀속된다는 식의 거짓이 이끌어가는 막다른 궁지를 벗어나려는 술책이나 뒷구멍에 불과하다. 어째서 태양의 아름다움, 인간적 얼굴의 아름다움, 민요 소리의 아름다움, 사랑과 자기희생 행위의 아름다움 같은 것은 모두 접근하기 쉽고 사전준비를 요구하지 않는 것인가?

대다수 사람들에게는 내가 한 모든 말이 수다와 요설로 여겨질 것이다. 하지만 교육학, 즉 자유로운 교육학은 어떤 시도를 통해 수많은 질문들을 해명하며, 똑같은 현상을 무수히 반복하는 방법으로 질문들을 공상과 추론의 영역에서 갖가지 사실에 의해서 증명된 명제의 영역으로 옮겨놓고 있다. 나는 여러 해 동안 푸시킨의 시와 우리 문학 전체의 시적인 아름다움을 학생들에게 전달하고자 헛되이 버둥거렸는데, 무수한 교사들 역시 똑같은 일을 하고 있다. 물론 이는 러시아에만 있는 일이 아니다. 이런 교사들이 스스로의 노력의 결과를 관찰하고 솔직히 털어놓는다고 치자. 그렇다면 시적인 감각을 발달시키려 한 주요 결과가 그런 감각을 죽이는 것이었고, 시적인 성향을 지닌 인물들이 그러한 해석에 대해 가장 심한 혐오감을 보여주었노라고 모두들 고백할 것이다. 이미 말했다시피, 여러 해 동안 나의 헛된 노력은 아무런 성과도 얻지 못했다. 그런데 우연히 내가 르이브니코프의 선집을 펴든 순간, 학생들의 시적인 요구가 완전히 충족되었다. 거기서 처음에 걸려든 노래를 푸시킨 최고의 작품과 차분하고 공평하게 대비시킨 학생들의 충족감을 나는 정당한 것으로 인정하지 않을 수 없었다. 곧 언급하게 될 음악과 관련해서도 나는 똑같은 일을 겪었다.

일단 위에서 언급한 내용을 요약하고자 한다. 순수미술 beaux arts이 인민에게 필요한가 하는 질문을 받을 때, 교육가들은 보통 주춤거리며 곤혹스러워 한다(플라톤만이 이런 질문을 과감하게 부정적으로 풀었다). 보통은 예술이 필요하지만, 일정하게 제한되어야 한다고 답한다. 모두에게 예술가가 될 기회를 주는 것은 사회 체계에 방해가 되기 때문이라는 것이다. 잘 알려진 예술과 그 수준은 일정한 사회계급 내에서만 존재할 수 있다고, 예술 분야에는 한 가지 일에 충실한 발군의 일꾼이 있어야 한다고 말하는 이들도 있다. 또 어떤 이들은 커다란 재능을 갖춘 인물이라면 민간의 환경을 벗어나서 전적으로 예술에 복무할 기회를 가져야 한다고 말한다. 이런 사고는 교육학이 각자 스스로 원하는 그 무엇이 될 권리에 행하는 최대의 양보다. 예술에 대한 교육가들의 온갖 배려는 이런 목적의 달성을 향하고 있다. 이 같은 상황이 내게는 불공정해 보인다. 예술 향유 요구와 예술에 헌신하려는 자세는 어떤 혈통이든 어떤 환경에 속하든 각자의 인성에 내재한다. 이러한 요구는 그 권리가 분명한 것이므로 응당 충족시켜야 한다. 나는 이러한 명제를 자명한 원리로 받아들인다. 예술을 향유하고 재현함에 있어서 누구에게든 어떤 곤경과 불균형이 제시된다면, 그러한 곤경의 이유는 예술의 전달 방식에 있는 것도 아니고, 수적으로 많든 적든 사람들 사이에 예술을 보급하거나 집중시키는 데 있는 것도 아니다. 그러한 곤경의 이유는 예술의 성격과 방향에 있다. 젊은 세대에게 거짓을 강요하지 않은 한편, 이들에게 형식은 물론 내용상 새로운 것을 창안할 기회를 주기 위해서 우리는 예술의 성격과 방향에 의문을 가져야 한다.

이제 나는 그리기 교사의 11월과 12월 보고서를 제시한다.

이런 교육 방식은 사소하긴 해도 학생들에게 즐거운 방법으로 기술적인 어려움을 비켜 간 기법들로 인해 적절한 것으로 취급될 여지가 있다. 여기서 예술 자체의 문제는 다뤄지지 않는다. 담당교사가 교육을 시작하기에 앞서 농민의 자식으로서는 화가가 되는 게 부질없다고 판단했기 때문이다.

그리기. 9개월 전에 그리기 수업을 시작했을 때, 내게는 교육 내용을 어떻게 배치할지, 학생들을 어떻게 지도할지에 관해 정해놓은 계획이 없었다. 내게는 도안이나 견본도 없었다. 나는 화집 몇 권을 갖고 있었지만 차후 수업시간에 이 화집들을 사용하지 않았다. 여느 시골 학교에서 언제나 찾을 수 있는 소박한 보조 수단들로만 제한했다. 색칠된 목판, 분필, 석판, 수학 수업에 실물교육용으로 사용되는 길이가 서로 다른 네모난 나무 막대기들이 우리가 교육에 사용하는 수단의 전부였다. 하지만 그것만으로도 손에 닿는 모든 걸 충분히 옮겨 그릴 수 있었다. 어느 학생도 이전에 그리기를 배운 적이 없었다. 학생들이 수업 때 가져온 것은 스스로의 판단 능력뿐이었다. 학생들이 원할 때면 어떤 방식으로든 자신의 생각을 말할 충분한 자유가 주어졌으므로, 나는 일단 그들의 요구사항을 알아보고 일정한 수업 계획안을 마련하고자 했다. 첫 수업 때 나는 막대기 네 개로 사각형 모양을 만들었고, 학생들이 그 어떤 예비 교육 없이도 사각형을 모사할 수 있는지 알아보고자 했다. 오로지 몇 안 되는 학생이 사각형을 이룬 네모난 막대기들을 직선으로 표시하여 부정확한 사각형을 그렸다. 나는 이러한 결과에 아주 만족했다. 이들보다 서툰 학생들을 위해서는 내가 직접 칠판에 분필로 사각형을 그렸다. 그다음에는 우리는 같은 방식으로 십자를 만들어 그려보았다.

무의식적인 타고난 감각으로 아이들은 비록 그리는 게 꽤나 서툴기는 해도 올바른 선의 비율을 찾아낼 수 있었다. 또한 나는 학생들이 각각의 도형마다 직선을 꼭 정확하게 그려야 할 필요는 없다고 보았기 때문에 도형을 보고 그릴 수 있기만을 바랐다. 괜스레 학생들을 괴롭히지 않으려 한 것이다. 나는 우선 가능한 선을 바르게 그리는 능력을 염려하기보다 크기와 방향에 따른 선들의 비율에 대한 개념을 학생들에게 제시하고자 했다.

아이는 직선을 그럭저럭 그리는 법을 배우기보다 긴 선과 짧은 선의 비율 그리고 직각과 평행선의 차이를 먼저 이해할 것이다. 차츰 우리는 다음 수업에서 네모난 나무 막대기의 각도를 옮겨 그리다가 그다음에는 막대기들을 이용하여 다양한 도형을 만들어 보았다. 학생들이 나무 막대기의 얇은 두께나 너비에 전혀 주의를 기울이지 않는 통에 우리는 만들어진 물체의 전면만 계속해서 그렸다.

우리가 갖고 있는 자료가 충분치 않아서 도형의 위치와 비율을 분명하게 제시하는 데 어려움을 겪게 되면, 나는 이따금 칠판에 도형을 그리곤 했다. 학생들에게 어떤 물체를 제시하며 나는 종종 사생을 견본 모사와 결합시켰고, 학생들이 제시된 물체를 옮겨 그리지 못하는 경우에는 내가 이 물체를 직접 칠판에 그렸다.

칠판에서 여러 도형을 옮겨 그리기는 다음과 같이 진행되었다. 먼저 내가 지평선이나 연직선을 긋고 나서 그 선에 점을 찍어서 일정한 부분으로 나누면, 학생들이 이 선을 옮겨 그렸다. 그다음 첫 번째 선과 일정한 비례로 동일한 단위로 나눈 다른 선, 또는 수직선이나 빗금 몇 개를 그었다. 그리고 우리는 이 선들을 분할한 점들을 직선이나 호선으로 연결하여 어떤 대칭도형을 작도했는데, 도형이 생성되는 과정마다 이를 학생들이 따라 그렸다. 첫째, 아이가 도형이 형성되는 전체 과정을 실물로 배우고, 둘째, 선의 비례에 대한 아이의 이해가 그림이나 원본의 모사를 통하는 것보다 칠판에 그리는 것을 통해 훨씬 더 잘 발달한다는 측면에서 이런 방법이 유익하게 여겨졌다. 이러한 방식을 취하면 곧장 옮겨 그릴 여지는 없어지지만, 자연에서 취한 대상으로서의 도형이라면 당연히 축도로 모사되어 마땅하다.

대개의 경우 완성된 커다란 그림이나 도형을 제시하는 것은 초보자에게는 별 소용이 없다. 초보자는 그런 도형 앞에 서면 자연물을 대하는 것과 마찬가지로 아예 갈피를 못 잡기 때문이다. 그러나 초보자의 눈앞에서 도형이 생성되는 과정 자체는 커다란 의미를 갖는다. 학생은 이런 경우 전체 몸체가 이어서 생성될 그림의 얼거리, 또는 뼈대를 알게 되는 것이다. 나는 계속 학생들을 불러내어 내가 그린 선들과 그 비례를 따져보게 했다. 나는 일부러 선을 틀리게 그려서 선들의 정확성과 비례에 대한 학생들의 이해가 얼마나 형성되었는지 알아보기도 했다. 더 나아가 나는 어떤 도형을 그린 다음, 어느 곳에 선을 또 추가해야 하느냐고 학생들에게 물어보고, 어떤 아이들에게는 직접 도형을 작도하는 법을 생각해보게 했다.

이러한 방법으로 나는 학생들의 보다 적극적인 참여를 도모했을 뿐만 아니라, 도형의 작도와 전개 과정에 자유롭게 참여하게 함으로써, 아이가 원본을 모사할 때면 자연스레 떠오르곤 하는 '어째서'라는 질문이 아이에게서 사라지게 했다.

쉽거나 어려운 이해, 크고 작은 재밌거리는 교육 방식과 과정에 중요한 영향을 미쳤다. 그래서 나는 완벽하게 준비된 수업자료를 학생들이 따분해 한다거나 생소해 한다는 이유만으로 이 자료를 배제했다.

지금껏 나는 여러 대칭도형을 모사하는 과제를 내주곤 했는데, 대칭도형은 아주 쉽고 명확하게 만들어지는 것이기 때문이다. 그 후에 나는 시험 삼아 우등생 몇 명에게 직접 생각해낸 도형을 칠판에 그려보게 했다. 대개 이미 배운 한 가지 방식으로만 그렸음에도 불구하고, 유발된 경쟁과 타인의 것에 대한 판단 그리고 도형의 독특한 구성을 아주 흥미롭게 관찰했다. 그 그림 중 다수는 학생들의 성격에 특히 잘 부합했다.

모든 아이에게는 독자성을 지향하는 경향이 있는데, 어떤 교육이든 교육이 그런 지향을 없애는 것은 위험하다. 그런 지향은 견본을 모사할 때의 불만으로 유독 모습을 드러낸다. 위에서 언급한 기법을 통해 이런 독자성은 훼손되지 않았을 뿐만 아니라 더욱 발전되고 강화되었다.

모름지기 학생 시절에 직접 뭔가를 창조하는 법을 배우지 못하면, 그는 평생 흉내 내고 베끼기만 하게 될 것이다. 왜냐하면 베끼기를 배우고 나서 그러한 지식을 독자적으로 응용할 능력을 갖추는 사람은 드물기 때문이다.

베껴 그리기 과정에서 지속적으로 실물의 형태를 따라가면서도, 예를 들어 독특한 형태를 가진 나뭇잎, 꽃, 그릇, 생활 속에서 사용하는 물건들, 공구와 같이 다양한 대상을 자주 바꿈으로써, 나는 우리의 그리기에서 판박이 규칙이나 매너리즘이 생기지 않도록 애썼다.

나는 굉장히 조심스럽게 그림자를 설명하고 음영법에 접근했다. 흔히 초보자는 음영을 주는 선들을 써서 도형의 선명성과 규칙성을 쉽사리 없애버리고, 무질서하고 애매하고 서툰 그림에 익숙해지기 때문이다.

이런 방법으로 나는 30명 남짓한 학생들이 몇 개월 만에 다양한 도형과 물체들에서 여러 선의 비율을 제법 견고하게 파악하고, 그 도형들을 곧은 선과 각진 선을 사용해 표현해내는 결과를 도출했다. 메커니즘상의 선 그리기의 기법은 차츰차츰 저절로 되는 듯 발전되었다. 무엇보다 어려운 일은 학생들에게 공책을 깨끗하게 활용하고, 그림을 깔끔하게 그리는 습관을 길러주는 것이었다. 석판에 그린 것은 지우는 게 편리한 나머지 관련 문제의 처리를 어렵게 했다. 나는 아주 뛰어나거나 좀 더 재능 있는 학생들에게 공책을 나눠줌으로써 한층 깨끗한 그림 그리기에 도달했다. 지우기가 좀 더 어려워졌기 때문에 아이들은 그리기 도구를 더욱 청결하게 대해야 했던 것이다. 최우수 학생들은 단기간에 직선으로 이뤄진 도형뿐만 아니라 곡선으로 구성된 아주 기묘한 도형들도 깨끗하고 정확하게 그릴 수 있을 정도로 연필을 옳게 취급하는 데 도달했다.

나는 일부 학생들에게 자신의 도형 그리기를 마치고 나면, 다른 학생들의 도형을 검사하게 했다. 교사를 대신한 이런 활동은 학생들이 배운 내용을 곧장 적용해볼 기회였기 때문에 학생들을 크게 고무시켰다.

최근에는 상급생들과 원근법상 아주 다양한 위치의 대상 그리기를 진행했다. 그러나 너무나 유명한 뒤퍼의 방법에만 매달리지는 않았다. 이런 교육 방식과 과정에 대해서는 제도에 대한 것과 마찬가지로 차후에 언급될 것이다.

노래. 지난여름 우리는 강에서 멱을 감고 돌아오고 있었다. 모두 한껏 신이 나 있었다. 농민 아들 녀석 하나가 달려 나가더니 우리를 앞서가던 달구지에 올라탔다. 어느 머슴네 아이의 꼬드김에 걸려들어 책 도둑질을 한 적이 있는 아이였다. 굵은 광대뼈에 다부진 소년은 온통 주근깨투성이로 곱장다리에 초원 지역 장정의 태가 완연했지만, 영리하고 힘 좋고 재능 있는 녀석이었다. 녀석이 고삐를 잡고 모자를 비뚜름히 쓰더니 한쪽 옆으로 침을 탁 뱉고는 농부의 유장한 노래 한 자락을 뽑아 올리기 시작했다. 솜씨가 아주 제법이었다! 아이는 한껏 감정을 담고 짧게 숨을 돌려가며 추임새를 넣기도 했다.

"저기 솜카 봐, 솜카 저 녀석 솜씨가 대단한데!" 아이들이 웃어대기 시작했다. 솜카는 아주 진지했다. "거참, 노래 자르지 마." 휴지부에서 아이는 부러 특별히 탁한 목소리를 내어 말하더니, 아주 진지하고 점잖게 노래를 이어갔다. 그때 음악적 재능이 있는 두 녀석이 달구지에 걸터앉아 화음을 넣기 시작했고 서로 잘 어우러졌다. 한 녀석은 팔도 음정과 육도 음정을 바꾸어가며 부르고, 다른 녀석은 삼도 음정으로 노래해 훌륭한 결과를 빚어냈다. 그러자 다른 녀석들이 노래에 끼어들어 다같이 〈그 사과나무 아래서〉를 부르기 시작해 소리를 질러대는 통에 시끄럽기만 할 뿐, 잘 어우러지지 않았다.

그날 저녁부터 노래수업이 시작되었다. 그로부터 8개월이 지난 지금 부활절 찬송가 〈절규하는 천사〉와 케루빔 찬가 제4번과 제7번 그리고 보통의 성체예식곡과 합창 소품곡들도 부른다. 아주 뛰어난 학생들(둘 뿐이지만)은 아는 노래의 멜로디를 적어두기도 하고 악보를 거의 다 읽기도 한다. 그런데 지금껏 아이들이 부르는 노래들은 죄다 먹을 감고 돌아올 때 부른 그 노래만큼 훌륭하지는 못하다. 내가 어떤 속셈을 가졌거나 뭔가를 입증하기 위해 이런 말을 하는 것이 아니라, 있는 그대로를 말하는 것이다. 지금부터는 나로서는 비교적 만족스러웠던 교육이 어떻게 진행되었는지 언급해 보겠다.

첫 수업 때 나는 모든 학생을 세 부분의 성부로 나눴다. 그리고 우리는 아래와 같은 화음을 불러보았다.

우리는 아주 빠르게 화음을 낼 수 있었다. 각자 원하는 음역을 노래하고, 소프라노로 부르다가 테너로 옮겨가고, 테너에서 알토로 옮겨보았다. 우수한 학생들은 '도-미-솔' 화음을 소화했고, 그 중 몇몇은 셋으로 이뤄진 화음 전부를 소화해냈다. 아이들은 악보를 프랑스어 명칭으로 발음했다. 한 아이가 '미-파-파-미'하고 부르면, 다른 아이는 '도-도-레-도'하고 소리를 내는 식이었다. "와, 정말 술술 잘 부르네요, 레프 니콜라예비치. 귀에 착 달라붙어요. 또 해요." 우리는 이 화음들을 학교와 마당, 정원에서도, 집에 가는 길에도, 밤늦게까지 흥얼거렸다. 다들 노래를 그칠 줄 몰랐고 성취감에 기뻐 어쩔 줄 몰랐다.

이튿날 우리는 음계에 맞춰 부르기를 시도했다. 뛰어난 학생들은 음계를 다 익혔고, 처지는 아이들은 삼도 음정까지 겨우 터득할 수 있었다. 나는 대칭적 알토 음부기호로 오선괘에 악보를 그려 넣고 그걸 프랑스식으로 이름을 붙였다. 그다음의 대략 여섯 차례 수업 역시 즐겁게 진행되었다. 우리는 새로운 화음을 단조로 부르다가 장조로 이행시켜 보았다. 〈주여 용서하소서〉와 〈성부와 성자께 영광을〉 그리고 피아노에 맞춰 세 성부로 나뉜 곡을 부르기도 했다. 수업 절반은 이런 내용으로 채워졌고, 나머지 수업에서는 음계 부르기와 학생들이 직접 생각해낸 '도-미-레-파-미-솔' 또는 '도-레-레-미-미-파' 또는 '도-미-레-도-레-파-미-레'를 연습하기도 했다.

얼마 안 되어 나는 오선괘의 악보가 직관적이지 않음을 알아차리고 그것을 숫자로 바꿀 필요가 있다고 생각했다. 거기에 음정과 으뜸음의 가변성에 대한 설명을 위해서라도 숫자가 더 적합해 보였다. 여섯 차례의 수업 후 일부 학생들은 상상의 음계로 어떤 음정들을 잡아내서 그것을 내 요구대로 부를 수 있었다. 아이들이 특히 마음에 들어 한 것은 '도-파-레-솔' 등 아래로 내리거나 위로 올리는 사도 음정 연습이었다. 아이들은 '파(버금딸림음)'의 기세에 놀라기도 했다.

"이거 되게 건장한 놈이네, 이놈의 파. 칼로 쓱 찌르는 거 같아!" 솜카 녀석의 말이다.

음악적 재능이 없는 학생은 모두 뒤처졌고, 재능 있는 학생들과의 수업은 서너 시간씩 연장되기도 했다. 박자에 대해서는 흔히 하는 방식대로 설명해 보았다. 하지만 박자와 선율을 분리시켜 박자 없는 음을 적어서 설명한 뒤 박자, 즉 음이 없는 장단을 적어서 탁탁 두드리며 하나의 박자를 가려낸 후에야 두 과정을 결합할 수 있을 정도로 어려운 작업이었다.

몇 차례 수업이 이뤄진 후, 나는 자신이 한 일이 무엇인지를 명확히 파악하여 나의 교육방식이 체브의 교육방식과 거의 동일하다고 확신했다. 나는 파리에서 실제로 봤는데도 그것이 하나의 체계에 불과하다는 이유에서 즉각 받아들이지 않았다. 노래 부르기를 가르치는 사람들에게 그의 저서를 추천할 충분한 근거는 없다. 아무튼 표지에 커다란 문자로 '만장일치 부결Repousse à l'unanimité'이라고 적혀 있는데도, 지금 유럽 전역에 수만 부씩 팔려나가고 있다. 나는 파리에서 체브가 직접 교육에 나서서 이러한 방법이 성공한 놀라운 장면을 본 적이 있다. 간간이 사오십대도 끼인 남녀 약 500~600명의 청중이 교사가 펼쳐 보이는 악보마다 악보를 보며à livre ouvert 한 목소리로 노래한 것이다.

체브의 방식 속에는 숱한 규칙에 연습법과 규정된 기법이 열거되는데, 그것은 아무런 의미도 없으며 영리한 교사라면 누구나 수업시간에 수백이나 수천 개쯤은 생각해냄직한 것들이다. 그 속에는 우스꽝스럽지만 편리할지도 모를 음이 없이 박자를 읽는 기법이 들어있다. 예를 들면, 그 기법에 따라 학생은 4분의 4박자로 '타-파-테-페'라 하고, 4분의 3박자로 '타-테-티'라 하며 8분의 8박자로 '타-파-테-페-테-레-리-리'라고 말한다. 이와 같은 것은 음악을 가르칠 수 있는 한 가지 방법으로 흥미롭고, 저명한 음악 유파의 역사로도 흥미롭지만, 이런 규칙들은 절대적이지 않기 때문에 하나의 체계를 구성할 수는 없다. 여러 체계들의 오류의 원천은 매번 거기에 있다.

그러나 체브의 방법에는 간결함으로 빛나는 사고가 들어 있다. 그것 중 다음의 세 가지가 그의 체계의 본질에 해당한다. 첫째는 장자크 루소 역시 《음악 사전Dictionnaire de musique》에서 표현한 적 있는 오래된 사고인데, 음악기호를 숫자로 표시하는 것이다. 이러한 표기 방법의 반대자들이 무슨 말을 한다 해도, 노래를 가르치는 교사라면 저마다 이런 실험을 해볼 수 있을 것이고, 숫자들은 읽는 데나 쓰는 데나 오선괘를 훨씬 능가한다고 확신할 것이다. 대략 열 차례 수업에서 나는 오선괘대로 악보를 가르치고, 딱 한 차례 수업에서 숫자로 악보를 제시하며 두 가지 방식이 똑같다는 말을 곁들였다. 그러자 학생들은 언제나 숫자로 적어 달라 하고 저들이 알아서 숫자로 적는다. 둘째는 음을 박자와는 별개로 가르치고, 거꾸로 박자를 음과 별개로 가르치는 뛰어난 방식으로, 체브가 직접 생각해낸 것이다.

한 번이라도 교육에 이러한 방식을 적용해본 사람이면 누구라도 전에는 극복 불능의 어려움으로 여겨지던 것이 갑자기 아주 쉬워진다는 사실을 알게 될 것이다. 어떻게 전에는 이런 단순한 생각이 떠오르지 않았는지 놀라울 따름이다. 주교 성가단원이나 또 다른 합창단에서 〈제 기도 들으소서〉 등의 찬송가를 익히는 불행한 아이들이 얼마나 많은 고통에서 벗어날 수 있겠는가. 성가대 악장들이 이런 단순한 방법을 시도한다면 말이다. 학동에게 일단 노래 없이 아이가 노래할 악보의 구절대로 손가락이나 막대기로 툭툭 쳐보게 하는 것이다.

전체 네 번, 한 번은 4분의 1박, 또 한 번은 8분의 2박 하는 식으로, 박자 없이 같은 구절을 노래하고, 다시 박자만 노래하다가 그다음은 합쳐서 노래한다. 예를 들어 이런 악보가 있다고 치자.

먼저 학생은 (박자 없이) '도-레-미-파-솔-미-레-도'라고 노래한다. 그다음 노래 없이 첫 박자의 음표를 두드리면서 '하나-둘-셋-넷'이라고 말한다. 그리고 두 번째 박자의 각 음표를 두드리면서 '하나-둘-셋-넷'이라고 말한다. 그리고 세 번째 박자의 첫 음표를 두 번 두드리며 '하나-둘'이라고 말하고, '셋-넷'이라고 말하는 방식으로 이어간다. 그리고는 한 학생이 박자와 함께 같은 구절을 노래하며 두드리고, 다른 학생들은 소리 내어 세어보는 것이다. 이러한 나의 방법은 체브의 방법과 마찬가지로 일정한 지침이 되어서는 안 된다. 이 방법은 적용이 용이하지만, 그보다 더 용이한 방법은 숱하게 발견할 수 있을 것이다. 문제는 음과 박자를 구별하는 것이고, 그 기법들은 셀 수 없을 만큼 많을 수 있다.

끝으로 셋째, 체브의 위대한 사고는 음악과 음악교육을 대중화하는 데 있다. 그의 교육 방법은 이러한 목적을 충분히 달성하고 있다. 이런 목적 달성은 체브의 바람일 뿐 아니라 사실이기도 하다. 나는 파리에서 손에 굳은살이 박인 수백 명의 노동자들이 벤치에 앉아있는 모습을 본 적이 있다. 그 벤치 아래는 그들이 공장에서 가지고 돌아온 공구들이 놓여있었다. 노동자들은 공구를 들고 공장에서 와서 음악의 법칙에 관심을 갖고 그걸 터득하고 악보를 보며 노래하고 있었다. 이런 노동자들을 볼 때마다, 나는 그 자리에 앉은 러시아 장정들 모습을 곧장 떠올리곤 했다. 체브가 러시아어로 말했더라면, 러시아 장정들도 저들처럼 노래하고 그가 말하는 음악의 일반 규칙과 법칙을 모두 저들처럼 이해했을지도 모른다. 추락하는 예술의 자극을 위해 체브에 대해, 주로 대중화된 음악, 특히 노래하기의 의미에 대해 보다 상세하게 언급할 기회가 있기를 희망한다.

이제는 학교 내에서의 교육 과정에 관한 서술로 넘어가 보겠다. 여섯 차례 수업이 끝난 후 염소들이 양들과 분리된 것처럼 음악적 재능이 있는 아이들, 즉 애호가들만 남았고, 우리는 단음계와 음정에 대한 설명으로 넘어갔다. 어려움은 오직 장 이도 음정과 단 이도 음정을 찾아내 두 가지를 구별하는 데 있었다. 파는 이미 건장한 놈이라는 별명이 붙었고 도는 고함쟁이로 판명되어 내가 굳이 학생들을 가르칠 필요가 없었다. 아이들 스스로 단 이도 음정이 조율되는 음부를 감지했기 때문에 이도 음정 자체도 감지해냈다. 우리는 장음계가 두 개의 장 이도 음정, 한 개의 단 이도 음정, 세 개의 장 이도 음정과 한 개의 단 이도 음정의 연속체로 구성되어 있음을 스스로 쉽사리 알아냈다. 그 뒤 우리는 〈성부께 영광을〉을 단음조로 불러보았고, 단조가 되는 음계를 감각적으로 알아차리기에 이르렀다. 이 단조 음계에서 우리는 한 개의 장 이도 음정, 한 개의 단 이도 음정, 두 개의 장 이도 음정, 한 개의 단 이도 음정, 한 개의 아주 긴 장 이도 음정 그리고 한 개의 단 이도 음정을 찾아냈다. 그 후 나는 어떤 음부에서 시작하든 음계를 적고 노래하는 법, 필요할 때 장이나 단 이도 음정이 잘 되지 않으면 올림표나 내림표를 사용하는 법을 보여주었다. 편의를 도모하고자 나는 반음계법을 다음 같은 계단으로 그려보았다.

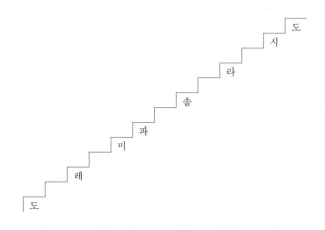

나는 이러한 계단을 이용하여 아이들이 원하는 음부부터 있을 법한 모든 단음계와 장음계를 적어보라고 시켰다. 아이들은 이런 연습에 굉장히 열중했고, 심지어 두 녀석이 자주 두 학급 사이에서 자기들이 아는 노랫가락을 적으며 신나할 정

도로 성공은 가히 놀라웠다. 이 학생들은 자기들이 명칭을 알지 못하는 어떤 노래의 곡조를 자주 흥얼거리는데, 섬세하고 부드럽게 흥얼거린다. 이 녀석들은 훌륭하게 서로 주고받으며 부르면서도 여럿이서 서툴게 외쳐대는 노래를 이제는 좋아하지 않는다.

겨우내 열두 차례 수업을 한 게 전부였다. 우리 교육을 망친건 허세였다. 학부모와 우리 교사와 학생들은 마을 전체를 놀라게 할 요량으로 교회에서 노래를 부르기로 했다. 우리는 성체예식곡과 보르트냔스키의 곡 〈케루빔 찬가〉를 준비하기 시작했다. 아이들이 보다 신나할 것으로 여겨졌지만, 결과는 예상과 달랐다. 학생들은 성가대석에 서려는 바람으로 열심이었다. 아이들은 음악을 좋아하고, 우리 교사들은 이 과목에 특히 공을 들였으며 다른 과목보다 더 강제가 심했다. 그런 학생들을 보고 있자니 자꾸만 가엾다는 생각이 들었다. 다 해진 발싸개를 한 꼬맹이 키루시카 녀석은 자신이 맡은 성부를 '타이노 아브라주우우우유유쉐'하고 재간을 부렸는데, 아이는 열 번씩이나 되풀이하라는 지적을 받고 끝내 바싹 골이 나버렸다. 녀석은 손가락으로 악보를 툭툭 짚어가며 아주 정확하게 불렀노라 말다툼을 벌였다.

우리는 일단 교회에 다녀왔고 성공을 거뒀다. 환호는 대단했지만, 노래 수업은 피해를 입었다. 학생들은 수업 시간에 따분해하며 슬슬 빠지기 시작했고, 부활절 무렵에야 아주 어렵사리 합창단이 새로 모였다. 우리 합창단원들은 주교 성가단원들과 닮아갔다. 성가단원들은 노래는 잘 부르는 편이지만, 기교에 밀려 노래에 대한 온갖 열의가 대부분 훼손되고 악보 읽을 줄을 아예 몰라도 안다고 상상한다. 이런 식의 배움터 출신자들이 악보에 대한 이해도 갖추지 못한 채 직접 가르치러 나서기도 한다. 나는 그러다가 그들이 아직 자기들 귀에 쟁쟁하지 않은 곡을 노래하는 순간 아예 무능해지는 모습을 종종 목격했다.

인민에게 음악을 가르친 짧은 경험을 통해 내가 내린 결론은 다음과 같다.

1) 음을 숫자로 적는 방법은 아주 편리한 방법이다. 2) 박자를 음과 구별해 따로 가르치는 것은 아주 편리한 방법이다. 3) 음악교육이 그 흔적을 남기고 달갑게 받아들이게 하기 위해서는 노래하거나 연주하는 능력이 아니라 애초부터 예술을 가르쳐야 한다. 귀족 딸들에게는 부르크뮐러의 연습곡 연주를 가르쳐도 되지만, 인민 아이들에게는 메커니즘적으로 가르치기 보다는 아예 가르치지 않는 편이 낫다. 4) 음악교육에서는 음악 지식을 닮은 것, 즉 시험장이나 행사장 그리고 교회에서의 합창 수행만큼 해로운 것이 없다. 5) 인민에게 음악을 가르치는 목적은 우리가 지닌 음악의 일반 법칙에 대한 지식을 인민에게 전달하는 데 있어야 한다. 그 목적은 결코 우리 상류층 속에서 발전된 거짓된 취향을 인민에게 전달하는 데 있지 않다.

7.   읽고 쓰기 교육 방법에 대하여

　오늘날 상당히 많은 사람들이 읽고 쓰기를 가르치는 최상의 방법을 매우 진중하게 탐색하고, 차용하거나 창안하는 일을 한다. 심지어 상당수가 최상의 방법을 창안하고 찾아냈다. 우리가 문학작품이나 생활에서 자주 접하는 질문은 이렇다. '당신은 어떤 방법을 사용해 가르치는가?' 그런데 이런 질문을 하는 사람들 대부분은 다음과 같은 부류에 속한다. 오랫동안 직업으로서 아이들 교육에 종사하는 아주 교양이 부족한 사람이거나, 서재에 앉아 인민교육에 공감하여 거기에 도움을 주는 기삿거리를 작성하거나, 최상의 방법을 적용한 입문서의 출판을 위해 구독자를 모을 준비가 된 사람, 또는 자신만의 방법에 집착하는 사람, 마지막으로 공부를 전혀 해보지 않은 사람들, 즉 다수가 하는 말을 되풀이하는 대중들이다. 진지하게 맡은 일에 힘쓰는 교양 있는 사람들은 저러한 질문을 하지 않는다.

모두가 다음의 것은 틀림없는 진리로 인정하는 듯하다. 인민학교의 과업은 기초지식, 즉 읽고 쓰기 학습이며, 글을 읽고 쓸 줄 아는 능력이 교육의 첫 단계이고, 그러므로 이러한 학습에 맞는 최상의 방법을 찾아내야 한다는 것이다. 누군가는 발음 중심의 음독법이 아주 훌륭하다고 말하고, 또 누군가는 졸로토프[46]의 방법이 최상이라고 설득하며, 또 다른 누군가는 랭커스터식 조교제도monitorial system가 최상의 방법이라고 말한다. 게으름쟁이만 '부키-아즈-ва буки-аз-ба'식 학습을 조롱하지 않는다. 그리고 다들 민간에 교육을 보급하기 위해서는 최고의 방법을 도출하고 은화 3루블씩 기부하여 건물을 빌리고 교사를 채용할 필요가 있다고 한다. 그게 아니면 일요일 성체예식과 서로의 방문 일정 사이 시간에, 자신이 갖춘 넘치는 교양에서 소량을 떼어내 무지몽매에 빠져 허우적대는 불행한 인민에게 할애하면 그만이라고 여긴다.

똑똑하고 교양있는 부유한 사람들이 한데 모인다. 그중 누군가의 머리에 고상하고 훌륭한 생각이 번쩍인다. 비참한 러시아 인민에게 선행을 베풀자는 것이다. '그렇게 합시다!' 다들 맞장구를 치고, 인민교육, 즉 저렴하고 훌륭한 책 출간과

---

46 졸로토프(1804~1882)는 러시아의 교육학자로, 발음 중심 교수법을 발전시켜 여러 권의 초등교육 교과서를 편찬했다. ─옮긴이

학교 설립, 교사들의 독려 등을 목적으로 하는 단체가 탄생한다. 협회의 정관이 작성되고 귀부인들이 참여하며, 단체의 서류상의 요건이 갖춰져서 단체는 활동을 시작한다. '인민을 위하여 훌륭한 책을 출간합시다!' 여느 위대한 사상과 마찬가지로 간단하고 손쉬워 보인다. 오직 하나의 난관이 있다. 국내만이 아니라 유럽에도 인민을 위한 훌륭한 책이 없다는 것이다. 그러한 책들을 출간하려면 책을 잘 만들어야 하는데, 자선단체 회원 중 어느 누구도 이런 작업을 할 엄두를 내지 못한다. 단체는 모금한 은화를 써서 유럽의 인민용 도서 가운데 최상의 내용(골라내기는 쉽다)을 편집하거나 선별하고, 번역하는 일을 누군가에게 위탁한다. 이제 인민은 행복해하며 빠른 걸음으로 교육을 향해 나아갈 테니 단체는 아주 만족스러울 것이다. 학교 활동의 다른 측면에 대해서도 단체는 똑같이 행동한다.

극히 보기 드문 자기헌신적인 사람들만이 인민교육에 자신의 귀중한 여가시간을 할애한다. (이런 사람들은 교육학 저서를 단 한 권도 읽은 적이 없다거나, 자신이 다녔던 학교 말고는 다른 학교를 본 적이 없다는 정황은 주목의 대상이 되지 않는다.) 또한 학교 활동을 독려하는 사람들도 있다. 이런 활동은 상당히 손쉬워 보이지만, 교육에 협력하려면 직접 나서서 가르치고 이 사업에 아예 전념하는 것 외에는 별다른 방법이 없는 예기치 않은 난관이 다시금 생긴다.

그러나 자선단체들과 여기에 참여하는 개인들은 마치 그런 난관을 알아차리지 못하는 듯, 인민교육 분야에서 위와 같은 방식의 활약을 이어가며 아주 만족스러워 한다. 한편으로 이러한 현상은 이 같은 단체와 사람들의 활동이 인민을 공략하지는 못하기에 장난스러울 뿐 해롭지는 않다. 다른 한편, 이러한 현상은 아직 정립되지 않은 인민교육에 대한 우리의 견해에 뿌연 안개를 드리우는 탓에 위험하다. 이러한 현상의 원인은 부분적으로 우리 사회의 성마른 상태에 있고, 일부는 일반적인 인간적 속성에 있을 것이다. 갖가지 정직한 사유를 허영과 안일을 달래는 노리개로 만들려는 속성 말이다. 어떻든 기본적인 원인은 문해력, 즉 글을 읽고 쓸 줄 아는 능력이란 무엇인가에 대한 이해 부족에 있는 것으로 보인다. 읽고 쓰는 능력의 보급은 인민 계몽가들의 활동 목적인 것으로, 우리 사이에 이상한 논쟁을 낳은 바 있다.

우리에게만 있는 게 아니라 유럽 전역에 존재하는 글을 읽고 쓸 줄 아는 능력이라는 개념은 인민을 위한 초등학교 교과과정으로 받아들여지고 있다. 유럽의 여러 국가에 Lesen und schreiben, lire et écrire, reading and writing(읽고 쓰기)와 같은 다양한 표현이 있는 것처럼 말이다. 글을 읽고 쓸 줄 아는 능력이란 무엇이며, 그것은 교육의 첫 단계와 어떤 공통점을 갖는가? 글을 읽고 쓸 줄 아는 능력이란 일정한 기호로 낱말을 조합하여 그것을 발음하고, 또 그 기호로 낱말을 조합하여 그것을 그려내는 기량이다. 그렇다면 글을 읽고 쓸 줄 아는 능력과 교육은 어떤 공통점을 갖고 있는가? 문해력, 즉 읽고 쓸 줄 아는 능력은 일정한 기량이고, 교육은 사실들과 그 사실들의 상호관계에 관한 지식이다. 그러나 이렇듯 낱말을 조합해내는 기량은 누군가를 교육의 첫 단계로 이끌기 위해 필수적일 것이다. 여기에 또 다른 길은 없는가? 우리는 그런 길은 모르지만, 정반대의 상황은 자주 목격한다. 오로지 학교교육만이 아닌 생활 속의 교육까지 염두에 두고 교육에 관해 말하는 경우라면 말이다.

초급 수준의 교육을 받은 사람들에게서 우리가 봐온 것처럼 읽고 쓰는 법을 아는지 모르는지는 그들의 교육 수준을 조금도 변화시키지 않는다. 우리가 만나는 사람들 가운데는 농경학에 필요한 사실들과 그 사실들 상당수의 관계까지 알면서도 읽고 쓰는 법은 모르는 사람들이 있다. 그리고 뛰어난 군대 관리자, 훌륭한 상인, 관리인, 작업 감독자, 장인, 수공업자, 도급업자 등 단순히 생활 속에서 지식을 터득한 사람들도 있다. 상당한 지식을 갖추고 그러한 지식에 기반한 상식적인 판단을 하면서도 읽고 쓰는 법은 알지 못하는 사람들 말이다. 거꾸로, 읽고 쓰는 법은 알면서도 이러한 기량으로 말미암아 아무런 새로운 지식도 획득하지 못한 사람들도 만난다. 인민교육을 진지하게 주시하는 사람이라면 러시아만이 아니라 유럽에서도 누구나 무심결에 확신한다. 인민은 읽고 쓰기와는 전혀 무관하게 교육 또는 교양을 얻어내고 있다는 사실 말이다. 특출한 재능을 갖춘 보기 드문 경우를 제외하면, 읽고 쓰기는 어디에도 적용할 수 없는 기량으로 대개는 심지어 해롭기도

하다. 생활 속의 어떤 것도 계속해서 아무래도 좋은 것으로만 있을 수는 없기 때문이다. 만약 읽고 쓰기가 실제에 적용되지 못하고 그 쓸모를 못 찾는다면 해롭게 될 것이다.

그러나 앞서 인용한 읽고 쓰는 법을 모르는 채 얻어진 교육의 사례들을 뛰어넘는 교육의 일정한 수준은 글을 읽고 쓰는 능력이 없다면 불가능하지 않을까? 물론 그럴 수도 있겠지만, 우리는 답을 알지 못하며 미래 세대의 교육을 위해 답을 예측할 어떤 근거도 갖고 있지 않다. 다만 우리가 갖춘 정도의 교육 수준에 이르는 것은 불가능하다. 우리로서는 그런 교육 수준을 제외하고는 다른 아무것도 상상할 수 없고 상상하기를 원치도 않는다. 국내에는 교육의 주춧돌을 이루는 읽고 쓰는 법을 가르치는 학교의 본보기가 있다. 그러나 우리는 현행 교육의 온갖 수준을 알고자 하지는 않는다. 그것은 수준이 낮기 때문이 아니라 우리와는 완전히 따로 떨어져 독자적으로 존재하기 때문이다.

걸핏하면 읽고 쓰는 법을 모르는 사람들 모두를 하나같이 무지몽매하다고 말한다. 우리에게 이런 사람은 스키타이인인 것이다. 교육을 시작하기 위해서는 기초적인 읽고 쓰기가 필요하다. 그래서 우리는 부득이하게 이런 방법으로 인민을 우리의 교육으로 안내한다. 나 역시 교육 받은 사람으로서 견해의 일치를 보았다면 좋았을 것이다. 심지어 나는 읽고 쓰기가 일정한 교육 수준에 도달하기 위해 필수적인 조건이라고 확신한다. 그러나 나 자신이 받은 교육이 훌륭하다거나 학문이 움직이는 경로가 올바르다고 보지는 않는다. 핵심은 이러하다. 읽고 쓰는 법조차 모른 채 혼자의 힘으로 배워나가는 인류의 4분의 3을 나는 그대로 방치할 수가 없다. 기어코 우리가 인민을 교육하고자 한다면, 인민이 어떻게 혼자서 배우고 익히는지, 이러한 목적 달성을 위해 어떤 수단이 좋은지 그들에게 물어보자. 우리는 시작점, 즉 교육의 첫 단계를 찾아내려 한다. 그렇다면 어째서 우리는 그 시작점을 기어코 읽고 쓰기에서 찾는 것인가? 어째서 훨씬 더 깊은 곳은 아닌가? 어째서 숱한 교육 수단 중 하나에 머물러서 이를 교육의 알파와 오메가로 여기는가? 오히려 그것은 우연하고 대수롭지 않은 교육의 한 지점일 뿐이다. 유럽에서는 오랫동안 인민에게 읽고 쓰는 법을 가르쳐 왔지만, 인민을 위한 도서가 없다. 바꿔 말하면, 육체 노동만을 지속해온 사람들의 계급, 인민은 어디서도 책을 읽지 않은 것이다. 이러한 현상은 주목하고 해명할만도 하지만, 업무 처리에 도움이 되라고 계속해서 읽고 쓰기만을 가르친다.

온갖 생활상의 문제들이 이론적으로는 너무나 손쉽고 간단하게 해결된다. 오로지 실전에 적용되면 그리 쉽게 풀리지 못하고 해결이 어려운 수천 개의 다른 문제들로 갈라진다. 인민 교육은 제법 단순하고 손쉬워 보인다. 억지로라도 읽고 쓰기를 가르쳐서 훌륭한 책들을 쥐어주면 되는 것이다. 그런데 실상은 전혀 다르다. 인민은 읽고 쓰기를 배우고 싶어 하지 않는다. 아무튼 또다시 가르침을 강제할 수는 있겠다. 또 다른 난관은 책이 없다는 것이다. 물론 주문할 수 있다. 그런데 주문한 책들은 질이 엉망이고, 훌륭한 책들을 집필하게 할 길은 없다. 주요 난관은 인민은 이런 책들을 읽으려 하지 않고, 그런 책이나마 인민이 읽게 할 방법은 아직 창안되어 있지 않은 상황이다. 어떻든 인민은 읽고 쓰는 법을 가르치는 '문자 해득 학교'에서가 아니라 자기식대로 소양을 쌓는다.

어쩌면 인민이 보통교육에 참여하는 역사시대가 아직은 도래하지 않았고, 그들로서는 한 100년쯤은 더 문자 해득 학습을 해야 하는지도 모른다. 어쩌면 인민이 (많은 사람들의 생각처럼) 망가진 것인지도 모른다. 또 어쩌면 인민이 직접 자신이 읽을 책을 써야할지도 모른다. 아니면 아직 최상의 방법이 발견되지 않은 것일지도 모른다. 아니 어쩌면 책과 문자 해득을 통한 소양 쌓기가 귀족적인 교육 수단이라는 점에서, 그것이 오늘날 발전된 다른 교육 수단들보다 노동자 계급에게 그다지 적합하지 않아서일 수도 있다. 보조 수단 없이 학문을 보급할 기회와 다르지 않은 읽고 쓰기를 통한 교육의 주요 이점이 오늘날 인민을 위해서는 존재하지 않아서인지도 모른다. 어쩌면 노동자에게는 책보다 그가 지속적으로 대하는 식물을 통해 식물학, 동물을 통해 동물학, 주판을 다루며 산술을 배우는 편이 나을 수도 있다. 또 어쩌면 노동자는 이야기를 듣거나 박물관 또는 전시회를 보러가기 위한 시간은 마련해도, 책을 읽을 시간은 마련하지 못할 수도 있다. 심지어 책이라는 학습 수단이 인민의 생활 방식과 기질에 아예 어긋날 수도 있다. 우리는 뭔가를 아는 사람이 이야기를 들려주거나 설명할 때, 주목하고 흥미로워하며 분명하게 이해하는 노동자의 모습을 자주 목격한다. 그러나 굳은살이 박인 손에 책을 들고 두 쪽 분량에 평이하게 기술된 학문의 의미를 파고드는 노동자의 모습을 상상하기는 어렵다. 이와 같은 생각은 잘못 짚었을 수도 있는 원인 예측일 뿐이지만, 인민용 도서의 부재와 인민이 읽고 쓰기를 통한 교육에 반발하는 현상은 아무튼 유럽 전역에 존재한다.

마찬가지로 교육자 계급이 '문자 해득 학교'를 교육의 첫 단계로 받아들이는 시각 또한 유럽 전역에 존재한다. 교육의 역사적 경로를 들여다보는 순간, 외견상 불합리해 보이는 관점의 유래가 명료해질 것이다. 초급학교가 아니라 상급학교가 맨 처음 설립되었다. 처음에 수도원 부설학교, 다음으로 중등학교, 그다음 인민학교 순이었다. 국내에서도 우선 아카데미, 그 뒤에 대학교, 김나지움, 지역학교, 인민학교 순서로 설립되었다. 이런 역사적 관점에서 본다면, 인류사를 두 쪽 분량으로 전달하는 스마라그도프의 교재는, 인민학교에 읽고 쓰기가 꼭 필요하듯 지역학교에 꼭 필요한 것이 된다. 읽고 쓰기는 이렇게 조직된 기관의 위계에서 교육의 마지막 단계거나 끝에서 첫 단계이므로, 초급학교는 상급학교가 표명하는 요구사항에 부응해야만 한다.

하지만 다른 시각도 있다. 이런 견지에서 보면 인민학교는 독자적인 시설로써 고등교육기관 구조상의 결함을 짊어질 의무가 없으며 인민교육이라는 저만의 독립적인 목적을 갖는다. 국가가 설립한 교육의 사다리를 따라 더 낮은 곳으로 내려갈수록, 각각의 단계에서 교육을 독립적이고 완결된 것으로 만들어야 할 필요성이 더 강하게 감지된다. 김나지움을 졸업한 이들 중에는 5분의 1만이 대학에 입학하지 않고, 지역학교를 졸업한 이들 중 겨우 5분의 1이 김나지움에 진학하며, 인민학교를 졸업한 이들 중에는 1000분의 1이 고등교육기관에 진학한다. 따라서 고등기관의 요구에 걸맞은 활동이 인민교육시설이 추구해야 하는 최종 목적인 셈이다. 각종 인민학교를 '문자 해득 학교'로 보는 시각은 이러한 상응 노력의 일환에 불과하다.

글을 읽고 쓰는 능력, 즉 문해력의 쓸모와 해악에 대한 우리 문학 속의 논쟁을 다들 아주 쉽게 웃어넘기곤 한다. 하지만 이는 많은 문제를 해명할 법한 상당히 진지한 논쟁이다. 이러한 논쟁이 오직 국내에만 국한되지는 않는다. 한편에서 문해력이 인민에게 해롭다고 말하는 이유는, 악용 세력 또는 정당들이 인민의 손에 쥐어준 책과 잡지를 그들이 읽을 가능성이 있다는 생각에서다. 또한 문해력은 노동계급으로 하여금 저들이 속한 환경에서 이탈하게 하고, 자신의 처지에 불만을 품게 하여 악행을 저지르고 타락하게 한다고 말한다. 다른 쪽에서는 교육이 해로울 수는 없고 언제나 유용하다고 말하거나 그렇게 인식한다. 한쪽의 사람들은 다소나마 정직한 관찰자이며, 다른 쪽 사람들은 이론가들이다. 여느 논쟁이 그렇듯이 양측 다 옳다. 우리가 보기에 쟁점은 불명확한 질문 설정에 있다. 한쪽은 문해력을 여타의 다른 지식 없이 외따로 접목된 읽고 쓰기 능력(다수의 학교가 여태껏 이렇게 교육을 해오고 있다. 암기해서 익힌 내용은 잊혀도 문해력 하나는 남기 때문이다)이라고 아주 공정하게 공격한다. 다른 쪽은 글을 읽고 쓰는 능력을 교육의 첫 단계로 보고 그것을 옹호한다. 그들이 옳지 않은 대목은 다만 글을 읽고 쓰는 능력에 대한 잘못된 이해에 있다.

질문을 다르게 설정해보자. 과연 기초교육은 인민에게 유용할 것인가? 그러면 누구도 부정적으로 답할 수 없을 것이다. 또 누군가 이렇게 묻는다고 치자. 글을 읽을 줄 모르고 읽을 만한 책도 갖추지 못한 상황에서, 인민에게 책 읽는 법을 가르치는 것이 유용할지 아닐지 말이다. 혹여 편견 없는 사람이라면, 모른다고 대답하기를 기대한다. 인민에게 바이올린 켜는 법이나 가죽신 짓는 법을 가르치는 것이 유익할지 말지를 모르는 것과 마찬가지니까 말이다. 인민에게 전해지는 읽고 쓰기 교육을 가까이서 지켜본 결과, 대개는 문해력 교육에 반대를 표하리라 생각하게 되었다. 여러 인민학교에 일상화된 지속적인 강박, 기억력의 불균형한 발달, 과학의 완결성에 대한 그릇된 개념, 추후 이어질 교육에 대한 혐오, 헛된 자부심과 무의미한 읽기에 동원되는 수단이 관건이다. 야스나야 폴랴나 학교에서는 '문자 해득 학교'에서 전학 온 학생 모두 '생활 속 학교'에서 입학한 학생들에 비해 계속해서 뒤처질 뿐만 아니라 전학 이전의 학교에서 오래 공부한 기간만큼 더 뒤처진다.

무엇이 인민학교의 과업이며 여기에 맞는 교과과정이 무엇인가에 대해서는 여기서 설명할 수가 없을뿐더러 이러한 설명이 가능하리라 여기지도 않는다. 인민학교는 그야말로 인민의 요구에 부응해야 한다. 바로 이것이 저 질문에 우리가 긍정적으로 말할 수 있는 전부다. 그들의 요구사항이 무엇인가에 대해서는 이에 대한 연구와 자유로운 식견이 있어야만 대답할 수 있을 것이다. 읽고 쓰기는 이러한 필요사항 중 눈에 띄지 않는 아주 작은 한 부분일 뿐이다. 결과적으로 문자 해득 학교는 그 설립자들의 구미에는 맞을지 몰라도 인민에게는 거의 무용하고 번번이 해롭기까지 하다. 게다가 이들 학교는 심지어 초보교육의 배움터를 조금도 닮지 않았다. 그 결과 어떤 방법으로 읽고 쓰는 법을 신속하게 가르치느냐의 문제는 인민교육 사업에서 별 관심사가 되지 못한다. 따라서 문자 해득 학교 일을 심심풀이로 하는 사람들은 더 흥미로운 다른 것으로 소일거리를 바꾼다면 훨씬 더 잘 해낼 수 있을 것이다. 인민교육 사업은 읽고 쓰기 능력의 전달로 그치지 않고, 고단할 뿐만 아니라 직접적이고 완강한 노력과 인민에 대한 연구가 절실히 요구되는 사업이기 때문이다.

읽고 쓰기를 가르치는 학교들은 인민에게 읽고 쓰기가 절실한 만큼 자연스레 생겨나 존재하고 있다. 이런 학교들이 국내에 다수 존재하는 데는 다 이유가 있다. 이런 학교의 교사들로서는 읽고 쓰는 법 말고는 자신이 갖춘 다른 지식을 전달할 여력이 없는데도, 인민에게는 실제적 목적을 위해 일정 정

238

도 문자 해득을 해보려는 욕구가 있기 때문이다. 간판을 읽어 내고, 숫자를 적거나, 돈을 써서 망자가 있는 방에서 〈시편〉을 낭송하는 일 등이 실제로 요구되는 것이다. 이들 학교는 재봉사들이나 목공들의 작업장처럼 존재한다. 심지어 이들 학교에 대한 인민의 시선이며 제자를 가르치는 방식까지 한결같다. 제자는 스스로 시간이 흐름에 따라 어떻게든 배우고 익힌다. 장인은 하나같이 보드카 사오기, 장작 패기, 탈곡장 청소 같은 자기 볼 일에 제자를 부려먹고, 배우는 기간 역시 하나같이 정해져 있다. 손기술과 마찬가지로 읽고 쓰기는 차후 교육에는 아예 활용되지 않고 실용적인 목적으로만 활용된다. 가르치는 일은 교회지기나 병사가 한다. 농민은 세 아들 가운데 하나는 읽고 쓰기를 익히는 데로 보낸다. 재봉일을 배우게 하는 것과 마찬가지다. 그러면 이러저런 이치에 맞는 요구사항이 다 충족되는 것이다. 하지만 이런 현상을 일정한 교육 수준으로 판단하고 여기에 기초하여 국립학교를 세우고, 그런 학교의 결함이 읽고 쓰기를 가르치는 방법만의 문제라고 상정하여 잔꾀 또는 완력을 써서 학교로 유인하는 짓은 범죄나 실책이 될 것이다.

그러나 인민교육 현장에서 읽고 쓰기 교육은 아무래도 교육의 으뜸가는 조건들 중 하나라고 다들 말할 것이다. 그것은 읽고 쓰는 법을 알고자 하는 열망이 교육에 대한 인민의 견해 속에 내포되어 있기 때문이며, 상당수 교사가 유독 읽고 쓰는 법을 가장 잘 알기 때문이기도 하다. 그런 이유에서 읽고 쓰기 교육 방법의 문제는 어렵긴 해도 해결해야 하는 사안이다. 이에 대한 우리의 답변은 이렇다. 대다수 학교에서는 인민과 교육학에 대한 지식 부족 탓에 사실상 읽고 쓰기를 가르치면서 교육을 시작한다. 그러나 활자와 문자 기호를 가르치는 과정은 이미 잘 알려져 있고 우리에게는 소소한 일로 보인다. 교회서기들은 '부키-아즈ー바' 방식대로 3개월 동안 읽고 쓰는 법을 습득하게 한다. 어떤 똑똑한 아버지나 형은 같은 방법을 써서 훨씬 빨리 가르치기도 한다. 또 졸로토프나 로티에의 방법, 즉 음독법이 더 빨리 배우는 지름길이라고 말하는 이들도 있다. 그런데 이 가운데 어떤 방법을 써서 배웠든 아무런 쓸모도 없는 경우가 있다. 자신이 읽은 내용을 이해하는 법을 익히지 못했기 때문이다. 스스로 읽은 내용을 이해하는 것은 읽고 쓰기 교육의 중점 과제다. 어렵더라도 절실히 필요하지만 아직은 발견되지 않은 이러한 방법에 대해서는 들은 바가 없다. 그런 까닭에 읽고 쓰기를 어떤 방법으로 용이하게 가르칠 수 있느냐는 질문은, 비록 답변을 요하는 사안이기는 해도 일단 우리에게는 사소하게 보인다. 또한 방법의 집요한 탐색과 차후 교육에 더 긴히 응용될 힘의 낭비는 글을 읽고 쓸 줄 아는 능력과 교육에 대한 부정확한 이해에서 비롯한 더 큰 이해 부족으로 여겨진다. 교육에 대한 부정확한 이해에서 비롯한 더 큰 이해 부족으로 여겨진다.

우리로서는 기존의 세 가지 방법과 그 조합으로 나눠 읽고 쓰기 방법을 소개할 수 있다.

1) '자모' 그리고 소리마디와 의미를 파악하는 방법, 하나의 책자를 거의 그대로 외우기, 즉 문자결합법. 2) 모음들 그리고 그 모음들에다 하나의 모음과 함께해야만 표현되는 자음들을 덧붙이는 방법. 3) 발음 중심의 음독법.

졸로토프의 방법은 두 번째와 세 번째 방법의 솜씨 좋은 결합이다. 마찬가지로 이외의 다른 방법들도 다 위의 세 가지 기본적인 방법의 조합일 뿐이다.

이런 방법들은 하나같이 훌륭하다. 각각의 방법은 일정한 면에서 대체로 다른 방법보다 장점을 갖는다. 또한 장점은 일정한 언어 및 학생의 일정한 재능과도 관련이 있고, 자체의 난점도 갖고 있다. 예를 들어, 첫 번째 방법은 문자를 '아즈аз, 부키буки, 베디веди' 또는 '아나나스ананас, 바란баран' 따위로 부르며 문자의 암기를 용이하게 하지만, 소리마디로 모든 어려움을 전가시킨다. 여기서 소리마디는 지시봉을 들고 책 전부를 하나하나 짚어가며 읽을 때, 일부는 배워서 알고 일부는 직관적으로 감지되는 현상을 일컫는다. 두 번째 방법은 소리마디와 자음의 무모음성безгласность согласной[47] 파악을 손쉽게 하지만 문자 외우기, 반모음의 발음, 그리고 특히 우리 러시아어에 있는 서너 개로 이뤄진 복합 소리마디에서 더욱 어려움을 느끼게 한다. 이런 방법을 적용할 경우, 우리 언어에 모음들의 음조변화, 즉 억양이 복잡하고 많아서 난관이 생긴다.

---

47 문맥상 모음의 보조 없는 자음의 독자성을 가리킨다. ―옮긴이

'연음기호ь'와 이것으로 구성된 'ьa-я(야), ьe-e(예), ьy-ю(유)' 같은 모음들은 불가능하다. 'я(야)'를 자음 'б'와 결합하면, 'бя(뱌)'가 아니라 'бья(브야)'처럼 들린다. 'бя(뱌)', 'бю(뷰)', 'бь(브)', 'бe(볘)'를 발음하려면, 학생은 소리마디를 다 외워야 하고, 그러지 못하면 'бья(브야)', 'бью(브유)', 'бь(브)', 'бьe(브예)'라고 발음할 것이다. 독일적 이성의 우스꽝스러운 산물 가운데 하나인 발음 중심의 음독법은 복합 소리마디를 이해하는 데는 아주 유용하지만, 대신에 문자 공부에는 사용할 수 없다. 신학교의 교칙이 문자 결합법을 승인하지 않음에도 불구하고, 여전히 문자는 옛 방식대로 습득된다. 다만 옛날식으로 'эфъ(에프), i(이), шъ(스)'라고 곧이곧대로 발음하는 대신에 교사와 학생들은 'фъ(프)-i(이)-шъ(스)'를 발음하려고 입을 찢을 듯 벌리곤 한다. 거기다 'ш'는 'sch'로 이뤄져 있으며, 한 문자가 아니다.

졸로토프의 방법은 음절들을 낱말로 결합하거나 자음의 무모음성을 의식하는 데는 아주 유용하지만, 문자 암기나 복합 소리마디 전달에는 자체의 난점이 있다. 이 방법은 오로지 두 가지 방법을 결합했다는 이유에서 다른 방법들보다 유용하지만, 완벽과는 거리가 멀고 그저 하나의 방법에 불과하다.

문자를 'бe(베)', 'вe(베)', 'гe(계)', 'мe(메)', 'лe(레)', 'сe(세)', 'фe(폐)' 등으로 부르며 익히고, 그다음에는 불필요한 모음 'e'를 빼가며 들리는 대로 조합해보고 반대로도 해보는 우리의 이전 방법 또한 나름의 장단점이 있다. 이 또한 위의 세 가지 방법의 결합이다. 우리는 딱히 미흡하거나 훌륭한 방법이 따로 없으며, 어떤 방법의 단점은 오직 한 가지 방법만 엄격하게 따르는 데 있음을 경험을 통해 알게 되었다. 나은 방법은 온갖 방법은 아니어도, 각종 방법들을 알고 적용하며 어려움에 부딪치면 새로운 방법을 고안하는 것이다.

우리는 방법을 세 종류로 분류했지만, 이러한 분류가 본질적이지는 않다. 우리는 다만 명료해지기를 바란 것이다. 실은 어떤 방법도 없지만, 개별 방법은 다른 방법들을 다 포괄하고 있다. 누군가에게 읽고 쓰기를 가르친 적이 있는 사람이라면, 모름지기 무의식적으로라도 현존하는 방법들과 존재함직한 방법들을 가르치는 데 이용했을 것이다. 새로운 방법의 고안은 학생의 이해를 도울 수 있는 새로운 측면의 인식일 뿐이다. 따라서 새로운 방법은 옛 방법을 배제하지 못하며, 옛것보다 더 낫지도 않을뿐더러, 대부분 아주 본질적인 기법을 재확인한 것이기 때문에 옛 방법보다 못하다. 대개 새로운 방법의 고안은 옛 방법의 소멸로 간주되지만, 실제로는 아무튼 옛 방식이 아주 본질적인 것으로 남아 있다. 옛 기법들을 의식적으로 부정하는 고안자들은 그런 식의 부정을 통해 일을 보다 더 어렵게 만들고, 의식적으로 옛 방식을 사용하거나 무의식적으로 새로운 미래의 방식을 사용하는 사람들보다 뒤처진다. 아주 옛날 방법과 최신의 방법을 실례로 들어보자. 키릴과 메포디의 방법과 독일에서 사용되는 기발한 물고기-책Fisch-buch, 즉 발음 중심의 음독법이 그것이다. 옛날식 '아즈, 부키'로 가르치는 교회지기와 농민일지라도 학생에게 자음의 무모음성을 설명해야 함을 짐작해내곤 한다. 그래서 그들은 'буки(부키)'에서는 오직 'бъ(브)'라고만 발음된다고 말하는 것이다. 아들을 가르치던 어떤 농민이 문자 'бъ(브), ръ(르)'를 설명하고서 다시 소리마디와 의미를 따라가며 가르치는 장면을 본 적이 있다. 교사가 이런 사실을 알아차리지 못하더라도, 학생이 직접 'бе(베)'에서 본질적인 소리가 'бъ(브)'임을 알아차릴 것이다. 이것이 바로 음독법이다.

두 마디나 그보다 더 많은 마디로 이뤄진 낱말을 조합하게 할 때면, 나이든 교사들은 대개 하나의 소리마디를 가리고서, 이건 'бо(보)', 또 이건 'rо(고)', 이건 'pо(로)' 하는 식으로 짚어간다. 졸로토프의 기법과 모음 음독법의 일부를 활용한 것이다. 누구든 문자입문을 가르칠 때마다 학생에게, 이를테면 'бог(하느님)'이라는 낱말의 모양새를 살펴보게 하는 동시에 'бог(보그)'라고 발음한다. 교사는 이런 방식으로 학생과 함께 책 전체를 읽어나간다. 거기서 학생은 따로 갈라진 것을 유기적인 것과 연결하거나 익숙한 말(기도의 경우, 소년의 머릿속에는 기도하는 지식의 필요성에 대한 물음이 있을 수 없다)을 그 말이 구성 부분으로 나뉜 것과 연결하며 낱말 조합 과정을 자유롭게 습득한다.

이것이 나이든 유능한 교사라면 누구나 학생에게 읽기 과정을 설명하기 위해, 무의식적으로 사용하는 새로운 기법인 동시에 수백의 색다른 기법들이다. 그럼으로써 교사는 교사는 읽기 과정을 학생이 가장 편하게 생각하는 방식으로 자기 자신에게 해명할 자유를 학생에게 넘기는 것이다.

옛날식 '부키-아즈ㅡ바', 즉 문자 б와 a가 ба(바)로 조합되는 방식으로 읽고 쓰는 법을 아주 빨리 깨우친 사례는 물론, 새로운 방법으로 아주 느리게 깨우친 사례도 있음은 말할 필요도 없다. 내가 주장하는 바는 오직 다음과 같다. 옛 방법은 부지불식간에 새로운 방법을 다 포괄하는 반면 새 방법은 옛 방법들을 제외하며, 옛 방법은 자유로운 데 비해 새 방법은 강압적이라는 면에서 옛 방법이 새 방법보다 항상 우위에 있다. 회초리를 들어 소리마디를 주입하는 옛 방식이 어떻게 자유로운가 하는 물음이 있을 수 있다. 물론 아이들을 높임말로 대하며 아이들의 이해만을 구하는 새로운 방식도 있다. 하지만 교사의 이해와 동일한 이해를 구하는 것이야말로 아이에게는 가장 고통스럽고 해로운 강압에 다름 아니다.

직접 가르친 적이 있는 사람이라면, 3과 4와 8을 더하는 방법이 다양한 것처럼 문자 'б', 'p', 'a'도 다양하게 조합할 수 있음을 알아차리고도 남음이 있다. 어떤 학생은 3에 4를 더해서 7, 거기다 3을 더하면 10이니까 5를 남기는 것처럼, 모음 'a 또는 aз(아즈)'를 자음 'p 또는 pцы(르치)' 그리고 'pa(라)' 앞에 'буки(부키)', 즉 자음 'б'를 붙여 'бра(브라)'를 조합해낸다. 또 다른 학생은 8에 3을 더하면 11, 거기에 4를 더하며 15인데, 마찬가지로 'буки(부키)'와 'pцы(르치)'로 бра(브라)를 조합하게 된다. 항상 'бра(브라)', 'впа(브라)', 'гpa(그라)' 따위가 조합되었기 때문이다. 만약 '6pa(브라)'가 아니면, '6py(브루)'나 다른 수천의 다양한 조합 방식이 있다. 또 문자 '6ъ', 'pъ'와 'a'를 조합한 결과인 '6pa(브라)'가 그러한 방식 가운데 하나이자, 내 생각에는 최종의 것 중 하나일 수 있다. '6pa(브라)'는 오직 문자 '6ъ', 'pъ', 'a'를 연결한 결과라서 아이가 '6ъ', 'pъ', 'a'를 익혀야만 하고, 그래야 아이가 문자를 조합하게 되리라 생각하는 이가 있다. 이런 사람은 한 번도 가르친 적이 없어서 사람이나 아이의 속성을 모르는 것이다. 예를 들어, 당신이 아이에게 문자 '6', 'p', 'a'가 어떤 소리냐고 묻는다. 아이는 'pa(라)'라고 대답한다. 이 경우 아이의 대답은 완전히 맞다. 그 아이의 귀가 그렇게 생겨 먹은 것이다. 다른 어떤 아이는 'a(아)'라고 말하는데, 또 다른 아이가 '6pъ(브르)'라고 말할 수도 있다. 아이는 'ща(샤)-сча(스차)'를 'сч(스츠)'나 'щ(시)'로 말하고, 문자 'фъ'를 'хвъ(흐브)'라는 식으로 말하기도 한다. 당신이 모음 'a', 'e', 'и', 'o', 'y'가 주된 문자라고 알려줘도, 아이에게는 자음 'pъ, лъ'가 주된 문자여서 아이는 당신이 원하는 소리가 아닌 전혀 다른 소리를 포착한다.

그런데 이것이 다는 아니다. 독일의 어느 신학교에서 최고의 방법을 교육받은 교사가 예의 '물고기-책Fisch-buch' 방법으로 아이들을 가르친다고 상상해보자. 과감하고 당당한 모습으로 그가 교실에 앉아 있다. 글자가 써진 작은 칠판들, 보조판이 달린 칠판 하나와 물고기가 그려진 책자 같은 도구들이 준비되었다. 교사는 학생들을 둘러본다. 학생들이 이해해야

할 게 무엇인지 교사는 이미 다 알고 있다. 그는 아이들의 영혼이 무엇으로 이뤄졌는지 알고 있을 뿐만 아니라 더 많은 다른 것, 즉 신학교에서 배운 것까지 줄줄 꿰고 있다.

그 교사가 책을 펼쳐서 물고기의 그림을 보여준다. "어린이 여러분, 이것은 뭘까요?" 이것이 바로 그 실물교수법이다. 불쌍한 아이들은 물고기를 보고 기뻐했을 것이다. 만약 아이들이 다른 학교나 상급생 형들에게서 요놈의 물고기가 얼마나 아이들 혼쭐을 빼놓고, 요놈의 물고기 때문에 얼마나 정신적으로 상처받고 고통스러웠는지 소문을 듣지 못했다면 말이다. 아무튼 아이들은 대답할 것이다. "그건 물고기에요." "아니요." 교사가 답변한다. (내가 지금 하고 있는 이야기는 허구거나 풍자가 아니라 독일의 최상급 학교들과 이런 멋들어진 방법을 벌써 차용한 영국의 학교들에서 예외 없이 직접 본 광경을 반복하는 것이다.) 교사가 다시 말한다. "아니요, 무엇이 보이나요?" 아이들은 침묵한다. 아이들은 정해진 자리에 꼼짝도 않고 점잖게 앉아 있어야 한다는 사실을 잊지 말자. "조용히, 순종하기!" "자, 무엇이 보이나요?" "책이요." 아주 어리석은 아이가 답한다. 똑똑한 아이들은 그 사이 뭐가 보이는지 천 번쯤은 되짚어 생각하고는 교사가 요구하는 답을 알아맞히지 못할 것임을 직감한다. 저 물고기는 물고기가 아니라, 자신들로서는 이름을 알 수 없는 다른 무엇이라고 말해야 한다는 것 역시 감지한다. "그렇지. 그렇지." 교사가 기뻐하며 말한다. "아주 잘했어요. 이것은 책이죠." 똑똑한 아이들은 용기를 얻고, 어리석은 녀석은 자신이 무슨 이유로 칭찬을 받았는지 알지 못한다.

교사가 묻는다. "그럼 책 속에 무엇이 있죠?" 아주 씩씩하고 똑똑한 아이가 자신의 추측을 뿌듯해하며 대답한다. "거기에는 글자들이 있어요." "아니에요. 전혀 아니에요." 교사가 심지어 슬픈 목소리로 대답한다. "자신이 무슨 말을 하는지 생각해야 해요." 다시금 똑똑한 아이들이 다들 침울해져서 침묵하고, 더 이상 해답을 찾으려 하지도 않는다. 그 대신 아이들은 교사가 어떤 안경을 썼는지, 어째서 벗지 않고 안경을 통해서 보는지 따위를 생각한다. "그럼 책 속에 무엇이 있나요?" 모두 침묵한다. "바로 여기 뭐가 있나요?" 교사가 물고기 그림을 가리킨다. "물고기요." 용감한 녀석이 대답한다. "그래요. 물고기에요. 그런데 물고기가 살아 있지 않은가요?" "예. 살아 있는 물고기가 아니에요." "아주 좋아요. 그러면 죽은 물고기인가요?" "아니에요." "훌륭해요. 그럼 이건 어떤 물고기죠?" "Ein Bild." 아이의 대답처럼 그림인 것이다. "그래, 아주 잘했어요." 학생들은 다 같이 이것은 그림이라는 말을 되풀이하고, 여기서 마칠 거라고 생각한다. 끝이 아니다. 이것은 물고기가 그려진 그림이라고 덧붙여 말해야 한다. 교사는 매번 같은 방식으로 학생들이 이것은 물고기가 그려진 그림이라고 말하게 만든다. 그는 학생들이 궁리한다고 상상하며, 차라리 학생들에게 이런 지혜로운 격언을 대놓고 암기하도록 만드는 편이 훨씬 간단했으리라는 것은 알아차리지 못한다. 만약 이것은 물고기가 그려진 그림이라는 말을 학생들에게서 들으라는 지시를 받았거나, 스스로 그러고자 한 거라면 말이다.

교사가 이쯤에서 아이들을 가만히 두면 아이들로서는 정말 다행이다. 교사가 학생들에게 이것은 물고기가 아니라 사물이고, 이 사물이 물고기라고 말하게 하는 장면을 직접 본 적이 있다. 이것이 읽고 쓰기와 결합한 새로운 실물교수법이며, 아이들로 하여금 생각하게 만드는 기술이다. 자 이제 실물교수는 끝나고, 낱말의 성분 분해가 시작된다. 마분지에 자모로 이뤄진 'Fisch(물고기)'라는 낱말이 보인다. 우수하고 똑똑한 학생들은 이제 이전의 실수를 바로잡아 자모의 윤곽과 명칭을 즉시 파악할 수 있다고 생각하지만, 실상은 그렇지가 않았다. "물고기 앞쪽에는 뭐가 있죠?" 겁먹은 아이들이 침묵한다. 드디어 용감한 학생이 대답한다. "대가리요." "잘했어요, 아주 잘했어요. 그럼 대가리는 어디 있죠? 어느 쪽에 있나요?" "앞쪽에 있어요." "아주 잘했어요. 그럼 대가리 뒤에는 뭐가 있죠?" "물고기요." "아니에요, 잘 생각해 봐요." 아이들은 '몸통'이라고 대답해야 한다.

학생들은 희망과 자기 확신을 잃고서, 오직 교사가 원하는 정답이 뭔지 알아내려고 지혜를 총동원한다. 대가리, 몸통 그리고 물고기 끝부분인 꼬리다. 아주 훌륭하다! 갑작스레 일제히 말한다. "물고기는 대가리, 몸통 그리고 꼬리를 갖고 있습니다." "여기 이것은 자모로 구성된 물고기이고, 저것은 물고기 그림입니다." 자모로 구성된 Fisch가 갑자기 F, i, sch 세 부분으로 나눠진다. 교사는 관객들에게 와인 대신 꽃을 뿌린 요술사와도 같은 자만에 차서 F자가 써진 부분을 옆으로 당겨 보여주며 말한다. "이건 대가리고, i는 몸통이고 sch는 꼬리에요." 그리고 반복해서 말한다. "Fisch, ffff, iiii, schschschsch. 여기는 ffff이고, 저긴 iiii고, 이곳이 schschschsch입니다." 불행한 아이들은 신체 조건상 발음이 불가능한 자음을 모음 없이 발음하려고 쉬쉬거리거나 푸푸 콧김을 내며 시달린다. 교사는 f자 뒤의 경음부호 'ъ'와 모음 'ы' 중간의 반모음을 발음하면서도 직접 인정하지는 않는다. 처음에는 학생들이 쉬쉬거리며 재미있어 하지만, 곧 저런 ff와 schsch의 암기를 요구한다는 사실을 알아차리고는 'schif, schisch, fif'라 말한다. 아이들은 아까 따라한 'ffff, iiii, schschschsch'에서 'fisch'라는 낱말은 끝내 알아내지 못한다. 최고의 방법을 아는 교사는 Feder(깃털)나 Faust(주먹)와 같은 낱말로 f를 기억하고, Schürze(앞치마)나 Schachtel(상자) 같은 낱말로 sch를 기억하라는 식으로 조언할 뿐, schschsch 소리를 내보라고 하지는 않는다. 그는 아이들을 도우려 하지 않을 뿐만 아니라, 예를 들어 'азъ(아즈), буду(부두) ведать(베다트) глаголъ(글라골)'[48] 같은 자모를 삽화가 그려진 입문서나 어절을 사용해서 익히도록 놔두지 않을 것이다. 게다가 그는 소리마디를 모르기 때문에 소리마디

---

48 옛 러시아어 자모의 명칭이다. 이렇게 읽으면 '나는 글을 알게 될 것이다' 정도의 의미가 형성된다.—옮긴이

를 익힌다거나 낯익은 글을 읽는 것도 허용하지 않을 것이다. 한마디로 독일식 표현을 써서 도외시하는 터였다. 다시 말해 물고기는 사물이다 등의 것 말고는 다른 방법들을 알아서는 안 되는 셈이다.

읽고 쓰기를 위해 어떤 방법이 있고 초기 사고력 향상을 위해 실물교수법이 있는 것인데, 두 가지가 하나로 연결된 형국이다. 이제 아이들은 바늘귀를 통과해야 하는 상황에 놓인 것이다. 학교에는 예의 정해진 길이 아니면, 다른 방식의 발달은 불가능하도록 모든 조치가 취해져 있다. 갖은 방식의 움직임, 말과 질문이 금지되어 있다. 팔을 가지런히 내려놓기! 조용히, 순종하기! 그리고 '부키-아즈-바' 방식을 조롱하고, 이는 지적 능력을 썩히는 방법이라고 주장하며 실물교수법과 결합된 음독법을 권고하는 사람들도 있다. 즉 그들은 〈시편〉이나 기도서를 암송하지 말고, 물고기는 사물이고 f 자는 대가리, i 자는 몸통이며 sch는 꼬리라고 외우라고 권고한다. 영국인과 프랑스인 교육학자들은 그들로서는 발음이 어려운 단어인 Anschauungsunterricht를 자랑스레 섞어가며 이 방법을 초기 교육과 함께 활용하고 있다고 말하곤 한다. 이러한 실물교수법은 이어서 상세히 다루겠지만, 영 이해할 수 없는 어떤 것처럼 보인다. 실물수업이라는 것은 무엇인가? 실물에 의한 것 말고 어떤 수업이 존재할 수 있는가? 오감이 다 학습에 관여하므로 실물교수는 과거에도 늘 존재했고 앞으로도 그럴 것이다.

중세의 형식론을 탈피하는 과정에 있는 유럽 학교에서는 실물수업이라는 명칭과 사유가 예전의 교육방식에 대척되는 것으로 이해될 것이다. 따라서 낡은 방식을 고수하며 외적인 기법만을 변화시키는 잘못에도 관대할 수 있다. 그러나 거듭 말하건대, 우리에게는 실물교수법이 의미가 없다. 예의 실물교수법과 페스탈로치의 방법을 온 유럽을 돌아다니며 헛되이 탐색했던 나로서도 지리학이라면 양각 지도에다 그것도 물감이 있다면 색채가 있는 것으로, 기하학이라면 도면을 써야 하고, 동물학이라면 짐승과 접하는 식으로 가르쳐야 하는 것 말고는 지금껏 아무것도 발견하지 못했다. 그것은 각자 태어날 때부터 알고 있고, 오래전에 자연에 의해 고안된 것이어서 굳이 고안해낼 필요조차 없었다. 결과적으로 그런 교육은 정반대 개념으로 교육받은 사람이 아니라면 누구나 아는 것이다. 이러저러한 방법들과 일정한 방식대로 교사를 양성하는 방법이 우리에게 제안되어 있다. 우리는 자기 어깨에 짊어진 역사적 부담이나 허물없이 유럽 학교의 기반이 된 것과 다른 의식을 가지고 19세기 후반에 우리식 학교교육을 시작한 터다. 굳이 이런 방법들의 거짓됨과 학생들의 정신을 짓밟는 것까지는 말하지 않겠다. 하지만 '부키-아즈-바'의 방식으로 교회지기가 6개월 만에 읽고 쓰는 법을 가르치는 국내에 무슨 이유로 실물교수법과 결합된 음독법을 들여온단 말인가? 이 방법으로는 읽고 쓰기를 배우는 데 1년 이상 걸린다.

우리는 위에서 어떤 방법이든 훌륭하면서도 일면적이라는

한계가 있다고 언급한 바 있다. 다시 말해 특정 방법은 일정한 학생, 일정한 언어와 일정한 국가에 유용할 수 있다. 그러므로 음독법은 물론 온갖 다른 비러시아적인 방법이 우리에게는 '부키-아즈-바'보다 못한 것이다. 독일에서는 이미 여러 세대가 칸트와 슐라이어마허 같은 이들이 다져놓은 일정한 법칙대로 생각하게끔 양육되었고, 최고의 교사를 양성하여 17세기에서부터 음독법에 따른 교육이 시작되었다. 거기서도 예의 실물교수법과 결합된 음독법은 그리 특출한 결과를 가져오지 못했다. 그렇다면 도덕적 격언이 실린 일정한 입문서가 법적으로 승인된다면, 국내에서는 과연 무슨 일이 벌어질까? 어떤 것이든 인민과 교사들에 의해 체화되지 못한 채로 새로 도입된 방법에 따른 학습이 어떤 결과를 빚겠는가?

몇 가지 관련된 경우를 이야기해 보겠다. 야스나야 폴랴나 학교에서 일한 적이 있는 어떤 교사가 올 가을에 어느 농촌 마을에 직접 학교를 개설했다. 그곳의 40명 학생 중에서 절반이 자모와 의미를 파악하는 교육을 받았고, 3분의 1의 학생이 읽을 줄 알게 되었다. 2주가 지나자 농민들은 하나같이 학교에 대한 불만을 표시했다. 불만의 주요 지점은 다음과 같았다. '아즈, 부키'가 아니라 독일식으로 '아, 베'를 가르친다는 것, 기도문 대신 동화를 가르친다는 것, 그리고 학교에 질서가 없다는 것이다. 교사를 만나는 자리에서 나는 그에게 농민들의 의견을 전했다. 대학 교육을 받은 이 교사는 멸시조의 미소를 지으면서 설명했다. 소리마디를 알기 쉽게 하려고 '아즈, 부키' 대신 '아, 베'로 재교육시켰고, 학생들의 이해력에 맞게 읽은 내용을 이해하는 법을 길러주려고 동화를 읽혔으며, 새 방법을 적용하는 상황이므로 아이들에 대한 처벌은 필요 없다고 본다는 것이다. 따라서 지시봉을 들고 소리마디를 가리키며 공부하는 자기 학생들의 모습에는 농민들의 몸에 밴 엄격한 질서가 있을 수 없다는 것이다.

나는 교육 과정 3주째에 이 학교를 방문했다. 소년들은 세 그룹으로 나뉘어 있었고, 교사는 이 그룹 저 그룹으로 분주히 돌아다녔다. 저학년 소년들은 책상 곁에 서서 자모 입문서를 넘기며 자모의 위치를 달달 암기하고 있었다. 나는 아이들에게 질문을 던져보았다. 아이들 절반 남짓이 'аз(아즈), буки(부키)' 등으로 자모를 명명하는 법을, 다른 몇 명은 심지어 소리마디가 무엇인지도 잘 알았다. 한 아이는 읽는 법을 알고 있었지만, 새로이 배우느라 손가락으로 찍어가며 'a(아), бе(베), ве(베)'를 되풀이했다. 아이는 그것이 또 뭔가 새로운 거라고 생각하고 있을 터였다. 중급의 학생들은 'c(에스), к(카), a(마)'를 'ска(스카)'라고 들은 대로 문자를 조합했다. 한 명이 문제를 내면 다른 학생들이 대답하는 방식이었다. 아이들은 3주째 이런 일을 하고 있었다. 사실 잉여의 모음 'e(예)'를 버리는 이 과정을 체화하는 데는 하루로 충분하다. 이 아이들 중에서 나는 옛날식으로 소리마디를 터득하여 읽는 법을 익힌 학생 몇 명을 발견했다. 이들은 첫 그룹의 아이들처럼 자신의 지식을 부끄러워하며 거기서 벗어나고자 했다. 이들은 'бе(베), ре(레),

a(아)'는 '6ра(브라)' 식의 문자조합을 못하면 큰일이라는 상상을 하고 있을 터였다. 마지막 세 번째 집단은 글을 읽었다. 이 불행한 아이들은 바닥에 앉아서 각자 한 손에 든 책을 눈앞에 갖다 대고 글을 읽는 척하면서 다음의 두 절을 큰소리로 반복하고 있었다.

하늘 한 귀퉁이만 있는 곳에
사람들은 빵도 없이 살고 있다.

아이들은 시 낭독을 끝내고 난 뒤, 다시 그것을 처음부터 읽으며 슬프고 근심스런 표정으로 이따금씩 나를 곁눈질로 보곤 했다. 마치 '훌륭해요?'하고 묻는 듯했다. 말하기가 참담한 지경이다. 글을 읽을 줄 아는 소년들도 있었지만, 문자를 조합하지 못하는 아이들도 일부 있었다. 글을 읽는 법을 아는 아이들은 우애심으로 자제했고, 그렇지 못한 아이들은 달달 외우며 되풀이했다. 아이들은 민간에 하등 쓸모없는 에르쇼프 동화의 역겨운 개작 가운데 두 구절만 3주 내내 반복한 것이었다.

나는 신성역사의 내용을 질문해 보았지만, 뭔가를 알고 있는 아이는 없었다. 교사가 **새로운 방법을 적용**한다는 생각에서 달달 암기하게 하는 대신 간략히 정리된 신성역사 이야기를 들려주기 때문이다. 나는 숫자 세는 법에 대해 물었다. 아는 아이가 아무도 없었다. 교사가 역시나 새로운 방법으로 칠판에 숫자 세는 법을 백만까지 한꺼번에 학생들에게 하루 두 시간씩 제시했을 뿐 외우라고는 하지 않은 것이다. 나는 기도문에 대해 물었다. 기도문을 아는 아이는 한 명도 없었다. 아이들은 그저 집에서 익힌 대로 '봇추Вотчу'[49]라고 잘못 말했다. 다들 생동감 넘치고 지력이 왕성하여 배우고자 하는 열망이 가득한 뛰어난 소년들이었다. 그리고 무엇보다 최악은 이런 일이 나의 방법을 좇아 행해졌다는 것이다! 나의 학교에서 사용되는 방식 모두가 여기에도 있었다. 즉 분필로 한꺼번에 써 놓은 자모 학습, 귀에 들리는 대로 하는 문자 조합, 아이가 이해하는 내용으로 첫 번째 글 읽기, 신성역사 이야기 구술, 달달 외우게 하지 않는 수학도 있었다.

하지만 그와 동시에 어디에서든 해당 교사가 잘 아는 암기 학습법이 느껴졌다. 교사는 그런 학습을 의식적으로 피하고 있었지만, 그 하나만을 잘 다뤘고 자기 의지에 반해 아예 다른 자료에도 적용했다. 그는 기도문이 아닌 에르쇼프의 동화를 암기시키고, 신성역사는 책을 통해서가 아니라 요령부득의 생기 없는 이야기를 들려줘서 암기를 시킨 것이다. 수학이나 문자 조합 학습도 마찬가지였다. 대학 교육까지 받은 이 불행한 교사의 머리에서 어리석은 생각을 털어내기는 불가능했다. **거친** 농부들의 질책이 천 배는 정당하며, 교회지기가 그와는 비교할 것도 없이 잘 가르친다. 만일 그가 가르칠 요량이라면,

---

49 '주님의 기도', 즉 'Отче наш'를 아이들 귀에 들리는 대로 말한 것으로 보인다.—옮긴이

아이들에게 '부키-아즈-바' 방식으로 달달 암기시켜 읽고 쓰기를 가르칠 수 있고 이런 방식으로 일정한 실천적인 성과를 낼 수 있을 것이다. 그러나 대학 교육까지 받은 교사가 무슨 이유에선지 본보기 삼으면 좋겠다고 야스나야 폴랴나 학교의 교육 방법을 연구했다고 한다.

다음은 우리의 수도 가운데 한 군데의 지역 학교에서 목격한 사례. 어느 고학년 우등생이 우리에 대한 경의 표시로 러시아의 물길과 알렉산드로스 대왕 이야기를 웅변조로 들려주었다. 학교 방문에 같이 나선 동료와 내가 그 웅변조의 말을 가슴 졸이며 듣고 학교에서 막 떠나려던 참이었다. 그즈음 상시 감독관이 자신이 새로 고안하여 출판 준비 중인 읽고 쓰기 교육 방법을 보러가자고 우리를 초대했다. "제가 **참으로 가난한 아이들** 여덟 명을 선발해서, 그들을 상대로 실험을 진행하여 저의 방법을 확인해 보는 중입니다." 그가 우리에게 건넨 말이었다. 교실에 들어서 보니, 여덟 명의 소년이 무리지어 서 있었다. 감독관은 아주 구식 목소리로 "각자 제자리!" 하고 외쳤다. 소년들이 원형으로 둘러서서 차렷 자세를 취했다. 약 한 시간 정도 감독관은 예전에는 이런 훌륭한 음독법이 수도 전체에서 사용된 바 있지만, 지금은 단지 한 학교에만 남은 이 방법을 자신이 되살려내고 싶다는 뜻을 표했다. 소년들은 계속 서 있었다. 마침내 감독관이 м-ы-шь(쥐)라는 글자가 표시된 카드를 책상에서 들어 올렸다. 그는 그 '쥐'라는 낱말을 보여주며 '이것은 무슨 글자일까?' 하고 물었다. 한 소년이 황소라고 대답했다. "이것은? мъ(엠)이잖아." 소년이 мъ(엠)하고 따라 했다. "그러면 이건 ы(이), 요건 шь(시), 다 합치면 мышь(미시)가 되는 거예요. 그런데 여기에 ло(로)를 가져다 붙이면, мыло(밀로)가 되는 겁니다." 아이들은 미리 외운 답변을 우리에게 간신히 들려줄 수 있었다. 나는 아이들에게 새로운 질문을 해보았는데, мышь(쥐)와 бык(황소) 말고는 아무것도 아는 게 없었다. 아이들이 공부한지 오래되었느냐고 물었다. 감독관은 벌써 2년째 실험을 진행하는 중이었다. 이들은 여섯 살부터 아홉 살 사이의 살아 생동하는 진짜 소년들이었다. 인형이 아닌 살아 생동하는 아이들 말이다!

나는 감독관에게 독일에서는 음독법이 다른 방식으로 적용된다고 말했다. 그러자 그는 아쉽게도 독일에서는 음독법이 설 자리를 잃었다고 설명했다. 나는 반대되는 사실로 그를 설득하려 했지만, 감독관은 자신의 생각이 옳다는 증거로 음독법을 적용하지 않은 1830년대와 1840년대에 간행된 독일어 입문서 다섯 권을 다른 방에서 가져왔다. 우리는 입을 다문 채 그곳을 떠났다. 여덟 명의 아이들은 감독관의 실험을 위해 학교에 남았다. 1861년 가을의 일이다.

이 감독관이 입문서 몇 권과 지시봉이 놓인 책상 앞에 여덟 명의 소년들을 얌전히 앉히고 읽고 쓰는 법을 가르칠 수 있었더라면 얼마나 좋았을까? 물론 그는 그를 가르친 부제였던 아버지가 그랬던 것처럼 아이들의 머리칼쯤은 잡아당길 수도 있었을 것이다. 많은 학교가 탄생하는 오늘날, 새로운 방법을 도입한 저와 같은 교육의 사례는 또 얼마나 많은가! 너무나 황당무계한 언행이 난무하는 일요학교 따위는 굳이 언급할 필요도 없다.

이번에는 위와는 상반되는 예를 들어보자. 지난달 문을 연 마을학교에서 교육이 시작될 무렵, 열네 살쯤 되는 들창코의 건장한 애송이 사내아이가 내 눈에 띄었다. 학생들이 글자를 따라할 때마다 소년은 만족스레 미소를 지으며 뭔가를 흥얼거렸다. 학교에 등록한 아이는 아니었다. 내가 질문을 해봤더니, 그 소년은 가끔 буки(부키), рцы(루치) 따위를 혼동하곤 했지만, 글자를 다 알고 있었다. 흔히 그렇듯이 소년은 자신이 글을 깨치는 건 금지된, 좋지 못한 일이라 여기고 부끄러워했다. 나는 소년에게 소리마디에 대해 물어보았는데, 잘 알고 있었다. 이어서 나는 소년에게 읽어보라고 했다. 그러자 소년은 거침없이 술술 읽어냈지만, 스스로가 그걸 믿지 못했다. "어디서 배웠니?" "올해 여름에 목동 일을 할 때, 다른 친구가 더 있었어요. 그 애가 아는 걸 내게 가르쳐줬어요." "글자 입문서는 갖고 있니?" "네, 있어요." "어디서 구했니?" "샀어요." "공부한지는 오래 되었니?" "예, 여름에요. 들판에서 친구가 알려주면, 그걸 공부했어요." 야스나야 폴랴나 학교에는 예전에 교회지기한테 배운 적이 있는 열 살짜리 소년이 있다. 이 소년이 한번은 남동생을 데려 왔다. 일곱 살짜리 남동생은 무난하게 읽을 수 있는데, 겨우내 저녁마다 형에게서 배운 것이었다. 이 같은 것이 내가 아는 사례들이다. 이러한 사례를 민간에서 찾고자 한다면, 얼마든 발견할 것이다. 대체 우리는 무엇을 위해서 새로운 방법들을 고안하고, 무슨 일이 있든 '부키-아즈ー바' 하고 배우는 방법을 버려야 하며 '부키-아즈ー바' 이외의 모든 방법을 훌륭하다고 여겨야 하는가?

게다가 러시아어와 키릴자모는 여타의 유럽 언어와 자모에 비해 현저히 탁월하며 차이점도 있다. 여기에 착안하여 읽고 쓰기 교육의 독특한 방식도 자연스레 흘러나와야 한다. 러시아어 자모의 탁월함은, 개개의 소리가 다 발음될 뿐만 아니라 그 소리가 있는 그대로 발음된다는 데 있다. 낱낱의 소리가 발음되고 있는 그대로 발음되는 바, 그런 현상은 다른 어떤 언어에도 없다. che는 프랑스어서처럼 ше(she)나 독일어에서처럼 хе(khe)가 아니라 цхе(tse)로 발음된다. a의 발음은 영어식으로 ai, e, a로 나뉘지 않고 그대로 a(a)이다. c는 발음이 그대로 c(s)이다. ц(ts)는 이탈리아어에서처럼 ч(ch)나 к(k)가 아니라 ц(ts)로 발음된다.[50] 키릴자모를 사용하지 않은 다른 슬라브 언어들은 언급할 나위도 없다.

그렇다면 러시아어 읽고 쓰기를 가르치기 위한 최상의 방법은 무엇인가? 최신의 음독법도, 구식의 자모와 소리마디와 의미를 따라가는 방법도, 모음들을 이해하는 방법도, 졸로토

---

50 본문에서 러시아어의 특징과 관련된 사례들 가운데 리시아어 문자나 낱말, 간단한 문장 등은 가능한 한 한국어 발음으로 병행 표기하거나 번역했다. 다만 여기서는 단순화와 혼동의 우려를 다소나마 피하고자 로마자로 표기한다. 원칙적으로 원문상의 러시아어는 국립국어원의 외래어 표기 규정을 따랐다. —옮긴이

프의 방법도 아니다. 한마디로 최상의 방법은 존재하지 않는다. 최상은 교사 자신이 다른 어떤 것들보다 잘 알고 있는 방법이다. 교사가 알거나 창안하는 다른 온갖 방법들은 이미 하나의 방법을 써서 시작한 가르침에 도움이 되어야 한다. 개별 민족과 개별 언어는 어떤 하나의 방법과 특별한 연관을 갖는다. 그게 어떤 방법인지를 알아내려면, 민간에서 어떤 방법으로 더 오래 배워왔는지를 알아야 한다. 그런 방법이 그 기본적 특성상 어떤 민족 고유의 것이 될 것이다. 우리에게 그 방법은 자모, 소리마디, 의미를 구별하는 것이다. 이것은 다른 온갖 방법들처럼 매우 불완전하며, 그런 까닭에 새로운 방법들이 제공하는 성과를 응용하는 개선의 여지를 갖는다.

어떤 개인이든 신속하게 읽고 쓰는 법을 익히기 위해서는 아예 별도의 교육을 받아야 한다. 그런 이유로 각자를 위한 독특한 방법이 마련되어야 할 것이다. 어떤 사람으로서는 이겨낼 수 없어 보이는 어려움이 다른 이에게는 아무런 걸림돌이 되지 않을 수 있다. 정반대 상황도 가능하다. 어떤 학생은 기억력이 좋아서 자음의 독자성을 이해하기보다 소리마디를 더 쉽게 기억할 수 있다. 또 누군가는 가만가만 판단을 해서 음독법과 아주 합리적인 방법을 파악하고, 누군가는 직감, 즉 직관이 있어서 온전한 낱말을 웬만큼 읽으면 낱말 형성 규칙을 이해한다.

최고의 교사는 학생을 멈춰 세운 것이 무엇인가를 당장 해명할 태세가 되어있는 사람이다. 이러한 해명을 하는 과정에서 교사는 숱한 방법들에 대한 지식과 새로운 방법을 고안하는 능력을 갖추게 된다. 여기서 중요한 것은 어느 한 가지 방법에 대한 추종이 아니라, 갖가지 방법들이 일면적임을 확신하는 것이다. 다시 말해, 최상의 방법은 학생이 부딪칠 법한 각종 난관에 대응할 만한 것일 터이다. 즉 방법이 아니라 예술과 재능이다.

읽고 쓰는 법을 가르치는 교사는 민간에서 다듬어진 어느 한 가지 방법을 확실히 알아야 하는 동시에 자신의 실천으로 확인해봐야 한다. 그는 수많은 방법을 알아내려는 노력을 기울여야 하고, 그 과정에서 특정 방법들을 보조수단으로 쓸 수 있을 것이다. 또한 학생이 이해하는 과정에서 생기는 각종의 곤경을 학생의 부족함이 아니라, 자신의 가르침의 부족함으로 받아들여 새로운 방법을 창안할 실력을 키우기 위해 애써야 한다. 교사라면 모름지기 고안되어 나오는 개별 방법이 앞으로 나아가기 위해 딛고서야 하는 하나의 계단에 불과함을 알아야 한다. 교사 스스로 그 일을 하지 않는다면, 다른 이가 그 방법을 체화해서 그걸 기초로 앞으로 나아가리라는 것도 알아야 한다. 그리고 가르친다는 것은 예술이기 때문에 종결성과 완벽성에는 도달할 수 없지만, 발전과 개선이 무한하다는 것도 알아야 한다.

차후 이어질 이 교육지 지면에서는 우리 눈앞에서 이뤄진 읽고 쓰기 교수법의 저러한 발전 사례를 소개할 예정이다.

8.   인민학교의 자유로운 발생과 발전에 대하여

1861년 봄 무렵에는 7029명이 거주하는 이곳 치안 구역에 야스나야 폴랴나 학교를 제외하고 단 하나의 학교도 없었다. 야스나야 폴랴나 학교 또한 민간에서 크게 호감을 얻지 못하고 있었다. 군데군데 자리를 잡아 두세 명이나 여섯 명 이하의 소년들을 가르치는 병사나 교회의 부제들이 있기는 했다. 그런데 농노해방령 공포[51] 후, 전국 각처에서 해방령 조항이 낭독되기 시작했다. 마을공회에서 읽고 쓰기는 법을 가르치기 위한 대책을 강구할 수 있고, 읍 단위의 공회에서 학교를 설립할 수 있다고 되어 있었다. '(대책을) 강구할 수 있고, 학교를 설립할 수 있고, 읽고 쓰기는 법을 가르칠 수 있다'라고 적

---

51   농노해방령은 1861년 초반에 공포되었다. —옮긴이

혀있는 말을, 농민 해방 이후에는 싫든 좋든 읽고 쓰기를 가르치고 학교를 설치해야 한다는 의미로 어디서나 받아들였다. 인민과 상대해본 적이 있는 사람이면 누구라도 인쇄된 말, 특히 공식적인 말의 형태는 인민에게 이해되지 못한다는 사실을 알아차렸을 것이다. 설령 이해한다고 하더라도, 인민은 그런 말을 변경 불가한 차르의 명령과 절대 복종의 요구로만 받아들인다. 그들은 전혀 조건적 형식을 이해하지 못한다. 어떤 농민에게 '자넨 그 일을 할 수 있다네'라고 말할 경우, 그는 예외 없이 '자넨 그 일을 해야만 하네'라고 받아들인다. 당신의 말 속에 어느 농민이 이해하지 못하는 공식적 언어에 속한 낱말이 들어있다면, 그 농민에게 이 말은 아무런 판단 없이 절대적으로 실행해야만 하는 차르의 명령이다. 농노해방령 제51조와 제78조가 그렇게 받아들여졌다.

제51조의 한 절은 다음과 같이 마을공회의 관할사항을 거론한다. 8) 사회적인 요구, 정비, 부양 및 읽고 쓰기 교육에 대한 협의와 청원.

이 조항 가운데 읽고 쓰기라는 낱말을 제외한 모든 낱말들이 마치 중국어로 써진 것처럼 이해가 되지 않고, 낱말의 불가해성은 오로지 읽고 쓰기를 가르치라는 명령의 강제성과 불변성을 농민의 머릿속에서 강화시킬 뿐이다.

마을공회에 참석한 어떤 노인은 저 조항에 관한 언급을 듣고 진중하게 머리를 내저으며 말하게 될 것이다. "거참 그렇구먼. 자자, 이젠 차르께서 읽고 쓰기를 가르치라고 명령하신

게야."

제78조는 읍 단위 공회의 관할사항을 거론한다. 3)사회적 부양책과 읍내 여러 학교 설립.

공회 참석자 가운데 누군가는 틀림없이 이렇게 말할 것이다. "거봐, 이번에는 학교에서 쓸 돈을 거두겠다고 하겠지."

나는 저 두 가지 조항을 적어도 100번쯤 거듭 읽었다. 언제나 이 조항들은 차르의 명령처럼 받아들여진다. 두 가지, 즉 원하는 경우 학교를 설치하고 원치 않으면 설치하지 않는 선택권이 주어졌다는 설명에도 불구하고, 농민들은 미심쩍게 한숨을 쉬며 내 설명보다 차르의 명령이라고 적힌 문서의 말을 더 믿었다.

"두 가지 가운데 선택하는 거라면, 뭐한다고 차르의 문서에다 그런 걸 쓴다는 말이오?"

부정확하게 이해된 해방령의 이러한 조항들은 인민적 기세의 전반적 상승 국면에서 인민교육의 첫 자극제가 되었다. "이제는 회색인으로 사는 걸 그만둘 때가 되었어요. 이제는 우리도 흰색으로 살아야지요." 아들을 학교에 데려온 어떤 농민의 말이다. 농민들 머릿속에서 **자유**는 오래된 노블리스 오블리제처럼 일정한 자기억제 노력과 일정한 기부 **의무를 지는 것**이다. 게다가 그들의 생각에 따르면, 이는 차르가 잘 알고 있고 또 원하는 바이기도 하다.

최고로 부유한 어느 읍에서는 사람들이 즉각 돈을 모아서 읍사무소와 학교가 공유할 큰 건물을 짓기 시작했다. 다른 여러 읍에서는 학교의 필요성에는 동의하면서도 그 실현 방안에 대해서는 갈피를 잡지 못했다. 공공학교의 유일한 본보기로 제시된 것은 국유지 농민학교들이었다. 이런 본보기들은 우리 지역 형편에는 맞지가 않았다. 징수금이 충분한데도 이런 학교들은 실질적이라기보다 유명무실하게 존재한다. 읍 소속의 이런 학교들은 이따금 대규모 농촌마을에서 30베르스타 이상 멀리 떨어진 곳에 위치한 경우도 있다. 의무부역농들[52]은 그런 학교를 보면서, 대다수 나의 동료들처럼 상상을 하곤 한다. 이런 상상 속에서 학교 개설의 본령은 집짓기와 '학교'라는 간판 내걸기에 불과해서, 교사를 물색하거나 아이가 학교에 다니고, 부모가 아이를 맡기도록 하는 것은 사소한 일일 뿐이다.

학교 업무에 전문적으로 종사해온 나는 이런 확신을 갖고 있다. **질 낮은 학교는 쓸모가 거의 없을뿐더러, 너무나 해롭고 인민교육 사업을 퇴보시킨다.** 그런 까닭에 나는 여러 읍 체계가 시작될 때부터 지금까지 스스로의 도덕적 영향력을 재량껏 발휘하여 읍 단위에 공식적으로 학교 설립하는 것을 반대해왔다. 아직 시간이 있으므로 기다리는 게 낫다고, 징수금은 넉넉하고 건물은 필요치 않다고 말했다. 우선 교사들을 찾아내야 하고, 어느 정도의 부모들이 자식을 학교에 보내려는지 그리고 학비를 지불하려는지 알아야 한다는 말을 했다. 여름

---

52 3장. 학교와 민간서적 기록의 의미에 대하여 참조.—옮긴이

내내 도처에서 학교 설립에 대한 이야기가 오갔다.

나는 모든 일이 잠잠해졌다고 생각했다. 그러다가 가을에 문득 여러 농민 공동체로부터 이에 대한 소식이 들려왔다. 그곳에는 이미 학교가 설립되었고, 최초의 학교 필수품 비치를 위해 납세자당 70코페이카씩 징수했고, 학생등록부도 만들었다는 것이다. 누구든 인민들과 더불어 살아본 적 있는 사람이라면 "펜으로 쓴 것은 도끼로도 쳐내지 못한다"는 말이 그저 속담이 아니라 보편적인 강한 확신임을 알 것이다. (농민의 요구를 물리치는 강력한 수단 가운데 하나는 그 요구를 기록하겠다는 위협이다.) 나는 어떤 학교들이 설립되었는지, 징수금의 규모가 어떤지, 누가 어떤 목적으로 아이들 등록에 나섰는지 물어보았다. 사제들이 나서서 공회를 열어 명령문을 읽어주고 아이들을 등록시키라는 학교에 관한 칙령이 차르에게서 하달되었다는 것 말고는 아무것도 알아내지 못했다. 그러니 피치 못할 일인 것이다. 누가 아이들을 가르치는지, 누가 교사에게 지불하는지를 물어보았다. 가르치는 일은 사제들이 할 텐데, 급료에 대해서는 아직 정하지 않았기 때문에, 한 농가 또는 학생 한 명당 얼마나 낼지 몰라서 사뭇 걱정스럽고 두렵다는 대답이었다.

주교관구 감독국에서 칙령이 내려온 것이었고, 나는 차후에 그것을 입수했다. 이 칙령들은 농민들 사이에서 최고의 엄중한 명령으로 이해되고 받아들여졌다. 그리고 어쩐 일인지 그 칙령이 인민에게는 아주 불쾌한 것이었다. 나는 그것은 명령이 아니라 양자택일하도록 한 것이고, 농민들이 직접 교사의 급료를 정하여 자체의 학교를 설립할 수 있다고 설명했다. 농민들은 아주 기뻐했다. 하지만 사태의 이해는 다시 엉뚱한 방향으로 흘렀다. 이제 농민들은 학교를 설립하거나 하지 않을 수 있지만, 부제들에 대한 정해지지 않은 지불금으로 겁을 주는 학교에서 벗어나는 유일한 길은 독립적인 자체 학교의 설립이라고 생각한 것이다. 학교에 등록된 자식을 가진 사람들은 등록은 의무적인 것이 아니라는 내 말을 한참 동안 믿지 못했다.

이러한 상황 전개는 최소한 우리 고장에서나마 인민교육 사업을 앞당긴 두 번째의 더 강력한 자극제였다. 아래는 칙령의 내용을 발췌한 것이다.

1. 국유지 농민들이 거주하고 국고를 들인 학교가 없는 교구의 성직자들에게 관구장을 통해 다음과 같은 사항을 회람용으로 공포한다.

1) 성직자들은 소속 교구의 국유농민 자식들에 대해 남아, 여아 할 것 없이 무보수 교육을 떠맡을 의향이 있는가. 가) 필수불가결한 기도문과 이에 대한 설명. 나) 간략한 교리문답서와 간략한 신성역사. 다) 예배의식에 대한 설명. 라) 세속적인 자료와 종교적인 자료 읽기. 마) 쓰기. 바) 셈하기. 또한 성직자 부인들은 농민 생활에 쓸모가 큰 수예를 여아들에게 가르칠 의향이 있는가.

2) 다음 사항이 성직자들에게 설명되어야 한다. 주교구 당국은 농민 자식의 교육이라는 신성한 사업에 현지 성직자 측의 전적인 공감을 기대한다. 농민 교육사업은 오직 그들에게 정부가 직접 맡긴 일이고, 교사 직책이라는 신성한 의무가 특히 성직자들을 이러한 사업에 나서도록 호소하는 것이다. 마지막으로 주교구 당국 측에서는 말과 가르침으로 힘을 쓰는 이들의 신성하고 바람직한 활동에 크게 주의를 기울일 것이며, 무보수 노동에 대한 장려책을 마련할 것이다.

3) 다음에 대한 상세한 정보를 성직자들에게 요청해야 한다. 가) 그들은 농민 자식의 교육 진행 장소로 어디가 더 적당하다고 판단하는가. 가족들이 교육 업무를 도울 수 있는 본인의 집인가, 농민들이 배정한 건물인가. 성직자 본인의 집인 경우, 그 집에 학생들을 어느 정도 수용할 수 있는지를 알려야 한다. 나) 위에 열거된 과목 가운데 어떤 과목을 성직자가 직접 가르칠 수 있고, 어떤 과목을 가족 구성원이 담당할 수 있는가? 다) 그들은 어느 달, 어떤 날들, 어떤 일과 시간이 본인은 물론 농민 자식들의 사정에 비춰 수업 진행에 더 적당하다고 생각하는가. 라) 성직자는 본인의 집에서 학교를 운영할 경우, 어떤 교과서들을 갖추고자 하는가. 사회적 사업에 본인의 무상 노동뿐만 아니라 얼마간의 비용을 기부할 의사를 표명하지는 않는가. 해당 칙령은 위에 언급한 지시사항을 실행할 성직자, 즉 관구장에게 발송된다.

2. 러시아 전제군주 황제 폐하 알렉산드르 2세의 칙령은 툴라 주교관구 감독국에서 관구장에게 송달한다. 주교관구 감독국은 올해 7월 26일자로 지존의 명령을 받은 신성 종무원의 제2943호 칙령을 경청했다. 칙령은 인민교육 성과에 대한 월간 정보 송달에 관한 것이다. 인민교육 성과에 대한 정보를 매월 황제 폐하께 보내라는 지존의 명령은 회람용 칙령들을 통해 모든 주교에게 고지될 것이다. 주교들은 매월 1일까지 본인의 주교관구에 대한 다음과 같은 간략한 정보를 신성 종무원에 반드시 제출해야 한다. 가) 한 달간 정보가 망라될 즈음, 교회 소속 학교가 주교관구 내에 얼마나 있었으며, 그곳의 학생 수는 얼마나 되었는가. 나) 그 한 달 동안 그와 같은 학교가 몇 군데 개설되었으며, 그곳에 남녀 학생 각각 몇 명이 입학했는가. 다) 이런 학교들을 누가 개설했는가, 학교들은 어디에 위치하는가. 성직자의 집인가, 교구 신도의 집인가. 라) 표기된 여러 학교와 관련하여 특별한 주목을 요하는 한 달간의 사건들에 관하여.

명령사항은 다음과 같다.

1) 지존의 명령은 주교관구 내 모든 성직자들에게 고지되어야 한다. 그와 동시에 다음의 활동을 그들의 필수적인 의무로 삼는다. 그들은 정성을 다한 활동으로 아무런 계약이나 보상 요구 없이 공공학교나 사적인 가성 내 학교에서 시골 마을의 남아와 여아 교육에 종사해야 한다. 교육 과목은 필수불가결한 기도문과 이에 대한 설명, 간략한 교리문답서와 간략한

신성역사, 종교적인 자료와 세속적인 자료 읽기 및 셈하기다. 교육 과정에서는 신성 종무원 지시 아래 작성된 문자 입문서를 지침으로 삼아야 하고, 이러한 목적에서 문자 입문서는 주교관구 내 각각의 교회에 이미 갖춰져 있다. 필요하다고 판단되면, 신성 종무원을 통해 언제든지 권당 은화 6코페이카에 주문할 수 있다. 교육 과목으로는 원하는 경우, 쓰기와 산술의 사칙연산이 부가될 수 있다. 덧붙여 성직자들에게 설명해야 하는 사항은 다음과 같다. 시골 마을의 공공학교들뿐만 아니라, 성직자 집에서의 사적인 아이들 교육도 여기에 해당한다.

2) 6월 현장 회합에 따른 신성 종무원 명령서 4개 항에 기술된 바, 상기한 간략한 정보는 오는 8월 25일 경 반드시 주교관구 감독국으로 제출해야 한다. 또한 어떤 성직자가 몇 명의 남녀 학생들에게 어떤 과목들을 가르치는지 명시되어야 한다.

3) 위와 같은 정보를 차후에도 주교관구 감독국으로 매월 15일까지 반드시 송달해야 한다. 또한 본 지시문 1번 항목에 기술된 의무를 어느 성직자가 이행하지 않았는지, 남아와 여아에 대한 농민 자녀 교육 사업에 특히나 열성을 보인 사람에 대해 알린다. 본 지시사항은 의무적인 실행 목적 아래 발송된다.

위와 같은 여러 가지 칙령의 선의의 목적에도 불구하고, 외견상 실행의 용이성에도 불구하고, 여기서 관건이 되는 치안구역에서는 400명 학생 가운데 겨우 30명이 부제에게 교육을 받고 있다. 그것도 무상으로 제공되는 것은 아니다. 살림살이와 가족, 교회 신도들을 끊임없이 보살펴야 하는 성직자들의 현재 형편상, 무상교육이 제공된다면 그것은 보기 드문 자기 희생의 본보기라 할 것이다. 그러한 상황을 인민은 아주 잘 느끼는 편인데, 그것은 인민이 성직자들에게 품는 존경 때문이거나 그러한 존경의 결과일 것이다. 이미 언급했듯이, 위의 칙령들로 인해 학교를 갖춰야 한다는 농민들의 신념과 될수록 빨리 학교 사업에 돌입하려는 그들의 의향은 더욱 공고화되었다. 여러 차례에 걸친 나의 만류에도 불구하고, 농번기가 끝나자마자 시골 공동체들이 연이어 학교 개설에 뛰어들었다.

골로벤키 공동체가 다음과 같은 방식으로 최초로 응답했다. 아래는 읍청 기록부에서 발췌한 것이다.

〈9월 19일. 다음의 공문은 골로벤키 마을 사제에게 읍장이 작성하여 보낸 것이다. '저의 관리 아래 읍내 의무부역농민 자식들을 가르칠 학교 설립과 관련하여 현지 관구장의 중재를 통한 귀하의 구두 제안이 있었기에, 저는 읍내 공회에 본 정황을 제시해야 합니다. 읍 전체로서도 새로운 이 사업에 대한 올바른 판단을 위하여 정중히 부탁을 드리는 바입니다. 학교 설립에 관한 정부의 예정표나 명령서를 소지하고 계시다면, 제게 그 서류를 제공해 주십시오.'〉

〈주교관구 감독국의 칙령을 사제로부터 전달받음.〉

〈9월 26일. 골로벤키 마을 사제에게 다음의 내용으로 공문이 발송되었다. '귀하께서는 학교 설립 관련하여 오늘 날짜 오후 4시에 읍내 공회 건으로 읍사무소를 방문해주시길 정중히 부탁드리는 바입니다. 귀하는 성직자이자 목자로서 해당 안건과 관련하여 보다 건실한 해법을 제공해 주실 것으로 사료됩니다.'〉

〈9월 26일. 읍사무소 문서수발 일지에는 다음과 같이 기록되었다. '읍내 학교 설치에 관한 현지 사제의 구두제안 결과 사제까지 초빙된 읍내 공회가 열렸다. 해당 안건의 논의 결과 다음의 판단이 도출되었다.'

1) 노인들은 기꺼이 자식을 가르치겠노라는 소망을 표명했다. 학교용 공공건물이 없는 탓에 그 같은 건물을 임대하자는 결정을 내렸다. 골로벤키 읍사무소는 크리브초보 마을에 위치해 있어서, 공회에서 지정된 건물은 이 부락의 자슬로닌 일가에 속한 영지의 의무부역농민 미하일 페트로프의 농가다. 그것은 이 농가가 널찍하고 환할 뿐만 아니라 페트로프 본인이 읽고 쓸 줄 아는 사람이기 때문이다. 51세의 그는 적당한 가격, 즉 집 임대비와 합쳐 은화 25루블에 내년 5월까지 아이들을 가르치고 싶다는 소망을 표명했다. 농촌 공동체가 이에 응했다.

2) 학부모와 후견인이 가르치겠다는 소망을 표명한 남아 수는 전체 읍에 21명이었다. 가장 먼 시골 마을은 학교로부터 3베르스타 떨어져 있다. 그러므로 농촌 공동체의 견해로 볼 때 경축일과 날씨가 궂고 잔뜩 흐린 날을 제외하면, 남아들에게 매일매일의 등하교가 곤란한 일은 아니다.

3) 개교하는 날이 정해졌다. 학교 내 질서 감독자로서 읍장, 여러 공동체 대표로서 촌장들, 학부모 또는 후견인, 교사와 새로 개설되는 전례 없는 경축 행사의 주인공으로서 학생들이 참석한 자리에서 짧은 기도회를 마치고, 교육 과정의 수호자로서 사제의 축복이 거행되는 방식으로 진행된다. 그런 방식으로 개교하는 날은 10월 1일이다.

4) 사제는 자모 입문서를 맞춤한 가격, 즉 한 권당 은화 5코페이카에 학교에 공급하자고 농촌 공동체에 제안했다.

5) 읍 소속 네 군데 농촌마을 남아들이 학교에 다닐 것이므로, 아동들이 걷기에 어려움을 겪지 않고 수업에서 한눈팔지 않게 하기 위해, 살림집의 학교교육은 하루 한 학급으로 대략 오전 8시부터 오후 2시까지로 예정되었다. 즉 농민의 아침 식사부터 늦은 점심까지의 시간이다.

6) 교육에 요구되는 자료, 즉 교과서, 종이, 잉크, 펜촉 따위는 아동 각자의 부모나 후견인이 제공해야 한다. 이를 위해 학교는 아동의 부계, 아동의 이름, 수업 관련 자료의 보충수리 기록장을 마련해야 한다.

7) 교육에 대한 감독 임무는 사제가 맡고, 학교의 감독은 규정에 기초하여 읍장이 맡는다.

8) 읍내 공회의 이런 판단과 규정을 상부의 허락을 청원하는 차원에서 농지조정관 직위 대리자에게 통지한다.〉

〈9월 29일. 농지조정관 직위 대리자는 협의를 위해 골로벤키 마을 사제를 10월 2일 경 사무실로 초청하고, 교사로 지정된 농민 미하일 페트로프 또한 같은 날짜에 호출하였다. 그런 연유로 다음과 같이 결정된다. 추후 농지조정관의 특별한 지시가 있을 때까지, 10월 1일로 예정된 개학은 그대로 둔다.〉

농지조정관 후보자는 교사로 제안된 미하일 페트로프를 시험해본 결과, 그가 간신히 읽을 수만 있을 뿐이며, 안경이 없다는 핑계로 쓰기를 거절했다는 확신에 도달했다. 차후에 내가 확인한 바지만, 그는 안경을 끼고 있어도 너무나 실력이 형편없는 사람이었다. 후보자는 미하일 페트로프를 교사로 받아들이는 건 바람직하지 않다고 공동체에 조언했다. 공동체가 조언을 받아들인 것인지, 아니면 조언을 명령으로 받아들인 것인지는 알 수 없었다. 미하일 페트로프는 거부당했고, 공동체는 자유 교사를 고용해서 급료를 올리기로 했다.

〈10월 14일. 읍내 공회에서 남아들의 교육 비용에 대한 논의가 있었다. 거기서 교사의 급료와 건물 임대 비용으로 읍 전체의 여러 공동체에서 1년에 은화 60루블을 거두기로 결정했다. 1년 후 교육이 어떤 효과를 내는지 확인되면, 증액을 하든지 지금의 규정대로 놔두든지 하기로 약속했다.〉

내가 다시 직무[농지조정관]를 수행하기 시작했을 때, 골로벤키 읍장이 내게 1년에 60루블의 봉급으로 학교에서 일할 교사를 찾아달라고 부탁했다. 그의 말에 따르면, 미하일 페트로프는 훌륭한 선생이 아닐 것이라는 확신에 도달했고, 진짜 학교를 갖추고자 한다는 것이었다. 나는 대학생이었던 S씨를 추천할 수 있었다. 하지만 60루블의 봉급은 내가 보기에 부족해 보였다. 10살짜리 아이가 하루에 적어도 10코페이카를 벌 수 있는 그 지역에서라면, 학생 각자에게 한 달 50코페이카의 학비는 부담되지 않을 것으로 간주했다. 게다가 학생 각자가 따로 학비를 낸다면 일괄적인 읍 단위의 학교 비용 징수 때와 같은 폭력이 동원될 가능성이 배제된다고 여긴 것이다. 나는 아주 훌륭한 교사인 S씨를 추천할 수 있다면서 A. E.가 쓴 농촌마을 학교 조례를 읍내 공회 논제로 제안한다고 답변했다. 그 조례와 관련된 글은 본 교육지 이번 호에 게재되어 있다. 읍에서는 내 제안에 동의하지 않았다. 나는 말주변이 좋은 읍 서기에게서 아래와 같은 답장을 받았다.

〈10월 15일. 농지조정관에게 다음과 같은 내용의 보고를 올렸다. '지난 9월 27일자 제69번으로 된 저의 제출 문건에 추가하여 각하께 다음의 상황을 보고드립니다. 각하의 구두명령 실행 차원에서 10월 12일 제가 주도하여 읍내 공회가 소집되었습니다. 교육받을 아들을 둔 아버지들이 이 공회에서 학교의 효용에 대한 저의 일깨움과 설득에도 불구하고 한 달 50코페이카씩 납부하는 데에 한사코 동의하지 않았습니다. 그들은 다양한 명목의 징수금이 많아서 아이를 위해 지불할 여력이 없다는 것이었습니다. 그 후 저는 위약금이 생기는 걸 알고서 마을 공동체에 제안했으나, 노인들은 저의 숱한 설득에 못 이겨 학교 몫으로 1년에 오직 은화 60루블을 내겠다고 결정했습니다. 각하, 제 판단으로 이러한 소액의 지정은 다음의 사실에 좌우된 것입니다.

1) 다양한 명목의 다수의 징수금들이 한 기간에 몰려서 노인장들을 두렵게 한 것.

2) 아쉽게도 이 선의의 학교가 그들과 그 가족에게 어떤 이득을 가져올지에 대한 이들의 완전한 몰이해. 하지만 얼마 지나지 않아, 예를 들어 반년만 지나도 그들은 자식이 저희들처럼 무식쟁이가 아니라는 걸 알게 될 테고, 그러면 징수금 거두기가 훨씬 수월하리라 볼 수 있습니다.'〉

S씨가 교사로 근무하는 데 동의했다. (읍청 기록장에는 서기가 알아서 언급하게 했다.)

〈10월 17일. 제4구역의 농지조정관 L. N. 톨스토이 백작이 참석한 가운데 짧은 기도를 읊조린 후, 남아들을 교육하는 학교가 개학했다. 아이들과의 수업을 직접 진행할 각하는 훗날 아이들을 후원하고 후견한다. 금번 행사는 읍장의 모종의 활약을 부여주기 위함이 아니라, 이 땅의 온순한 주민들과 그 후예들이 이 날을 기념하고 신성화하기 위해 서기의 기록장에 마땅히 기입해 둘만하다.〉

〈10월 26일. 읍 단위 학교 관리상 불편 접수 건으로 읍내 공회가 열렸다. 참석자 전반의 논의와 증언 결과 다음의 해법이 최상으로 여겨졌다. 크리브초보 마을 공동체는 자체 자금으로 즉시 학교를 건립하는 데 동의한다. 크리브초보 마을에 위치한 곡식 창고를 개축하는 방안이다. 참석자들의 견해로 볼 때, 곡식 창고 하나가 여유가 있다는 것이다. 집단 곡식 저장용으로 크리브초보 공동체 전체의 곡식이 보관될 법한 곡식 창고가 이미 둘이나 있기 때문이다. 그들은 여분의 곡식 창고가 새로 마련되는 학교용으로 적당하다는 생각이므로, 언급한 창고를 즉각 개축해서 읍 단위 학교에 필요한 구조로 완공하는 데 동의한다.〉

〈10월 31일. 26일로 예정된 학교 설립 지시문이 만들어졌다.〉

〈11월 8일. 읍 서기이자 10등 문관 미하일 안드레비치 소콜로프는 남아들의 초급교육을 위해 개설한 학교에 대한 읍장의 열의에 보탬이 되고자 공공적 이익의 재단에 제 힘이 닿는 기부를 할 열의를 품었다. 그러한 기독교적 열성은, 서기의 견해대로라면 크고 작은 기부를 할 수 있는 읍장의 일가 여러 사람 사이에서 항상 기억할 만할 일이다. 그 결과 서기가 자모 입문서 13권을 개설한 학교에 기증하고, 이 책의 사용이라는 면에서 권한이 있는 학교 교사에게 전달해 달라고 요청했다. 상기한 소콜로프의 기부물품을 접수해서 교사에게 전달한다는 결정이 내려졌다.〉

〈11월 27일. 오늘자로 읍 소속 농가에 있던 학교가 읍장과

교사의 감독 아래 서기가 협력하여 새로이 마련된 농가로 이전되었다.〉

〈12월 3일. 학교 헌당행사가 읍장, 크리브초보 마을 촌장, 읍 서기, 몇 명의 외부인, 학부모 대다수 그리고 몇 안 되는 남아들이 참석한 가운데 거행되었다.〉

이 학교에는 그 어느 곳보다 학생 수가 많다. 개교했을 때 27명이었던 것에 비해 현재는 남아 50명과 여아 6명 정도가 배우고 있다. 하지만 학교에서 1~2베르스타 떨어진 곳에 사는 학생들은 결석하고, 학생 수에 따른 학생들의 성적은 교사의 재능에도 불구하고 다른 학교에 비해 더디게 올라가고 있다.

이 학교에서 2베르스타 떨어진 곳에는 소토지 소유농[53]과 국유지 농민들이 거주하는 다소 규모가 있는 마을이 위치해 있다. 이곳의 농민들은 30베르스타 떨어진 곳에 관할 학교가 있어서 그 유명한 일인당 학교 징수금을 내고 있지만, 그들 자식 가운데 아무도 이 학교에서 공부하지 않는다. 이곳의 농민들은 골로벤키 학교의 훌륭한 명성에 대해 자주 듣고 있어서 자식을 거기에 보내겠다는 약속을 하지만, 아직껏 보내지 않고 있다. 한편 자식을 거기 보내면 거듭 아이들 학비를 내야

---

[53] 소토지 소유농однодворцы은 16~17세기 모스크바 차르국의 남부와 남동부 경계지역에서 적의 침략에 대비하기 위해 강제 이주당해 군역에 종사한 사람들의 자손들이다. 차후에 이들은 국유지 농민으로 승인되었지만, 농노제로부터는 개인적 독립을 유지했다. —옮긴이

할 테고, 또 다른 한편 다른 관청에 속한 사람으로서 웬일인지 그럴 권리가 없다고 여기는 때문이기도 하다. 그래도 최근에는 이 마을에 소상공인 한 사람이 나타나서 농가마다 차례로 돌아다니는 식으로 한 달에 50코페이카를 받으며 아이들을 가르치고 있다.

골로벤키 학교는 학생들 각각이 의무적으로 학비를 내는 딱 하나의 읍 단위 학교이며, 여타 학교들은 모두 시골학교를 위해 만들어진 규정에 기초하여 설립된 것이다. 콜로벤키 학교의 성공 요인은 주로 읍에 속한 마을들의 유리한 입지 조건, 즉 학교에서 2베르스타 이하의 거리에 있다는 것, 그리고 중요한 것은 거의 무상 교육이라는 점과 관련지어져야 한다. 이곳의 무상교육이 가능한 것은 학교가 사적인 기부금으로 유지되기 때문이다. 따라서 이 학교가 본보기 역할을 할 수는 없다.

지토프 학교. 시간상 다음번은 지토프 학교의 설립이다. 읍 사무소가 T마을 교회 본당 근처에 위치해 있다. T마을은 가난하고, 유력한 마을들과는 5베르스타 떨어진 곳에 있다. 사제가 학교에 관한 지시문을 낭독하자 그것은 명령으로 받아들여졌다. 멀리 떨어진 유력한 마을 농민들은 커다란 슬픔에 빠져서 조언을 얻고자 몇 번 농지조정관을 찾았고, 자유로운 마을 학교라는 제안에 굉장히 기뻐했다. 읍내 공회 참석자 전원은 학부모들이 남아 한 명당 50코페이카 지불한다면 이에 확실히 동의할 것이라고 한 목소리로 선언했다. 22명의 학생이 모였고, 그 중 두 명의 가난한 아이는 공동체 장학금으로 입학시키기로 다 같이 결정했다. 지주가 교육 장소로 쓸 농가를 기부했다. 학교는 축소되거나 확대되지 않고 4개월째 유지되고 있다. 학부모들이 지불하는 돈 덕분에 학교 교사의 생계가 충족되는 동시에 교사는 공동체의 엄격한 통제 아래 놓인다.

학교 설립 기획안이 아주 흔쾌히 받아들여졌음에도 불구하고, 나중에 밝혀진 바지만 이러한 채택에는 과도한 열의가 한몫했다. 멀리 떨어진 마을 학생 몇 명이 떨어져나간 것이다. (그 자리에는 다른 학생들이 입학했다.) 학교에서 멀리 떨어진 T 마을 공동체는 학교 비품 비용을 읍 단위로 거두는 데 반대하고 나섰다. 읍 단위의 결정이 번복되어 학교는 읍 소속이 아닌 마을 소속이 되었다. T마을 7명의 남아는 교회 부제가 가르치는 조그만 학교에서 배우게 되었다. 두 학교에서 사용하는 아예 상반되는 두 가지 교육 방법은 농민들 사이에 끝없는 논란과 말싸움 대상이다. 교회 부제가 가르치는 학교의 학비가 더 저렴한데도, 두 학교로부터 동일한 거리에 위치한 마을에서는 아이들을 주로 지토프 학교로 보냈다. 최근에는 '아a, 베6e, 베Be'식 교육 방법과 학생에게 주어지는 자유가 사회여론에서 우위를 점하는 것 같다. 지토프 학교 설립과 관련한 다음의 일은 언급할 만하다. 사제가 무상으로 매일 율법 교육을 하라는 관구장의 요구사항이 농민들에게 알려져 있었음에도, 학교를 설립한 마을공동체는 지토프 학교에서 일주일에 두 차례 율법 교육을 한 대가를 사제에게 지불하는 게 공정하다고 간주했다. 공동체는 범칙금 가운데서 14루블을 보수로 쓰기로 했다.

L학교.[54] 지토프 학교의 모범 사례는 여타의 농촌 공동체들에 상당히 강한 영향을 주었다. 9월, 10월, 11월 마을에 소속된 학교들이 잇달아 문을 열었다. L학교는 지토프 학교의 뒤를 이어 개설되었지만, 지토프 학교처럼 성공적이지는 못했다. 이를 촉진한 정황은 여럿이었다. 사실상 옛적에 L마을에는 어느 여지주가 설립하여 모두가 의무적으로 다닌 학교가 있었다. 그래서 마을의 농민 절반은 읽고 쓸 줄 알았고, 그런 까닭에 늘 그렇듯이 학교는 물론 문자 해득력과 교육에 대해 뒤죽박죽 이해하고 있었다. 게다가 머리가 좋고 약삭빠른 서기가 농지조정관에게 아첨하고자 그저 제안 단계의 학교 조례를 상부의 강제명령처럼 제시해 버렸다.

읍내 공회에서 한 농가당 10코페이카, 남아 한 명당 50코페이카를 지불하자는 결정이 내려졌다. 학교에 다닐 남아는 45명이었다. 어떤 지주가 학교로 쓸 공간과 가난한 머슴살이 농민의 자식 10명의 학비를 기부했다. 학교의 형편이 훌륭해 보이지만, 상황은 반대로 전개되었다. 농민들은 자식의 학비를 세금으로 받아들였고, 마을들은 학교에서 5베르스타 떨어진 먼 곳에 있었다. 따라서 그곳의 아이들은 겨울철에 힉교를 다

---

54 이 학교는 로민체보로 알려져 있다.—옮긴이

닐 수 없는 처지였다. 교사는 옛 교육 방법에서 새로운 교육 방법으로의 전환이 눈에 띄지 않도록 업무를 처리하지 못했다. 기초 지식을 갖춘 농민들은 교수법에 대해 판단할 권리가 저희에게 있다고 여겨 학교의 교수법을 승인하지 않았다. 개학 전부터 아이들을 가르치기 시작하여 교사가 되기를 희망하는 것으로 보이는 서기도 자신의 세력을 이용하여 학교에 반대하고 나섰다. 교회 부제들도 그런 짓을 저질렀다. 학교가 지주의 집에 위치한 것, 농민들의 요구에 굴복하기 시작한 교사의 나약성, 주요하게는 자식을 학교에 보내는 것이나 50코페이카를 지불하는 것이 결코 강제적이지 않다는 나의 지속적인 설득이 3개월 후 학교가 붕괴한 결과를 빚었다. 55명의 학생 가운데 20명이 안 되는 학생이, 그것도 주로 머슴집 자식들만 남았다. 일부는 서기에게로, 또 일부는 교회 부제들에게로 넘어갔고, 일부는 집에서 배우기 시작했다. 먼 마을들에 사는 학생들은 학교 다니기를 그만두었다.

내가 아는 아주 훌륭한 자유학교의 어떤 뛰어난 결과도 이 학교의 실패만큼 자유의 필연성에 대한 강한 확신을 내게 심어주지는 못했다. 자식을 학교에 보낼지 말지는 학부모 뜻에 따라야 하고, 학비를 반드시 요구해야 하며, 학교에 대한 공동체의 통제를 믿어야만 한다는 것이다.

우리 구역의 교사들 사이에는 일요일마다 한 곳에 모여서 다함께 학교 사업을 논의하는 관습이 존재한다. 매주 일요일 우리는 L학교 사업에 대한 아주 쓸쓸한 정보를 접하곤 했다.

누군가는 'a-6e(아-베)'하는 식으로 배우는 건 죄악이다 등의 구실을 대며 아들을 학교에서 데려가 버렸다. 누군가는 학교에 지불하는 50코페이카보다 많은 75코페이카를 더 지급하겠다고 서기에게 제안했다. 그저 아들이 그 학교에 다니지만 않으면 된다는 것이다. 또 누군가는 학교에 와서 교사에게 거친 말을 해대기도 했다. 아들이 '잠에서 깨어서'를 모르고 있다는 것이다. 그는 토요일 즈음에도 학생이 아침 기도문을 모르면 교사를 혼쭐내겠다고 소리쳤다. 어떤 이는 집에서 읽으라고 자식에게 내준 후댜코프의 동화책을 찢어버렸다. 우리는 이러한 불만의 원인과 해당 교사에게 어떤 도움을 줄 수 있는지 알아내고자 머리를 짜냈다. 교회와 관련된 것을 아이들에게 읽힘으로써 농민들 요구에 부응하려고 해보았지만, 결과는 더 나빴다. 새로운 교사들을 파견해 보았지만, 학부모들의 불만에 새로운 핑계거리로 작용했다. 끝내 우리는 학교와 교사의 진가를 의심해 보았고, 모든 게 확연해졌다.

일전에 내가 〈교육 방법에 대하여〉라는 글에서 기술하려 애썼던 학교가 바로 이곳이다. 아주 곤란한 상태에 처해있는 학교 가운데 하나였다. 첫째는 학생들 수가 많다는 점이다. 둘째는 학교 설립의 반강제성이 문제였다. 그 결과 아이들은 5베르스타나 떨어진 먼 곳에서 학교에 다녀야만 했다. 셋째는 중요한 지점인데 학부모들 절반이 초보 지식을 갖추었기 때문이다. 문자 해득력이 교육에 대한 불신뿐만 아니라 분노까지 자아낸 것이다. 일이 성공적으로 진행되도록 하기 위해서는, 아무리 재능 있고 정력적인 교사여도 마을 공동체 가운데 자리를 잡아야 했다. 어느 한 군데 정착해야 했다. 그리고 교사는 학교에 대한 아무런 공지 없이 입학 희망자가 몇이든 10~15명을 가르치기 시작하여, 예로부터 확립된 교육 질서는 물론 이에 대한 인민의 견해와 몇 달이고 몇 해고 경쟁하며 싸워야 했다. 그런데 그곳의 교사는 재능도 없고 정력적이지도 못했다. 게다가 학교는 반강제적으로 설립되었으며, 아이들은 그곳에서 읽고 쓰는 법은커녕 아무런 지식도 얻지 못했다. 현재 이 학교는 그저 학교라고 불릴 뿐이며, 진짜 학교는 교회 부제들과 서기 그리고 퇴역 군인들이 끌어가고 있다. 어떤 유능한 교사가 나선다면, 학교를 끌어올릴 기회는 아직 있다. 하지만 학교의 강제적인 존립이 한 달 더 이어진다면, 일은 영영 틀어지고 말 것이다.

포도신키 학교. 앞선 세 군데 학교가 문을 연 후 새로운 학교들이 개교하기까지는 한 달 이상 걸렸다. 마땅한 교사가 없었기 때문이었다. 나는 훌륭한 교사를 물색하겠다고 약속했고, 공동체들은 기다리고 있었다. 그런데 가장 멀리 떨어진 골리친 병원 관할권의 포도신키 마을 공동체가 마을 담당 교사를 찾아냈다는 것이다. 그들이 선택한 교사를 다른 교사로 교체하겠느냐는 나의 제안에 공동체는 새로운 교사는 필요치 않고, 현재 있는 교사로 만족한다고 알려왔다. 이 교사는 퇴직한 교회 관리인으로, 이미 20년 정도 이웃의 소토지 소유농

마을에서 아이들 교육을 한 경험이 있었다. 그는 내가 제안한 조례를 따르는 다른 학교보다 저렴하게 아이들을 가르치겠다고 제안했다. 그는 은화 50코페이카 대신에 50코페이카 지폐세 장을 받았고, 그런 수완 덕택에 3개월 동안 교사 노릇을 했다.

나는 학교 활동이 한창일 때 이 학교를 방문했다. 우리가 학교로 들어섰을 때, 그곳은 아주 고요했다. 나무를 깎아 만든 지시봉을 들고 긴 탁자 주위에 점잖게 앉아있던 24명의 남아들이 갑자기 색다른 목소리로 노래를 부르기 시작했다. 앞자리에는 푸른 카프탄을 입은 열여섯 살 정도 되는 밭쟁이의 아들이 앉아있었다. 그 아이가 '나데유시에샤 나 니надеющиеся на ны'하고 낭송을 시작하자, 그의 옆 동무가 지시봉을 기름 때 묻은 자모입문서를 따라 굴리며 낭송했다. 'слова под титлами(부호 밑에 있는 낱말), Ангел(천사), Ангельский(천사의), - Архангел(천사장), Архангельский(천사장의)', 그리고 다시금 'слова под титлами, Ангел' 따위를 말하기 시작했다. 세 번째는 '부키буки, 아르치арцы, 아즈аз - 브라бра', 네 번째는 'премудрость(예지)'였다. 내가 농가 안으로 들어서자 아이들은 떠들썩하게 자리에서 일어섰다. 교사는 자리에 없었다. 아이들에게 왜 일어섰는지를 물어보았다. 아이들은 나를 기다리고 있었고, 그렇게 하라는 명령을 받았다고 했다. 일단 자리에 앉히고 하던 일을 계속해보라고 청했다. 모두가 다시 'надеющиеся, слова под титлами' 등의 동일한 낱말을 낭송하기 시작했다. 이곳에서 나는 처음으로 고전적인 옛날식 교육을 목격했고, 이런 방식을 적용해 어떻게 배우는지를 처음 이해했다.

요즘은 옛날식 교육 방법에 찬성하거나 반대한다는 말을 많이들 하지만, 대개는 옛날식 방법이 현장에서 어떻게 적용되는지 잘 알지 못한다. 그래서 나는 이 학교와 여타의 전문가들과 읽고 쓰기 교육의 장인들에게서 목격한 바대로, 옛 방식을 기술해봐야겠다고 판단했다.

교사는 책상과 걸상을 마련하고, 수업시간을 보통 8시부터 해질 무렵까지로 정한다. 아버지들은 읽고 쓸 줄 모르는 아이들에게 자모입문서를 구해주고, 읽고 쓸 줄 아는 아이에게는 학업 성취 수준을 살펴서 예배일과서나 구약의 〈시편〉을 구해주어 학교에 보낸다. 어떤 아버지는 자모입문서 대신 번번이 무엇인지 아무도 모를 책을 사주거나 구해다준다. 벌써 소년이 〈시편〉을 배우기 시작했는데도 〈시편〉을 구할 수가 없을 때도 있다. 그러면 학생은 교육 절차에 따른 공부를 하지 못한다. 그런데 이곳에서 나는 전부다 암기할 만큼 익힌 자모입문서를 계속 읽고 있는 〈시편〉 단계의 학생을 만났다. 왜냐하면 단 하나뿐인 〈시편〉은 다른 학생이 읽고 있었기 때문이다. 학부모들은 나무를 깎아 만든, 꼭 슬라브 문자처럼 허식적인 지시봉을 아이들 손에 들려주었다. 이들은 학교나 교사의 집으로 아이를 데려가서 하필이면 언제나 학생이 있는 데서 교사에게 벌과 매질을 부탁하는 등 소년에게 공포를 불어넣을 목적을 지닌 천편일률적인 말을 한다. 그럼으로써 교사는 아버지가 아들을 매질할 권한을 그에게 건넨 것이라고 확신하게 된다. 학교에 입학하는 날, 학부모 대부분은 학생을 교회로 데려가서 나움Haym 성인께 짧은 기도를 올린다. 나움 성인은 농민들의 주장에 따르면, 소년들을 나 움на ум, 즉 지혜로 이끈다는 것이다. 학부모와 학생은 미래의 교육을 아슬아슬하게 바라본다. 읽고 쓰기가 잘 습득되면 훌륭한 것이고, 습득이 되지 않으면 보람 없이 고생만 하는 것이다. 어느 마을에나 그와 같은 예들은 아주 흔하다.

아이들은 다들 같은 시간에 학교에 도착한다. 수업이 시작될 때까지 그들은 현관에 가만히 서서 대화를 나눠서도 안 된다. 20명의 학생이 갑자기 이야기를 나누면, 교사에게는 그것이 고함처럼 느껴져서 교사가 아이들을 벌할 것이기 때문이다. 학교로 들어가면 모두들 하느님께 기도를 올리고 책 앞에 앉아서 다시 성호를 긋고 책들에 입맞춤을 한다. 아이들에게 책은 추바시인의 여러 우상과도 같은 성물이다. 거기다 대고 그들은 저희에게 인자하시기를 청한다. 각자의 학생에게 어떤 시구절이 주어진다. 그 시구절을 학생은 반드시 암기해야 한다. (시구절이라 함은 한 두 행의 글줄을 일컫는다.) 어제 부과된 시구절을 아이는 되풀이해야만 한다. 그러면 내가 마주친 바와 같은 노래가 시작된다.

교사는 가장 손위 학생에게 질서를 살피라고 해놓고, 본인은 자리를 비운다. 여기서 질서는 각자 자신이 맡은 5~6개의 낱말을 멈춤 없이 계속해서 소리내 읊조리는 것이다. 이와 같은 고전적인 교사들 가운데 가장 뛰어난 이라도, 하루 동안 학생들을 다 불러서 미리 부과한 시구절을 물어서 확인하고 새 구절을 부과하는 등의 일을 단 한 차례도 해내지 못할 것이다. 그런데 이곳의 교사는 하루 종일 단 한 시간을 모든 학생들과의 수업에 사용할까 말까 한 지경이다. 그런 유형의 교사들이 흔히 쓰는 기법은 손위 학생에게 수업을 맡기고 본인은 일주일 꼬박 학생들과 많아야 서너 시간 수업을 진행한다.

대개 그런 교사들은, 그저 읽고 쓸 줄만 아는 이를 마저 다 가르친다는 구실로 기필코 학교에 채용한다. 하지만 사실상은 그 반문맹인 자가 교사 역할을 대신한다. 원래의 교사는 경찰 직무만을 수행하는 것이다. 호통치고, 돈을 거두고, 이따금은 숙제를 내주거나 물어보기도 한다. 그런 교사들은 교회 부제나 서기처럼 거의 하루 종일 부차적인 일만 하는 사람일 경우가 잦다. 그런 교사들과 그들의 수업에서 비롯한 교육 방법을, 앞서 인용한 주교관구 감독국의 지시문들과 읍 단위 학교에 관한 내무부 회람은 제안하고 있는 것이다.

시구절 암기는 하루 종일 계속된다. 유일한 변화, 즉 견제 작전의 순간은 보통 구타가 벌어지는 교사의 질문으로 이뤄진다. 교사가 자리를 비운 사이 아이들이 장난질을 시작하고, 그 결과로 보통 고자질과 처벌이 이어진다. 교사는 언제나 최대한 학생들을 균등화시키려고 애를 쓴다. 설령 글을 쓸 줄 아는 학생들이 있다고 해도, 교사는 옛것을 반복시켜 가며 모두가 다함께 같은 것을 쓰도록 강요한다. 그런 일이 여기서도 벌어지고 있었다.

수업 진행 과정은 이렇다. 초보부터 시작해서 하루에 시 한 구절씩, 그다음은 '부키-아즈-바—바буки-аз-ба-ба, 베디-아즈-바—바веди-аз-ва-ва'(이것이 소리마디에 따른 것이라고 불린다) 식으로 발음하면서 소리마디를 익히는 것이다. 소리마디 장에서는 순서대로 외우기가 중단되고, 소리마디들은 각각 소리마디와 의미에 따라 두 번 학습된다. 의미에 따른 학습은 다음과 같다. 교사가 학생에게 다가서서 '바ба'를 찾아보라고 말한다. 학생은 자모입문서를 훑어서 찾아내고는 '부키-아즈-바—바буки-аз-ба-ба' 하고 말한다. 마찬가지로 교사가 '데де'를 찾아보라고 말하면, 학생은 그걸 찾아내 '도브로-예스트-데—데добро-есть-де-де' 하고 말한다. 그렇게 소리마디를 익히면, 암기는 순서대로 진행되는 것이다. 그것은 표제, 부호 밑에 있는 낱말, 기도문, 우화, 간략한 신성역사, 구구단 등이다. 그다음 구약 〈시편〉을 동일한 방식으로 외우게 한다. 〈시편〉이 끝난 후에는 쓰기 수업을 시작하지만, 여기서 쓴다는 것의 의미는 우리가 익히 아는 바의 그것이 아니다. 여기서 쓰기는 자모 문자를 가지고 낱말과 말을 올바르게 결합하는 행위다. 여기서의 개념에 따르면, 쓴다는 것은 거의 학생들로서는 이해가 안 되는 자모 결합을 멋지게 필기체로 그릴 수 있는 것을 의미한다. 다시 말해 쓰기 교본을 베껴 그리는 것이다. 때로는 여기에 1부터 1000까지의 숫자 암기가 부가된다.

숫자를 수읽기 개념도 없이 그저 기계적으로 암기하는 것이다. 그리고 그것으로 보통은 전체 수업 과정이 끝난다. 그 비용은 우리 지역에서 도거리로 다 익히는 데 7루블 50코페이카이고, 소매로는 한 달에 지폐로 1~2루블이다.

그런 수업에도 불구하고 어떻게 몇몇 아이들이 읽는 법을 익히는지 나로서는 한동안 이해할 수가 없었다. 그저 수학적인 계산을 해보니 해결이 되었다. 자모입문서 분량은 평균 50페이지 정도이고, 각 페이지는 각각 25줄 정도로 구성되어 있다. 만일 첫 시기에 시구절이 아이들에게 하루 2줄씩 주어진다고 치면, 마지막 시기에는 하루에 8줄 정도가 주어진다. 평균 하루에 주어지는 시구절은 5줄 정도로 생각할 수 있다. 그러면 계산상 300일이면 자모입문서 전부를 외울 수 있어야 한다. 다시 말해, 거의 1년인데 그것은 바지런하고 엄격한 교사일 경우에 그렇다. 또 한 해가 〈시편〉 수업으로 지나가고, 한 해는 쓰기 교본 베끼기 솜씨를 익히는 데 쓰인다. 그리고 다시 3년은 성실한 교사가 완전히 익히게 하려고 훌륭한 학생에게 사용하는 보통의 시간과 맞먹는다.

나는 포도신키 학교에서 교사가 자리를 비운 사이 학생들로부터 뭔가를 알아내기 위해 한참을 버둥거렸다. 내가 어떤 아이에게 말을 걸자, 아이는 바로 책에 머리를 박고 시구절 암송을 되풀이했다. 심지어는 나의 존재는 망각되었고, 다시 사방에서 예의 '나데유시에샤 나 니'에서 이어지는 암송이 시작되었다. 나는 주위를 둘러보며 살아 있는 눈초리를 찾아보았다. 책에서 시선을 떼고 유심히 그리고 깜찍하게 나를 쳐다보는 소년이 눈에 띄었다. 내가 다가서서 질문을 했지만, 그 순간 아이의 눈에 모종의 안개 같은 게 깔렸다. 아이는 다시금 멀뚱히 자신의 시구절을 반복하기 시작했다. 나는 신성역사에 대해 질문해 보았다. 다른 아이들보다 손위로 〈시편〉을 암송한 학생은 〈간략한 신성역사〉라는 제목에서 시작하여 시구절 스무 편을 내게 낭송해 보였지만, 여성의 창조 대목에서 갈팡질팡했다. 아이의 기억을 돕고자 나는 아담에게 아내가 있었는지 없었는지를 물어보았다. 아이가 울음을 터뜨렸다. 마침내 고분고분 심부름을 잘하는 어느 소년에게서 소식을 전해 듣고 교사가 나타났다. 절름발이 교사는 지팡이를 짚고 일주일쯤 수염을 깎지 않은 채 음울하고 냉혹한 부은 얼굴을 하고 있었다. 나는 여태껏 그토록 고색창연한 교사를 본 적이 없었다. 그는 온순했고 주정뱅이도 아니었다. 하지만 이런 사람들은 분명 자신의 책무를 이유로 형리나 망나니처럼 둔감하고 무자비해져서 술을 마실 터였다. 그런 술은 매일같이 저지르는 범죄에 대한 마음속 뉘우침을 잠재우기 위한 것이다. 세상에서 최고의 정직하고 천진한 존재들에 대한 범죄 말이다.

그가 들어온 즉시 외치는 소리는 더 강해졌다. 나는 그에게 직접 가르치는 모습을 보여 달라고 요청했다. 그는 소년들한 명 한 명에게 다가가기 시작했다. 수염을 깎지 않은 교사의 얼굴이 접근하자 아이들의 눈이 가늘어지고 머리와 어깨는 움츠러들었다. 아이들은 보지 않고도 그 얼굴을 감지했다.

수업이 진행되는 동안 그는 학생들을 아무렇게나 놔두고, 꼭 그 옛날 회초리를 들고 작업장에서 아낙들을 따라다니는 부역 노동 책임자처럼 굴었다. 그런 자들은 흔히 나리가 다가오면 "어이, 아낙들, 아낙들!"하고 외쳐 부른다. 아낙들은 아무런 독려 없이도 일을 하는 척 꾸미려고 애쓰고 있는데도 말이다. "자자, 어딜, 조용히, 질서 있게!" 그가 탁자 너머로 아이들을 향해 소리를 질렀다. 그는 아이들의 등을 밀치고, 눈에 띄지 않게 재빠르게 손을 써서 닥치는 대로 잡아당겼다.

책상에서 벗어나기 전 학생들은 성호를 긋고, 다시 징벌하는 음울한 성물, 즉 책에 입을 맞추고, 오늘 공부한 시구절에다가도 입을 맞췄다. 누군가는 〈시편〉의 '복 있는 사람은', 누군가는 '구구단', 또 누군가는 '부호 밑에 있는 낱말' 또는 '헴니체르의 우화'에 입을 맞춘다. 이어서 모두들 성상 앞에서 기도를 드렸다. 교사는 나에게 아직은 미처 기도문을 가르치지 못했지만, 수업 후나 그 전 시간을 활용해 가르칠 예정이라고 말했다. 나는 이 말을 아주 기쁘게 받아들였다. 아이들은 마당으로 나섰는데도 역시 우둔하고 기죽은 모습이었고, 풀죽은 채 몇 발자국을 걸어 나갔다. 그러다가 학교에서 얼마간 떨어진 거리로 나서자 바로 생기를 띠기 시작했다. 얼마나 매력적인 아이들인가! 내가 잘 알고 사랑하는 야스나야 폴랴나의 아이들과 똑같았고, 다만 아주 새롭고 멋진 녀석들 아닌가.

그 순간 독일의 학교 모습이 생생하게 떠올랐다. 아이들이 학교를 나서고, 학교 안과 밖에서 탈바꿈하는 모습 말이다. 내가 독일 아이들의 그런 모습을 목격한 건 한두 번이 아니다. 페스탈로치의 초상화를 걸어놓고 그의 교육 방법을 사용하는 데다가 개량된 발음 중심 교수법과 실물교수를 적용하는 베를린 최고의 인민학교와 자모입문서에다 〈시편〉 시구절을 암송시키는 배움터가 판박이처럼 똑같고 동등한 것이다. 그 학교들이 심어준 인상과 결과 또한 똑같다. 그 인상은 교사의 횡포에 대한 슬픔과 분노이고, 결과는 교육에 대한 혐오와 기형화다. 베를린의 교사가 포도신키의 교사보다 낫다고 할 게 없다. 양쪽 다 어떤 이가 고작 열 살 또는 열두 살이라는 이유로 인간이 지닌 자유의 권리를 부정하는 데 동의한다.

촌장의 농가로 돌아왔을 때, 그곳에는 학교에 대한 나의 의견에 관심을 가진 것으로 보이는 몇 명의 농부가 있었다. 교사 역시 그곳에 있었다. 학생들이 있는 학교에서 나는, 물론 그의 수업에 대한 견해를 말하지는 않았다. 이곳에서 나는 교사에게 뭐든 써서 내게 보여 달라고 요청했다. 교사는 다른 방으로 갔고, 거기서 내게 세 줄짜리 메모를 전해주었다. 그 메모를 보고 나와 함께 간 야스나야 폴랴나 학교의 학생이 농민들이 보는 앞에서 맞춤법 실수를 네 군데나 잡아냈다. 촌장이 학교에 대한 나의 의견을 물었다. 나는 그런 교사에게서 배우느니 아이들이 아예 배우지 않는 게 낫겠다고 말했다. 그렇지만 결정은 항시 그렇듯이 그들의 의지에 달렸고, 지금 나로서는 그들에게 붙여줄만한 교사를 염두에 두고 있지 않다고 말했다. 그들은 좀체 나를 믿지 못하는 것 같았다. 이후에도 그 학교는 한 달간 지속되었다. 2주 전 그곳의 읍장은 농민들이 교사에게 불만을 품고 교사의 교체를 요구하고 있다고 고지했다.

위에서 거론한 학교들에 이어 여러 농민 공동체에서 50코페이카의 학비로 학교에 10명에서 20명의 남아들을 등록시키고자 한다는 희망을 표명해왔다. 교사를 소개해 달라고 요청했다. 그것은 보구차로보, 골로블리노, 코찬키, 플레하노보 그리고 크루토예 공동체였다.

보구차로보에는 학생 수로 볼 때 학교는 대규모지만 교사가 딱 한 명밖에 없다는 이유에서 한 학교만 개설되었다. 다른 곳에는 딱히 마땅한 교사가 없다고 고지되었다. 남은 네 곳의 공동체는 시간을 두고 보구차로보 학교의 교사 같은 사람을 찾아보기로 결정했다. 사람들은 포도신키 학교 상황을 조롱조로 지적하기도 했다. 골로블리노 공동체는 기다리다가 교사를 찾지 못하고 고전적인 방식으로 업무를 행하는 서기에게 수업을 맡겼다. 플레하노보에서 일부는 마을에 정착한 병사에게 아이들을 맡겼고, 일부는 새로 부임한 교사를 맞아들였다. 코찬키는 학교를 설립하겠다는 의사를 아예 거둬들였다. 그래서 어떤 학부모는 배움을 위해 사제에게 아이를 보내고, 어떤 학부모는 그곳에서 서기직을 수행하는 반쯤 까막눈의 농민에게 아이를 맡겼다. 크루토예에서는 일부는 서기에게로 갔고, 일부는 위에서 언급한 바 있는 국유지 농민 마을에서처럼 어느 한 농촌에 보내졌다. 다시 말해 그 마을에서 50코페이카를 받고 아이들을 가르치는 교사를 찾아낸 것이다. 수업은 겨울밤 처자들의 모임처럼 한 학생의 집에서 다른 학생의 집으로 옮겨 다니는 식으로 진행한다. 툴라에서도 멀고 큰길에서 멀찌감치 떨어진 두 군데 읍에서는, 태만해서 굽실거리기부터 하는 설득과 사제의 훈계에도 불구하고 어느 하나의 공동체에서도 학교를 개설하는 데 동의하지 않았다. 현재 1000세대 되는 두 군데 읍에서 20명 정도의 남아들이 모였다. 누군가는 사제에게로, 또 누군가는 병사와 지주에게로 보내졌다.

툴라에서 가까운데다 큰길 가까이에 있는 야세네쯔크 읍에는 현재 1100세대에 여덟 군데 학교가 있다. 야스나야 폴랴나, 텔랴틴키, 코찬키, 야세녹, 콜프나, 그레쪼브카, 고로드나와 바부리노 학교에 150여 명의 학생이 다닌다. 읍이 편성될 때 읍 단위 학교를 설립하자는 소망이 표현되었고, 곧장 건물 짓기에 들어갔다. 읍내 공회에서는 학교 설립에 나서야만 했던 근거가 흐리터분하게 제시되었다. 가을이 도래하자 웅장한 건물이 들어섰는데도 교사나 학비에 대해서는 아무 말이 없었다. 읍을 통틀어서 그 변경에 사립 야스나야 폴랴나 학교만 딸랑 존립하고 있었다. 야세녹에는 주막집을 운영하는 어느 상인이 자식을 위해 집에 들인 가정교사가 그에게 맡겨진 두 명의 남아를 더 가르쳤고, 3년간 교육 과정을 마쳐가는 두 명의 남아는 선불로 교회 관리인에게서 배움을 이어가고 있었다.

읍내 공회에서 학교에 관한 이야기가 나올 때마다, 읍장은 학교 건물은 짓고 있지만 완공까지는 엄두도 못 낸다고 설명하곤 했다. 이러한 답변에 모두들 만족한 듯 보였다. 새로운 의무 징수금이 전체 읍에 부과되는 것이 두렵기 때문이다. 농촌학교에 관한 조례가 상정되었을 때, 야심차고 영리한 어느 촌장은 자식이 없는데도 자기 마을에 학교를 개설하는 생각에 몰두해 있었다. 그는 읍 단위 학교 개설 지시문을 염두에 두고서, 특별히 자기 마을에 학교를 세울 수 있을지를 내게 물으러 오기도 했다. 그리고 얼마 후 몇 명의 농부들이 기쁜 얼굴로 자기 마을에는 준비가 다 되었다고 알리러 와서는 교사 소개를 요구하며 법석을 떨었다. 지금 마을 사람들은 석 달째 남아 한 명당 50코페이카를 교사에게 정상적으로 지불하고, 저희들이 직접 고용하여 교사 숙소의 땔감도 지원해준다. 이 마을 뒤를 이어 콜프나 공동체가 역시 기필코 저희 마을에 학교를 열겠다는 소망을 알려왔다. 이 마을은 학교용으로 건물이 지어진 곳과 읍내까지, 병사가 가르치는 학교는 물론 여타의 새로 개설한 학교와 길을 따라 1베르스타 밖에 떨어져 있지 않았다. 6베르스타 거리에 있는 세 번째 공동체가 저희들 학교를 개설했다. 야스나야 폴랴나에서 1베르스타 거리에 있으며, 한 번도 무상교육을 시키는 학교에 자식들을 보내본 적이 없는 네 번째 공동체도 저희들 학교를 열었다.

읍 단위의 웅장한 학교 건물이 지어진 야세눅에 들어선 학교가 가장 소규모로, 거기에는 아홉 명의 남아가 다닌다. 건물은 용처가 없어져버렸다. 이 읍에 소속된 또 하나의 소규모 구역이 있는데, 아직 저희의 중심 시설인 학교를 마련하지 못했다. 이 구역에서는 야세네쯔크 학교와의 경쟁을 이겨내지 못했다. 어떤 병사가 그곳으로 이사해서 열 명의 학생으로 자체 학교를 운영했다. 앞서 거론한 학교들이 들어서기 전까지만 해도 겨우 두 명의 학생을 가르치던 교회 부제는 전반적 분위기 변화로 여섯 명의 학생을 더 가르치게 되었다.

그 결과 예정된 하나의 읍 단위 학교 대신 여덟 군데 작은 학교가 모습을 갖췄다. 이 학교들이 1100세대에 150명가량의 학생, 즉 읍 단위에 있는 거의 모든 남아들을 망라한 것이다. 그리고 이 학교들은 자유로운 방식으로 발생해서 어떤 행정가도 생각해낼 수 없을 만큼 적당하고 훌륭하게 저마다 자리를 잡았다. 이 학교들, 통틀어서 23군데 학교는 지역 공동체를 제외하고는 누구의 통제도 받지 않는다. 그런 까닭에 학교들은 번성해서 가지를 뻗어나가며, 형편이 좋지 않은 학교는 와해되기도 하고, 교육이 잘되는 학교는 확대되기도 한다. 물론 이들 학교는 학생 수가 많고 대체로 훌륭하다는 것은 말할 필요도 없다. 그리고 이들 학교는, 특히 국유재산으로 운영되는 학교들과 비교해 점점 더 개선되고 있다.

내가 이들 학교가 통제 없이 존립한다고 말하는 것은 현지 성직자 집단이나 상시 감독관에게 감독을 맡기지 않도록 했기 때문이 아니다. 이런 식의 감독은 어느 누구에게도 아예 불가능하기 때문이다. 이는 시간도 불충분하고 사방을 돌아다닐 지식이나 자금이 불충분한데다, 학교들이 분산되어 있고 계속해서 모습을 바꾸고 있는 상황에 따른 것이다. 23개의 학교 중에서 6개에 대해서만 내무부 회람에 기초한 공식적인 보고가 이뤄졌다. 보고서에는 라민쪼프와 포도신키 학교가 학생 수 표시와 함께 포함되어 있는데, 두 학교는 지금 존립하지 않는 상태나 마찬가지다. 이미 언급했듯이 두 학교는 다른 소규모 학교로 와해되어 버렸다.

야세녹에 어떤 상인이 사는데, 그가 제 자식을 교육시킬 교사를 고용함으로써 그 집에는 몇 명의 외부 학생이 더 오간다. 이곳은 학교인가, 아닌가? 학교라면 마땅히 보고가 되어야 하는가? 마을에서 학생을 가르치는 병사는 교구 소속 교사로 등록되는가, 등록되지 않는가? 또 다른 마을에는 어떤 지주가 사는데, 그는 제 자식과 더불어 열두 명의 농민 소년들을 가르친다. 이곳은 학교인가 아닌가? 그 지주는 마땅히 교구 소속 교사로 등록되어야 하는가? 서기가 몇 명의 남아들을 모아서 업무를 보는 사이에 아이들을 가르친다. 어느 촌장은 가정교사를 데려와서는 저렴하게 치이도록 다른 사람들과 갹출했다. 플레하노보와 보즈드램에서는 어떤 병사와 소상공인이 집집마다 다니며 아이들을 가르친다. 이런 일을 하는 것도 학교인가? 언제, 어떻게, 누구에게 이런 상황을 보고한다는 말인가? 이는 불가능한 일이다.

세 가지 방책이 있다. 지금껏 그랬던 것처럼 이들을 학교로 승인하지 않거나 그들을 탄압한다. 그런 행위는 인간의 가장 성스러운 권리 위반일 테지만 말이다. 경우에 따라서는 아버지가 직접 나서서 자식들을 가르치는 일도 있다. 이런 사람들을 인정하고 그들에게 도움을 주는 것도 하나의 방법이다. 법

규정에 종속되지 않는 사람들의 생활상의 관계라는 것이 있다. 가족관계가 그런 것인데, 교육 업무 또한 거기에 속한다. 자식 교육에 대한 어머니의 법칙을 정할 수는 없는 것과 마찬가지로, 법망을 벗어나는 피교육자에 대한 교육자의 관계를 포착해내는 것 또한 불가능하다.

나는 최근 반년간 이러한 학교들의 생성과 발전을 연구해 왔다. 이 기간 학교들은 그에 관한 새로운 법률의 공백으로 인해 정부 권력의 영향권 밖에 놓여 있었다. 그 연구 과정에서 나는 많은 사람들이 과도기라고 부르는 이 시가 바로 인민교육 조직이 지향해 나가야 할 이상임을 확신하게 되었다. 만일 내게 인민교육 체계에 대한 기획안을 만들라고 했다면, 나는 쉽사리 이에 응했을 것이다. 지금 정부는 교육계 대표로서 인민교육에 협력하려 한다. 정부는 위력은 물론 권리까지 갖추었고 인민교육에 협력해야 할 임무도 있다. 정부는 인민과 관련한 임무를 실행할 능력이 있다고 여기는 인물들을 선택하여, 그들을 국가의 전 지역에 동수로 배분하면 된다. 그리고 정부는 그들에게 어떤 특권이나 특혜도 부여하지 않고 여타의 교육 세력과 나란히 힘을 합쳐 활동하도록 위임한다. 각 군 또는 구역마다 한 명의 관리자와 일정한 수의 교사가 정부 발행 교과서라도 들고 파견되는 것이다. 이런 교사들은 공통의 사업 논의를 위해 서로 회합자리를 마련하여, 정부와 관계없이 개설한 여타 기형적인 '문자 해득 학교'와 경쟁을 벌이며 자유로운 사립 인민학교 개설을 위해 노력한다.

이와 같은 과정을 통해서만 정부는 국가기구 본연의 법적인 영향력을 획득할 것이다. 그러한 과정을 통해서만 정부는 스스로가 공정하다고 판단하는 정신과 방향으로 인민을 교화할 역량을 갖출 수 있을 것이다. 그러한 과정을 통해서만 정부는 인민교육 내부의 강압이라는 영원한 걸림돌을 우회할 수 있을 것이다. 그런 걸림돌로 인해 종교적·윤리적 분열이 발생했고, 앞으로도 발생할 수 있으며, 그로 인해 폭정이나 혁명이 도래할 수도 있다. 오직 그러한 과정을 통해서 인민교육 사업은 민간에서 적이 아닌 도우미를 발견할 것이며, 비약이나 분발, 기부 없이도 지역 공동체를 영원한 목표점인 완성으로 부단히 이끌어 가게 될 것이다.

교사를 대하는 학생들 관련해서나 학교와 교육당국을 대하는 인민 관련해서나, 나는 하나의 경험을 지침으로 삼는다. 앞서 말한 23개 학교를 비롯해서, 비록 그 현장에서 직접 연구하지는 못했어도 내가 아는 여타 여러 학교의 발생과 발전상에 대한 경험은 이를 아주 훌륭한 방식으로 증명한다. 즉 학교가 성공적으로 발전하는 중차대한 조건은 학교를 대하는 인민의 태도의 완전한 자유를 보장하는 것이다.

학교 설립 사업에서는 세 가지 중요한 문제가 제기된다.

1) 거의 인정받고 있지는 못하지만, 학교의 성공 여부에 큰 영향을 미치는 온갖 학교의 지리적 배치 문제. 2) 학교의 존립을 위한 물적 재원. 3) 대체로 새로운 학교, 특히 인민에게 새로운 교육 관련 인민의 이해 부족 해명.

모두 23개 학교의 경험은 다음의 사실을 증명한다. 학교의 자유로운 발전 과정에서 학교의 배치는 주교관구 당국이 예측했던 것처럼 교구 단위로 이뤄진 것도, 내무부 회람에 예측된 것처럼 읍 단위로 이뤄진 것도 아니었다. 그것은 지역 공동체들조차 예측하지 못한 단위, 즉 생활 자체가 지정해준 지역 단위로 이뤄졌다. 이를테면, 야세네쯔크 읍 단위 학교가 비록 의무적이라고는 해도, 그곳의 학생 수는 명목상 100명일 뿐 여러 국유지 농민학교에서처럼 실제로는 열 명이었다. 결국 지역 공동체 전체가 위법적이고 목적 없는 징수금과 학교 및 교육 사업에 대해 분노할 법하다. 현재 실제로 예의 그 읍에서 공부하는 150명과 여러 지역 공동체, 교사들과 학생들은 서로서로 저희 학교를 내세워 경쟁하며, 학부모들은 학생 한 명당 50코페이카를 선뜻 지불한다. 다만 그들은 헛되이 학교 건물을 짓느라 징수금을 거둔 데 대해서 화가 나 있다. 그리고 이 지역 여건을 시시콜콜 아는 나에게 학교들이 어떻게 배치되었는지를 물어본다면, 나는 틀림없이 엉뚱한 소리를 하게 되리라. L읍처럼 중심 시설인 학교들이 아직 설립되지 않은 여러 읍에서는, 정부 주도로 학교를 개설해 이들 시설로 다수의 학생을 합칠 경우, 이러한 조처들은 교육장의 사무실에서 취해질 것이다. 게다가 지형이나 인민의 환경에 대한 지식은 아무 쓸모도 없을 것이다. 크루토예 읍에 속한 작은 마을에는 중대가 주둔하는 바, 그 중대의 부사관은 재능 있고 바지런한 교사다. 거기까지 3베르스타나 떨어져 있는데도 아이들은 교회 관리인에게서 배우기를 그만두고, 이 군인에게 가서 배우기 시작했다. 1베르스타 밖에 떨어지지 않은 무상교육 학교로 아이들을 끌어들일 수가 없는 경우도 있었다. 겨울철에 입을 따뜻한 옷이 없다는 것이 핑계였다. 학교들이 이곳에서 저곳으로 이동한다. 그런데 학교들이 소단위로 나뉘려는 지향이 우리 지역에서만 유독 끊이지 않고 눈에 띄는 것은 아니다. 각각의 지역 공동체는 저희 자식들과 교사를 눈앞에 두기를 바라는데, 이런 경우에만 사람들이 흔쾌히 돈을 지불하는 탓이다.

이제 막 탄생한 교육열의 발전상을 주시하다 보면, 이러한 열의에 어떤 형태를 부여하기가 두려워진다. 그러한 열의에 방향을 부여하려다가 그것이 시들게 해서는 안 되기 때문이다. 중심 시설인 학교의 강압적인 배치는 그 같은 아주 해로운 영향을 미칠 수 있다.

두 번째 문제인 물적 재원에 대해서 역시 첫 번째와 마찬가지로 자유라는 규칙을 적용하면 손쉽게 해결된다. 러시아 전역에서 정부 주도의 인민학교 건립에 소요될 거대한 비용에 대해서는 생각하기조차 두렵다. 이 같은 학교들이 아직 양적으로 충분치는 않을지라도 우리 구역에 설립된 정도로 균형적으로 발생한다면 말이다. 학교 한 군데 설립에 200루블씩을 상정한다면, 거의 5000만 루블에 이르게 될 것이다. 그와 동시에 우리가 잊어서는 안 되는 일이 있다. 러시아의 겨울 탓에 2~3베르스타 이상의 거리에 있는 학생들을 한곳에 합치는 것은 불가능하고, 그런 까닭에 학교 수는 더 늘어날 것이다.

이런 사업을 지역 사회에 일임한다면, 정부 차원의 어떠한 금전적인 원조의 필요성도 없다고 본다. 내가 보다 잘 아는 야세네쯔크 읍을 다시 예로 들어 보면, 납세자당 징수금 5코페이카 부가는 늘 불평과 불만을 낳았다. 납세자당 5코페이카를 더 내면 1년에 읍 전체에서 55루블이 걷히는 것이다. 현재 읍 전체 학비 납부 학생 100명에 대해 학부모들에게서 한 달에 거두는 돈은 50루블인데, 이에 대해서는 아무도 불평하지 않는다. 물론 이 읍의 인민은 별로 넉넉지 못하다. 학생 20명이면 한 달에 10루블인데, 그 돈은 교사에게 생계 유지의 기회를 준다. 심지어 교사가 자유로운 저녁에 짬을 내어 어떤 부업을 더 하지 않는다고 해도 말이다.

건물, 난방, 기초 설비에 관한 문제 역시 농민들에 의해 아주 손쉽게 해결되기도 한다. 그들이 직접 어디서 어떻게 무엇을 가지고 저희 자식들을 가르칠지 처리하도록 일임하면 그렇다는 말이다. 이따금 지주가, 이따금 농부가 건물을 기부하기도 한다. 가끔은 지역 사회가, 가끔은 학부모들이 난방과 설비의 책무를 떠맡기도 한다. 앞에서 인용한 두 가지 경우처럼 그들은 이런 문제를 누구도 기대하지 못하는 가장 놀라운 방법으로 해결하곤 한다. 이를테면 어떤 남아의 집에서 다른 집으로 옮기는 순차적인 이동식 학교를 조직하는 것이다. 스스로를 위해 내적 동기로 재량껏 그 같은 일을 한다는 의식은 그들 내부에서 사업에 대한 관심과 공감을 각성시킨다. 그러한 관심과 공감은 기부 행위에 필수적인 것이다.

마지막으로 세 번째 문제는 교육에 반대하는 인민의 이해 부족과 편견의 해명이다. 이해 부족이라는 말로 내가 뜻하는 바가 무엇인지가 독자에게 명확해지도록 나는 〈교육 방법에 대하여〉라는 글에서 언급한 바를 되풀이해야 한다. 교육 образование과 글을 읽고 쓰는 능력 грамотность은 아예 서로 다른 것으로 종종 대립적이다. 인민, 다시 말해 아버지들은 글을 읽고 쓰는 능력, 즉 문자 해득력을 인정하고 좋아하며, 학생, 즉 아이들은 교육을 좋아하고 필요로 한다. 우리, 즉 교사들은 글을 읽고 쓰는 능력의 숙련이 아닌 일정 수준의 교육을 소중히 여기며 인민에게 그것을 전달하고자 한다. 바로 여기에 양측에서 볼 때 다 합법적이며 어느 쪽에서든 강압이 개입하면 한결같이 위험한 충돌이 내재한다. '교육 학교'의 금지나 '문자 해득 학교'의 금지는 한결같이 해로울 것이다. 처음의 경우 교육은 다른 비정상적인 길을 선택할 수 있고, 뒤의 경우 교육에 대한 신뢰가 민간에서 영원히 무너져 종교에서의 분열과도 같은 현상이 교육 사업 내부에서 탄생할 수도 있다. 그러한 상황은 인민을 완강한 묵언의 저항으로 내몰고, 문제의 논의 회피, 교육의 흔적이 새겨진 모든 것에 대한 맹신이나 적의로 내몰 수 있을 것이다.

여러 학교가 개설되기 시작할 무렵, 몇몇 곳에서 학교 설치 제안이 명령으로 받아들여지는 통에 우리는 학교를 둘러싼 균열의 발단과도 같은 어떤 일이 민간에서 벌어지고 있음을 알아차릴 수 있었다.

인민은 글을 읽고 쓰는 능력이 무엇인지, 그리고 어떻게 그런 기량이 획득되는지에 대해 확고하게 정립된 분명한 개념을 갖고 있다. 개인적 경험과 여러 인민학교에서 일하는 교사들로부터 취한 정보를 통해, 우리는 예외 없이 다음과 같은 확신에 도달했다. 인민은 자식들을 입문서대로 달달 암기하게 가르치라고, 그리하여 아버지와 어머니가 제 자식의 학업 성취를 점검할 수 있게끔 하라고 요구한다. "내 아이는 기도문 '믿습니다'를 통과했소. 내 아이는 '하느님, 저를 용서하소서'를 통과했지요." 누가 되든 농민들은 저처럼 말할 수 있다. 농부는 제 자식의 학업 성취를 판정하고, 저로서는 알 수 없는 책자 속의 표식들을 힐끔거리며 저녁마다 자식에게 책을 읽도록 시킬 것이다. 그리고 그는 페이지가 읽혀서 넘겨져 있으면 아주 만족스럽게 여긴다. 공포, 곧 매질을 그는 학업 성취에 중요한 수단이라고 생각하기 때문에 교사에게 제 자식에게 동정을 갖고 대하지 말라고 요구한다. 그 의견에 따르면, 자모입문서 외의 신성역사나 산술 같은 각종 수업 과목은 그저 필수적인 입문서 익히기를 더디게 할 뿐이다. 다들 예외 없이 자식들을 매질하고 자모입문서대로 가르치고, 그것 말고는 다른 건 아무것도 가르치지 말라고 요구한다.

그들의 요구 사항이 실행되지 않는 순간 곳곳에서 변함없이 동일한 현상이 다시 반복되고, 분열이 생겨서 불분명한 불만과 이해할 수 없는 볼썽사나운 소문이 나돈다. 그러한 말들은 새로운 학교, 교수방법, 교육 전반의 해로움을 거론하는 쪽으로 치우치게 마련이다. 미신이 출현하고, 비밀 웅변가는 터무니없는 낭설을 늘어놓는 병사들과 소상공인들이다. 우리 농민은 학교의 자질에 대한 질문에는 아무 말도 하지 않는다. "그러는 게 당연할 테지"라고 대답할 뿐이다. 그들 사이에서는 이미 확정된 사실이다. 아이들을 죄다 모스크바로 데려가 카자크나 병사로 키우려 하기 때문에 학교에서 매질을 하지 않는다는 것이다. 또한 아이들에게 아무것도 가르치지 않는다고도 한다. 그것은 이 다음에 "징수금이 적어서"라고 평계를 대서 새로운 조세를 더 부과하기 위해서라는 것이다. 또한 아즈와 부키[55] 식으로 가르치지 않는 것은 악귀 들린 수업이고 치명적인 죄업이며, 더 큰 허물은 산술 공부이고, 일단 그런 공부를 시작했으면 꼭 12년은 계속되어야 한다든지, 그리고 그와 흡사한데 너무 허황되어 좀체 이해되지 않는 여러 소문들이 있다. 이와 같은 소문들은 학교 설치가 의무적이라는 것과 같은 이해 부족에서 생겨난다는 점을 지적해야 한다. 여러 학교의 배치와 학비 징수가 강압적인 성격을 띤다면, 그러한 이해 결여가 어떤 규모로 성장할지는 상상하기가 어렵다.

이미 언급했듯이 우리는 최근 6개월 동안 발생한 우리 구역 내 23개 학교에 대한 인민의 불만을 이겨내는 성과를 거뒀다. 우리의 이러한 성과는 오직 농민들에게 자식을 데려갈지 맡길지, 여타의 학교들과 경쟁하는 자유를 통해 무엇이 그들

<hr/>

55 러시아어 알파벳 a와 6의 옛 슬라브식 명칭이다. ─옮긴이

에게 나은지 말할 수 있도록 완전한 자유를 부여하고, 이른바 '문자 해득 학교'와 '교육 학교'를 비교하며 농민들과 논쟁을 벌이고 해명하려고 한 노력에 힘입은 것이다. 몇 가지 실례를 들어보겠다. 현재 3년째 교육이 이어짐에 따라 스스로의 진가와 방향을 민간의 견해로 녹여낼 시간이 있었던 야스나야 폴랴나 학교에도 처음에는 아이들의 어리광을 받아준다는 등의 질책이 들려오곤 했다. 지금은 학생들이 30~50베르스타 떨어진 곳에서도 탈것으로 등교한다. 애초 학교에서 제 자식을 데려간 학부모들이 지금은 아이들을 도로 학교에 맡기고 있다. L학교에 대한 인민의 불평은 여느 학교보다 더 강했다. 농민들에게 자신의 교수법의 우수성을 설명하려 하지 않은 교사의 나약성과 비사교성이 문제였는데, 교사가 농민들의 요구에 양보함으로써 일을 더 그르치고 말았다.

콜프나 학교와 여타의 학교에서는 교사가 농민들의 요구에 단 한 발자국도 물러서지 않고, 도리어 대놓고 말했다. "마음에 들지 않으면, 아이들을 학교에서 데려가서 병사들에게 맡기세요." 거기서 그는 이런 설명을 곁들였다. "설령 댁에서 나를 위해 밭을 경작한다고 해도, 난 댁에게 밭을 경작하는 법을 가르치려 들지는 않을 것이오. 그런 것처럼 내가 댁네 자식을 가르친다고 해서 댁도 내게 교수법을 가르치려 들지는 말라는 것이오." 차츰차츰 농민들이 물러섰고, 그저 해명을 요구했다. 그들은 저희에게 새로운 수업 방식을 파고들다가 이러한 수업의 성취를 지켜보는 법을 터득해낸 것이다. 그들은 문자 해득 수업에서의 성취 여부를 살펴볼 능력을 갖추었기 때문이다. 모름지기 교사라면 이렇게 말할 것이다. "아이에게 자모입문서대로 묻지 말고, 원하는 낱말 하나를 책에서 짚어서 아이에게 읽어보라고 하세요. 아이는 읽어보일 겁니다. 또 써보라고 하세요. 2주 동안 배우고 나면, 아이는 써 보일 겁니다. 헌데 병사한테서는 석 달을 배워도 아이가 그걸 해내지 못합니다. 무엇이 득이 될까요? 아이가 자기 입문서만 아는 게 나을까요?" 그쯤 되면 농민은 납득하기 시작하고 새 학교에 대해 제 나름의 선전을 해나가기도 한다. 중요한 지점, 즉 자식을 때리는 습관에서 벗어난다는 것은 특히 어머니들에게는 아주 흔쾌하고 즐거운 일이다. 예전에 없던 일이 벌어지고 있다. 학생들이 맞는다는 이유로 병사에게 배우던 학생들을 도로 데려가는 것이다. 학생들을 찾아서 병사가 여기서 저기로 이사를 다니고, 헛되이 비용 할인까지 자처하고 나서는 지경이다. 병사와 교회지기는 자신들이 새로운 교육 방법, 즉 아-베a-6e 방식으로 매질하는 일 없이 (두 가지 방식은 어째서인지 그들의 머리에서 하나의 방법으로 합쳐졌다) 가르치노라 널리 알리기도 했다.

예전에 우리 교사들의 눈엣가시 같은 존재는 교회지기나 병사가 가르치는 학교였다. 지금은 신속하게 매질 없이 배우는 우리 학교들이 옛날식 교사들의 눈엣가시 같은 존재가 되었다. 한 달 전만 해도 무료인데도 우리 방식의 학교에 맡기려 하지 않은 채 이런 학교는 사악한 허깨비에 불과하다고 말하던 여러 촌락 공동체에서 벌어지는 풍경이다. 농민들을 가만 히 놔두자. 어쩌다 초등생 학부모인 어떤 농민과 대화하고, 또 다른 이와 이야기를 해나가면 된다. 눈에 띄지 않게 한두 달이 면 대화 내용이 그들에게서 소화되어 허튼 생각이 발효되고 진실이 표면에 떠오를 것이다. 그러면 그들이 직접 와서 훌륭 한 새로운 교사를 소개시켜 달라고 부탁하고, 그들이 바라는 바가 충족될 때까지 가만두지 않고 부탁하는 모습을 보게 될 것이다.

1월 9일. 우리는 지금 막 인민학교 설립 공통 기획안을 받아 서 통독했다. 일단 이 기획안에 대한 자세한 분석은 잡지 다음 호로 미루어둔다. 우리의 시각으로 봐서 이 기획안의 의미는 다음과 같다.

정부가 공익을 고려하여 러시아 제국의 모든 농민들에게 새로운 학교 세금을 부과한다. 나의 계산상 은화 3000~5000 만 루블에 이르는데, 온갖 인민학교를 정부의 독점적 관리와 관할 아래 두는 것이다. 국가적인 관점에서라면, 나는 이와 같 은 방식을 합법적이고 공정하다고 간주한다. 하지만 그런 판 단은 오직 정부가 생각하는 교육의 성공적인 진행에 필요한 1000명의 관리자와 10만의 교사를, 나의 계산상 필요한 10만 개 학교에 배치할 수 있음을 자신할 경우에 한정된다. 그와 동 시에 기획안 자체로 봐서, 정부는 어떤 교사나 어떤 관리자도 직접 관할 아래 두지는 않는다. 결과적으로 세금은 지불되겠지만, 정부는 착수한 사업을 실행할 수 없게 되거나, 그 작업을 부지중에 애초 설계나 인민의 기여에 맞지 않게 실행할 것이다. 인민은 정부 사업 실패에 대한 사고를 교육에 대한 일반적인 사고와 결합하여 학교와 교육에 대한 불신과 적의를 품게 될 것이다.

질 낮은 학교들은 조금도 쓸모가 없고, 그야말로 해롭기만 하다. 이러한 언명은 우리에게 의심의 여지가 없는 진리이며, 우리 교육지의 개별 기사를 이를 증명하는 데 할애할 계획이다. 기획안에서 딱 하나 유익한 조처는 교육장의 임명이다. 하지만 교육장은 주 단위가 아닌 (1만 세대를 넘지 않는) 지구 단위 책임자로, (개별 단위로서 분간하기 힘든) 여러 학교를 담당하는 책임자가 아닌 특정 관구를 책임지는 정부 차원의 인민 교육 활동가다. 내 생각에 이런 인물들의 활동은 현재 주 단위로 수천씩 탄생하는 공인되지 않은 소소한 학교들을 찾아내어 그 학교들의 발전에 조력하는 것이어야 한다. 또한 그들의 활동은 교육에 대한 관심을 자극하고, 새로운 학교의 탄생을 촉진하며, 이런 측면에서 농민 공동체들을 지도하고, 교사들을 초빙하여 배치하며 관구 교사 대회를 조직하고, 임시 교과서를 발행하고 필요한 물건과 책 등을 학교에 공급하는 것이어야 한다. 그리고 교육의 정신과 방향에 대한 감독과 인민교육의 진행과정에 대한 정부 보고서 작성도 그들의 역할이다. 여타의 일들, 즉 교사의 포상, 학부모들에 의한 교사 선택, 교사들에 의한 학생 선택 그리고 각각의 학교의 배치는 완전히 자유롭고 독립적이어야 한다.

여타의 학교를 설립하는 경우 공식적으로 승인되는 학교들은 실제로 존립하는 학교의 10퍼센트를 차지할 것이고, 이들 학교만이 정부 차원의 활동가들의 관할 아래 놓일 것이다. 나머지 열 중 아홉은 아무런 통제 없이 존립하게 될 것이다. 학교 개설에 대한 통지 의무는 지난날 학교 개설권이 없는 인물에게 학교 개설을 단속하려 했던 것만큼이나 거의 실행되지 못할 것이다. 글이 서툰 교회지기나 음흉한 사람이라면 하나같이 저희가 하는 일은 학교가 아니며, 그저 그들은 이러저러한 농민의 집에서 가정교사로 생계를 유지하노라고 말할 수 있다. 또는 그들은 가르치는 일은 전혀 하지 않고 그저 농민 자식들과 대화를 나눈다고 말할 수도 있다. 그것은 전적으로 정당하고, 어떤 법률도 이런 일을 금지시킬 수는 없다.

이제는 내 글의 대다수 독자에게서 나올 법하고, 인민학교 기획안이 직접 행하는 지적 사항에 답변을 할 차례가 되었다. 기획안 24페이지에는 다음과 같은 언급이 있다. "미숙하고 투박한, 전반적으로 저질 교육이 위험하다기보다는 가르치는 일이 불순한 자들의 수중에 넘어가지 않게 하려는 것처럼, 정부는 경각심을 가지고 사설 학교의 교육을 감독하며 실제로 불온한 인물들을 교육에서 배제해야 한다." 물론 이러한 지적의 중요성과 신성한 교육사업을 저희의 범죄적인 목저 달성 수단으로 선택하는 인물들의 불순한 활동을 막고 교육사업을 보호해야 할 정부 차원의 필요성을 인정한다. 하지만 나는 정부가 그런 사람들의 불순한 활동을, 인민 스스로의 지원을 기대하지 않고 외적인 경찰력을 동원하는 하나의 조치로 차단할 수 있으리라고 보지 않는다. 학교 개설 고지 의무도, 불순한 인물들의 배제도 사업에 도움이 되지 못할 것이다. 불순한 인물들은 법률의 경계 밖에 자리 잡을 줄 알고, 아니면 더 위험한 경우지만 법률의 경계나 법률의 형태 속에 자리 잡을 줄도 안다. 어떤 불순한 자가 어찌어찌 어떤 단위의 교육장이 될 경우, 그는 사방에 흩어져 있는 퇴학 대학생 수백 명보다 더 큰 해악을 저지를 것이다. 적어도 이 대학생들은 가르치는 일에 종사하면서 그들이 가르치는 아이들의 학비를 지불하는 학부모들의 엄격한 통제라도 받는다.

나는 기획안 24페이지에 표현된 생각에 전혀 동의하지 않는다. 나의 이의는 경험에 기초한 것이다. 거기에는 이렇게 적혀 있다. "그러나 이를, 즉 각자가 학교를 개설하도록 허가하더라도, 교육을 감독하는 일에 지역 공동체와 학부모들이 적극 참여하게 되리라는 희망을 품어서는 안 된다. 지식인인데다 자식 교육에 큰돈을 지출하며 그로써 배움에 대한 관심을 여실히 보여준 가족조차도, 아버지든지 어머니든지 여가가 없거나 다른 소일거리 때문에 수업 진행 과정이나 방향을 살펴보지 못할 뿐만 아니라 자식들이 무엇을 어떻게 교육받는지 알지 못하는 경우가 잦다. 하물며 교양이 부족하거나 아예 문맹인 부모에게서 이러한 일은 기대하기 어려울 것이다."

큰돈을 지출한다는 이유로 제 자식 교육에 무심치 않은 지식인 집안에도 무언가 공정한 게 있을 수 있다. 대규모 '학교 조세' [즉 교육세] 납부를 강요받고 그 결과 분노에 차서 자신의 교육 사업을 외면한 인민에게도 무언가 공정한 게 있을 수 있다. 하지만 그런 것은 자유로운 인민학교와 관련해 완전히 불공정하다. 인민학교에서는 어떤 아버지든 자기 아들이 어떻게 무엇을 배우는지 안다는 조건으로 아들의 학비를 흔쾌히 지불한다. 우리는 지금 여섯 달째 지나치고 심지어 횡포하게 표현되는 저희 학교에 대한 지역 공동체들의 통제와 싸우는 중이다. 불순한 영향뿐만이 아니라 자모입문서에 따르지 않는 교육, 동화 읽기, 산술 수업이 불평과 불신을 불러일으킨다. 농촌 학교에서 최고 권력을 불손하게 대하는 말을 감행하거나 성물에 거스르는 말을 강행할지언정, 교사로 일주일쯤은 너끈히 버티고 학생의 마음을 얻는 교사를 보고픈 심정이다. 하지만 인민을 아는 사람이라면 이러한 현상은 생각조차 할 수 없을 것이다.

나는 인민의 도움이 없는 한 정부는 음흉한 자의 영향에 맞설 기회를 마련하지 못하리라는 말을 했다. 정부가 구태여 맞서야 할 필요도 없다고 본다.

인민과 더불어 사는 나로서는 인민이 걸음마 지도를 받아야 하는 아이라고 간주할 수가 없다. 또한 인민을 아무런 신념이나 신앙 없이 처음 맞닥뜨리는 영향에 굴복하고 마는 어떤 특색 없는 무리라고 간주할 수 없다. 인민에게는 본연의 확고한 정치적, 종교적 교리, 곧 정부가 그들에게서 보고자 하는 정교, 전제군주제, 인민성[56]이 있다.

교육은 자체의 독자적인 목적을 갖는다. 교육의 발전은 인민의 신앙을 감소시킬 수도, 약화시킬 수도 없다. 어떻게 읽기, 쓰기, 산술, 신성역사, 러시아 역사, 심지어 지리학과 박물학 교육이 인민의 신앙을 뒤흔들 수 있는가? 온갖 음흉한 영향은 교육 사업의 경계를 훌쩍 뛰어넘어 목적 없는 기형화로 비치고, 순결하게 생동하는 아이들의 신체는 물론 학부모들의 상식도 그러한 시도를 단 하루도 참아내지 못할 것이다.

의무적인 학비 징수, 의무적인 학교 배치와 공식적인 학교 밖 학습 금지는 교육 사업을 송두리째 그르칠 것이다. 강제와 강압은 아직껏 민간에서 보지 못한 저항을 낳을 것이다. 지금은 몰이해가 만연해 있기 때문이다. 우리의 경험이 증명해 보였듯 이러한 몰이해, 곧 이해 부족은 손쉽게 해명될 수 있는 성격의 것이다. 어떤 강압에 의해서든 학교를 향한 인민의 저항이 벌어진다면, 자기 본연의 사업에 대한 무관심과 분열, 분노가 나타날 것이다. 그와 같은 것들은 불가피하게 잇단 폭력을 초래할 테고, 지금의 유럽에서와 같은 교육에 대한 거짓된 태도 속으로 우리를 몰아세울 것이다.

---

56 이 세 가지 원칙은 제정 러시아 시대인 1834년 인민계몽부 장관 우바로프에 의해 공식 천명되었다. ─ 옮긴이

9.   인민학교 설립 공통 기획안

1.

요사이 나는 인민학교 설립 공통 기획안을 통독했다. 이 기획안을 읽은 뒤 내게 남은 감회는 이런 것이다. 그것은 어린 숲이 자라는 모습을 제 눈으로 지켜보고 아껴온 사람이 이 숲을 정원으로 개조하자는 것, 다시 말해 그곳에서 나무를 베어내고 정돈하고 가지를 치고 어린 나무를 뿌리째 파내버리고, 그 자리에 자갈로 길을 까는 사업이 제안되었다는 뜻밖의 소식을 들은 사람이 맛볼만한 감회와 흡사하다.

이 기획안의 전반적 의미는 다음과 같다. 정부는 인민교육의 확대를 불가피한 것으로 간주하는 동시에, 인민교육이 아직 시작되지 않았으며, 인민이 미래의 인민교육을 적대적으로 보고 있다고 추정한다. 또한 학교 설립의 권리를 갖지 않는 인물들은 학교의 개설과 교육을 금지시킨 1828년의 규약이 실행되고 있다고 추측한다. 게다가 인민은 강제 없이는 결코 교육을 받아들이려 하지 않을 것이고, 설령 받아들이더라도 지속해 나가지 못할 것이라고 예단한다. 정부는 그런 식으로 인민에게 새로운, 즉 기존의 온갖 조세 가운데 가장 큰 학교 조세를 부과하고, 내각 관료들에게 새로 문을 연 학교 시설들에 대한 관리감독, 즉 교사와 교과과정, 지도방침 지정을 맡기는 것이다. 정부는 거둬들인 조세를 기반으로 인민에 대하여 5만 명의 교사를 발굴하여 임명하고, 적어도 5만 곳의 학교를 개설할 의무가 있다. 지금껏 정부는 현존하는 교구학교와 지역 학교 관리감독의 취약성을 지속적으로 느끼고 있다. 다들 교사가 없음을 알고 있으며 여기에 동의하는 상황이다.

그 표현의 단순함으로 자기 조국을 아는 러시아인 누구에게나 상당히 기이한 이런 사고는, 기획안 내부의 다양한 부대조건들과 개요, 각종 권리의 증여에 관한 구절로 애매하게 되어 있다. 그러한 권리에 대해서는 지금껏 어느 러시아인도 의심하려 들지 않았던 것이다. 거기다 이러한 사고가 새로운 것도 아니다. 그것은 세계의 강대국 중 하나인 미국에서 적용되었던 것이기도 하다. 그런 사고가 미국에서 적용된 결과는 상대적으로 아주 빛나는 것이었다. 그 어디에도 인민교육이 그토록 신속하게 경향 각지에서 발달한 경우는 없었다. 아주 온당한 평가다. 미국은 유럽 국가들의 뒤를 이어 학교교육을 시작했지만, 인민교육이라는 면에서 유럽보다 더 성공적이었다. 결과적으로 미국은 자체의 역사적 소명을 완수했고, 러시아 역시 그러한 소명을 실현시켜야 한다는 것이다. 러시아는 미국의 (세금을 통한) 의무교육 시스템을 자국의 토양으로 옮겨옴으로써, 미국이 학교 개설 초기에 독일이나 영국적인 시스템을 들여와서 저질렀을 법한 실수를 되풀이 할 가능성이 있다. 미국의 성공은 오직 그곳의 학교들이 시대와 환경에 맞게 발전했기에 가능했다. 러시아 역시 그렇게 행동해야 마땅하다. 나의 굳은 확신은 이런 것이다. 러시아의 인민교육 시스템이 타국의 시스템 못지않게 (그것은 시대의 제반 조건에 비춰 마땅히 최고여야 한다) 되려면, 어느 시스템도 닮지 않은 저만의 시스템이 되어야 한다.

학교 세금에 대한 법률은 미국의 경우 인민이 자체적으로 만들었다. 전체 인민은 아니라 하더라도, 인민 대부분이 제안된 교육체계의 필연성을 확신했고 그들이 학교 설립을 맡긴 정부에 전적인 신뢰를 보냈던 것이다. 행여 세금이 강제적으로 보였다고 한다면, 그것은 오직 미미한 소수에게 그랬던 것뿐이다.

알려져 있는 대로 미국은 법률적으로도, 실질적으로도 세계에서 농민 신분이 없는 유일한 나라다. 그 결과 미국에는 우리 국내에서 농민과 비농민 신분 사이에 상존하는 교육 및 교육에 대한 관점의 차이가 존재할 수 없다. 미국은 그 외에도 자국의 교육 시스템을 구축하면서, 자국에는 학교 설립을 위한 가장 본질적인 요인, 즉 교사가 있다고 확신했던 것으로 보인다.

그 같은 입장에서 러시아를 미국과 비교해본다면, 미국의 교육체계를 러시아적인 토대로 이전하는 일은 실현 불가능하다는 게 명백해질 것이다. 기획안 자체를 살펴보도록 하자.

제1장. 전반적 규정

제1항. 민간에 종교적, 윤리적인 개념이 확립되도록 하고, 촌민 계층 전체와 도시 주민 가운데 하층 계급 각각에게 필수적이고 기초적인 보통의 지식을 제공하기 위하여, 농촌 마을과 도시 공동체 곳곳에 인구에 비례하여 요구되는 수대로 학교 시설이 설립된다.

여기서 설립된다는 것은 무엇을 뜻하는가? 어떤 과정을 통하는 것인가? (이러한 설립에 인민은 어떠한 참여도 하지 않는 것이 확실한 모양이다. 그렇다면 인민은 학교 조세를 그저 세금 증가로만 바라볼 것이다.) 학교를 지을 장소는 누가 선택할 것인가? 누가 학교를 짓도록 명령하는가? 누가 아이들을 모집하고 아이를 맡기도록 부모를 독려하고 나설 것인가? 나는 이와 같은 질문에 대한 답변을 기획안에서 찾지 못했다. 이와 같은 일은 인민계몽부의 관리들과 농지조정관들이 현지 경찰과 협조하여 행할 것이다. 그런데 어떤 형태로, 어떤 자료들에 기초하여 행할 것인가?

"인구에 비례하여 요구되는 수대로 학교 시설이 설립된다." 인민교육과 관련하여 모든 러시아 주민을 천편일률로 대하는 것의 불가능성을 군이 언급하지 않더라도, 그런 방식으로 교육을 강압적으로 균등화하는 것은 너무나 적절치 못하고 해로워 보인다. 학교에 대한 요구가 강하고(1000명 당 200~300명 비율로 학생들을 요구) 더욱 널리 보급된 교과과정을 보유한 학교를 요구하는 주, 군, 관구들이 있다. 거꾸로 1000명 당 학생 50명, 심지어는 10명의 수요도 존재하지 않는 지역들도 있다. 그런 지역에서는 강압적인 학교가 해악을 초래하거나 적어도 인민교육에 배분된 자금이 아주 무용하게 허비될 것이다.

나는 서로 20베르스타 떨어진 두 지역을 알고 있다. 한 지역은 무상교육인데도 그 마을에서는 아무도 아이들을 학교에 보내지 않는다. 반면 다른 지역에서는 3베르스타 떨어진 곳까지 배우러 다니며 한 달에 50코페이카를 기꺼이 지불한다. 인구수에 비례하는 학교의 의무 설립은 첫 지역의 경우 학교에 대한 불신과 분노만 낳을 것이고, 두 번째 지역의 경우 러시아 전역에 공통적인 비율로는 충분치가 않을 것이다. 그러므로 인구수에 맞춘 의무적 학교 조성사업은 부분적으로는 해롭고, 부분적으로는 인민교육에 배분된 자원의 무용한 낭비가 될 수 있다.

제2항. 인민교육시설에는 인민계몽부에 의해 규정된 초급

지식의 초급교육 과정이 갖춰진다.

인민교육 시설의 교육과정을 정해놓는 것은 아예 불가능해 보인다. 제6장은 그러한 불가능성에 대한 최상의 본보기를 제공하고 있다. 예를 들어, 여기서는 학습과정에 문자 학습이 상정되어 있지 않고, 기획안의 각주의 의미상 쓰기를 가르치는 것은 교과 지도부의 허락이 있을 때만 가능하다.

제3항. 인민교육 시설은 각별히 통학생들에게 배당되는 개방적인 기관이다.

이 구절은 사소한 의문의 여지조차 없는 지점인데도, 규약의 많은 조항에서 애써 심각하게 설명되곤 하는 다수 조항들과 동급에 속한다. 이러한 부정적인 조항들이 있는 이유는 그 조항들이 단지 기획안의 분량을 확대하기 위해 적시되었거나 위원회에 인민학교가 기숙학교여야 한다고 요구하는 사람들이 있는 것 아닌가 하는 생각이 들게 한다.

제4항. 개별 학교 시설에 대한 지속적이고 직접적인 감독을 위해 교육 시설 유지 비용을 지출하는 지역 공동체에 남성 또는 여성 후견인 선출권이 주어진다. 그런 인물이 선출되지 못하는 곳에서는 학교 시설에 대한 감독책임을 농지조정관이 맡는다.

누가 이런 후견인을 선출하겠는가? 누가 이런 후견인이 되려 하겠는가? 그리고 후견인은 무슨 의미를 갖는가? 학교 시설에 대한 감독은 무엇을 뜻하는가? 모든 기획안을 아무리 살펴봐도 알 수가 없다.

학교 자금이 후견인에게 가지는 않으며, 후견인이 교사의 임명과 교체의 권한을 쥐고 있지도 않다. 교육 과정 변경 또한 후견인이 관할하는 게 아니다. 그럼 대체 후견인이란 무엇이란 말인가? 이들은 이런 명칭을 갖고 즐거워하며 은화 몇 루블을 내놓는 사람들이다. 인간을 존중하는 마음에서 보건데, 누군가 그러한 요상한 칭호를 선뜻 수락하거나 지역 공동체들이 그러한 허상의 직무를 수행하도록 누군가를 선출하리라 가정할 수가 없다.

제5항. 교육과 관련하여 제국의 모든 인민학교 시설은 인민계몽부 담당국 산하에 있으며, 담당국에서 각각의 주에 임명하는 교육장들을 통해서 관리된다.

제6항. 개별 학교 시설의 살림살이는 학교 유지비를 대는 지역 공동체가 관장한다.

제7항. 인민학교 시설에서 학생들의 학비는 제25항과 제26항에서 명시한 경우를 제외하고는 거두지 않는다.

제25항, 제26항을 참조하라는 제7항은 위에서 적시한 바와 같은, 공식적으로 심각한 공문의 조항들과 동격이다. 그 의미상, 학비로 납세자당 30코페이카를 지불한 농민은 자식들 교육에 다시 한 번 지불하지 않아도 되는 전적인 권리를 갖는다. 제5항과 제6항은 충분히 명확하지 않다. 교육장이 관리감독한다는 교육 부분과 지역 공동체에 위임된 살림살이 부분은 무엇을 의미하는가? 교사의 임명과 교체, 학교 시설 조성, 학교 시설 부지 선정, 교사 임금, 책과 교과과정 선택과 같은 것은 인민계몽부의 결정에 좌우된다. 그러면 지역 공동체에 위임된 여타의 부분은 무엇을 말하는가? 덮개나 빗장을 구입하고, 문구멍을 오른쪽으로 낼 것인가, 왼쪽으로 낼 것인가를 선택하고, 학교 시설에 수위를 고용하고 바닥을 청소하는 것 따위다. 심지어 이와 관련하여 비용 일체를 자체의 돈으로 지불할 권리만 지역 공동체에 위임한 것이다. 무엇이 어떻게 조성되어야 하는지는 규약에 이미 꼼꼼히 정해져 있고 학교 지도부에 의해 실행될 것이다.

제5항은 교육장에 대한 규정이다. 각각의 교육장에게는 3군데에서 500군데까지의 학교 시설이 배당된다. 교육장은 1년에 한 번 학교 시설을 다 돌아다니기도 불가능할 것이고, 따라서 교육장의 학교 시설 관리감독은 그저 요식행위가 될 것이다.

제2장. 학교시설의 설립

도시의 학교 시설 관련 제8항과 제9항은 생략한다. 나는 도시 학교 시설은 연구한 적이 없고 그런 까닭에 이에 대해서는 판단할 수가 없다.

제10항. 촌락들 가운데서 각각의 교구는 적어도 한 군데의 인민학교 시설을 갖출 의무가 있다.

'의무가 있다'는 말은 기획안의 의미상 농민들이 학교 시설을 개설하게끔 강제되었는지 여부와 관련한 온갖 의문을 없애버린다. 다음의 질문만 유효하다.

1) 교구라는 것이 과연 무엇인가? (기획안 작성자들은 아마도 읍의 의미로 사용하는 모양이다.) 2) 자주 되풀이 되는 바, 농민들이 학교 설립에 어떤 식으로든 참여를 거부하고, 경찰이 조치를 취해야만 부과된 학교조세를 낼 경우 어떻게 행동해야 할 것인가? 누가 장소와 건물, 교사 등을 선별할 것인가?

제11항. 학교 시설 유지를 위한 자금이 부족한 교구들은 학교 시설을 조성하는 대신 해당 교구에 할당된 숙소 또는 집결 농가, 또는 당번 살림집에서 교구의 어린이들에 대한 무상교육을 위해 지역 공동체에서 교사를 고용할 수 있다.

제12항. 교회 본당에서 멀리 떨어진 촌락들은 장거리나 교통의 불편으로 인해 아이들을 자체의 교구 학교 시설에 보내

는 데 어려움이 있는 경우 앞선 제11항에 설정된 규정에 맞춰 행동한다.

　제11항과 제12항은 어떤 측면으로 전혀 이해가 되지 않고, 또 다른 측면으로 위에서 언급한 적이 있는 공식 규정상의 조항과 동격이다. 일단의 교구가 교사를 고용하고 농가를 임대할 경우, 어째서 그게 학교 시설이 아니라는 것인가? 어째서 교구가 그저 그렇게 할 수 있다는 것인가? 지금까지 내 생각으로는 학생과 교사 그리고 건물이 있다는 것은, 다시 말해 학교가 있다는 것이다. 교사, 건물, 학생들이 있는데 어째서 학교가 아니라는 말인가? 외따로 떨어져 있고 인구가 적은 지역 공동체에는 유급 교사가 있어야 한다는 기획안의 규정에 부합하지 않더라도, 자체적으로 교사를 선택하고 농가에 '학교'라고 써 붙이지 않을 권리가 주어지는 것인가? 만약 저 조항을 그렇게 이해해야 한다면, 결코 누구도 그런 권리를 의심하지 않을 것이고, 계속해서 그러한 권리를 누리려 할 것이다. 법률이 어떠한 금지를 하더라도 말이다. 법률은 아버지, 삼촌, 대부가 하나, 둘, 셋, 열다섯 아이까지도 가르치는 걸 막을 수가 없다. 이 조항에는 교사가 지역 공동체 전체의 이름으로 고용되어야 한다고 언급되어 있다. 하지만 이런 식의 교사 고용은 대부분의 경우 불편한 것이기도 하다. 자유롭게 생겨난 온갖 학교들이 통상 지역 공동체 전체가 아닌 부모들의 학비 지불로 유지되기 때문이다. 그것이 훨씬 편리하며 더 정당한 것

이기도 하다.

제13항, 제14항, 제15항. 여아들을 위한 학교 시설을 남아들과는 별도로 조성할 여지가 없는 곳에서는 공히 공동의 학교 시설에서 공동의 교사들이 진행하는 교육을 받지만, 일과 시간을 달리하거나 일주일에 서로 다른 날을 택한다. 여아들을 위한 특수 학교 시설이 없는 지역의 경우, 지역 공동체는 여아들 교육을 위해 남교사를 도울 여교사를 고용할 수 있다. 13살 전의 여아들은 같은 나이의 남아들과 함께 하는 교육에 참여할 수 있다.

제13항에서 말하는 여아는 13살 이상인데, 민간에서 이들은 처자라고 불린다. 이 처자들은 제쳐놓거나, 이들이 사내아이들과 더불어 학교에 다니게 되리라 예상하는 것, 이들을 위해 인민의 도덕성을 보장하는 규칙을 정하려는 것은 있지도 않고 있을 수도 없는 것을 위해 법률을 정하려는 것과 마찬가지인 셈이다. 교육을 바라보는 인민의 현 시각을 감안할 때, 이에 대해서는 생각조차 불가능하다. 만약 다음 세대에 그와 같은 기회가 주어진다면, 제14항이 여태 들어보지도 못한 권리, 즉 또다시 자체 자금으로 여교사를 고용할 권리를 지역 공동체에 맡김으로써 그 문제를 해결할 것이다. 여성의 학교교육은 아직 시작되지 않았다. 나는 제13항, 제14항, 제15항은 여성 교육이 행해질 때 있을 수 있는 모든 경우를 어림잡지

못한 것으로 볼 따름이다. 대체로 아직 존재하지 않으며 시작되지도 않은 것에 법적인 외형을 입히는 것은 아주 난감한 일이다.

제3장. 학교시설 유지비용.

도시의 지역 공동체와 관련되는 조항은 생략한다.

제20항, 제21항, 제22항과 제23항은 학교 시설 유지와 주 단위의 기금 마련을 위한 의무 징수금을 결의한다. 우리는 다시 반복해서 말해야만 한다. 외견상 이런 조항들의 명확성에도 불구하고, 그 속의 다수 그리고 아주 본질적인 것이 납득되지 않는다. 누가 학교 시설에 필수적인 액수를 분배할 것이며, 그 돈은 누구에게 어떤 경우에 전달되며, 지역 공동체는 제10항과 제11항에 기초하여 재산이 없다고 선언할 권리를 갖는 것인가? 나는 온갖 지역 공동체가 예외 없이 이런 권리를 누리려고 할 것이며, 그러므로 이런 질문의 해명은 아주 중요하다고 확신한다. 위에서 인용한 조항에서 보듯, 기획안의 작성자들은 학교시설 조성과 주 단위 기금으로 사용할 조세를 농민 계층에 부과하도록 제안하고 있다. 기획안에 첨부된 극히 잘못된 수치 산정으로 볼 때, 각 촌민 납세자당 27.5코페이카를 거둔다는 것이다. 조세는 이것만으로도 막대한데, 실제로는 적어도 6배가 되어야 한다. 왜냐하면 I. R. G. O.의 〈수기

들)에 실린 아카데미 회원 베셀롭스키[57]의 통계학적 자료에 기초하여 인용된 (기획안 18쪽의) 수치 산정은 어떠한 토대도 없을 뿐만 아니라, 인쇄상의 실수까지 포괄해야 하기 때문이다. 위원회의 위원들이 자신들이 사는 국가의 형편과 스스로가 노력을 바친 인민교육 환경을 어찌 그리도 모를 수 있는지 믿기가 어렵다.

"초급교육을 받아야 하는 여덟 살부터 열 살까지 어린이 수는 전 인민을 통틀어 5퍼센트에 이른다."

초급교육을 받아야 하는 어린이 수는 인용된 것보다 3배는 많을 것이다. 아마도 어떤 인민학교든 공들여 방문해 보고자 애쓰는 사람이라면 알고 있을 것이다. 표준적인 초등 학령은 여덟 살부터 열 살까지가 아니라, 일곱 살부터 열세 살까지 정하는 것으로는 부족하고, 더 정확히는 여섯 살부터 열네 살까지라는 것을 말이다. 오늘날 학교가 아직 덜 보급된 상황인데도, 야센네쯔크 읍에는 1000명당 150명이 학생이고, 골로벤키에는 400명당 60명이 학생이고, 트라스넨스크에는 500명당 70명이 학생이다. 지금으로서는 학교가 충분히 발전하지 못한 조건인데도 곳곳의 학생은 5퍼센트가 아니라 12퍼센트나 15퍼센트다. 거기에 어린이들 모두가 배우는 현실도 아니고, 전체 학생 가운데 여아는 20분의 1밖에 되지 않는다. 기획안

---

57 베셀롭스키 콘스탄틴 스테파노비치(1819~1901)는 통계학 및 정치경제학 전문가였다.—옮긴이

은 계속해서 다음과 같이 언급한다.

"따라서 남성 인구 1000명당 연령상 초급교육 대상으로 남아 50명, 동수의 여성 인구에 대해 여아 50명을 상정해야 한다. 그 정도 수의 학생 교육이라면 한 명의 교사에게 그리 큰 부담이 되지는 않을 것이다."

학생은 위에서 증명한 것처럼 3배는 많을 것이다. 교사 한 사람이 50명의 남아와 50명의 여아를 함께 가르치는 것은 부담이 클 뿐만 아니라, 절대적으로 불가능하다. 하지만 위에서 언급한 오식의 영향이 여기에만 있는 건 아니다. 러시아인이라면 누구나 알다시피, 러시아는 6개월 동안 겨울이어서 춥고 눈보라까지 친다. 러시아 농민의 아이들은 여름 내내 일터에 있어야 하고, 겨울에도 먼 곳으로 나갈 수 있을 만큼 충분히 따뜻한 의복을 갖춘 아이가 드물다. 아이들은 아버지의 양가죽 반외투를 머리까지 걸치고 거리를 뛰어서 학교에 갔다가 농가나 페치카로 달려든다. 러시아에는 50가구나 100가구에 이르는 대부분의 촌락이 2~3베르스타 거리에 흩어져 있다. 어떻게 러시아 전역에서 한 학교에 50명씩이나마 학생을 모을 수 있겠는가? 현실이 보여주듯, 평균 한 학교에 10명에서 15명 이상은 기대하기 어렵다.

만일 계산 문제에서 오식이 없고 기획안이 실제로 실행 예정이라면, 취학 인구 비율 수치 산정에서의 실수에 기초하여 세금은 3배나 확대되어야만 할 것이다. 왜냐하면 1000가구당 한 곳이 아니라, 각각 학생 수 50명씩 세 곳의 학교가 있어야 하기 때문이다. 수치 산정에서의 실수에 기초하여 한 학교에 학생 50명씩 연결시키더라도 세금은 2배로 늘어나야 한다. 다시 말해, 한 학교에 25명의 학생 그리고 1000가구당 6곳의 학교를 상정하면, 총계는 27.5코페이카의 6배에 주 단위 기금 10퍼센트를 공제하면 적어도 일인당 1.5루블이 되는 것이다. 그나마도 학교 시설 조성과 수리 그리고 교사를 위해 노력 동원된 비용은 고려하지 않은 것이다. 어림없는 액수의 세금이다. 제23항은 무지몽매한 학부모들이 학비 때문에 아이를 학교에 보내기를 단념하는 경우가 드물지 않다는 실태에서 끌어낸 지적에 기초해 있다. 그에 따라 제23항 각주에는 교과 부속품과 교과 지침서들은 학부모가 아니라, 기획안상 특정되지 않은 인물이 구매한다고 언급되어 있다. 이 인물은 학교 시설 유지비 지출을 위임받은 사람이다.

그러나 실상에서 도출한 위와 같은 지적은 정당하지가 않다. 왜냐하면 거꾸로 학부모들은 학교에 구입 비용을 내는 편보다, 차라리 집에 계속 남겨두려고 자신의 아들들을 위해 책자며 석판, 연필을 별도로 구입하려 하기 때문이다. 거기에 이러한 물건들은 항상 학교보다는 집에서 더 온전하게 쓸모가 있는 것이다.

제24항은 학교 시설 유지비에 대해서는 촌장이 산출을 담당하고, 마을 집회에서 회계 검증을 한다고 언급되고 있다. 그럼에도 불구하고 학교 시설 유지비 지출이 누구에게 위탁되었는지 기획안 상으로는 알 수가 없다는 게 내 주장이다. 학교

시설 용도로 누가, 어디에, 언제, 어떤 건물을 지을 것이며, 누가 교과서는 구입하는가? 책이나 분필 따위는 어떤 것으로 얼마나 구입하는가? 이와 같은 것은 기획안에서 미리 결정된 것인가, 아니면 교육장에게 맡겨진 것인가? 지역 공동체에는 오직 돈을 거두고 그 돈을 넘겨줄 권리에 건물을 임대하거나 지을 권리, 교사에게 반 데샤티나의 땅을 떼어주고 페치카용 공기조절판을 사기 위해 도시에 다녀와야 하는 권리가 주어진 것이다. 거기다 그나마 비위를 맞추는 지점으로, 재량권 없는 돈의 출납을 검증하는 것도 지역 공동체의 몫이다. 기획안에 언급된 것처럼, 이 같은 일은 지역 공동체가 학교 시설 유지 비용을 조달할 더 적극적인 태세를 갖추도록 하기 위해서 행해지는 것이다.

또한 학교 시설 유지에 필요한 금액의 할당과 징수는 물론 학교 시설에 필요한 모든 것의 획득 관련 경영 관리에서 지역 공동체에 완전한 자립성을 부여하려는 것이라는 언급이 있다.

기획안에서의 솔직성 결핍이 위의 질문 속에 담겨 있는 것으로 여겨진다. 기획안은 보다 쉽게 말했어야 했다. 지역 공동체에는 현지 학교의 관리감독과 관련하여 어떤 면에서도 일체의 권리가 부여되지 않는다고, 그래도 지역 공동체가 일정한 물건들의 마련과 학교 시설 회계에 요구되는 새로운 노력 동원까지 책임져야 한다고 말이다.

제25항은 교육 장소 마련, 학교 난방에서의 노력 동원을 교사에게도 부과한다. 여기서 동원 의무는 아주 불분명하게 규

정되어 있고 과중하며 그 불특정성으로 인해 학교 지도부가 악용할 수 있는 빌미를 제공할 수 있다.

제26항은 도시에서의 학교 조성에 해당한다.

제27항을 교육비를 다 함께 지불하지 못한 인물들의 경우 개별적으로 지불할 수 있음을 애써 설명하고 있다.

제28항. 도시 혹은 농촌 교구의 경우 인구가 적거나 주민들이 가난해서 실질적으로 학교 시설을 유지하거나 교사를 고용할 수 없는 상태라면, 인민계몽부의 판단에 따라 일반 학교 시설 예비비에서 보조금을 배정받을 수 있다.

위에서 언급했듯 모든 지역 공동체가 예외 없이 기획안의 의미를 파악한다면, 제28항에 해당되기를 바랄 것이고, 대부분의 주민이 가난하다고 너무나 정당하게 말할 것이다. (특히 현금이 없는 가난은 잘 알려져 있다시피 러시아 농민 대중의 공통 조건이다.) 어떤 지역 공동체가 제28항에 해당할 수 있는지는 누가 결정하는가? 어디가 먼저이고, 어디가 나중인가? 무슨 토대에서, 누가 이와 같은 질문들을 해결할 것인가? 기획안은 이에 대해 아무 언급도 없고, 이러한 질문은 어디서나 제기될 것이다.

제29항은 학교 시설의 문구명을 오른쪽으로 낼지 왼쪽으로 낼지 결정할 권리, 걸상을 소나무로 제작할지 참나무로 제작할지 결정할 권리, 어떤 획득 수단이든 거리낌 없이 택할 수

있는 권리가 지역 공동체에 부여된다는 것, 즉 구입을 하든지 소유한 숲을 베어 제작하든지 결정할 전권을 갖고 있음을 거듭 되풀이하고 있다.

제30항만이 교과서를 저렴하게 구입할 수 있도록 조치를 취하겠다는 약속으로, 우리는 여기에 전적으로 공감한다. 제31항, 제32항 그리고 제33항은 농촌에서의 학교 조성 문제가 아니라, 주 단위의 자금 마련에 대해 언급한다. 우리는 이런 조치의 타당성에 동의할 수가 없다. 이는 지역 공동체로부터 일정한 몫의 자금을 수용하여 정부의 수중에 전달하는 조치인 것이다. 다시금 지역 공동체를 위해 사용하게 하고자 말이다. 이 돈은 그 돈이 나온 지역 공동체 자체의 일에 더욱 올바르고 유익하게 사용될 수 있으리라 여겨진다.

제4장. 인민학교 시설의 직원

제34항에서는 각 교육 시설에 교사와 신학 교사를 두어야 한다고 언급한다. 그것은 아주 정당하다. 지역 공동체에는 남성 또는 여성 후견인을 선출할 권리가 주어진다. 이어지는 조항에서는 남녀 후견인들은 어떤 의미나 권리를 갖지 않으며, 선출을 위한 어떤 조건을 의무로 하지 않음이 적시되어 있다.

제37항에는 남성 또는 여성 후원자의 경우 선출 즉시 직무에 나서고, 직무 수행 시작에 관해서는 주 단위 교육장에게 통지한다고 설명되어 있다.

또한 제38항에서는 후견인들은 종속되는 게 아니라 학교 지도부와 교섭하며, 그러므로 이들이 쓰는 것은 보고서가 아니라 통지서라고 명시되어 있다. 이에 대해서는 비위를 맞추는 투로 굉장히 명확히 기술되었다.

제36항에서는 후견인들은 교육자가 자신의 임무를 정확히 수행했는지, 교육자에게 봉급은 정상적으로 지급되는지, 학교 시설에 필수적인 모든 것이 제때 공급되는지, 학교의 외적인 질서는 어떤지에 대해 감독한다고 언급되어 있는 반면, 교육자가 임무를 성실히 이행하지 않을 경우 후견인이 무엇을 할 수 있는지에 대한 언급은 없다. 그는 그저 교섭하는 것, 즉 교육장에게 고지할 수 있는데, 그런 고지는 정당할 수도 있고 정당하지 못할 수도 있다. 이는 업무 지식과 관련되는 것으로, 추정컨대 대부분의 경우 업무 지식이 없기 때문이다. 그러한 쓸데없는 제3의 개입이 유용할 것으로 추정할 수는 없다.

제39항, 제40항, 제41항과 제46항은 학교에 대한 신학 교사의 관계를 규정하고 있다. 제42항은 각 주의 여러 학교 시설 관리감독은 지역 공동체의 온전한 자립성이나 불가해한 후견인 제도를 고안했음에도 불구하고, 어느 한 인물, 즉 교육장에게 맡겨진다고 일말의 의심의 여지도 없이 직설적으로 언급한다. 교사의 파면과 임명은 우리의 견해로 보건대 여러 학교에 대한 단 하나의 본질적인 관리감독이다. 그토록 커다란 권한이 어느 한 인물에게 집중되는 것의 곤란함에 대해서는 다음에 말하게 될 것이다.

제43항은 교사 양성에 대해 약속한다. 비록 이 약속 같은 조항이 기획안의 일부가 아니더라도, 나는 다음과 같은 지적을 하지 않을 수가 없다. 자국의 사범학교에서든 독일의 사범학교, 프랑스와 영국의 고등사범학교에서든 각종 교사 양성 시도는 지금껏 어떤 뾰족한 결과도 내지 못하였다. 그러한 시도는 특히 인민 예술가 또는 시인을 양성하는 것처럼, 인민교사 양성의 불가능성만 깨닫게 만들었다. 교사진은 오로지 교육의 일반적 수요가 발전하고 교육의 일반적 수준이 향상되는 만큼 짜임새를 갖춘다.

제44항과 제45항은 어떠한 신분에 속하는가는 교사직 수행에 장애가 되지 않는다고 설명한다. 성직자도 교사가 될 수 있고, 귀족이 아니어도 될 수 있다는 것이다. 이와 더불어 언급된 것은 만일 어떤 성직자가 교사가 되려 한다면, 그는 반드시 교육을 받아야 한다. 아주 정당한 언급들이다. 제45항의 각 주에는 후견인이나 농지조정관이 교사의 공석을 채울 인물을 교육장에게 추천한다고 되어 있다. 나는 농지조정관 또는 후견인의 형제건 삼촌이건 역시 교육장에게 교사를 추천할 수 있다고 생각한다.

제5절. 인민학교 시설 구성원의 권리

제47항에는 후견인에게는 모표나 검을 소지할 권리가 주어지지 않는다고 되어 있다. (나는 어느 한 조항도 생략하지 않는

다. 혹여 독자가 기획안과 맞춰본다면, 발췌의 공정성을 납득할 것이다.) 제48항, 제49항, 제50항, 제51항과 제54항은 교사들의 물질적 지위를 규정하고 있다. 이는 빛나는 지위인데, 기획안이 실행된다면 우리나라는 이와 관련해서 한꺼번에 유럽을 능가할 것이다.

마을의 교사는 1년에 은화 150루블과 난방이 갖춰진 숙소를 배정받는다. 이러한 숙소는 우리 지역으로 치면 50루블에 해당한다. 그 외에 교사는 한 달에 2푸드의 곡물이나 곡물가루(기획안에 예측된 것처럼, 현물 지급으로 지역 공동체에 더 큰 자유를 부여)를 지급받는다. 그것은 우리 지역 가격으로 1년이면 12루블에 해당한다. 거기에 텃밭 가꾸기에 적당한 반 데샤티나의 땅이 주어지는데, 그것은 10루블 정도 나간다. 그러므로 총 222루블이다. (이 모든 비용이 지역 공동체가 감당할 몫이다. 지역 공동체는 앞에서 인용한 수치 산정에 따르면, 평균 20명 학생도 모집하지 못한다. 거기다 지역 공동체는 신학 교사에게 50루블, 교과서에 50루블, 주 단위 기금으로 부가금 25루블을 지불하고, 학교 시설을 건설하고 유지하고, 학교에 수위를 고용한다. 그러면 여기에 적어도 80루블이 더 들어간다. 전부 합치면 지역 공동체가 감당할 몫은 427루블이다.)

제50항은 지역 공동체가 여교사를 더 고용할 권리를 갖는다고 언급하고 있다. 20년간 근속한 교사는 급여의 3분의 2를 받는다. 그 외에 조세와 징집에서 면제되는데, 그 10루블 가량은 다시 지역 공동체가 감당할 몫이다. 교사의 지위는 진짜로

대단한 것이다. 하지만 나로서는 의구심이 드는 건 어쩔 수 없다. 만약 지역 공동체가 직접 공로에 따라 교사에게 보수를 주거나 기획안의 작성자들이 다른 어딘가에서 재원을 구한다면, 그런 지위는 아주 제격이었을 것이다. (제52항, 제56항과 제57항에 의거하여 교사에게 부여되는 권리로는 국가 공직 복무로 간주될 권리, 알렉산드르 메달을 수여받고 교육장 보좌관으로 선출될 수 있는 권리가 있다. 만일 이런 권리 보장을 지역 공동체가 하는 게 아니라면, 지역 공동체 자금으로 교사에게 부여될 권리가 갖게 될 솔깃함은 교사들에게서 사라질 공산이 크다.) 인민학교 교사의 급료 가산 문제는 오래 전부터 유럽 각국 정부들의 커다란 관심 사안으로, 그저 한걸음씩 해결되어 왔다. 이런 문제가 국내에서는 기획안의 글줄 몇 개로 단박에 해결되는 것이다. 이러한 너무나 단순하고 손쉬운 해결이 내게는 의심스러워 보인다.

뜻하지 않게 질문이 떠오른다. 어째서 178루블 16.33코페이카가 아니라 그저 150루블로 정해진 것인가? 178루블 16.33코페이카라면 우리는 더 훌륭한 교사를 데릴 수 있을 거라고 확신한다. 우리가 마련할 재원이 우리 정부의 통제 밖에 있는데도 어째서 178루블이 아니란 말인가? 어째서 경작할 8.33데샤티나의 땅이 아니라, 텃밭을 가꾸기에 적당한 반 데샤티나의 땅인가? 각주에는 다음과 같은 언급이 있다. 신학 교사와 교사의 직무에 동시에 종사하는 성직자들은, 교사 직무상 받는 것만 전액 사용하고 신학 교사 봉급에서는 절반을 지급받는다. 분명히 이 수치들은 신중하게 따져본 결과일 것이다. 신학 교사 급여 중에서 25루블을 그토록 애써서 절약하고 있으니 말이다. 틀림없이 이러한 수치들은 확실한 자료를 취합하여 정해졌을 것이다. 이러한 자료들은 응당 알려져야 한다. 더 나아가 우리들 다수가 개인의 현장 경험에서 수집한 자료로 볼 때 위와 같은 계산 결과, 공동체에 부과되는 학교 조세가 불균형하게 과다해서 지불될 수가 없다는 사실 역시 알려져야만 한다. 우리가 가진 자료로 볼 때, 어느 지역 공동체든 해당 학교 세금의 20퍼센트를 지불하는 데도 응하지 못할 것이며, 러시아에 저러한 급료를 받을 자격이 있는 교사들은 100분의 1도 되지 않는다.

제6절. 인민학교의 교육과정

제58항의 첫 번째 세목은 신의 율법 교과 프로그램을 규정하고 있다. 이 과목의 교육이나 토론은 특별히 성직자에게 맡겨진다.

2) 조국의 언어: 교회와 슬라브 출판물 책 읽기; 초급교육에 맞춰진 책의 설명을 곁들인 읽기. 3) 산수: 정수 및 소수素數와 이름수의 사칙연산과 소수小數 개념.

주석. 이 과목들을 초과해서, 지역 공동체가 소망하는 바에 따라 찬송가 배우기가 도입될 수 있고, 교과 지도부의 허락 아래 여타 과목들의 교육 역시 가능하다.

　우리는 앞에서 인민학교 교육과정 확정은 아예 실현 불가능한 일이라는 신념을 밝힌 바 있다. 특히 기획안이 이루고자 하는 것, 즉 여러 교육 과목의 경계를 규정해 놓는다는 의미에서 그런 것이다. 동일선상에서 인민계몽부 장관이 일요학교에 관한 회람[58]을 공포한 바 있다. 저 주석 역시 동일선상에서 작성된 것이다. 앞서 세 구절로 된 교과 프로그램에 의해 정해지지 않은 모든 과목은 교과 지도부의 허락 아래에서만 교육이 가능하다. 동일한 예측에서 제59항, 제60항과 제61항도 작성된 것이다. 이들 조항에 의거하여 교육 방법 자체 그리고 저 실현 불가능하고 협소한 교과 프로그램의 교수를 위해 사용되는 지침서들 또한 인민계몽부 장관에 의해 정해져야 하는 상황이다.

　나는 이런 지시가 정당하지 않다거나 교육의 발전을 저해한다는 말을 하려는 게 아니다. 또 이런 지시가 교사가 자신의 업무에 생생한 관심을 보일 기회를 배제한다거나 수많은 악용의 빌미가 될 것(교과 프로그램이나 지침서 작성자들이 실수하는 것은 한 번이면 족하다. 이러한 실수는 러시아 전역에 필연적인

---

58 언급된 회람에는 수공업자와 노동자 계급에 읽고 쓰기 능력을 보급하는 데서 학교 시설들이 이탈하지 않도록 하라는 지시와 더불어 일요학교에서의 수업은 신의 율법, 읽기, 쓰기와 산수의 사칙연산으로 제한하도록 엄격히 감시하라는 조치를 포함하고 있다. —옮긴이

결과로 이어지기 때문이다)이라고 말하려는 것도 아니다. 다만 어떤 교과 프로그램이든 인민학교에서는 전혀 실행 불가능하며, 온갖 교과 프로그램은 그저 말잔치에 불과하다는 말만 하고자 한다. 나는 교사나 학교 시설을 설립하는 권력이 저희가 떠맡을 의무를 규정하는 교과 프로그램은 이해를 한다. 또한 공동체와 학부모를 향해 말할 수 있다는 것도 이해한다. 가령 이런 경우는 어떤가? 내가 교사로서 학교를 개설하고 이러저러한 것을 정해서 당신 자식에게 가르치기 시작하고, 당신은 내가 약속한 적이 없는 것을 내게 요구할 권리를 갖지 않는다. 하지만 학교를 개설하고서 나는 이러저러한 것은 가르치지 않겠노라고 약속하는 것은 무분별하며 전혀 실행 불가능하다. 기획안은 그러한 부정적인 교과 프로그램을 러시아 전역, 즉 초급 인민학교에까지 제안하는 것이다. 고등교육기관에서라면 강사가 본제에서 벗어나지 않고 일정한 강의 과정을 유지해나가는 게 가능한 일이다. 로마의 시민법을 강의할 때, 교수는 화학이나 동물학을 이야기하지 않아도 된다. 하지만 인민학교에서는 역사학, 박물학, 수학이 함께 합류하고, 이런 학문의 모든 분야 관련 질문은 수시로 생겨난다.

상급학교와 초급학교 사이의 가장 본질적인 차이는 교과목의 세분화 정도다. 초급학교에는 교과목의 세분화가 아예 없다. 초급학교에서는 모든 과목이 하나로 합쳐지고, 여기서 시작하여 점차 분화되어가는 것이다.

제2조와 제3조 교육 프로그램의 세목을 살펴보자. 조국의

언어라는 것은 무엇인가? 조국어는 문장론과 어원론을 포함하는가? 이런 것들을 언어 교육의 뛰어난 수단이라고 여기는 교사가 있는가? 책을 읽는 것과 설명을 곁들인 읽기라는 것은 무엇인가? 문자입문서를 달달 외운 이도 읽는 것이고,《모스크바 학보》[59]를 읽고 이해하는 이 역시 읽는 것이다. 책을 어떻게 설명할 것인가? 가령 그게 '저렴한 책 단체'[60]의 독본이라면 말이다. 이러한 책의 소항목 모두에 설명을 곁들이라는 것은 신학, 철학, 역사, 박물학은 물론 인류 지식의 거의 모든 경로를 관통해야 함을 일컫는 것이다. 이런 책을 띄엄띄엄 통독하기, 설명한답시고 각각의 문구를 이해되지 않는 다른 말로 되풀이하기 또한 설명하는 읽기인 것이다. 쓰기는 기획안에서 아예 누락되었다. 그런데 쓰기가 허용된다 하더라도, 재차 갖가지 일정한 교과 프로그램이 그렇듯 쓰기 교본 베끼기나 언어 예술 지식이 쓰기라는 말로 이해됨직하다. 한편 그런 지식은 수업과 연습이라는 온전한 교육 과정을 통해서만 획득되는 것이다. 이게 전부다. 교과 프로그램은 아무것도 규정하지 못하며 규정할 수도 없다.

수학 관련, 소수와 이름수 사칙연산이라는 것은 무엇을 말

---

59 러시아의 오래된 정기 간행물 가운데 하나로, 1756년 모스크바 대학이 발행하기 시작했다.―옮긴이

60 1861년 '유용한 책 보급 단체'에서 출간한 바 있는 독본을 가리키는 것으로 보인다.―옮긴이

하는가? 예를 들어, 나는 수업할 때 이름수를 전혀 사용하지 않는다. 이른바 이름수를 나누기와 곱하기의 경우로 취급하기 때문이다. 나는 산수수업을 여느 교사들처럼 대체로 수열부터 시작한다. 그것은 수읽기가 십진 수열에 다름 아니기 때문이다. 그리고 소수 개념에 대해 언급되어 있다. 어째서 그저 개념인가? 수업할 때면 나는 순환소수를 수읽기와 함께 시작한다. 방정식, 그러니까 대수학은 첫 번째 연산들과 함께 시작한다. 그렇기에 나는 저 교과 프로그램을 벗어나 있는 것이다. 평면기하학은 교과 프로그램에 지정되지 않았지만, 평면기하학의 몇 가지 과제들은 첫 번째 연산법칙의 자연스럽고 이해 가능한 응용이다. 어떤 교사에게서는 기하학과 대수학이 사칙연산 수업에 포함될 것이다. 그런데 또 다른 교사에게 사칙은 흑판에 분필로 써 보는 기계적 연습일 뿐이다. 그리고 양측 모두에 교과 프로그램은 그저 말잔치에 불과한 것이다. 교사에게 지시와 지침을 내리는 것은 더더욱 불가능하다. 성공적인 수업 진행을 위해 교사는 스스로 배우는 수단을 비롯하여 교육방법의 선택에서 완전한 자주성을 갖춰야 한다. 누군가에게는 '부키-아즈-바' 방식이 편리하며 그는 그렇게 가르치는 데 명수이고, 다른 누군가는 '베-아' 방식으로, 또 누군가는 '브-아' 방식[61]으로 아주 잘 가르친다. 교사가 다른 어떤 방법을 체득하게 하려면, 교사에게 방법을 알게 하거나 지정해주

---

61 7장. 읽고 쓰기 교육 방법에 대하여 참조.—옮긴이

는 것으로는 부족하고, 그가 이런 방법이 최고라고 믿고 그 방법을 좋아해야 한다.

이는 교수 방법은 물론 학생들을 대하는 방법과도 관련된다. 교사들에게 전달되는 회람용 지시나 명령은 그들에게 압박이 될 뿐이다. 글자, 소리마디, 의미를 가르칠 때 음독법에 따라 가르친다지만, '부키-아즈ㅡ바' 방식과 똑같이 가르치는 모습을 나는 한두 번 목도한 게 아니다. 지시 사항이기 때문에 지도부가 지켜볼 때만, 부키буки를 비бы, 도브로добро를 디ды라고 명명하는 것이다.

기획안을 작성한 위원회가 지녔을 법한 목적, 즉 악의적 교사들에게 해로운 영향을 받을 가능성을 미연에 방지하려는 목적에 관해서라면, 어떠한 교과 프로그램이더라도 교사가 학생들에게 해로운 영향을 미치는 걸 방해하지 못한다. 교과 프로그램대로 진행하려면, 각 학교에 헌병 연대장의 배석이 반드시 필요하다. 교사에 대한 찬반이 학생들의 진술에 기초하면 안 되기 때문이다. 문제의 본질은 그러한 우려가 교과 프로그램에 의해 조금도 제거되지 않으며, 그런 종류의 우려가 공연한 것이라는 데 있다. 아무리 지역 공동체가 소속 학교에 대한 통제를 피한다고 해도, 아버지가 아들이 무엇을 배우는지 보살피는 것을 방해할 수는 없다. 또한 학교가 아무리 강제적으로 꾸려졌다고 하더라도, 다수의 학생들이 저희 선생님의 의미를 판단하고 그들이 받아 마땅한 권위를 선생님께 실어주는 것마저 방해할 수는 없다. 나는 여러 경험과 추론을 통해, 학교는 학부모의 통제와 학생들의 정의감으로 인해 늘 해로운 영향에서 안전한 곳임을 굳게 확신한다.

제62항에는 여러 지역 공동체가 도서관을 운영할 수 있다고, 즉 원한다면 혼자서든 합동으로든 그 누구에게도 도서구매가 금지되지 않는다고 언급되어 있다.

제7장. 인민학교 시설에서의 학생들과 수업시간 배정에 대하여

제63항. 아이들은 여덟 살부터 인민학교 시설에 입학할 수 있다. 학교 시설에 입학한 아이들은 어떠한 사전 지식도 요구받지 않는다.

어째서 여섯 살 3.5개월이 아니라 여덟 살부터인가? 이러한 질문은 어째서 교사의 급료로 178루블 16.5카페이카가 아닌 150루블로 책정된 것인지와 마찬가지로 확실한 증거를 요구하는 사안이다. 나는 적어도 넷 중 한 명꼴로 여덟 살 이하의 아이가 학교에 다니고 있으며, 여섯 살에서 여덟 살 나이에 빠르며 쉽고 훌륭하게 읽는 법을 터득한다는 사실을 경험상 알고 있다. 내가 알고 있는 가정 내에서 배우는 아이들 모두 여덟 살이 되기 훨씬 이전에 배우기 시작한다. 이 즈음은 농민의 자제에게 가장 자유로운 시간, 즉 아직 아이에게 집안일을 시키지 않는 시기이며, 여덟 살 이전까지 아이는 학교에 온전히

몰두한다. 어째서 기획안의 작성자들은 갑자기 그 나이가 그토록 탐탁지 않았을까? 여덟 살 이전의 아이들을 학교에서 제외시킨 근거가 무엇인지 반드시 알아야만 한다.

이 조항의 두 번째 부분에는 입학한 아이들은 어떤 사전 지식도 요구받지 않는다고 기술되어 있다. 이를 적시한 이유를 도통 모르겠다. 입학생들에게 여름에는 무명 윗도리를 입고, 겨울에는 일정한 제복만을 입으라는 요구라도 있을 수 있다는 것인가?

필요하지 않는 게 무엇인지 모든 것을 규정해야 한다면, 당연히 복장까지도 규정해야 하는 것이다.

제64항에 언급된 내용은 다음과 같다. 인민학교에서의 교육 과정 이수에 정해진 기간은 없다. 각각의 학생은 교수되는 내용을 충분히 습득하면 과정을 마친 것으로 인정된다.

누군가에 의해 교육과정을 끝낸 것으로 인정받는 순간, 어떤 아흐라메이라는 사람의 기쁨과 행복이 생생하게 떠오른다.

제65항. 농촌 지역 인민학교에서의 수업은 들일을 마치는 시기에 시작되어 현지 농민의 세태풍속 조건에 맞춰 이듬해 들일이 시작되기 전까지 계속된다.

여기서 기획안 작성자들은 현실의 요구에 사려있게 따르려는 듯 보이지만, 이 조항이 갖춘 실용적인 뉘앙스에도 불구하고 다시금 실수를 저지른다. 농사일의 시작과 끝은 무엇을 뜻하는가? 기획안이 규약이 되는 순간, 그것은 판정 기준으로 작용한다. 모든 면에서 규약을 따르는 교사는 정확히 규약을 이행할 것이다. 그럴 경우, 즉 4월 1일이 방학이면 교사는 단 하루의 여유도 더 두지 않을 것이다. 농번기를 특정하기 어렵다는 점은 차치하고, 수많은 지역에서 수많은 학생들이 여름 내 학교에 남을 것이다. 거의 어디서든 3명 중 1명은 남는 실정이다. 어디서든 농민들은 흔한 암기식 수업방식으로 인해 배운 것은 곧 잊어버린다는 확신에 차 있다. 그런 까닭에 가난한 농민들은 마지못해 여름내 자식들을 학교에서 데려가더라도 일주일에 단 한 번이라도 학생들이 배운 걸 반복하게 해달라고 요청하곤 한다. 인민의 요구에 맞춰서 기획안을 작성한 거라면, 이러한 현실도 내용에 넣었어야 한다.

제66항은 수업은 공휴일을 제외한 평일에 진행한다고 분명하게 지시한다. 무슨 목적으로 적시했는지 알 수 없거나 아무 것도 말하지 않는 것에 동의하지 않을 수가 없다. 하지만 제67항은 다시금 우리를 놀라게 한다. 거기에는 학생들이 오직 한 번 학교에 집결하고 쉬는 시간을 포함하여 4시간 이하로 공부해야 한다고 되어 있다.

한 번의 겨울 동안 하루에 쉬는 시간 포함해서 4시간씩만 배우는 적어도 50명 학생(배분하기에 따라서 100명이 될 수도 있다)의 학업 성취를 알아보는 것은 참 흥미로울 것이다! 내가 과감하게 자신을 훌륭한 교사라고 여긴다고 쳐보자. 저러한 조건에서 70명의 학생이 내게 맡겨진다면, 나는 2년이 지나도 학생 절반이 아직 글을 읽지 못할 것이라고 미리 말할 수 있다. 만일 기획안이 확정되는 순간, 반 데샤티나의 텃밭 땅이 어떻든지, 어떤 교사도 시간표에 거슬러 한 시간의 수업도 추가하지 않으리라 주저 없이 확신할 수 있다. 교사는 그렇게 함으로써 기획안의 자선적인 선견지명에 맞춰 농민 아이들의 어린 두뇌를 지치게 만들지 않으려는 것이다. 내가 아는 상당수 학교에서 아이들은 하루에 8~9시간씩 공부하고, 저녁에 교사와 글 읽는 연습을 하려고 남아서 학교에서 잠을 자기도 한다. 학부모나 교사 누구도 이로 인해 좋지 못한 탈이 생긴다는 지적을 하는 일은 없다.

제69항대로라면 해마다 공개 시험이 치러진다. 이곳은 시험이 해롭다는 것을, 해로운 것을 넘어서 불가능하다는 걸 증명하는 자리가 아니다. 나는 기고문 〈야스나야 폴랴나 학교〉에서 이에 대해 언급한 적이 있다. 제69항과 관련해 나는 그저 '무엇을 위한, 그리고 누구를 위한 시험인가?'라는 질문에 그치고자 한다.

인민학교에서 치러지는 여러 시험의 고약하고 해로운 측면은 모두 이해할 것이다. 관청식의 기만과 위조, 아이들에 대한 목적 없는 가혹한 조련과 거기서 흘러나오는 일상적 수업에서의 낙담이 있을 뿐, 이런 시험의 유익함을 나로서는 아예 납득할 수가 없다. 시험을 통해서 여덟 살짜리 아이들에게 경쟁을 부추기는 것은 해롭다. 두 시간의 시험을 통해 여덟 살짜리 학생들의 지식을 규정하고, 교사의 업적을 평가하는 것은 불가능한 일이다.

제70항에 따라 학생들에게는 수료증이라고 명명된 인장 찍힌 증서가 발행된다. 이러한 증서들이 어떤 목적으로 사용되는지는 기획안을 통해서 알 수가 없다. 이 증서에는 아무런 권리나 이점이 연계되어 있지 않다. 그런 까닭에 인장 찍힌 증서를 소지하면 좋으리라는 허튼 생각이 민간에 오래 유지되거나 그것이 학교 입학의 자극제가 되리라 생각하지 않는다. 첫 시기에 이 증서의 의의로 인민을 속일 수는 있더라도, 인민은 곧 저희의 실수를 깨달을 것이다.

제71항은 그와 같은 인장이 찍힌 증서를 받을 권리를 학교 밖에서 배우는 사람들에게도 부여하고 있다. 나의 확신에 따르면, 이들은 그러한 권리에 그다지 현혹되지 않을 것이다.

주석이 달린 제72항은 이와 반대로 충분한 신뢰를 받을 만하고, 다른 어떤 조항들보다 기획안의 목적과 정신에 잘 맞아떨어진다. 이 조항은 다음과 같다.

매 학년도가 종료되면, 남녀 교사는 인민학교의 재적 학생 수와 거기서 수료증 획득 시험을 친 학생 수에 대한 통지서를 첨부된 서식대로 주 단위 교육장에게 제출한다.

이 통지서는 인민계몽부 총괄 보고서에 필수적인 통계자료를 포함한다. 그런 까닭에 그 서식은 보고서에 의해 규정된 질문 항목과 일치해야 한다. 교육장은 사무용품 마련에 할당된 금액을 사용하여 작성된 통지서용 인쇄용지를 각 학교에 교부해야 한다.

모든 게 얼마나 차근차근 숙고되고 예측되었는지, 심지어 용지 마련은 물론 필요한 재원 마련 방법까지 적시되었다! 방관자적 정확성, 그리고 장래의 보고서 형식과 심지어 내용의 불변성이 아주 잘 예감된다. 그것이 정부에 요구되는 바의 보고서이며, 보고서 내용은 무엇이 실제로 있어야 하는지, 무엇이 있는지에 대한 것도 아니다. 왜냐하면 사설학교에서의 주요 교육 부분은 이런 유의 보고서에서 누락될 것이기 때문이다. 이때 보고서 내용은 무엇이 정부의 지시대로 아직 실행되지 않고 있는지에 대한 것이다. 이 조항으로 국립 초급 학교 기획안 부분은 끝난다. 이어지는 내용은 다음과 같다.

제8절. 사설 인민학교

제8절의 세 개 조항은 개인에게 사설학교를 개설할 권리를 부여하고, 학교 개설 조건을 규정하며, 사설학교의 교과과정을 좁은 의미에서의 글을 읽고 쓰는 능력으로 제한하고, 성직자 단체의 통제를 받도록 하고 있다. 《노드》[62]와 여타의 외신에서는 그런 권리 부여가 진보를 향한 우리 러시아의 새로운

---

62   1855년 창간되어 브뤼셀에서 프랑스어로 발간되던 신문을 일컫는다. 러시아 정부의 기관지였고, 정부로부터 비밀리에 보조금을 받았다.—옮긴이

걸음으로 받아들여지고 평가될 게 확실하다. 러시아의 실상에 무지한 어떤 비평가가 학교 개설이나 사적인 교사 활동을 금지시킨 1828년의 규약을 구해 보고, 과거의 구속적 조치를 새 기획안과 비교해 본다고 치자. 새 기획안에는 학교 개설에 대한 고지만이 요구되는 것이다. 그 비평가는 이번의 기획안으로 인해 인민교육 사업이 과거에 비해 더 커다란 자유가 주어졌다고 말하지 않겠는가. 러시아적인 실생활을 겪어나가는 우리에게 떠오르는 생각은 전혀 다르다. 1928년의 규약은 그저 명목상 규약일 뿐이었다. 누구도 거기에 맞게 행동해야 한다고는 결코 생각하지 않았다. 지역 공동체든 규약의 집행자든 모두가 규약의 성립 불가능성과 집행 불가능성을 인정한 상태였다. 허가를 받지 않은 수천 개의 학교가 존재해왔는데도, 어느 상시 감독관이나 김나지움 교장도 그 학교들이 1828년 규약에 들어맞지 않는다며 학교들의 폐쇄를 주장한 적은 없다. 암묵적 동의에 따라 지역 공동체와 법률 집행자들은 1828년의 규약이 존재하지 않는 것처럼 취급했고, 실제로 사람들은 교사 노릇을 하거나 학교를 개설할 때면 고래로부터 완전한 자유를 지침으로 삼아왔다. 규약은 아예 주목을 받지 못하고 말았다.

나는 1848년부터 학교를 운영해 왔는데, 이번 달에야 기획안의 출현으로 내가 학교를 개설할 권리를 갖고 있지 않았다는 사실을 알게 되었다.[63] 수천의 교사와 학교 개설자 가운데 어느 누구 하나 1828년 규약의 존재를 알고 있었을 것 같지 않다. 이 규약은 오로지 인민계몽부 관리들에게 알려졌을 뿐이다. 그래서 내게는 기획안 제73항, 제74항과 제75항이 오로지 기존 허위의 구속과 관련해서 새로운 권리를 부여하고, 기존 질서와 관련해서는 오로지 제약이 많고 실행 불가능한 새로운 조건들을 덧대는 것으로 여겨진다. 교사를 임명하거나 교체하고 직접 지도부를 선택하고 교과 프로그램을 마련할 수 없을 경우, 아무도 학교를 개설하려 하지 않을 것이다. 병사, 부제, 세습 소년병 같은 교사들이나 사설학교 설립자들 대부분이 학교 개설에 대한 고지를 꺼리게 되고, 많은 이들은 이러한 기준이 있는지 알지도 못할 것이다. 그리고 원하기만 한다면, 법적 형식을 동원해 언제든 그런 기준을 우회하는 법을 쓸 수 있다.

지난 호 글에서 말했다시피, 가정에서의 교육과 학교교육 간의 경계를 정하는 것은 불가능하다. 어떤 숙박업소 주인이 아들 두 녀석에게 선생을 붙여줬는데, 거기에 세 명의 아이가 더 다니는 경우가 있다. 어떤 지주는 제 자식들과 머슴네 아이 넷과 농민의 아이 둘을 가르치기도 한다. 일요일마다 일꾼들이 내 집에 오는데, 나는 몇 사람에게 글을 읽어주곤 한다. 몇 사람은 읽고 쓰는 법을 배우고, 몇 사람은 그림이나 견본들을

---

63 톨스토이는 어떻게 본인이 야스나야 폴랴나 학교를 개교해서 수업을 진행하게 되었냐는 질문에 다음과 같이 대답한 적이 있다. 당시에는 "누군가에게 인가를 받아야 한다는 생각을 전혀 해보지 못했다. 그저 아이들을 모아서 가르치기 시작한 것이다."―옮긴이

살펴보기도 한다. 이런 곳은 학교인가 아닌가? 그런데 여기에 무슨 악용의 무대가 될 것이 있다는 말인가? 농지조정관인 내가 교육이 인민에게 해롭다고 확신한다고 해보자. 따라서 어떤 노인이 대자代子에게 읽고 쓰는 법을 가르쳤다고 벌금을 물리고, 내게 학교 개설을 고지하지 않았다고 자모입문서며 성경 〈시편〉을 압수한다. 법으로는 딱히 규정될 수 없는 사람들의 관계가 있다. 그것은 가족 관계이며, 피교육자 대한 교육자의 관계 같은 것들이다.

제9절. 학교의 관리감독에 대하여

여기에는 학교의 관리감독은 주마다 한 명씩 있을 교육장에게 맡긴다고 되어 있다. 기획안에서 몇 차례, 그리고 여기서도 수업 및 여타 어떤 부분의 관리감독의 세분화에 대한 것을 되풀이하고 있다. 나는 이러한 세분화를 아무래도 이해할 수가 없으며, 각 학교에 수업 이외에 어떤 다른 분야가 존재해야 한다고 보지 않는다. 학교 살림살이도 수업에서 비롯하는 것이고, 거기에 자연스레 딸려있으며 그것과 별개가 될 수 없는 분야들도 마찬가지다. 기획안을 보면 모든 사안이 교육장 한 사람의 권한으로 일임되어 있다. 제78항의 불분명한 표현을 나름으로 해석해 보자면, 교육장(교육 업무에 경험이 풍부하고 수업 분야에서 근무를 지속해온 자)은 김나지움 교사나 교수들 중에서 선출되어야 한다. 교육장은 직접 나서서 수업 진행

과정을 지켜봐야 하고, 심지어 학생들을 어떻게 대하고 가르칠 것인지를 보여줘야 한다. 그런데 교육장 한 사람이 주 단위의 300~500개의 학교를 맡는다. 교사에게 어떤 조언이든 해줄 권한을 갖추려면 적어도 일주일 동안 각 학교의 상태를 알아둬야 한다. 알다시피 1년은 365일 아닌가. 정부는 러시아 전역에서 이러한 관료 유지 비용 20만 루블 가량 쓰게 될 것이다.

제79항에는 교육장은 서신 교환을 자제하고 직접 나서서 업무를 챙길 의무가 있다는 언급이 있다. 이어지는 여러 항목에는 교사들에게 무엇을 요구할 수 있는지 교육장을 향한 지시사항이 적시되었다.

제86항에는 교육장의 출장여비 책정에 대한 안내가 있다. 교육장의 감독이 형식적이 아니라 실질적인 것이 되게 하려는 기획안 작성자들의 바람이 선명하다. 하지만 이 관료, 즉 교육장의 위치 자체가 실질적인 감독의 기회를 배제한다. 교육장은 대학 졸업생이자 전직 김나지움 교사거나 대학 교수로서, 인민이나 인민학교와 관계를 맺은 적이 없는 사람인데다 도시에 살면서 교사의 임명, 상훈, 통지서 발행 등의 사무적인 일을 하는 동시에 1년에 1번(이나마도 할 수 있으려나 모르겠다) 이상 가볼 수 없는 여러 학교를 지도해야 한다. 나는 동일한 위치에 있으면서도 가능한 한 열정과 사랑으로 교구 안의 학교 업무에 매진하는 김나지움 관련 교육장을 여러 명 알고 있다. 그들은 감찰, 시험, 교사들의 임명과 교체 등 업무

마다 연달아 실수를 저지른다. 그 이유는 그들의 활동 범위가 그가 해낼 수 있는 것보다 100배는 더 넓기 때문이다. 한 사람으로서는 한 학교를 관리감독할 수 있다. 그래야 시찰을 해가며 학교가 훌륭한 상태를 유지하는지 여부를 파악할 수 있다. 그런데 수십 군데의 학교를 한 사람이 관리하는 것은 일이 너무 과도하다.

인민학교를 아는 사람이면 누구라도 감찰과 시험을 통해 여러 학교의 성취 단계와 방향을 규정한다는 게 얼마나 어렵고 불가능한지를 알아야만 한다. 자존감을 갖춘 양심적인 교사가 학생들을 가지고 으스대는 짓을 스스로 허용치 않아서 비양심적인 병사 출신 교사보다 더 못하게 비치는 일이 얼마나 많은가. 이런 비양심적인 교사는 1년 내내 학생들을 망가트리고, 오로지 앞으로 있을 감찰을 염두에 둔 일만 한다. 또 이런 비양심적인 이들은 얼마나 교활하며, 얼마나 자주 훌륭하고 정직한 책임자들을 기만하는 데 성공하는가? 게다가 그렇게 위계화한 책임 집단이 학생들에게 끼치는 무서운 해악에 대해서 무슨 말을 하겠는가? 설령 이에 대해 내게 동의하지 못한다고 해도 교육장 직위의 제정은 무익하고 해로운 것이다. 주 단위를 맡은 한 사람의 교육장이 교사를 임명하고 교체하며 상훈도 수여하게 될 터인데, 그게 오로지 소문과 추측 또는 독단에 따라 이뤄질 것이기 때문이다. 혼자로서는 500곳의 학교에서 무슨 일이 벌어지는지 알 도리가 없는 것이다.

이후에는 학생 수에 대한 통지서, 인민학교의 유지에 필요한 금액 정산 견본과 인민학교에 대한 주 단위 관리부의 인원에 관한 내용이다. 그리고 해명성 기록이 이어진다. 해명성 기록으로 보건대, 위원회의 활동은 두 부문으로 나뉜다.

1) 최종적인 농촌의 여건 조성 국면까지 오늘날 인민교육 발전을 위한 대책 탐색. 2) 지금 우리가 살펴보는 기획안의 설계 자체.

거론된 사전 대책은 내가 아는 한, 학교 개설 절차 및 학교 개설에 대한 고지 의무 관련 내무부의 회람으로 구현되었다. 교육장에 의한 교사의 임명과 파면, 현지 성직자들에게 위임된 감독 권한, 사용 교과서는 인민계몽부와 신성통치종무원의 인가를 받도록 한 요구와 관련하여, 나는 전문적으로 학교 업무를 수행하고 있음에도 불구하고 저와 같은 것들이 입법 예정안인지 법률인지 알지 못하는 상황에 있다. 아마도 나는 학교에서 인가되지 않은 교과서를 사용함으로써 범법행위를 저지르고 있을 가능성이 높다. 그리고 여러 지역 공동체 역시 교육장 없이 교사를 교체하고 임명함으로써 마찬가지로 법에 저촉될 가능성이 높다. 저런 종류의 법률이 공포되었거나 공포되는 거라면, 그 누구도 법률에 대한 무지를 핑계로 내세울 권리는 없다고 말하는 러시아제국 법전 제1항은 불충분한 것이다. 저러한 새롭고 돌발적인 법이라면, 교회와 교구 전반에 걸쳐 반드시 설파되어야만 한다. 또한 최단기간 내에 교사들을 양성한다는 위원회의 건의안은 인민계몽부에서 채택했는지, 어디서 얼마나 교사를 양성하는지에 대해서도 알지 못한다. 내무부가 회람으로 지시한 대책은 앞서도 말한 바 있지만, 집행이 불가능하다. 기획안의 해명성 기록에 표현된 몇 가지 사고들에 주위를 돌려보자. 이런 사고들은 특히나 충격적이다.

어째서 이와 같은 중대한 국가적 사업에서 공개적인 모습이 보이지 않는가? 나는 지금 교육 사업에서 기획안대로라면 우리 러시아 성직자들에게 주어질 참여와 의미, 영향을 문제 삼는 것이다. 다음과 같은 소견을 제시할 때의 기획안 작성자들의 모습을 생생하게 떠올려본다. "수업이 정교회와 기독교 도덕 등의 기풍 속에서 진행되도록 교구의 성직자들에게 감독권을 부여한다." 기획안 작성자들이 이 조항을 경청하거나 의사록에 기록할 때, 겸손과 우월의 필요성 인식 및 그와 동시에 이와 같은 대책의 허위성 인식에서 나오는 웃음이 그들의 입꼬리를 맴도는 모습을 생생하게 그려본다. 실생활을 안다고 생각하는 경험 많은 사람들에게서도 그것은 동일한 웃음을 불러일으킨다. "뭘 어쩌겠는가, 이해할 법하다." 경험있는 자들의 말이다. 반면 경험은 없지만 영리하고 업무를 사랑하는 사람들은 이 조항을 읽으면 분노하고 격분한다. 누구에게 비통한 진리를 숨기려는 것인가? 틀림없이 인민일 것이다. 하지만 인민은 그 비통한 진리를 우리보다 더 잘 알고 있다. 수세기를 성직자들과 가장 가까운 관계로 살아왔는데, 이 사람들에게 성직자들의 됨됨이를 알아내고 가늠할 시간이 없었겠는가? 그들은 성직자들의 됨됨이를 가늠하고 있으며, 성직자들이 받아 마땅한 정도로 인민교육 내의 참여와 영향을 용인한다. 기획안에는 공개적이지 않고 외교적인 조항들이 아주 많다. 문제의 본질상, 그러한 조항은 모두 우회될 터이고, 그 조항들이 없었다 하더라도 아무런 차이가 없을 것이다. 하지만 우리가 이 조항들, 여기서 인용한 조항 하나만 해도 그 허위성과 불명료성 탓에 미리 예견하기도 불가능한 거대한 악용의 소지에 노출되어 있다. 내가 아는 성직자 가운데는 '부키буки 방식'이 아니라 '베бе 방식'으로 가르치는 것은 죄악이라고 말하는 자들이 있다. 기도문을 러시아어로 번역하거나 해석하는 것도 죄악이고, 신성역사의 경우는 오직 자모입문서대로만 가르쳐야 한다.

2.

기획안을 검토하는 데 동원한 나의 방법이 충분히 신중한 것이 아님을 느낀다. 또한 내가 마치 기획안에 대해 조롱하려 애쓰거나 기획안에 담긴 내용을 전부 부정하는 규칙을 세우기라도 한 것처럼 여겨진다. 기획안에 대한 그와 같은 나의 태도는 인민과의 밀접한 관계에서 생긴 나의 이 사업에 대한 실천적인 관점과의 대립 그리고 기획안의 관점과 개요가 현실과 완전히 동떨어졌기 때문에 본의 아니게 발생한 것이다. 서로 거리가 동떨어진 정반대의 관점에 서 있어서, 기획안이 내게 불러일으킨 경의와 심지어 공포에도 불구하고 내가 기획안의 현존을 믿지 못하고 있는 것만 같다. 그리고 자신을 상대로 기울인 노력에도 불구하고, 나로서는 기획안을 전적으로 진지하게 대할 수가 없다. 일단 위원회가 작동한 사유의 영역에서는 별다른 논란거리를 찾을 수가 없다. 나의 반론의 골자는 기획안에서의 실수나 불충분한 언급이 아니라 기획안이 등장한 활동 영역을 문제 삼는 것이며, 이 같은 기획안의 적용 가능성과 현실성을 부정하는 데 있다.

나는 기획안이 발생한 곳의 사고와 활동의 영역으로 이동해보려 노력할 것이다. 전반적인 개혁의 물결이 휩쓰는 현시대 러시아의 인민교육 시스템 마련이라는 문제는 정부 차원에서 떠오르는 게 마땅하다는 점은 이해가 된다. 개혁 전반, 새로운 시설 양성에서 항상 주도권을 쥐어온 정부로서는 현시기야말로 인민교육 시스템 정비 의무가 응당 제게 있다는 확신에 도달했어야 했다. 그러한 확신에 도달하여, 정부는 시스템 정비의 문제를 다양한 부처의 일정한 관료들에게 맡겼어야 마땅했다. 이 같은 기획안의 작성에는 모든 국가기관 대표들이 참여해야 한다는 것보다 더 근본적이고 자유주의적인 생각은 결코 착안할 수 없었을 것이며, 요구할 수도 없었을 것이다. (그저 업무 면에서 농민위원회보다 1000배는 더 중요한 이 위원회에 어째서 전문가들이 초청되지 않았는지 지적할 수 있겠다. 농민해방에 관한 문제를 논의할 때와 마찬가지로 말이다. 하지만 이러한 지적은 효력을 갖지 못한다. 설령 전문가라는 사람들이 초청되었다고 해도, 기획안은 지금 있는 것과 별반 다르지 않았을 것이기 때문이다.) 이 기획안 담긴 사업에 유독 관련된 인민이 직접 자기 대표자를 파견해 자신들의 시스템을 마련토록 하는 것은 문제조차 되지 않았다.

[이 기획안 작성자들은] 아주 존경받는 현직 관료이기는 해도 인민은커녕 인민교육의 문제는 전혀 살펴본 적이 없는 사람들이다. 자신들이 종사하는 업무에도 비전문가인데다 종전의 업무를 계속하느라 당면한 문제 연구에 수십 년 바칠 겨를도 없었다. 이런 사람들이 일주일에 정해진 날마다 모여서 러시아의 인민교육 질서 정비라는 중차대한 문제를 논의하기 시작한 것이다. 인민학교가 인민계몽부 관할기관이라는 아주 본질적인 문제는 각급 장관 협의체에서 미리 결정된 것인 까닭에 위원회 구성원들이 아주 협소한 틀로 배정되었음을 지적해야 한다.

나는 위원회의 구성원 전원이 높은 수준의 교양인으로 인민에 대한 사랑과 조국의 복리 증진에 대한 열망이 충만한 고도의 도덕적인 인물임을 미리 인정한다. 그럼에도 불구하고 나는 그들이 작업한 조건에서 뭔가 다른 결과가 나올 수 있었다고 예상할 수가 없다. 우리가 살피는 저 기획안이 나오는 게 마땅한 조건이었다. 기획안 전반에서 인민의 요구사항 연구와 교육 자체의 연구 및 거기에 기반한 새로운 법률안 결의는 보이지 않는다. 오히려 정체를 알 수 없는 해롭고 눅눅한 것과의 어떤 투쟁이 엿보인다. 독자들이 본 것처럼, 전체 기획안은 다음과 같은 조항들로 채워져 있다.

"인민학교는 공개적인 시설이다. 성직자들은 그들이 가르칠 시간이 있을 때만 가르칠 수 있다. 후원자는 어떤 권한도 전유할 수 없다. 교사들에게는 관등이 붙지 않는다. 건축에는 국고가 지급되지 않는다. 사적인 인물이 가르칠 수 있다. 여아 역시 가르침을 받을 수 있다. 도서관을 운영할 수 있다. 교육장은 여러 학교를 두루 돌아보아야 한다. 교사는 모든 신분의 사람들이 될 수 있다. 학비는 두 번 거둘 수 없다. 학생들은 학교에 다닐 수도 있고 다니지 않을 수도 있다. 교사에게는 다른 직종으로의 변경에 장애가 있어서는 안 된다. 교사는 제복을 입지 않아도 된다."

농촌에 살면서 기획안을 읽다보면, 무엇을 위해 저런 조항들이 작성된 것인지 놀라게 된다. 기획안이 이런 조항들로 가득 차 있음은 우리의 분석을 통해서도 볼 수 있다.

맡은 일에 대한 무지는 물론 인민의 요청이 무엇인지 무지한 상황에서, 주로는 기획안 전반에서 감지되는 것과 같은 요구사항의 압박감 속에서 작업했을 터인데, 어째서 기획안이 더 나쁜 결과를 빚어내지 않았는지 놀라울 따름이다.

문제는 다음과 같이 설정되었다. 자금이 없고, 앞으로도 없을 것이다. 인민교육은 인민계몽부에 딸려있어야 하고, 성직자들이 교육 정신과 학교 자치를 이끌어 나아갈 권한을 가져야 하며, 학교들은 러시아 전역에 단일한 형태로 유지되어야 한다. 이러한 시스템이 최고가 되도록 만들라는 요구를 받은 것이다. 그런데 러시아 교육 시스템을 인민의 요청에서 흘러나온 것답게 고안하는 일은 위원회는 물론 세상 그 누구로도 불가능하다. 러시아의 교육 시스템이 인민 내부에서 성장해나오기를 기다리는 수밖에 없다. 그러한 발전을 구속할 게 아니라 촉진할 대책을 강구하기 위해서는 숱한 시간과 노력, 연구, 견해의 자유가 필요하다. 이 가운데 어떤 것도 위원회에는 존재하지 않았다. 문제의 해결을 위해 유럽식 시스템을 반드시 살펴봐야 했을 것이다. 그래서 시스템 연구를 위해 여러 국가로 관리들을 파견했던 모양이다. (나는 심지어 목적 없이 이곳저곳을 돌아다니는 연구자들을 본 적이 있다. 그들은 부처에 제출해야 하는 보고서를 어떻게 작성하겠냐는 생각에만 골몰해 있었다.)

그런 보고서들에 기초하여 위원회에서는 외국의 시스템들을 판별해 보았을 것이다. 위원회가 그나마 우리에게는 적용이 불가능한 온갖 시스템 가운데서 덜 고약한 미국식을 선택했다는 것에 대해 어떻게 감사해야 할지 모르겠다. 미국식 시스템의 토대에서 중요한 재정 문제를 해결하고서 위원회는 행정적인 문제들을 해결하기 시작했다. 여기서 위원회는 오직 학교가 인민계몽부 산하기관이라는 장관 협의체의 사전 결정에 맞추고, 사업의 정황 파악을 위해 상트-페테르부르크에 보관된 자료만을 이용한 것이다. 또한 학교를 할당하기 위해서는 지리학회의 기록을, 학교의 숫자 결정을 위해서는 종교 담당 부서와 교육장들의 공식 보고서를 사용한 결과 이 기획안이 작성된 것이다.

정부의 시각에서는 기획안이 실행에 들어가면 러시아 전역에 인구수에 비례하여 학교들이 개설될 것이다. 대부분의 경우 인민은 유복해서 일인당 27.5코페이카를 기꺼이 지불할 터이고, 가난한 농촌에는 학교가 무상으로 (주 단위 자금으로) 개설된다. 농민들은 그런 적절한 가격을 들여 훌륭하게 조성된 학교들을 갖추기 때문에 더 이상 자식들을 병사들에게 맡기지 않고 기꺼이 학교에 보낼 것이다. 납세자 1000명당 도처에 (모두 정부 시각에서) 크고 멋진 건물이 들어선다. 비록 제대로 지어진 건물은 아니어도 '학교'라는 명패가 내걸리고 걸상과 책상도 마련되고, 정부에서 임명한 믿음직한 교사도 있다. 아이들은 교구 전체에서 모여들 것이다. 학부모는 자식이 받은 수료증을 자랑스러워할 테고, 수료증은 젊은이에게 최고의 추천장으로 간주될 테니까. 수료증 보고 딸아이를 시집보낼 수도 있고, 수료증이 있는 청년은 일자리 잡기도 훨씬 수월할 것이다. 3~4년 후면 남아들만이 아니라 여아들도 학교에 다닐 것이다. 교사 한 사람이 하루의 시간을 나눠서 100명의 학생을 가르칠 것이다.

교육은 성공적으로 진행될 것이다. 첫째, 제안된 포상금에 따라 인민계몽부에 의해 최상의 교육 방법이 발견되고 선택되어 승인될 터이고, 이러한 방법이 모든 학교에 의무적으로 적용될 것이기 때문이다. (얼마 지나면 교사들 역시 스스로 최상의 단일한 방법으로 양성될 것이다.) 둘째, 지침서들 역시 베르테나 오보돕스키류로 부처에서 승인받은 최상의 것이 될 터이기 때문이다. 교사는 생활이 완전히 보장되어 애착을 갖고 자신이 더불어 살아가는 신분의 사람들과 하나가 될 것이다. 독일에서처럼 교사는 농촌에서 성직자와 함께 귀족이 될 것이고, 농민들의 제일가는 친구이자 조언자가 될 것이다. 교사한 자리에 수십 명의 후보자가 생길 것이고, 업무에 능통한 교양인인 교육장이 가장 적당한 자들을 선출할 것이다. 신학 교사는 적정한 보수를 대가로 아이들에게 동방정교의 진리를 확신시킬 것이다. 거의 모든 젊은 세대가 각 학교에 모여들 것이기 때문에, 학교 덕분에 더 이상 분열의 가능성은 없어지는 것이다.

학교 운영 자금은 정부가 27코페이카 징수를 통해 보장하는 교사 임금뿐만 아니라 교과서 구입을 위해서도, 교육 공간 확보를 위해서도 언제나 충분하다. 그 공간 조성이 지역 공동체의 자의에 맡겨지고 그 결과 지역 공동체가 인색하게 구는 게 아니라, 이런 면에서 서로서로 경쟁하게 될 것이다. 지역 공동체가 자금을 아끼지 않는 것도 모자라 어느 학교나 남녀 후원자를 둘 것이다. 이들은 인민교육에 마음을 쓰며 틀림없이 부자라서 물질적 수단을 동원하거나 학교의 관리감독 면에서 학교를 도울 것이다. 교사의 사소한 실수나 학부모 측의 오해가 빚어진다 해도 후원자들이나 농지조정관에 의해 조정될 것이다. 이들은 러시아의 계몽된 모든 사람들의 공감을 불러일으키는 신성한 인민교육 사업에 자신의 여가의 일부를 기꺼이 바칠 것이다.

수업 시간은 학생들에게 정신적인 부담을 주지 않을 것이다. 여름 내내 농사일을 돕도록 하기 때문이다. 수업 과정은 본질적인 지식을 포괄할 것이고, 민간에 종교적이고 윤리적인 이해의 확립을 도울 것이다. 흉계를 품은 거칠고 무식한 자들은 사설학교 개설을 고지해야 한다는 의무가 지워져서 교육 당국의 기본적인 감시를 받을 테고, 해로운 영향을 미칠 기회를 상실하게 될 것이다. 미국 사례처럼 국립학교들은 사설학교들이 경쟁 불가능할 만큼 훌륭할 것이다. 게다가 정부가 세운 학교는 무상이기도 하다. 주 단위 학교 관리당국은 교양 있고 업무에 훤하며 독자적인 인물, 즉 교육장 한 사람에게 집중될 것이다. 이 인물은 물질적으로 생활을 보장받으며 어떠한 사무적인 요청에 얽매이지도 않아서 지속적으로 여기저기의 학교를 돌아보며, 시험을 치게 하고 직접 학업 성취 상황을 감독할 것이다.

얼마나 훌륭해 보이는가! 러시아 전역에 후원자들이나 지역 공동체가 기부한 철제 지붕이 덮인 커다란 학교 건물들이 저처럼 자태를 드러낸다. 당국이 정해놓은 시간에 어깨에 책 주머니를 둘러매고 여러 농촌 마을에서 모인 학생들의 모습은 어떤가. 최고의 방법을 연구한 교양 있는 교사와 업무에 대한 사랑으로 충만한데다 학급마다 자리하고 학습 진행을 주시하는 여성 후견인은 또 어떤가. 주민들 사이를 왕래하는 교육장은 1년에 몇 차례씩 학교를 방문해서 교사와 거의 모든 학생들을 알아보고, 교사에게 실질적인 조언을 해주기도 한다. 이에 행복하고 만족한 학부모들은 시험을 치르는 모습을 지켜보기도 하고 떨리는 마음으로 자식들이 상과 수료증을 받는 순간을 기다린다. 러시아 전역에서 보이는 풍경이다. 무지몽매의 어둠이 걷히자 거칠고 몽매한 인민이 완전히 다른, 교양 있고 행복한 인민으로 바뀌는 모습이 상상되는가.

하지만 그렇게는 되지 못할 것이다. 현실은 자체의 법칙과 기준을 갖고 있다. 실제로 내가 민중을 아는 한, 기획서의 적용 과정은 다음과 같을 것이다.

젬스트보, 즉 자치 경찰이나 읍사무소를 통해서 농민들은 납세자당 27.5코페이카씩 어느 기한까지 모아야 한다는 공고가 내려간다. 이 돈은 학교를 위해 거둬들인다는 게 공포될 것이다. 그리고 학교 시설 조성건에 대한 징수 역시 공포될 것이다. 만일 징수액이 농민들 사정에 달려있다는 사실이 언급된다면, 농민들은 3코페이카로 정할 것이다. 그런 까닭에 일정한 징수액을 강제적으로 부과할 것이다. 농민들은 이해하지 못할 것이고 신뢰하지도 않을 것이다. 대부분은 차르에게서 증세하라는 칙령이 내려왔다고 생각할 것이다. 더 이상 아무것도 아니다. 돈은 어렵사리, 협박과 폭력을 동원하여 거둬들일 것이다. 경찰서장은 학교가 모처에 당연히 건설되어야 한다며, 지역 공동체가 건설 관리자를 선출해야 한다고 공표한다. 자연히 농민은 이것을 새로운 세금이라고 여길 것이고, 지시된 일은 강압의 결과로만 시행될 것이다. 무엇을 어떤 형태로 건설할지를 농민들은 역시 알지 못할 터이고, 당국의 명령만 실행될 것이다.

드디어 농민들이 학교의 후원자를 선출할 수 있다는 사실이 알려진다. 그들은 이를 도무지 이해하지 못할 것이다. 그것은 그들이 어리석거나 교양이 없어서가 아니라, 그들은 자기 자식의 공부를 직접 살필 권리를 갖지 못하는데, 그러한 목적 달성을 위해 역시 아무런 권리를 갖지 않는 어떤 인물을 선택해야 한다는 생각이 머리에 들어올 리가 없기 때문이다. 세금 27.5코페이카에 학교 시설 조성을 위한 세금, 학교를 건설해야 할 의무 같은 것은 민간에서 '학교'라는 생각과 말에 악의를 품게 만들 것이다. 학교라는 말에 농민들은 세금이라는 생각을 자연스레 결부시킬 터이고, 그들은 후원자의 급료 지불을 위해 또 돈을 거두려지 않을까 염려하면서 누구도 선택하려 하지 않을 것이다. 경찰서장과 조정관이 그들에게 달려들 것이고, 그들은 공포에 전율하며 처음 걸려드는 사람을 후견인으로 선택할 것이다. 후견자로는 농지조정관이나, 항상 그렇듯이 농촌에 사는 으뜸가는 지주가 선택될 것이다. 그리하여 그의 후견활동은 소일거리거나 놈팽이 짓이 되고, 세상에서 가장 중요한 일을 노리개 다루듯 하거나 허영의 변덕을 실현하는 수단 다루듯 할 것이다. 조정관 또한 지금의 처지로서는 직접적인 자신의 본분마저 수행할 물리적인 여건이 되지 않는다. 학교의 통제와 관련하여 지역 공동체의 대표자 역할은 여간 어려운 일이 아니며, 여기에는 폭넓은 지식과 성실한 노동이 요구된다. 후견인들 대부분은 한 달에 한두 번 학교에 들러 아마도 집안의 목수가 만든 칠판을 선물로 학교에 전달하거나, 일요일마다 집으로 교사를 불러들일 것이다. 이들은 또한 교사가 필요한 경우, 자신의 대자代子로 신학교에서 쫓겨난 성직자의 아들 또는 자신의 전직 사무원을 추천할 것이다.

학교를 건설하고 돈 지불도 끝났으니 지역 공동체에서 이제는 학교 세금에서 벗어날 수 있겠구나 여기겠지만, 이것이 다가 아니다. 경찰서장이 사람들에게 공표한다. 이번에는 반데샤티나의 대마밭을 교사에게 나눠줘야 한다고 말이다. 다시 공회가 소집되고, 다시 학교와 강제 몰수라는 말이 분리되지 않는 하나의 개념으로 합쳐진다. 장정들이 텃밭을 돌아다니며 땅을 측량하다가 티격태격 싸움을 벌이고 과오를 범한다. 그들의 표현에 따르면, 두세 번 다시 올 테고 어떻게든 당국의 명령을 이행하기 위해 소중한 텃밭의 한 토막을 떼어갈 것이다. 이것도 다가 아니다. 다시 공회를 소집하란다. 교구마다 교사에게 내줄 곡식 분담을 결정하라는 것이다. (현물 공납은 농민들이 가장 좋아하지 않는 방식이다.) 마침내 학교가 건설되고 교사 유지비도 마련된다.

만약 지주나 조정관이 그 밑에서 일했던 사무원이나 대자를 추천하지 않는다면, 교육장은 자신이 선택한 교사를 임명해야 한다. 이러한 선택은 교육장에게 아주 손쉽거나, 아니면 아주 어려운 일이다. 서기직, 사범학교에서 쫓겨난 교사 후보

수천 명이 매일 그의 집 문간에 서 있다가 사무원에게 술을 사 먹이는 등 갖은 방식으로 그의 비위를 맞출 것이다. 만일 전직 김나지움 교사인 교육장이 전적으로 선량하고 조심스러운 사람이라면, 교사를 선택함에 있어서 교육 수준 하나만을 준거로 삼을 것이다. 다시 말해 그는 전 과정을 수료하지 않은 자보다 수료한 자를 선호할 것이고, 그 결과 끊임없이 실수를 하게 될 것이다. 자신의 임무를 그다지 신통찮게 바라보는 대부분의 교육장은 인정상의 추천과 자신의 선량한 마음을 기준으로 삼을 것이다. 어째서 가난한 사람에게 빵 한 조각을 내주지 못한다는 말인가? 그 결과 전자들과 마찬가지로 실수를 하게 될 것이다. 내가 보기에 교육장에게 그나마 공정한 선택 기준은 제비뽑기 외에는 없다.

　하여간 교사가 임명된다. 지역 공동체에는 이제 무상으로 자식들을 학교에 보낼 수 있다고 공포된다. 그토록 고혈을 짜내 얻은 학교인 것이다. 대부분의 농민은 곳곳에서 그런 제안에 하나같은 대답을 할 것이다. "빌어먹을, 그놈의 학교하고는. 여기까지 확 치밀어 올라. 이만큼을 학교 없이 살아왔는데, 또 그렇게 살면 되지. 난 어린 것을 가르치고 싶지만, 그냥 교회 관리인한테 맡길 걸세. 교회 공부는 알겠는데, 이놈의 학교가 뭘 하는지 아무도 알 도리가 없잖은가. 아마도 자식 놈을 가르치기야 하겠지만, 아예 나한테서 떼어낼지도 몰라." 어디서나 이러한 견해를 갖는 건 아니고, 또한 시간이 가면서 그런 견해가 사라질 거라고 치자. 애초에 학교에 입학한 아이들이 성공하는 모습을 보면서, 다른 농민들도 아이들을 학교에 맡기고자 한다. 내가 보기에 어림도 없는 이런 경우라고 해도, 학교 시설이 조성된 마을에 사는 사람들만 학교에 아이들을 맡길 것이다. 아무리 무상교육이라고 해도 겨울날 학교에서 베르스타 단위로 떨어진 곳에 있는 여러 농촌 마을의 학생들을 끌어들이지는 못한다. 이런 일은 물리적으로 불가능하다.

한 학교에 학생이 평균 15명 정도 될 것이다. 한 교구여도 여타의 아이들은 농촌 마을마다 사사로운 사람들에게서 배우거나, 아예 배울 기회를 갖지 못할 것이다. 그런데도 이런 아이들이 학교에 재학생으로 등록될 것이다. 학교에서 학생들의 학업 성취는 사적으로 교회 관리인이나 병사들한테서 공부하는 경우보다 못하지만 않다면 그 경우와 똑같을 것이다. 교사는 같은 부류의 사람들, 즉 신학생들이 될 것이다. 아직은 다른 사람들이 없기 때문이다. 오로지 으뜸인 경우, 교사들은 어떤 난처한 환경에도 얽매이지 않고 지불되는 돈에 걸맞게 학업 성취를 요구하는 학부모의 엄격한 통제 아래 놓인다. 정부가 세운 학교에서는 교육 방법, 지침서, 하루 수업시수 제한과 후원자 및 교육장의 개입에 따르다 보면 학생들의 학업 성취는 더 좋지 못하게 될 것이다. 교육장은 막대한 급여를 받을 테니, 이곳저곳을 다니며 때로는 양심적인 훌륭한 교사들에게 방해가 되기도 할 것이고, 어리석은 교사를 임명하거나 훌륭한 교사를 갈아치우기도 할 것이다. 그로서는 주 전체 단위 여러 학교의 조건을 파악하기도 불가능한데, 그 학교들을 다 관리해야 하고, 정해진 기간에 통지문도 보내야 한다. 그러다 보면 지금 그런 것처럼 뜻하지 않게 나오는 거짓된 통지문들도 허다할 것이다. 사설학교는 역시 학교 개설 사실을 고지하지 않은 채 지금 있는 것처럼 동일하게 존재할 것이다. 그리고 거기서도 인민교육의 중요한 움직임이 이뤄질 것임에도 불구하고 아무도 사설 학교들에 대해 알지 못할 것이다.

이런 것쯤이야 그리 고약하거나 해롭지는 않다. 러시아 행정부의 모든 영역에서 우리는 현실과 공식적인 적법성의 불일치에 익숙하다. 그러한 불일치가 어째서 인민교육 사업에서는 벌어지지 않겠는가? 누군가는 기획안의 적잖은 오류와 적용 불가한 부분은 우회될 테고, 적잖은 것이 실현되어 그 혜택을 가져올 것이라 말할지도 모른다. 기획안에 의해 적어도 인민교육 시스템이 시작되는 것이고, 좋든 나쁘든 적든 크든 러시아 주민 각 1000명당 하나의 학교라도 생기는 것이다. 그것은 공정한 일인지도 모른다. 만약 학교 개설을 정부가 행정 및 재정적 면에서 완전히 공개적으로 감당하거나, 학교의 개설을 공개적으로 지역 공동체에 넘긴다면 말이다. 현 기획안에서는 지역 공동체가 비용을 조달하고 정부는 학교를 조직하는 일을 맡는다. 바로 이 지점에서, 비록 모두에게 명확하게 보이지는 않더라도 러시아 인민교육의 발전을 오랫동안 저해할 거대한 도덕적 폐단이 자연히 흘러나올 수밖에 없다.

교육의 요구가 이제 막 민간에서 자유롭게 탄생하기 시작했다. 2월 19일 포고문[64]이 나온 후, 인민은 경향 각처에서 다음과 같은 확신을 표현한다. 이제 그들에게는 더 수준 높은 교육이 꼭 필요하고 이러한 교육을 받기 위해 일정한 희생을 치를 각오 말이다. 인민은 이런 확신을 사실로 보여주었다. 여기저기서 엄청난 숫자로 자유로운 학교가 속속 생기는 것이다. 인민은 정부가 바라마지 않는 그 길을 걸어와서 계속 전진하고 있다. 그런데 갑자기 자유로운 학교에 제약을 가하고, 의무적인 학교 세금을 모두에게 부과함으로써 정부는 이전의 교육 운동을 인정하지 않을 뿐 아니라 아예 부정하는 것처럼 보인다. 정부는 인민에게 생소한 전혀 다른 교육 의무를 부담시켜 인민이 자기 본연의 사업에서 멀어지게 하고, 지침이나 논의가 아닌 복종만을 요구하는 것 같은 형국이다. 굳이 사적인 경험을 들 것도 없다. 역사와 상식이 그러한 개입이 낳을 법한 결과를 가리키고 있다. 인민은 자신들을 폭압의 수난자로 간주할 것이다. 옛날식 교회지기의 학교들은 그들에게 성물처럼 보일 테고 정부가 주도한 새로운 학교들은 죄 많은 개혁으로 비쳐서, 이전에 저희가 사랑으로 시작한 사업에서 격분하여 돌아서고 말 것이다. 그것은 조급하게만 굴며 그들 고유의 사업을 생각할 틈도 스스로 길을 선택할 여지도 주지 않고, 인민이 아직 최상으로 여기지 않는 길로 폭력적으로 이끌었기 때문이다.

---

64 1861년 2월 19일 알렉산드르 2세가 서명한 농노해방령을 가리킨다.—옮긴이

기획안이 실현된다면, 위에서 언급한 온갖 허점들을 제외하고도 측정할 수 없는 폐단을 양산할 것이다. 그 폐단은 교육의 분열, 학교에 대한 암묵적이고 부정적인 반작용, 무지몽매 또는 낡은 교육의 맹신일 것이다.

학습자의 자유를 옹호한 교육자, 톨스토이

위대한 소설가, 사상가로서보다 교육자로서의 톨스토이는 우리 독자들에게 조금은 낯설게 느껴질지도 모른다. 그는 30대 초반 가족의 영지 야스나야 폴랴나에 거주하며 인민(농민) 학교를 열고 농민 아이들을 가르쳤다. 동시에 그는 자비로 교육잡지 《야스나야 폴랴나》를 펴내며 교육적 사유와 실천이 담긴 글을 왕성하게 집필한 교육자였다. 야스나야 폴랴나에서 처음으로 농민 아이들을 가르친 것은 스물두 살 때였지만 그리 오래가지는 못했다. 곧이어 군에 입대했기 때문이다. 톨스토이는 크림전쟁 뒤 군복무를 마치고 이전보다 많은 수의 농민 자녀를 데리고 교육활동을 재개한다. 비록 당시의 사회적 여건 등에 부딪혀 (특히 1862년 여름 휴교 기간에 헌병대가 학교를 급습한 사건) 학교와 잡지 운영이 장기간 지속되지 못했지만, 생애 말기까지 여러 차례 교육 관련 글을 집필했다. 교육에 대한 작가 톨스토이의 지속적인 숙고와 그에 따른 뚜렷한 흔적들은 자전적 삼부작 〈어린 시절〉 〈소년 시절〉 〈청년 시절〉은 물론 여러 소설 작품에서 엿볼 수 있다. 교육적 사유가 예술적 사유로 확장되면서 펼쳐지는 양상 또한 아주 흥미롭다.

교육 에세이 《학교는 아이들의 실험장이다》는 톨스토이의 교육적 통찰이 본격적으로 전개되는 원류源流에 해당한다. 19세기 중반, 서유럽은 물론 러시아도 교육이 '강압적'으로 보급되던 시기였다. 톨스토이는 당대 현실 속에서 인민 또는 국민 교육의 문제를 간파하고, 해외답사와 연구, 초등교육 현장을 몸소 겪고 실천하면서 얻은 교육적 통찰을 이 책에 담았다. 톨스토이의 교육사상을 논할 때 가장 먼저 언급되는 것은 장자크 루소의 교육지침서 《에밀》이다. 그의 교육사상적 지평이 루소의 그것과 맞닿아 있기 때문이다. 톨스토이는 인간은 완전한 상태로 태어난다는 루소의 말을 '돌처럼 굳건한 진리'라고 상찬했다. 이는 갓 태어난 순간의 인간이야말로 조화造化, 진리眞理, 선善, 미美의 원형이라는 판단으로 이어졌다. 아이에게는 타고난 완전성과 높은 도덕적 자질이 내재한다고 여긴 것이다. 따라서 모든 인간은 사회에서 가하는 어떠한 폭력이나 강요 없이 자신의 신념과 견해를 자유롭게 형성할 권리를 갖는다.

이러한 사고가 톨스토이 교육관의 중심에 있다. 그에게 교육은 넓은 의미에서 평등의 요구와 전진운동이라는 불변의 법칙을 토대로 삼는 인간 활동이다. 이런 맥락에서 톨스토이는 교사와 학생들 사이의 인간관계의 중요성에 주목한다. 먼저 할 일은 하나의 공동 목적을 위해 양측의 지향이 합치하는 조건과 합치를 방해하는 조건을 찾아내는 것이다. 학습자와 교육자 사이의 바람직한 관계를 설명하기 위해, 그는 오직 서로를 이해하기 위해서 아이에게 말을 가르치는 어머니의 예를 든다. 어머니는 아이의 눈높이, 즉 아이가 사물을 보는 시각으로 내려서고자 애를 쓴다. 하지만 결과적으로는 전진운동에 의해 아이가 어머니의 지식의 높이로 올라선다. 즉 교사가 학생에게 미래의 빛을 열어주는 역할을 감당하면, 학생은 자신을 갈고닦는 작업을 해나간다는 것이다.

하지만 '무엇을' '어떻게' 가르쳐야 하는가? 교육철학사를 살펴본 톨스토이는 교육의 준거점이 부재하다는 판단을 내린다. 이러한 조건 속에서 학교를 위압威壓하는 역사적 족쇄를 풀기 위해서는 각양각색인 학생들의 실생활에 근거해 학교에 더 큰 자유가 주어져야 한다. 또한 교육은 기성세대가 학문으로 여기는 것에 주목하기보다 젊은 세대의 필요를 충족시키는 방향으로 미래를 향해 나아가야 한다. 인간이 지닌 고도의 잠재력을 억압해, 학생들을 이른바 '학교스러운 정신상태'라는 쳇바퀴에 가두는 강압적인 학교 교육에 대한 비판에서 나온 인식이다. 교사와 학생이 뜻하지 않게 적이 되는 강압적 학교는 진보의 모든 가능성을 배제한다. 이에 대한 대안으로 학교는 교육의 수단인 동시에 끊임없이 참신한 결론을 도출하는 젊은 세대의 실험장이 되어야 한다는 것이 톨스토이의 생각이다. 이러한 '교육학적 실험실'로서의 학교라는 이상에 접근하려면, 특히 학생이 독자적으로 판단하고 불만을 표현할 권한, 즉 학습자들의 자유를 보장하는 것이 필수적이다. 그러한 실험장이 될 수 있다면 학교는 시대의 요구와 지식에 민감하게 반응하고, 학생들 각각의 요구에 융통성을 발휘할 것이다.

톨스토이의 교육적 통찰은 그 자신이 더불어 살던 툴라 지역 농민들의 처지와 당시 사회적으로 대두된 이들의 교육 문제에 대한 주목에서 시작되었다. 따라서 그가 오랜 세월 관찰해온 농민의 현실에 대한 깊은 이해가 바탕에 깔려 있음을 잊지 말아야 한다. 간단히 말해 그는 역사의 동력으로서 인민의 의지를 중요시했고, 인민의 자유를 보장하는 데 보탬이 되기 위해 1860년 무렵 교육활동에 직접 참여한 것이다. 야스나야 폴랴나 학교의 개교와 농노해방령이 거의 동시에 이루어진 것은 우연이 아니다. 인민이 진정으로 해방되기 위해서는 교육이 정부나 교회의 의제만을 단순하게 따라서는 안 된다는 사실을 톨스토이는 간파했다. 교육의 핵심에는 학습자의 요구와 해방이 존재해야만 했다. 교육적 자유에 대한 그의 관점은 완전한 불간섭, 즉 도덕과 전통으로부터의 아나키즘적인 자유라는 주장이 제기되기도 했지만, 실제로 그렇게 판단할 근거는 현저히 부족하다. 톨스토이가 달성하고자 한 것은 모든 사회 계층이 생각하고 배우고 성장할 수 있는 기회의 평등이다. 다시 말해 인민이 역사의 족쇄에서 해방되려면 학습자인 아이들에게 자유가 주어져야 했다. 그런 의미에서 그는 학습자에게 세계에 대한 이해도를 스스로 발전시키고 점검하며 재평가하는 모종의 자유를 제공하고자 한 것이다. 이러한 학습자의 자유에 대한 통찰은 교사가 어떻게 자신의 교수법을 개선하고 대화식 상담 과정을 마련해야 하는지 이해할 수 있게 해준다.

교육자로 왕성하게 활동하던 30대 무렵, 톨스토이는 무엇보다 아이들의 눈높이에서 능동적 학습자인 아이들, 특히 농촌 아이들의 현실을 직시한다. 재능은 각자에게 주어져 있다. 다만 그 갈래가 다를 뿐이다. 따라서 교육은 아이들이 타고난 잠재력을 스스로 펼치도록 돕는 자유로운 길이어야 한다. 그는 야스나야 폴랴나에 농민학교를 개설해 그 높은 이상, 즉 '고달픈 자유'를 향한 길을 개척하고자 했다. 실제로 그가 야스나야 폴랴나 학교를 운영하고 교사로서 일한 과정을 담은 교육 보고서 〈11~12월의 야스나야 폴랴나 학교〉는 그의 교육이 학습자들의 자유라는 원칙을 세우고 여러 시행착오를 거치는 과정이었음을 마치 기록예술처럼 보여준다. 그에게는 그것이 올바른 교육 방법을 얻는 길이었고, 일정 기간 학교를 성공적으로 이끌어 나간 바탕이었다. 그는 학생들이 타고난 잠재력을 발산하도록 하려는 뜻에서 외적인 무질서까지도 아주 자연스러운 현상으로 받아들였다. 심지어 이 학교에 온 신임 교사들이 거기에 적응하지 못할 지경이었다.

야스나야 폴랴나 학교의 주된 수업 방식은 학생들과의 자유로운 대화였다. 그 과정에서 아이들은 읽기·습자·쓰기·산수·신성역사 등을 배우고, 문법은 물론 나이에 맞는 역사·지리·자연사 등을 습득했다. 학교에는 농민 아이들에게 예술을 가르치기 위해 마련한 그리기와 노래 수업도 있었다. 노래 수업은 톨스토이가 직접 나섰다. 교육 내용은 아이들의 발달 정도, 학교와 교사들의 여력, 부모들의 바람에 맞춰 변화한다. 톨스토이는 상급반에서 수학·물리·역사 등의 과목을 가르쳤다. 그는 과학에 대한 기초지식을 자주 이야기 형태로 풀어냈다. 소설가, 즉 이야기꾼으로서의 재능을 교사로서 한껏 활용한 것이다. 이 학교에서는 아이들이 수업에서 이탈하는 것까지도 그 동기를 이해하는 것이 중요하다고 생각했다. 시험은 그저 아이들의 학습 발달 정도를 파악하기 위한 것이었다. 톨스토이는 도둑 소년에게 종잇조각 딱지를 걸어 처벌한 이야기를 들려준다. 결과적으로 소년은 자신의 행동에 대해 생각하지 않고, 오히려 다른 이들에게 더 화를 냈다. 톨스토이는 이를 통해 아이를 처벌하고 공개적으로 모욕하는 것이 적절한 교육 방법이 아님을 재확인한다. 처벌은 도덕적이든 육체적이든 공격성을 낳기 때문이다. 그는 학교 밖에서 습득한 지식과 기술 또한 소중히 여겼다.

당시는 아이들의 눈높이에 맞는 민간서적이 드문 시절이었다. 톨스토이가 보기에 인류 유년기의 책인 성경이 가장 적합한 교재였다. 성경의 설화들을 들려준 뒤 아이들이 다시 써 보고 자신의 말로 이야기하는 방식의 교육을 소개하며 그는 성경에 대한 지론을 곁들인다. '아이처럼 단순한 형식으로 보편화한' 성경 속의 사유와 지혜가 매력을 발산해 어린 학생들의 마음을 사로잡는다는 것이다. 그가 아이를 어떻게 바라봤는지를 뚜렷이 확인할 수 있는 대목이다. 특히 그가 아이들을 언급하는 부분에는 자주 다양한 아이들의 목소리가 나오는데, 그 안에서 발견한 모종의 직관력에 대한 경이가 배어있다. 방과 후 숌카, 페드카, 프론카를 집으로 데려다주는 장면은 잘 짜여진 한 편의 단편소설 못지않게 인상적이다.

톨스토이가 학교의 문을 연 당시에 농노의 자식들은 대개 교회지기나 제대한 병사에게서 마지못해 배우는 실정이었다. 톨스토이가 쓴 글을 통해 알 수 있듯이, 사실상 농민들은 자식 교육에 별다른 열의를 보일 수 없는 처지였다. 심지어 농촌의 형편과 농민의 요구에는 아랑곳하지 않고 시대적 당위라는 이유로 강압적으로 시도되는 교육에 대해 불신과 의혹을 품고 반발하고 있었다. 그럼에도 톨스토이는 농민들의 숨겨진 교육 열의를 간파하고 무상 초등학교를 운영하며 교육적 실험을 한 것이다. 또한 그는 야스나야 폴랴나 근처 툴라 현에 스무 곳이 넘는 초등학교 개교에 기여한 교육 활동가였다. 당시 농노제 폐지 이후 농민과 지주 간의 토지 관련 분쟁을 조정하고 농민 시설을 감독하던 농지조정관에 임명되어, 특히 농민학교의 자유로운 발생을 돕기도 했다. 그런 상황에서 나온 정부의 인민학교 설립 기획안을 조목조목 따져가며 국가의 교육 시스템이 가야 할 길을 모색하기도 한다.

톨스토이 학교는 1859년 개설되었다. 그는 개교 1년 후 유럽의 인민학교가 어떻게 운영되고 있는지 "나 자신이 아무것도 모르는 데도 다른 사람들을 가르칠 수 있도록 하려면 어떻게 해야 하는지 알아보려고"(《고백》, 1880년) 재차 서유럽 여행에 나선다. 1860년 9개월간의 유럽 여행을 마치고 러시아로 돌아온 톨스토이는 야스나야 폴랴나 학교에서 저만의 교육체계를 창조하고자 했던 셈이다.

톨스토이는 아이가 조화로움의 원형이라고 생각했다. 작가의 전기에는 이런 이야기가 전해진다. 어린 시절 작가의 큰형 니콜라이는 세상 모두가 두루두루 행복해지는 비밀을 '초록 지팡이'에 새겼고, 그것을 아이들과 함께 오래된 숲 골짜기 길섶에 파묻었다. 그것은 훗날 유언에 따라 톨스토이의 독특한 묘지 조성으로 이어졌다. 아마도 그가 꿈꾼 인민교육에 대한 이상은 어린 시절 형이 초록 지팡이에다 새긴 비밀에서 뻗어 나왔을 것이다.

톨스토이는 자신의 교육활동 첫 시기를 "교육사업에 3년간 정력적으로 몰두한 시기"라고 말한 바 있다. 그가 교사로서 교육을 대하는 태도는 작가로서 세상을 보는 방식과도 일맥상통한다. 비유적으로 말하자면, 그에게 교육은 아이들 스스로 각양각색의 잠재력의 꽃망울을 틔우는 데 없어서는 안 되는, 모종의 자연현상과도 같은 자극제 역할을 하는 것이었다. 공교육이 전 국민에게 도입되던 시기, 학습자의 만족을 목표로 '배우는 세대를 위한 자유'를 추구한 19세기 거인의 근본적인 교육적 통찰은 21세기 학교의 개혁 전망 마련에도 시사하는 바가 적지 않다. 무엇보다 아이들의 살아 생동하는 세계를 따뜻한 눈으로 섬세하게 관찰하며, 거기서 사회적·교육적 문제해결의 실마리를 찾는 톨스토이의 면모 또한 독자들이 읽어낼 수 있기를 바란다.

번역은 무엇보다 톨스토이 특유의 예술적 향취가 깃든 교육적 사유의 맥락에 최대한 접근하는 원문 독해를 통해 그 결과를 가독성 있게 독자들에게 전달하는 데 중점을 뒀다. 그러한 뜻에서 러시아의 톨스토이 연구자들의 주석을 참조하고 번역문을 통해 표현할 수 없는 역사적 사실이나 배경, 뉘앙스 등은 각주로 처리했다. 하지만 특히, 거의 160년 전의 역사적·문화적 배경이 다른 곳에서의 교육학 용어의 쓰임새를 지금 우리의 교육학 용어로 풀어내는 데는 일정 부분 한계가 있었음을 자인할 수밖에 없다. 일례로 '훈육воспитание'이라는 표현은 톨스토이의 본뜻에 비춰보면 '도야陶冶'라는 말에 더 가까울 테지만, 번역한 글에서는 그 표현 자체를 파고들고 있지는 않기 때문에 보다 일반적인 쓰임새를 택했다.

참고로 각주 대부분은 톨스토이 연구자들이 원저 후반부에 단 주석을 참조했다. 그리고 7장 〈읽고 쓰기 교육 방법에 대하여〉 등에서 러시아어 문자에 대응하는 한글 발음 표기는 국립국어원의 외래어 표기 규칙을 따른 것일 뿐임을 밝혀둔다.

1828년(출생)　　8월 28일(신력 9월 9일), 야스나야 폴랴나에서 니콜라이 일리치 백작과 마리야 니콜라예브나 사이의 4남 1녀 중 넷째로 태어나다.

1830년(2세)　　8월 4일 어머니 마리야 니콜라예브나가 여동생을 낳다 사망하다.

1837년(9세)　　1월 모스크바로 이사. 7월 21일 아버지 니콜라이 일리치 백작 사망. 숙모가 다섯 남매의 후견인이 되다.

1844년(16세)　　형제들과 함께 카잔으로 이사. 카잔대학교 동양어학과에 입학하다.

1845년(17세)　　법학과로 전과하다.

1847년(19세)　　카잔대학교를 중퇴하고 야스나야 폴랴나로 귀향하다. 농민들의 가난한 삶을 목격하고 그들을 돕기 위해 노력했으나 좌절하다.

1848~1849년　　모스크바와 페테르부르크를 오가며 법학 공부를 계속하
(20~21세)　　지만 졸업 시험에서 탈락하다. 사교계 생활과 도박, 사냥 등에 빠져 방황하며 경제적 어려움에 직면. 바흐, 쇼팽 등의 음악에 심취하여 피아노 연주에 탐닉하다. 야스나야 폴랴나에 돌아와 농민학교를 열지만 만족할 만한 성공을 거두지 못하다.

1851년(23세)　　큰형 니콜라이를 따라 캅카스로 떠남. 지원병으로 참전. 〈어린 시절〉 집필.

1852년(24세)　　포병 부사관으로 포병대 입대. 문예지 《동시대인》에 〈어

	린 시절〉이 게재되고 극찬을 받다.
1853년(25세)	퇴역한 큰형을 따라 톨스토이도 퇴역하려 했으나 터키와의 전쟁으로 군 복무가 연장되다.
1854년(26세)	1월 장교로 승진. 몇몇 장교들과 함께 〈군사 신문〉 발행 계획을 세웠으나 당국에 의해 금지됨. 11월 세바스토폴에서 크림전쟁에 참전하다. 〈소년 시절〉 발표.
1855년(27세)	6월 《동시대인》에 〈세바스토폴 이야기〉 발표. 크림전쟁 패배 후 군에서 제대하다. 12월 페테르부르크에서 투르게네프 등 작가들과 만나다.
1856년(28세)	〈세바스토폴 이야기〉 연재 계속. 12월 소설 〈지주의 아침〉 발표.
1857년(29세)	《동시대인》에 〈청년 시절〉 발표. 유럽여행을 다녀와 야스나야 폴랴나에 정착. 농사일을 하다.
1858년(31세)	〈세 죽음〉 발표.
1859년(32세)	〈가정의 행복〉 발표. 농민 자녀를 위한 학교 개설.
1860년(32세)	교육 문제에 관심을 두고 〈국민 보통 교육 초안〉을 기초함. 7월 두 번째 유럽 여행을 떠나다. 9월 큰형 니콜라이 사망.
1862년(34세)	교육 잡지 《야스나야 폴랴나》 간행. 소피야 안드레예브나와 결혼하다.
1863년(35세)	〈카자흐 사람들〉 발표. 맏아들 세르게이가 태어나다.
1864년(36세)	작품집 1, 2권 간행. 딸 타티야나가 태어나다.
1865년(37세)	《러시아 통보》에 《1805년》《전쟁과 평화》 1, 2권) 발표.
1866년(38세)	둘째 아들 일리야가 태어나다.
1867년(39세)	《전쟁과 평화》 3, 4권 집필.
1868년(40세)	《전쟁과 평화》 5권 집필.
1869년(41세)	《전쟁과 평화》 6권 집필. 셋째 아들 레프가 태어나다.
1871년(43세)	둘째 딸 마리야가 태어나다. 《철자법 교과서》 집필.
1873년(45세)	《안나 카레니나》 집필 시작. 러시아 과학 아카데미 언어·문화 분과 준회원으로 선출됨. 사마라 지방에 온 가족과

	함께 가 기근 구제사업을 하다.
1875년(47세)	《러시아 통보》에 《안나 카레니나》 연재를 시작하다.
1877년(49세)	《안나 카레니나》 탈고. 넷째 아들 안드레이가 태어나다.
1878년(50세)	《안나 카레니나》 단행본 출간.
1879년(51세)	다섯째 아들 미하일이 태어나다.
1880년(52세)	《고백》을 탈고했으나 출판이 금지되다. 성서번역에 착수.
1881년(53세)	단편소설 〈사람은 무엇으로 사는가〉 집필. 알렉산드르 2세 황제 암살에 가담한 혁명가들의 사형집행을 반대하는 청원을 황제에게 제출하다. 가족과 함께 모스크바로 이주. 톨스토이 자신은 모스크바와 야스나야 폴랴나를 오가며 생활하다.
1882년(54세)	모스크바 인구 조사에 참가하다. 이 조사를 통해 노동자들의 비참한 현실을 깨닫게 된다. 〈모스크바에서의 민세 조사에 대하여〉, 〈교회와 국가〉 발표.
1883년(55세)	《나의 신앙은 어디에 있는가》 탈고.
1884년(56세)	야스나야 폴랴나에서 첫 번째 가출 시도. 셋째 딸 알렉산드라가 태어나다.
1885년(57세)	〈바보 이반〉, 〈두 노인〉, 〈촛불〉, 〈사랑이 있는 곳에 하나님이 계시다〉, 〈홀스토메르〉 등을 집필하다.
1886년(58세)	단편소설 〈세 수도승〉, 중편소설 〈이반 일리치의 죽음〉, 희곡 〈어둠의 힘〉 등을 집필.
1887년(59세)	《인생에 대하여》, 중편소설 〈크로이체르 소나타〉 집필.
1888년(60세)	모스크바에서 야스나야 폴랴나까지 도보로 여행하다. 여섯째 아들 이반이 태어나다.
1889년(61세)	희곡 〈계몽의 열매〉, 중편소설 〈악마〉 집필.
1890년(62세)	중편소설 〈세르게이 신부〉 집필.
1891년(63세)	저작권을 거부하고 1881년 이전까지 발표한 모든 작품의 저작권 포기 각서에 서명한다. 중앙 러시아, 동남 러시아 등 기근이 발생한 지역의 농민 구제를 위해 활동. 〈기근 보고〉, 〈법원에 관해서〉 등을 집필하다.

1892년(64세)	〈신의 나라는 네 안에 있다〉 탈고.
1895년(67세)	단편 우화 〈주인과 일꾼〉 탈고. 여섯째 아들 이반 사망. 《부활》 집필 시작.
1896년(68세)	희곡 〈그리고 빛은 어둠 속에서 빛난다〉 탈고. 《부활》 집필 중단. 중편 〈하지 무라트〉 초판본 완성.
1897년(69세)	〈예술이란 무엇인가〉 집필.
1898년(70세)	두호보르 교도의 캐나다 이주 지원 자금 마련을 위해 《부활》 집필을 다시 시작하다. 지속적으로 기근 구제사업을 전개하다.
1899년(71세)	잡지 《니바》에 《부활》 연재 시작. 《부활》 탈고.
1900년(72세)	〈우리 시대의 노예제〉, 〈애국심과 정부〉 발표.
1901년(73세)	종무원이 톨스토이의 파문을 결정. 〈종무원 결정에 대한 답변〉 집필, 3월 페테르부르크 학생 시위에서 폭력 진압이 발생하자, 이에 항의하는 호소문을 작성. 크림반도로 요양을 떠나다.
1902년(74세)	〈신앙이란 무엇이며, 그 본질은 무엇인가〉, 〈노동하는 민중들에게〉 등을 발표. 폐렴과 장티푸스로 병의 상태가 악화되다. 6월 야스나야 폴랴나로 돌아옴.
1903년(75세)	회고록과 셰익스피어에 대한 논문 집필.
1904년(76세)	러일 전쟁에 대하여 전쟁 반대론을 펼친 〈재고하라〉 발표. 〈하지 무라트〉 개작 완료. 8월 형 세르게이 사망.
1905년(77세)	논설 〈세기말〉, 〈러시아의 사회 운동에 대하여〉, 단편소설 〈항아리 알료샤〉, 〈코르네이 바실리예프〉, 중편소설 〈표도르 쿠지미치 신부의 유서〉 집필.
1906년(78세)	둘째 딸 마리야 사망.
1907년(79세)	농민 자녀 교육을 재개하다. 어린이를 위한 《독서계》 창간. 톨스토이 비서 구세프가 체포되다.
1908년(80세)	탄생 80주년 축하회가 열리다. 사형 제도에 반대해 〈나는 침묵할 수 없다〉, 〈폭력의 법칙과 사랑의 법칙〉 발표.
1909년(81세)	중편소설 〈누가 살인자들인가〉 집필. 마하트마 간디로부

터 서한을 받고, 무력으로 악에 맞서서는 안 된다는 내용을 담은 답신을 보냄. 유언장을 작성하다.

1910년(82세)　톨스토이의 유언장으로 인해 가족들 사이에 불화가 일어나자 10월 28일 가출하다. 11월 3일 평생을 써 온 일기에 마지막 감상을 쓰고, 11월 7일 아스타포보 역에서 폐렴으로 사망하다. 11월 9일 태어나서 평생을 보낸 야스나야 폴랴나 숲의 세상에서 가장 작고 소박한 한 평 무덤에 안장되다.

옮긴이 변춘란

경북대학교 대학원 노어노문학과에서 미하일 숄로호프 연구로 석사학위를 받았다. 모스크바 사범대학교 대학원 박사과정에서 공부하고, 경북대학교 대학원 박사과정을 수료했다. 현재 번역가로 러한, 한러 번역을 더불어 진행하고 있다. 소설가 현기영의 단편집 러시아어 번역으로 2019년 한국문학번역원의 번역지원 공모사업에 선정되었다. 톨스토이 사상 선집《죽이지 마라》를 번역했다.

톨스토이 사상 선집

학교는 아이들의 실험장이다

초판 1쇄 발행 · 2022년 5월 27일

지은이 · 레프 니콜라예비치 톨스토이
옮긴이 · 변춘란
책임편집 · 장동석 박하영
디자인 · 주수현

펴낸곳 · (주)바다출판사
주소 · 서울시 종로구 자하문로 287
전화 · 02-322-3675(편집) 02-322-3575(마케팅)
팩스 · 02-322-3858
이메일 · badabooks@daum.net
홈페이지 · www.badabooks.co.kr

ISBN 979-11-6689-086-4 04800
ISBN 979-11-89932-75-6 04800(세트)